KB021141

아멜리가 연애를 하지 않는 이유

러브 스릴러의 시작

1

1

온푸나무 지음
팀 그레이존 그림

아멜리가 연애를 하지 않는 이유

❖ 러브 스릴러의 시작

나비노블

아멜리가 연애를 하지 않는 이유

목 차

러브 스릴러의 시작

0
프롤로그

성에꽃이 핀 듯한 푸른 눈에 상이 맺혔다. 한 여인의 모습이었다.
그리하여,
사랑과 저주가 시작되었다.

푸른 눈의 청년이 무릎을 꿇자 웅장한 신전의 내실이 정적에 휩싸였다. 마른 침 삼키는 소리가 들릴 듯한 긴장감 속에서 누군가가 조그맣게 중얼거렸다. 말도 안 돼.

넘실거리던 은빛 머리칼이 차분하게 내려앉자 꿈결처럼 단아한 입매가 움직였다.

"짐의 배필이 되어라."

내실에 소리 없는 경악이 파도쳤다. 너무나 터무니없는 현실 앞에서 군중은 술렁이는 법조차 잊어버렸다. 어쩌면 영원한 침묵 속에 매몰되어 있을 수도 있었으리라.

"지랄!"

느닷없이 튀어나온 걸쭉한 욕설 소리만 아니었다면 말이다.

목소리의 주인공은 신전 입구에서부터 맹렬히 달려오고 있었다. 사실, 품위 없는 언행이 아니었더라도 이목을 살 수밖에 없는 외관이었다.

2m는 족히 넘을 것 같은 키에 끔찍한 봉두난발, 형형히 빛나는 안광부터가 그랬다. 대충 걸친 카무플라주 무늬의 재킷과 너덜너덜하게 찢어진 바지, 끈 풀린 워커를 착용하고 있다는 점도 겹겹의 비단 예복으로 성장(盛粧)한 수백의 사람들 사이에선 단연 눈에 뜨였다.

거인은 단숨에 내실 중앙까지 이르렀다. 숨을 씨근덕거리자 팽팽하게 부푸는 근육이 가히 위협적이었다.

"너 돌았어? 내 거랬잖아!"

거인이 으르렁대면서 쥐고 있던 대도를 거칠게 휘둘렀다. 그 동작에 그와 가장 가까이 있던 청동 기마상의 모가지가 두부처럼 썰렸다. 청동 덩어리가 바닥으로 떨어지며 요란한 파열음이 장내에 울려 퍼졌다.

약속이나 한 것처럼 공포에 질린 비명들이 터져 나왔다.

신전 경비병들이 주춤거리며 거인을 둘러싸는 동안 귀인들은 흉기를 소지한 괴한을 피하느라 일제히 입구로 내달렸다. 그 과정에서 남의 옷자락을 밟고 미끄러진다거나, 미끄러진 사람 위로 또 다른 사람이 나동그라진다거나, 부인들의 긴 머리장식끼리 얽혀 머리털이 뽑혀 나가는 등 아수라장을 연출했다.

"저길 봐! 마물이다!"

누군가 날카롭게 외쳤다. 한 쌍의 거대한 붉은 날개가 내실의 기둥 사이로 날아 들어오고 있었다. 사람들은 괴한에 이어 괴조가 등장한 줄 알고 질겁하며 바닥에 엎드렸다.

그러나 날개 사이 자리 잡은 것은 새가 아니라 검은 정장을 입고 있는 소년이었다. 뼈가 앙상하게 드러나는 마른 체구와 오만하게 내리깐 시선에서 다소 신경질적이고 예민한 천성이 느껴졌다. 그럼에도 푸른 정맥이 도드라져 보이는 창백한 피부와 부스스한 백금발은 황홀하게 아름다운 것이라 사람들은 도망치던 것도 잊고 하염없이 그를 우러러보았다.

소년은 허공에 멈춰 서 은발의 청년과 흑발의 여인을 내려다보았다. 그리고 입가에 시린 미소를 걸치며 한쪽 장갑을 벗어 던졌다.

"경고했건만 기어코 네가 명줄을 재촉하는구나, 유리스 2세."

맨손바닥 위로 작은 불꽃이 튀더니, 이윽고 불꽃은 우후죽순처럼 치솟아 올라 거대한 불기둥이 되었다. 용오름처럼 맹렬하게 소용돌이치는 불길이 지독한 열기를 흩뿌리자 여기저기에서 절규가 터져 나왔다.

한편, 세 남자 사이에 끼어 있는 흑발의 여인은 이 수라장 속에서도 지극한 평온을 유지하고 있었다.

그러나 가만히 지켜본다면 누구라도 쉽게 눈치챌 수 있으리라. 그녀가 이미 정신을 반쯤 놓고 있다는 사실을.

"이것 참……."

난간에 기대어 아래층 상황을 지켜보고 있던 절세미인이 날개, 대도, 은발을 차례로 거쳐 마지막으로 흑발의 여인에 시선을 내리꽂았다. 맑은 녹안에 언뜻 심란함이 스쳤다. 그녀는 손안의 와인잔을 단숨에 비우고서 술 냄새가 밴 날숨을 작게 내쉬었다. 그리고 한 마디.

"개판이군."

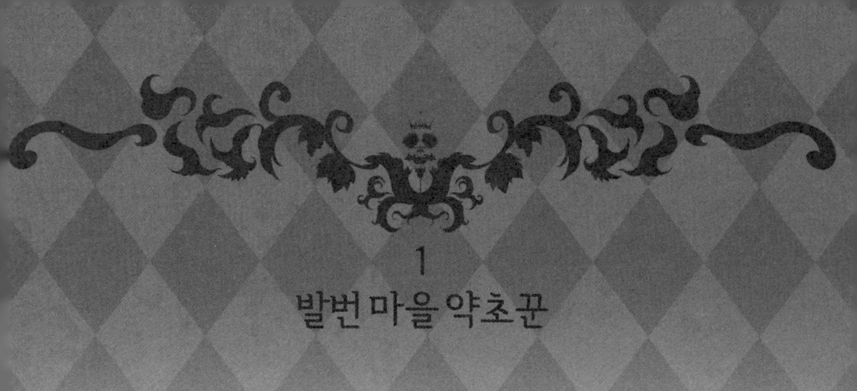

1 발번 마을 약초꾼

아멜리의 스물네 번째 생일은 계곡의 살얼음이 깨지기 시작하던 어느 날이있다.

생일날 아침 그녀는 평소와 같은 시각에 덤덤히 일어나 습관대로 침실 창문을 활짝 열었다. 신선한 새벽공기가 졸린 살갗을 흔들어 깨운다. 동녘은 이제 겨우 희붐해지고 있었지만 하늘은 구름 한 점 없이 맑았다.

"스물두 번째 생일엔 눈, 스물세 번째 생일엔 비."

그녀가 손가락을 하나씩 꼽았다. 언젠가부터 시작된 사소한 습관이었다. 생일 때마다 판에 박은 듯한 일과를 되풀이하는 탓에 다가오는 생일이 몇 번째인지 헷갈리기 일쑤였고 심지어 제 나이마저 가물거리자 날씨라도 순차적으로 기억해두자는 궁여지책이 나온 것이다.

"올해는 맑구나."

아멜리는 스물네 번째 생일의 날씨를 곱씹으며 미소 지었다.

침실 창문 열기와 이부자리 정리로 시작된 그녀의 하루는 세수하기, 아침 식사 준비로 이어진다. 식단은 매우 간단해서 검은 빵 반 덩이와 나무뿌리를 우린 차 한 잔이면 끝이었다. 검은 빵은 매우 거칠고 딱딱해 입에 넣기 전에 찻물에 적셔야 했다. 아멜리는 그 빵조각을 오물오물 씹으며 오늘 할 일을 머릿속으로 되새겼다. 누구 씨네 일을 돕고, 요즘 얼굴 보기 힘들었던 누구 씨네에 안부 인사를 가고, 또 다른 누구 씨에게는 썩은 삽자루를 고쳐 달라 맡기고…….

그렇게 혼자만의 적적한 식사가 끝나면 농기구를 챙길 차례다. 최근에는 날씨가 많이 풀려 농가마다 파종 준비에 한창이었다. 아멜리도 오늘부터 어느 이웃의 감자밭 일을 돕기로 했다.

감자밭에 먼저 나와 있는 일손들이 그녀를 보자마자 덕담을 건넸다. 이 집 저 집의 일을 도우며 몇 해씩 계속 마주쳐온 얼굴들이라 생일을 기억해준 것이다. 아멜리는 수줍게 감사인사를 전했고 어제보다 한결 즐거운 마음으로 호미질을 시작했다.

여기까지는 예년과 다름없는 생일이었다. 그런데 아멜리가 일을 마치고 귀가했을 때 뜻밖의 사건이 기다리고 있었다. 정확히는 그녀가 어둠에 잠긴 거실의 등잔에 불을 붙인 때였다.

"생일 축하해, 아멜리!"

어두운 거실 구석에서 숨죽이고 있던 침입자들이 일제히 튀어나왔다. 까딱하면 심장이 입밖에 튀어나온 송장을 치를 뻔했다는 것도 모른 채 그들은 우레와 같은 환호성을 질러댔다.

혼이 반쯤 나갔던 아멜리가 곧 그들의 얼굴을 알아보았다.

"안젤라? 한나랑 베스, 제인까지?"

네 사람 모두 그녀와 가장 친하게 지내는 이웃 부인들이었다. 놀란 가슴을 달래고 나니 아멜리는 어안이 벙벙했다. 아닌 밤중에 홍두깨처럼 친구들이 왜 여기 있는 거지?

"우리 넷이 널 위해 준비한 선물이 있어."

제인이 두 손바닥으로 아멜리의 눈을 가렸다. 아멜리는 친구들이 잡아 이끄는 대로 더듬더듬 걸어갔다. 어디선가 먹음직스러운 냄새가 솔솔 풍기고 있었다. 제인이 손 안대를 풀자 나머지 친구들이 장난기 가득한 목소리로 외쳤다.

"짜잔!"

아멜리의 눈은 말 그대로 화등잔만 해졌다. 김이 모락모락 나는 수프 한 솥, 삶은 계란이 쌓인 사발, 고소한 냄새를 풍기는 빵 두 바구니, 과일잼, 노란 빛깔 겨우살이 열매 한 쟁반, 술 한 병까지 마법처럼 차려져 있는 식탁이 눈앞에 있던 것이다.

"정말 기뻐요. 이렇게 근사한 생일은 처음이어요!"

발갛게 물든 뺨에서 진심이 보이는 듯해 친구들의 가슴도 뿌듯함으로 가득 찼다.

"너무 감동하면 부담스러운데. 내년에도 또 해줘야 할 거 같잖아."

한나의 농담을 진담으로 받아들인 아멜리가 온몸으로 만류했다.

"그런 부담은 갖지 말아요! 저에게 이런 호사는 한 번으로 족해요. 물론 정성이 고맙지 않다는 건 아니지만, 다들 가정이 있는 몸이고, 남편과 아이들을 챙기기에도 바쁠 테고, 또 올겨울은 좀 나았지만 지난겨울 같은 때가 찾아오면 큰일……."

네 여자가 까르르 웃음을 터뜨렸다. 웃긴 말을 한 게 아닌데 왜 웃는 거지? 아멜리가 어리둥절하게 그들을 바라보자 베스가 아멜리의 등을 가볍게 두드렸다.

"걱정 마, 얘. 부담 가지래도 안 가져. 상대방이 감쪽같이 몰라야 「깜짝」 이벤트인데 벌써 한 번 써먹었으니 예측이 가능하잖아. 그런 건 식상해."

"맞아. 다음번에 깜짝 파티를 또 하더라도 주인공은 다른 친구로 할 거란다. 내년 생일날 집에 와서 아무도 없다고 울지 않기야, 아멜리?"

제인까지 짓궂게 아멜리를 놀렸다. 또 한 번 깔깔 유쾌한 웃음이 터졌다. 아멜리는 곤란한 표정을 지었지만 이내 친구들을 따라 밝게 웃었다. 무슨 놀림을 받아도 마냥 행복한 저녁이었다. 그 뒤 다섯 여자는 조촐하지만 풍성한 저녁 만찬을 즐겼다.

"이 수프는 제인이 만들었어요? 제인네 가족들은 정말 복 받은 사람들이어요. 이 빵은 또 누가 구웠나요? 안젤라? 딱 알맞게 구워졌어요. 참 맛나요!"

아멜리는 먹으랴 감탄하랴 정신이 없었다. 그런데 아멜리의 부지런한 칭찬을 들으면 들을수록 이상하게도 친구들의 마음은 조금씩 무거워져 갔다. 이 식탁 가운데 고기 한 접시가 놓여 있었더라면 얼마나 좋았을까. 그러나 시기가 시기인 만큼 고기는 고사하고 빵과 수프도 감지덕지였다.

부인들은 이런 초라한 생일상에도 기뻐서 어쩔 줄 몰라하는 아멜리를 보며 더욱 미련을 떨치기 힘들었다.

미련은 곧 연민으로 번져나갔다. 아멜리에게 아버지나 남편, 남자 형제라도 있었다면 산에서 눈토끼 한 마리쯤은 잡아 와줬을 텐데.

라트샤 왕국의 여자는 대개 열일곱 살에서 스무 살 사이에 혼례를 올린다. 스물네 살에 미망인도 아니고 미혼이라는 것은 도시에서나 시골에서나 상당히 드문 경우였다.

나무랄 데 없이 곱고 참한 친구가 노처녀로 늙어가는 것을 지켜봐야 한다. 그건 봉건적 가치관에 충실한 시골 아낙들에게 있어 날개 다친 작은 새를 두고만 봐야 하는 일이나 다름없었다.

⁂

아멜리가 살고 있는 마을 「발번」은 험하디험한 델림산맥 한 자락에 자리 잡은 두메산골이기에 외지인의 접근이 쉽지 않았다. 거의 100년간이나 마을과 외지를 이어주는 통로는 산길 하나가 전부였다. 근자에는 이 지방 영주가 세금 징수를 수월히 할 요량으로 겨우 우마(牛馬)가 드나들 수 있게 길을 정비해주었지만 태풍이나 폭설이 닥치면 쉽게 끊겼다.

말하자면 발번은 고립무원한 마을이었다. 부득이하게 이 산골을 드나들어야만 하는 외지인에게는 참 고약한 노릇이었다. 조금만 밖으로 나오면 큰 강과 비옥한 벌판이 펼쳐지는데 왜 이리 살기 불편한 산중에 틀어박힌 것인가. 이유는 간단하다.

발번은 본디 가혹한 세금과 부역을 피해 도망친 난민들이 이룬 마을이기 때문이었다. 탈주하다 잡히면 지독한 형벌이 기다리고 있으므로 발번의 선조들은 필사적으로 가장 험한 산중을 골라 찾아들었고 그 결과 현재의 발번 위치에 토착해 화전민이 되었다. 궁핍하기는 마찬가지였지만 적어도 착취와 핍박이 없는 곳에서 뿌리내리며 살아갔다.

그 후 오랜 세월이 흘렀다. 폐쇄적인 마을은 불안에 시달리던 과거를 잊고 드문드문 외지와 교류를 하기 시작했다. 그러다 어느 탐욕스러운 영주의 귀에 산중 마을의 존재가 미쳤다. 선량한 촌부들에 불과했던 발번 사람들은 제대로 싸워보지도 못하고 영주가 보낸 병사들에게 굴복했다. 마을의 밭은 모조리 영주의 것이 되었고 발번 사람들은 하루아침에 소작농으로 전락했다. 아멜리가 태어나기 70여 년 전의 일이었다.

영주의 대리인은 1년에 세 번 찾아왔다. 봄에는 겨우내 길쌈한 천을, 가을에는 일 년 농사의 수확물을 가져갔다. 휴농기인 겨울에는 각 가정의 남성을 한 명씩 차출해 부역에 동원했다.

이런 사정에 놓이자 그간 발번을 외적으로부터 지켜주었던 기특한 지리적 조건은 한낱 걸림돌로 전락했다. 외부와 물자 교류가 어려운 탓에 모든 부담을 자급자족으로 해소해야 했고, 흉년이 들어도 나라님의 도움을 기대하기 어려웠다. 그뿐이랴. 겨울이 되면 먹이를 찾아 인가로 내려오는 산짐승도 문제였다. 재수가 없으면 제집 마당에서도 멧돼지 뿔에 들이받혀 목숨을 잃을 수 있었다. 아멜리의 부모처럼 말이다.

"아이고, 어떡해. 젊은 부부가……."

어느 추운 겨울날 이웃의 곡소리를 등진 아멜리는 거적때기 밖으로 튀어나온 두 쌍의 발을 물끄러미 쳐다보았다. 굳은살이 박이고 발톱이 깨진 못난 발들에는 평생에 걸친 고된 노동의 흔적이 고스란히 남아 있었다. 아멜리는 그것보다 제가 기억하고 있는 다정한 얼굴들을 보고 싶었다. 그러나 주변 어른들은 아이가 거적을 들치게 놔두지 않았다. 어린애가 볼 게 못 된다며, 그들은 아멜리에게 안타까운 눈빛만 보냈다.

마을 장정들이 딱딱하게 얼어붙은 땅을 팠고, 거적에 감싼 두 구의 시신 위로 흙을 뿌렸다.

"흙에서 와 흙으로 돌아가는 인생, 죽음과 시체를 두려워 말라."

촌장이 제문을 읽었다. 아낙들은 코를 훌쩍였다. 장례식에 참석한 모든 사람들의 눈이 촉촉해졌지만 거꾸로 아멜리의 눈만은 말라갔다. 이것이 부모를 볼 수 있는 마지막 기회이었기에 눈물이 시야를 흐리게 한다면 곤란했다. 하지만 흙 덮인 무덤 위로 돌무더기가 올려질 때까지 아멜리는 끝내 원하던 것을 볼 수 없었다.

유산은 많지 않았다. 부모가 일구던 밭은 영주의 땅이므로 다른 소작농에게 넘어갔고 집안에 약간 남아 있던 돈은 장례를 도와준 사람들에 대한 사례와 아멜리의 부모가 생전에 진 빚들을 갚는 데 쓰였다. 집 한 채는 온전히 남았지만 그렇다고 미성년자를 혼자 살게 내버려둘 순 없는 노릇이었다. 마을 사람들은 회의를 열어 아멜리의 거취를 논했다. 맡겠다고 선뜻 나서는 이가 없었고 회의는 지루하게 길어졌다. 마을 사람들은 인심이 박한 편은 아니었지만 다들 제 가족 거두기도 버거운 형편이었다.

할 수 없이 마을의 책임자인 촌장이 나섰다. 아멜리는 촌장, 촌장 아들 부부, 손자, 손녀가 있는 5인 가정 속에 거스러미처럼 자리 잡고 있다가 열일곱 성년이 되자마자 부모의 집으로 돌아갔다.

독립한 아멜리는 품을 팔아 생계를 꾸렸다. 주로 이웃들의 농사일을 했고 여의치 않으면 삯바느질, 갓난아기 돌보기, 기타 잡다한 심부름을 닥치는 대로 맡았다. 그녀는 성실하고 정직한 일꾼으로 평이 좋았고 또 마을 사람들이 처지를 헤아려준 덕분에 일감은 끊이지 않았다. 그걸로 모든 문제가 해결되지는 못했지만 말이다.

"슬슬 시집갈 준비를 해야지."

마을 어른들이 아멜리와 마주칠 때마다 하는 소리였다.

"모아놓은 돈은 좀 있나?"

"제가 돈이 어디 있나요. 먹고 살기 바쁜 걸요."

"에구, 그럼 어느 세월에 신랑감을 찾나."

"인연이 있으면 언젠가 알아서 찾아와주지 않을까요?"

아멜리는 그런 식으로 웃어넘기곤 했지만 그게 터무니없는 소리란 건 농담을 하는 사람도 듣는 사람도 잘 알고 있었다. 라트샤에는 여자가 결혼을 할 때 지참금을 가져가는 풍속이 있다. 지참금의 액수는 혼담을 좌지우지하는 중요한 요소이며, 아무리 곱고 참해도 지참금이 없다면 부유한 늙은이의 뒷방밖에는 갈 데가 없다는 것이 일반적인 중론이었다. 따라서 가난한 집에서는 딸이 성년이 되기 3~4년 전부터 목돈 마련에 나선다.

하지만 아멜리의 부모는 너무 일찍 가버린 탓에 그러지 못했다. 그녀 스스로는 입에 풀칠하기 바쁜 형편이었으므로 지참금이 필요 없다는 신랑감을 찾아야만 했다. 만일 발번 안에 혼기 찬 남자가 있었다면 마을 내 평판 좋은 그녀였기에 융통성을 기대해볼 법도 했다.

그러나 또래 총각들은 다 제 짝을 찾은 지 오래였고 남은 미혼남들은 죄다 열 살 이하였으니 외지로 눈 돌릴 수밖에 없었다.

"잘 찾아보면 네 처지를 이해해주는 사람이 틀림없이 있을 거야."

친구들의 격려에도 불구하고 현실은 녹록지 않았다. 돈 없는 고아 아가씨를 원하는 남자는 병수발 들어줄 젊은 아내를 구하는 80대 노인, 도박 빚만 갚아주면 된다 하는 알코올중독자, 3년간 아내를 세 번 갈아치운 수상쩍은 이력의 농부 같은 부류들뿐이었다. 친구들은 기함하며 뜯어말렸지만 아멜리는 그런 혼처에 대해서도 나름대로 낙관적인 견해를 내보였다.

"세상에 완벽한 사람은 없다잖아요. 서로의 허물을 보듬어 나갈 수 있는 관계도 전 괜찮을 거 같아요."

하지만 그렇게 하해와 같은 포용력으로 추진하던 혼담도 이런저런 사정으로 인해 종국에는 무효가 됐다. 주변에서는 안타까워하면서도 슬슬 그녀의 팔자소관이려니 하며 포기해가고 있었다. 그것은 당사자도 마찬가지였다. 이 정도로 잘 안 풀리는 까닭은 그냥 혼자 살라는 하늘의 계시이리라. 아멜리는 점점 혼사에 무덤덤해졌다.

그리고 라트샤 역사상 최악의 겨울이 찾아왔다.

수십 년에 한 번 있을까 말까 한 폭설이었다. 특히 산간지방인 발번에는 거의 가옥을 뒤덮을 정도로 눈이 쌓였고, 외부와의 교류가 뚝 끊긴 채 식량과 물자가 떨어져 갔다. 마을 사람들은 저마다 빗장을 걸어 잠갔다. 그들이 얼마 남지 않은 음식을 제 식구들끼리 나눠 먹는 동안 아멜리는 혼자였다. 그녀의 겨울은 동면하는 짐승의 꿈처럼 느리고 조용했다.

이듬해 봄. 그야말로 「요행히」 살아남은 그녀는 주변에 놀라운 결심을 발표했다.

"약초꾼이 되려고요."

놀란 안젤라가 옷을 깁던 손길을 멈추었다.

"그게 무슨 생뚱맞은 소리니?"

아멜리는 차를 한 모금 마신 뒤 차분하게 말했다.

"품팔이만 해서는 지난겨울 같은 때를 또 버틸 수 없을 거 같아요. 아무래도 이문 남는 장사를 해야겠어요. 내다 팔 게 뭐가 있을까 궁리해 보니 마침 우리 지역에서 나는 약초가 도시에선 꽤 귀하다잖아요?"

"얘는. 약초꾼들이 드나드는 산들이 얼마나 험한데. 우리가 산열매 따러 가는 곳과는 전혀 다르단다."

"저도 알고 있어요."

"곳곳의 낭떠러지하며 여우, 이리, 곰 같은 짐승들을 피해 다녀야 한단 것도?"

"그럼요. 각오하고 있어요."

냉큼냉큼 대답을 해오는 아멜리를 어처구니없이 쳐다보던 안젤라는 기어코 바늘 쥔 손을 내렸다. 한두 마디로 타이른다고 친구의 황당한 고집을 꺾을 수 없을 것 같기 때문이었다.

"5년 전 약초꾼 마빈이 절벽에서 떨어져 죽은 사건 기억하지?"

"물론이어요. 가엾게 됐지요. 좋은 분이셨는데."

"참 활기차던 양반이었지. 그리 허망하게 갈 줄 아무도 예상 못 했을 거야. 근데 약초꾼 일이란 게 원래 그래. 한순간의 방심이 큰 화를 불러

오기도 하고, 우연한 사고로 어느 날 갑자기 집에 못 돌아오거나 하는 일이 정말로 비일비재하다니까?"

"과장이 심해요, 안젤라. 지금껏 무탈하게 활동하고 있는 약초꾼들도 많잖아요. 빌슨 씨만 해도 그렇지 않던가요?"

남편 이름이 나오자 안젤라의 안색이 흐려졌다.

"여태껏 운이 좋았던 거지. 솔직히 말해서 다른 돈벌이가 있다면 산 타는 일은 그만두게 하고 싶어."

"운이 아닌 거 같은데요? 듣기로는 빌슨 씨 실력이 우리 마을에서 제일이라고……."

"암만 노련하다 해도 사람인데 느닷없이 궂어지는 날씨나 수풀 속에 숨어 있는 맹수를 당해낼 재간이 어디 있겠어. 말이 씨가 될까 봐 입 다물고 있었을 뿐이지 지난 10년 동안 남편 일하러 나갈 때마다 얼마나 속을 끓였다고. 네가 약초꾼이 되면 걱정을 두 배로 해야 하니 이러다 속이 타서 내가 먼저 죽지."

"안젤라도 참. 굳이 안 좋은 상상을 할 건 또 뭐여요. 이왕이면 일확천금을 버는 상상을 해야죠. 헤매다가 우연히 산삼밭을 발견한다든가, 뱀을 만나더라도 그게 백사면 얼마나 좋아요?"

아멜리가 은근슬쩍 말을 돌리자 안젤라가 눈을 흘겼다.

"산에서 구르다 보면 흉도 많이 진다, 얘. 새신부가 암만 예뻐도 흉터를 주렁주렁 달고 있으면 두꺼비 신랑도 마다할걸."

그 말을 듣고 아멜리는 제 손을 빤히 바라보았다. 이미 고된 밭일과 밤낮없는 삯바느질 탓에 상한 지 오래였다.

손부터가 이 모양인데 살결에 흉터 좀 더한다고 별 차이가 있을까?

아멜리는 그런 심드렁한 마음을 증명이라도 하듯 며칠 뒤 허리까지 내려오는 기나긴 머리채를 뭉텅 잘라 냈다. 라트샤 여인들이 허리 밑까지 내려오는 긴 머리를 미덕으로 삼는다는 점을 고려하면 어깨에 닿을락 말락 한 길이란 대단히 파격적이었다.

"이편이 산에서 돌아다니기 낫겠죠?"

짧은 머리를 선머슴처럼 질끈 묶고 나타난 친구를 본 안젤라는 저도 모르게 이마를 짚었다.

"아이고, 나도 모르겠다. 죽어서 저승 가면 소피 아줌마가 하나밖에 없는 딸을 산사람 되게 내버려뒀다며 내 목을 조르겠구나."

말은 그렇게 했지만 친구의 각오를 눈으로 확인한 이상 도와줄 수밖에 없다는 생각이었다. 그날 밤 안젤라는 아멜리의 사정을 남편에게 털어놓으며 도움을 청했다.

"똑똑하고 부지런한 아이니까 일을 배우기까지 그리 오래 걸리진 않을 거야. 당신이 좀 도와줄 수 있어?"

"그러지, 뭐."

안젤라는 놀란 눈으로 남편을 쳐다보았다.

"웬일이래? 애들이랑 놀아주는 것도 귀찮아하는 양반이 이리 쉽게. 세 시간은 설득할 각오로 꺼낸 말이었는데."

"아 뭘 이런 걸 애들이랑 노는 일에 비교해. 난 아멜리가 제 엄마 배 속에 있었을 때부터 알고 지냈다고. 그런 애가 도움이 필요하다는데 모르는 체 할 수야 없지."

"우리 남편이 이제야 철이 들었나."

안젤라가 기특하다는 듯이 남편의 엉덩이를 두드리자, 그는 코웃음을 치며 손질 중인 연장으로 고개를 돌렸다.

"가서 애나 봐, 여편네야."

다음날 이 소식을 들은 아멜리는 뛸 듯이 기뻐했다. 관록 있는 약초꾼이자 발번 약초꾼들의 우두머리 격인 빌슨이라면 그녀 같은 초짜에게 있어선 천군만마나 다름없었다. 하지만 그보다 기쁜 점은 제 식구 거두기도 바쁠 두 부부가 제 일에 발 벗고 나서준다는 사실이었다.

아멜리는 감격에 겨워 배움에 대한 의욕을 불태웠다. 열심히 일을 배우자. 하루빨리 그들을 도울 수 있는 약초꾼이 될 테야!

그런데 시작부터 약간의 난관에 봉착했다. 빌슨을 만나 직접 들은 말이 아멜리의 예상과 조금 달랐던 것이다.

"부잣집 아가씨도 아니고 선생이 왜 필요해. 그냥 보고 배워. 나도 다른 녀석들도 다 이렇게 일을 시작했으니까."

빌슨의 「도와준다」는 가르쳐 주겠다는 말이 아니라 단순히 따라다녀도 좋다는 허락에 불과했다. 약간 실망스러웠지만 아멜리는 순순히 수긍했다. 다섯 식구의 입이 걸린 생계 활동에 방해가 된다면 그녀 자신도 얼마나 면구스러우랴. 이편이 차라리 마음 편해 나을지도 몰랐다.

아멜리는 품팔이를 하는 틈틈이 짬을 내어 빌슨을 따라 산에 오르기 시작했다. 길을 잃고, 헤매고, 곰을 맞닥뜨릴 뻔하고, 부주의하게 독초를 먹는 등 산중 수업은 험난하기 짝이 없었다. 빌슨은 최소한의 도움만 주겠다고 이미 선언한 상태였기에 거의 혼자 산을 타는 것이나 다름없었다.

실수가 다 경험이고 경험이 곧 실력이 된다는 것이 그의 지론이었다.

한동안은 상처투성이가 되어 빈손으로 하산하는 나날이 계속됐다. 다른 이들의 걱정도 제쳐 두고 호기롭게 시작한 일인데 성과가 없자 아멜리는 부끄럽고 울적했다. 그래도 섣부르게 포기를 한다면 억척스럽게 꾸역꾸역 버텨온 지난 인생이 무색해지리라. 딱 반년만 이 악물어 보자는 결심으로 아멜리가 끈덕지게 산에 오르자, 빌슨도 그 근성과 노력에 감화되었는지 쓸모 있는 조언을 던져주기 시작했다.

"무슨 풀인지 모르겠으면 절대로 입에 넣지 마. 설마 설마 하다가 황천 갈 수 있으니까."

"아이고, 그걸 뿌리째 캐면 어떡해? 죄다 씨를 말려 내년에 다 같이 굶어 죽자고?"

"여름이 되어 수풀이 울창해진 산만큼 무서운 곳도 없지. 여길 봐도 저길 봐도 다 비슷비슷해 보이니 길을 잃기 십상이거든. 우리 약초꾼들이 지표로 활용하는 특이한 모양의 나무나 바위를 알려줄 테니 잘 기억해둬라."

"그 식물의 점액은 피부에 해롭다. 장갑을 잊지 마."

"버섯은 썩은 흙이 묻어 있는 것이 많으니 손질에 주의를 기울여. 땄다고 덥석 먹지도 말고."

하루는 아멜리가 고목에서 갓 딴 버섯을 요리조리 살피며 물었다.

"버섯은 아무리 봐도 씨가 뭔지 모르겠어요. 빌슨 씨는 버섯의 씨를 본 적 있나요?"

"아니. 씨가 너무 작아서 사람 눈에 안 띄는 모양이야. 약방 영감 말로는 민들레 홀씨처럼 바람을 타고 다니다가 낙엽 많은 땅이나 죽은 나무에 닿으면 핀다더군."

그러자 그녀의 뇌리에 떠오르는 것이 있었다.

"아하! 저희 집 창고 나무기둥에 핀 버섯도 바람을 타고 씨가 들어왔던 거로군요. 어쩐지 청소해도 청소해도 계속 생기길래 이상하다고 생각했었어요. 참 성가신 일이긴 하지만, 어떤 의미로는 대단하네요. 버섯에게 그렇게 강인한 생명력이 없었더라면 약초꾼들 절반은 배를 곯을 뻔했으니까요."

"생명력이 강인할 뿐만 아니라 영특하기도 여느 식물 못지않은 놈들이야."

빌슨이 좀 더 아는 체를 했다.

"버섯이 영특하다고요?"

"그래. 이놈들은 암수 없이 씨를 만들거든. 꽃이나 열매를 만들어 나비나 새를 유혹할 필요가 없다 이거야. 그저 바람 타고 유유자적 날아다니다가 제게 맞는 땅에 뿌리내리면 되니 얼마나 자유롭고 좋아? 수분(受粉) 되려고 전전긍긍하는 녀석들과는 차원이 다르지."

"바람이라……. 운이 나쁘면 하염없이 기다려야 하겠네요? 어쩌면 씨를 영영 퍼뜨리지 못할 수도 있을 거 같고요."

"글쎄, 몇몇 버섯들에겐 그런 불행이 일어날 수도 있지. 하지만 종적으로 보면 꽃과 과일을 가진 식물들이 씨 퍼트리기에 더 불리할 거다."

아멜리가 고개를 갸웃거렸다.

"어째서요?"

"거야, 나비와 바람 중 영영 사라지기 쉬운 건 어느 쪽이냐."

그녀는 잠시 고민하다가 대답했다.

"음, 잠시 없는 게 아니라 세상에서 아주 없어지는 거라면요, 바람은 살아 있는 것이 아니라 영양분을 섭취할 필요 없고 천적도 없어요. 반면에 나비는 꿀이 없으면 굶어 죽을 수 있고 사람에게 잡히거나 거미에게 먹힐 수 있으니까 아무래도 나비 쪽이……."

말하던 도중 그녀는 빌슨의 말뜻을 알아차렸다. 「현상」인 바람과 달리, 「생물」인 나비와 새에게는 멸종의 위험이 있다. 따라서 후자를 번식의 매개체로 쓰는 쪽도 그들만큼 멸종에 취약하리라.

그러나 쉽게 수긍하기 어려운 얘기였다. 자연의 다양한 한 일면을 인간의 관점으로 너무 확대해석한 게 아닐까? 그녀는 손에 쥐고 있던 버섯을 바라보았다. 평소 별생각 없이 수프에 썰어 넣던, 수수하고 투박하게 생긴 식용버섯.

"흠. 그렇게 치밀한 성격의 생물로는 보이지 않는데."

아멜리는 빌슨의 버섯예찬론에 완전히 동의하진 않았지만, 그때 이후 버섯을 요리할 때마다 묘한 기분에 휩싸이곤 했다. 나비가 멸종된 세상에서도 살아남을 수 있게 만들어진 버섯이라는데 한낱 내 점심거리가 되어 죽는구나. 이거야말로 인생무상, 아니 균생무상이야.

한 번은 달콤한 냄새에 끌려 꽃을 건드렸다가 질겁한 적도 있다. 꿀이라도 품었나 하고 오므린 꽃잎을 벌려 보았더니 반투명한 점액질 액체에 녹다 만 풀벌레가 서너 마리 담겨 있었다. 그 어디에서도 본 적 없던 징그럽고 괴이쩍은 장면에 아멜리는 충격을 받았다.

"이 보따리처럼 생긴 꽃 안에 벌레 사체가 가득해요."

빌슨이 다가와 꽃을 슥 훑어보았다.

"식충식물이다. 벌레를 잡아먹는 꽃."

"꽃인데 벌레를 먹는다고요?"

그때까지 아멜리는 모든 식물이 햇빛과 물을 양분 삼아 평화롭게 자라나는 생물인 줄 알았다. 그러나 빌슨의 설명은 아멜리의 상식을 뒤집어 놓았다.

"여기 끈적끈적한 수액 보이지? 이게 꿀인 줄 알고 벌레들이 기어들어온단 말이지. 그러면 꽃이 수액에 빠져 옴짝달싹 못 하는 벌레들을 녹여서 먹는 거야. 꼭 요부에 빠진 가련한 사내들의 말로 같지 않나?"

아멜리는 눈살을 찌푸렸다. 낄낄 웃고 있는 빌슨의 경박함이 못마땅한 동시에 식충꽃에 대한 생리적인 거부감이 일어난 까닭이었다. 진짜 꿀도 아니고 단지 달콤한 향을 내어 거짓으로 벌레를 꾀어 잡아먹는 꽃이라니, 실로 음흉하지 않은가.

그러다가 그녀는 스스로 도리질 쳤다. 아니야, 자연에 인간의 잣대를 갖다 댈 수는 없어. 그건 그녀가 약초꾼이 되어 제일 처음으로 깨달은 교훈이었다. 산을 제집처럼 드나들기 시작한 이래 인간의 눈에는 한량없이 비정한 자연의 생태를 수도 없이 목격했다. 남의 둥지에 알을 까는 뻐꾸기, 숙주의 양분을 고스란히 빼앗아 사는 기생목, 심지어 다른 곤충의 몸에 알을 낳는 종류의 벌들도 있다. 이리나 승냥이도 사냥을 할 때 가장 발이 느리고 연약한 개체를 노리지 않는가. 그 상황이 인간 대 인간이었다면 약자를 괴롭히는 비겁한 행위라며 지탄받았겠지만 야생의 동물에게는 무의미한 비난이다. 이 식충꽃 또한 마찬가지리라.

사기행각 같은 생존법이지만 자연에서는 사기가 아닌 그저 하나의 처절한 생존법.

"그래도 좀 쓸쓸한 일이네요. 모처럼 자기에게 호감을 갖고 다가와 주는 이들을 해쳐야만 살아남을 수 있다니."

아멜리가 나지막이 한숨짓자 빌슨이 이죽거렸다.

"호감? 낭만적인 헛소리를 하는구나, 아멜리. 이 벌레들은 식충꽃을 좋아해서 다가가는 게 아니라 단지 수액을 먹으러 가는 것뿐이야. 「이용」하기 위해서라고."

"그렇긴 해도……."

상대방의 접근 목적이 좋은 쪽이든 나쁜 쪽이든, 식충꽃 자체가 자신에게 다가오는 누군가를 속이고 죽여야만 살아남을 수 있는 목숨이라는 점에는 변함이 없다. 그렇게 생을 이어간들 거기에 무슨 의미가 있을까.

"저는 인간으로 태어나서 다행인 것 같아요. 농사를 짓거나 날품을 팔면서 먹고 살 수 있잖아요. 남을 속이거나 죽이지 않아도 된다는 삶이란 얼마나 축복인가요."

"흥, 인간으로 태어나서 다행이라고? 그 말을 저어기 전쟁놀이하는 나라님한테 가서 해보려무나. 어디 임금이나 귀족들뿐인가, 마을 밖에 나가보면 산적에 강도에 인신매매범이 우글거린다. 도시에는 사기꾼과 거짓말쟁이가 판을 쳐. 그런 걸 보면 알 수 있을 거야. 인간이나 식충꽃이나 결국 종이 한 장 차이라는 걸."

"아니어요. 인간은 마음만 먹으면 얼마든지 선량한 방식으로 살아갈 수 있어요. 그런 사람들은 조용히 살기 때문에 티가 나지 않을 뿐, 틀림없이 악당들보다 훨씬 더 많다고요. 우리 마을 사람들만 해도 그렇잖아요."
"과연 그럴까."
빌슨은 비아냥거렸으나 아멜리는 확신했다.
"네, 그래요. 인간에게는 인생을 어떻게 사느냐에 대한 「선택권」이 있어요. 그러니까 태어난 이상 반드시 벌레를 속여 잡아먹어야 하는 식충꽃과는 달라요."
빌슨은 논쟁이 귀찮은 듯 그렇다고 해두자며 시큰둥하게 넘겼다. 한편 아멜리는 조금 전 식충꽃을 음흉하다고 여겼던 것이 부끄러워졌다. 인간과는 달리 삶의 방식을 선택할 수 없는 존재에게 그 삶의 방식을 비난하다니, 실로 부당한 짓을 했다.
"이 꽃이라고 이렇게 태어나고 싶어서 태어난 건 아닐 텐데……."
아멜리는 식충꽃을 안타깝게 바라보며 한 걸음 물러났다.
"자연의 섭리란 참 알다가도 모르겠어요, 빌슨 씨. 세상을 창조한 신은 「살아남아 자손을 퍼뜨린다」는 목적만 달성한다면 그 과정은 아무래도 좋다는 걸까요?"
그녀가 다소 심오한 차원의 고민에 빠져 있을 때 빌슨이 아멜리가 물러난 자리로 냉큼 들어왔다.
"안 가지면 내가 가진다? 벌레의 영양분이 듬뿍 녹은 이놈이 또 보약이라고 좋아하는 인간들이 있단 말씀이야."
여태껏 약재라고 입도 벙긋 안 하고 있던 빌슨은 식충꽃을 제 가방에 넣고 나서야 술술 정보를 풀어놓았다. 아멜리로선 눈 뜨고 코 베인 셈이었다. 일을 가르쳐주는 선생 입장이면서 이럴 때는 얄짤없게 구는 빌슨이 약속했으나 어떻게 보면 그는 제가 했던 말을 그대로 실행하고 있는 것이었다. 인간과 식충꽃과 종이 한 장 차이라던 건 어쩌면 그의 자기소개였는지도 몰랐다. 값진 약재를 손에 넣어 신이 난 빌슨을 보며 아멜리는 절레절레 고개를 저었다.

그 밖에도 여러 가지 경험을 하면서 아멜리는 한 사람의 어엿한 약초꾼으로 거듭나고 있었다. 약초에 관한 지식을 풍부하게 쌓았을 뿐만 아니라 어느덧 잡초 사이에서 약초를 가려내는 안목도 생겼다. 좋은 약초를 구하기 위해서라면 그 어떤 위험한 장소도 마다하지 않는 배짱 또한 커져갔다. 하릴없이 매고 다니던 망태기는 날이 갈수록 무거워졌다. 어떤 사람은 얼굴이며 팔다리에 흉터를 덕지덕지 단 그녀를 보며 시집갈 생각을 아예 접었나 보다고 혀를 찼다. 그러나 약초꾼 일을 말리던 그녀의 친구들은 오히려 지원군으로 돌아섰다.

"요즘 낯빛이 달라졌어, 아멜리. 전보다 훨씬 생기가 도는 걸 보니 네가 천직을 찾은 게 맞나 봐."

"나중에 네가 델림산맥을 쥐락펴락하는 약초꾼이 될지 누가 아니? 남들이 뭐라던 포기하지 말고 열심히 해."

스물네 번째 생일날의 깜짝 파티는 그런 응원과 격려 차원에서 계획된 것이었다. 덕분에 아멜리는 가장 행복한 생일을 보낼 수 있었다.

그리고 생일 다음 날 오후. 깜짝 선물 같은 사건이 하나 더 일어났다.

"며칠 뒤에 도시에 나갈 예정이다."

빌슨이 불쑥 말을 꺼냈다. 아멜리는 내다 팔 약초를 시일 내에 전달해달라는 뜻인 줄로만 알고 고개를 끄덕였다.

"요번에 드릴 약초는 별로 많지 않아요. 저번처럼 작게 꾸려놓으면 되겠죠?"

"그렇긴 한데, 내 말은 너도 따라오란 말이다."

"제가요? 왜요?"

"왜긴 왜야. 장사 올해만 할래? 계속 이 바닥에 있으려면 장사치들과 안면을 터둬야지."

약초꾼에게 판로는 매우 중요한 문제다. 아무리 좋은 약초를 캐봤자 팔 곳이 없으면 이윤을 전혀 남길 수 없기 때문이다. 따라서 판매상들과 오랫동안 거래를 해오며 신용과 인맥을 쌓은 약초꾼이 마을을 대표해 판로 관리를 하는 것이 관례로 정해져 있었다.

물론 공으로 하는 수고는 아니다. 판로 담당자는 수고비 명목으로 약초 판매금 일부를 나누어 가진다. 여기서 생기는 병폐는 그 이윤을 노리고 매우 배타적으로 판로를 틀어쥐는 사람이 나타나기도 한다는 것인데 빌슨이 그 대표적인 사례였다. 그는 절대로 다른 약초꾼을 자신의 거래처에 소개시켜주지 않았고, 개인적으로 새로운 판로를 뚫도록 내버려두지도 않았다. 이 같은 사정을 알기에 아멜리는 따라오란 소리를 듣고도 얼떨떨하기만 했다.

그러나 떨떠름하다는 이유로 걷어차기에는 아까운 제안이었다. 이 기회를 통해 판매상들과 관계를 잘 다져두면 독자적으로 거래할 수 있는 날이 올지도 모른다. 그리하여 빌슨에게 수고비를 떼어주지 않아도 된다면, 그리고 향후 수십 년간 이 일을 하게 되리라 가정하면 그 절약은 막대한 금액이 되리라.

"음, 알겠어요. 준비할게요."

약간의 망설임 끝에 내린 이 결정이 그녀의 인생에 얼마나 큰 파장을 가져올지, 이 세계에 어떠한 이변을 가져올지 그때는 아멜리도, 그 누구도 전혀 짐작하지 못했다.

⁂

발번 약초의 판로는 인근 도시 서너 곳이었다. 이번에 방문할 도시는 「목야」로, 빌슨이 가장 자주 드나드는 도시이자 발번에서 가장 가까운 도시였다. 그래도 산고개를 굽이굽이 넘어 델림산맥을 빠져나가야 나타나는 먼 거리였지만 말이다.

아멜리는 아직 새벽 별빛이 총총한 시간에 여행 채비를 마치고 이웃집으로 갔다. 짐정리 중인 빌슨, 그리고 빌슨네 재산목록 1, 2위를 다투는 말과 노새가 앞마당에 나와 있었다. 짐이 많으면 말에 수레를 달기도 하지만 오늘 가지고 나갈 짐은 빌슨과 아멜리의 것이 전부라 그럴 필요는 없는 듯했다.

"짐은 노새에 싣고 우린 말을 타자."

"전 말을 타본 적 없는데요. 혹시 가다가 떨어지진 않겠죠?"

"그런 걱정일랑 접어라. 전속력으로 달리는 게 아니라 노새와 속도를 맞춰가는 거니까."

아멜리는 빌슨의 도움을 받아 안장에 올랐다. 말 위는 의외로 높은 세상이었다. 물론 매일 같이 고산을 오르내리고 절벽가를 헤매는 약초꾼에게는 우스운 높이였지만 매일 보던 일상적인 풍경을 다른 각도에서 조망한다는 점에서 색다른 맛이 있었다.

아멜리가 신기한 듯 주위를 둘러보고 있는데 별안간 뭉툭한 것이 엉덩이를 쓱 쓸고 지나갔다. 화들짝 놀라 뒤돌아보니 빌슨이 재빨리 손을 거둬들이고 있었다. 자세 잡는 걸 도와주다가 실수로 스친 모양이구나. 다소 민망하긴 해도 아멜리는 대수롭지 않게 넘겼다. 곧 빌슨네 현관문이 열리며 어깨에 숄을 걸친 안젤라가 아이들을 데리고 나왔다.

"셋 다 일찍 일어났네. 졸리지 않니?"

아멜리가 올망졸망 서 있는 세 소년에게 말을 건넸다. 평소라면 "누나, 누나."하며 활달하게 매달렸을 아이들이 오늘따라 숫기가 없어 이상했다. 여덟 살 난 토니는 부루퉁해서는 발끝으로 연신 땅을 차고 있었다.

"아버진 왜 날 안 데려가고 아멜리 누나만 데려가는 거야?"

보아하니 도시로 함께 따라나서고 싶어 골이 난 모양이었다.

"어젯밤에 한바탕 하고도 아직 그 소리가 나오니? 두 사람은 놀러 가는 게 아니라 일하러 가는 거래도."

"나도 같이 일하면 되잖아."

"말이 되는 소릴 해. 네가 무슨 일을 하겠다고."

"왜. 아버지가 약초 말릴 때도 내가 돕잖아. 다른 일도 잘할 수 있어."

"네가 끼면 마일로가 세 사람을 태워야 돼. 가엾지도 않아?"

그 말에 좌절하기는커녕 토니는 커다란 눈을 반짝반짝 빛냈다.

"난 걸어갈게! 그럼 따라가도 되지?"

"얘, 말이 되는 떼를 써. 거기가 얼마나 먼 곳인데 걸어서 따라가니, 걸어서 따라가길."

"아멜리 누나가 그랬어! 해보지 않곤 모르는 거라고!"

토니가 당차게 외쳤다. 할 말이 궁해진 안젤라가 아멜리를 원망스레 흘겨보았다. 가슴이 뜨끔해진 아멜리는 은근슬쩍 고개를 돌렸다. "누나는 여자라서 우리 아빠같이 훌륭한 약초꾼은 못 될 거야."라는 미운 소리를 하는 아이에게 제 가슴을 탕탕 치며 가르쳐준 말인데 그 녀석이 설마 이런 데서 써먹을 줄이야.

"그냥 말 좀 들어. 엄마가 안 된다고 했으면 안 되는 거야."

안젤라는 마지막 수단으로 부모의 권위를 내세웠으나 역효과를 불러일으켰을 뿐이었다.

"따라갈 거야, 나도 갈 거라고!"

토니가 목청껏 떼를 쓰자 안장에 짐을 싣고 있던 빌슨이 아내에게 한마디 했다.

"거, 애들 좀 조용히 시켜."

그에 안젤라는 주먹을 들었다. 쿵! 꿀밤을 먹은 토니는 눈에 눈물이 그렁그렁해지더니 이윽고 대성통곡을 했다. 옆에 있던 동생 해리도 덩달아 흐느끼기 시작했다.

"조용히! 동네에 민폐잖아!"

안젤라의 목소리는 두 아들의 울음소리보다도 컸다.

"셋 다 시끄러워!"

결국 빌슨이 버럭 성을 냈다. 아멜리가 곡소리의 이중창을 말리는 부모의 분투를 난감하게 지켜보고 있는데, 삼 형제 중 막내가 다가왔다.

"누나 안 돌아와?"

"아냐, 루니. 이틀 밤만 지나면 돌아올 거야."

"선물 사와?"

"응. 무슨 선물 사올까?"

다섯 살배기는 치열하게 고민했다.

"새총! 아니, 토끼 인형…… 아냐, 새총! 음…… 인형도 갖고 싶은데……. 그래도 새총이 더……."

입이 댓 발 나온 첫째와 풀 죽은 둘째, 마지막까지 선물 고르는 문제로 갈등하는 막내, 손을 흔드는 안젤라를 뒤로 한 채 말과 노새가 걸음을 떼었다.

"두 사람, 몸 조심히 다녀와요."

"다녀올게요, 안젤라. 토니, 해리, 루니도 안녕."

아멜리가 뒤를 돌아 활기차게 손을 흔들었다.

"까불다간 떨어지니 내 허리나 단단히 잡아."

그러나 두방망이질 치는 심장 소리 탓에 아멜리는 빌슨의 주의를 듣지 못했다. 태어나서 처음으로 발번 밖으로 나가보는 여행, 말로만 듣던 도시를 방문하러 나서는 길이 아닌가. 심지어 말을 탄 우아한 행차이니 그야말로 지체 높은 귀족 아가씨라도 된 느낌이었다.

그러나 한 시간 뒤, 아멜리의 유쾌한 기분은 깨끗하게 종적을 감추고 말았다.

"으으……."

몸이 들썩거릴 때마다 앓는 소리가 절로 나왔다. 네발짐승의 걸음걸이에 따라 시야가 시종일관 오르락내리락하고 위액이 출렁거렸다. 가히 속이 편치 않은 가운데 엉덩이도 욱신욱신, 허벅지도 화끈화끈. 서너 시간이 흘렀을 땐 곧추세운 허리까지 뻐근해 죽을 지경이었다. 빌슨은 그녀의 속도 모르고 야속한 말을 했다.

"밤이 되면 산적이나 강도가 나타날지도 몰라. 낮 동안 목야에 도착할 수 있게 부지런히 움직이자고."

아멜리가 속으로 눈물을 삼키고 있으려니 빌슨이 힐끔거리며 뒤돌아보았다.

"힘들지?"

"조금요……."

"나도 너 같은 처지였던 시절이 있었어. 그 심정 이해하고말고. 정 못 참겠으면 내 등에 바싹 기대도 좋다. 한결 나을 거야."

산에서는 망태기 한 번 들어준 적 없었던 남자의 갑작스러운 친절에 아멜리는 고마움보다 어리둥절함이 앞섰다. 빌슨 씨가 웬일이람?

"빌슨 씨도 힘들 텐데 그럴 순 없죠."

아멜리는 떨떠름하게 몸을 뒤로 뺐다. 아무리 힘들대도 빌슨의 등에 제 가슴이 닿는 민망한 상황은 사양이었다.

"우리 마누라처럼 곰 같은 여자면 모를까 너처럼 가냘픈 애가 기댄다고 내가 쓰러질까 보냐."

"정말 괜찮아요."

"나중에 후회할걸. 고집부리지 말고 어른 말 들어."

묘하게 완강한 친절은 고맙기보다는 불편한 것이었다. 앞으론 빌슨 씨를 이기적이라고 못마땅하게 여기면 안 되겠어. 이렇게 사람 불편하게 만드는 친절이라면 없는 편이 낫지, 암.

"말씀은 고마워요. 그래도 지금은 좀 견딜만하니까, 가다가 진짜로 힘들어질 때 기댈게요."

좋게 거절을 했지만 빌슨은 그것조차 상당히 고까운 모양이었다. 계집애 고집이 왜 이리 세냐는 둥, 사람 호의를 거절하는 것도 큰 실례라는 둥 사감 섞인 설교가 한참 이어졌다. 아멜리는 그저 괴로운 표정으로 입을 꾹 다물고 있었다. 차라리 토니를 여기 앉히고 자신이 걸어오는 게 나았으리란 생각이 들었다. 그렇게 아멜리가 안장 위에서 고문 아닌 고문을 당하는 사이 귀먹은 말과 노새는 무심하게 걸어갔고, 그들은 예정대로 해가 지기 전에 목야에 당도할 수 있었다.

숙소는 빌슨이 수년째 이용해온 단골 여관으로 정했다. 여관 문전에서야 아멜리는 겨우 지상으로 내려올 수 있었는데, 진이 빠져 일어날 수가 없었다. 녹초가 되어 땅바닥에 주저앉은 그녀와 달리 빌슨은 주위를 부산하게 돌아다니며 짐 정리를 했다. 그는 접객 나온 여관 직원에게 말과 노새를 맡긴 뒤 짐꾸러미 중 절반을 들고 혼자 여관 안으로 들어갔다. 잠시 후 도로 나온 그는 빈손이었다.

"방 잡아뒀다."

"예, 수고하셨어요. 그나저나 힘들지 않으셔요?"

"이런 걸로 힘들긴. 장사 한 두 번 하나."

"전 온몸이 쑤셔 죽겠어요. 아무래도 내일 단단히 알이 밸 것 같아요."

"그럴 땐 몸을 억지로라도 조금씩 움직여주는 편이 나아. 가만히 주저앉아 있으면 근육이 더 심하게 굳을걸."

그 말을 듣고 아멜리가 비척비척 일어났다. 조금은 기력이 회복된 듯했다. 아직 짐의 절반이 여관 문전에 남아 있었기에 그녀가 짐들을 주섬주섬 챙겨 여관에 가지고 들어갈 준비를 했다.

"아니, 그건 지금 약방에 가져다줄 거야."

"아까 갖고 들어간 건요?"

"내일 오전에 장에서 팔 거."

"전부 약방에 팔지 않고요?"

"황금귀나 지빵이라면 몰라도 방방, 삼부요는 흔한 약초라서 약방에 팔면 돈이 안 돼. 영악한 치들은 거저먹으려고도 하니까 그렇게 떼일 바엔 수고스러워도 직접 팔고 말지."

아멜리는 고개를 주억거리면서 속으로 감탄했다. 빌슨 씨가 다른 건 몰라도 장사할 땐 셈이 밝아 믿음직스럽단 말이야.

"너도 시장에 한 번 가보는 게 좋아. 약초라고 해서 모두 시중에서 인기 있는 건 아니거든. 계절이나 물가에 따라 수요가 변하는 것도 있고, 뭐가 어디에 좋다더라 하는 입소문 덕에 정말 엉뚱하게 인기를 끄는 약재도 있지. 그래서 시장에 자주 드나들수록 약초 찾는 실력이 감각적으로 변하는 거야."

"감각적이라는 게 무슨 뜻이어요?"

빌슨이 유들유들하게 웃었다.

"돈이 되는 약초를 더 잘 찾는다고."

"아하."

"아무튼 약방문 닫기 전에 서두르자고. 혹시 약방에서 안 받아주는 약초가 생기면 내일 장에서 함께 팔아야 하니까."

두 사람은 짐을 나눠 들고 목야 시내로 향했다. 빌슨은 시내의 광장에서 뻗어 나가는 골목 중 하나로 들어섰다. 골목 어귀에서부터 약초 달이는 냄새가 진동하고 있었다.

"여기가 약재상 골목이다. 우리 약초꾼에게는 영주님이 사는 성보다도 중요한 장소니 오는 길을 잘 기억해둬."

약재상 골목은 쭉 뻗은 길 좌우로 고만고만한 크기의 약방들이 좌르륵 줄지어 서 있는 구조였다. 길 폭이 좁은데다 가게마다 앞에 잡동사니를 쌓아두어 어수선하기 짝이 없었다. 골목 깊숙이 들어가면서 빌슨은 행인 두어 명에게 아는 척을 했고 아멜리는 열심히 주위를 두리번거리며 풍경을 눈에 익혔다. 덩굴이 눈썹 같은 달을 둘러싸고 있는 그림의 입간판 앞에서 빌슨의 걸음이 멈췄다.

"고고리 영감네 약방, 여기가 발번 약초의 거래처다."

딸랑. 낡은 나무문에 달린 풍경이 맑게 울리며 손님의 방문을 알렸다. 주인인 듯한 왜소한 체구의 노인이 카운터에서 꾸벅꾸벅 졸고 있었다. 빌슨이 카운터를 탕탕 두드렸다.

"어이, 일어나쇼."

"어이쿠, 어서 오……!"

화들짝 잠에서 깬 노인이 반사적으로 환영인사를 하다가 스르륵 입을 다물었다.

“뭐야, 자네였구먼. 하기야 올 때가 됐다고 생각하고 있었지.”

노인이 입을 쩍 벌리고 하품을 하다가 뒤늦게 낯선 인물을 발견했다. 눈이 마주친 순간 아멜리가 꾸벅 고개를 숙여 인사를 했다. 노인의 실눈 사이로 이채가 돌았다.

“안녕하시오, 못 보던 얼굴이오만?”

빌슨이 나서서 소개를 해주었다.

“내가 저번에 가져온 지빵을 캔 아가씨, 아멜리라고 해. 우리 마을에 새내기 약초꾼이 생겼다고 일전에 한번 말했을 텐데.”

“오호라! 그 아가씨란 말이지.”

“아멜리. 이쪽은 고고리 영감. 이 동네에서 60년 넘게 장사를 해온 터줏대감이지.”

“잘 부탁드려요.”

“그래, 그래. 만나서 반가우이. 여자 약초꾼이라기에 좀 더 우락부락한 여걸일 줄 알았는데 의외로 얌전해 보이는 규수구먼. 그런데 또 절벽가에서 자라는 지빵을 캤다 하니, 보기보단 배짱이 좋구먼.”

약초꾼으로서 처음 들어본 칭찬이었다. 아멜리는 쑥스러워 손사래를 쳤다.

“빌슨 씨가 잘 지도해준 덕분이어요.”

“빌슨이 가르쳐줘? 별 우스운 소릴……. 그보다, 애는 있나? 부군은 뭐하는 양반인고?”

초면임에도 노골적인 호기심을 감추지 않는 노인이었다. 아멜리는 겸연쩍게 웃었다.

"그냥 저 혼자여요."

"어허! 이렇게 고운데 아직 짝이 없다고?"

노인의 목소리가 주책 맞게 커졌다. 그러나 짓궂은 의도는 없고 오히려 반색하는 기미였다.

"어이쿠, 이거 잘됐군. 내가 미취한 총각들 몇을 아는데 소개시켜줄까?"

노처녀라고 놀림 받는 건가 싶었던 아멜리는 예상치 못한 전개에 당황했다.

"말씀만으로도 감사해요. 그렇지만 전……."

"왜? 이 늙은이 안목을 못 믿겠어? 정말 건실하고 괜찮은 신랑감들이야. 이왕 목야까지 나온 김에 한번 만나보지?"

아무래도 빈말이 아닌 듯싶었다. 빈말 아닌 호의라면 거절하기 곤란하다. 안 그래도 아까 오면서 빌슨에게 한 소리 들은 참이 아닌가. 그렇다고 넙죽 받아들이자니 지참금도 없고 혼담까지 여러 번 무효가 된 제 이력은 욕 얻어먹기 딱 좋았다.

판매상에게 가급적 좋은 인상을 주고 싶었던 아멜리가 어물어물 말을 못하자, 노인이 답답한 듯 호통을 쳤다.

"거참, 내가 당장 결혼을 하라고 했나 애를 가지라고 했나. 그저 부담 갖지 말고 만나만 보래두."

"중매는 잘하면 술이 석 잔이고 못 하면 뺨이 세 대라는 말도 못 들어봤나, 영감?"

빌슨이 퉁명스레 끼어들었다.

"실없는 소리 말고 이리 와서 우리가 가져온 거나 봐."

"여전히 급한 성질머리구먼."

노인이 입맛을 다시며 아멜리를 보다가 빌슨 옆으로 자리를 옮겼다.

"값 좀 잘 쳐 줘. 이번엔 정말로 힘들게 구했어."

"그 소리도 여전하네."

좁은 약방 매장의 바닥은 보기 좋게 펼쳐진 약초들로 꼭 들어찬 상태였다. 노인은 돋보기로 한 종류 한 종류를 찬찬히 살펴보았고, 입속말을 중얼중얼하며 재빠르게 주판을 튀겼다.

그의 계산 결과는 은화 하나와 동화 셋이었다. 은화는 고가의 약초를 더 많이 판 빌슨의 몫이었고 동화는 아멜리가 가졌다. 거래가 끝나자 빌슨과 노인은 지인들에 관한 안부를 주고받느라 대화 삼매경에 빠졌다. 아멜리는 약방을 둘러보다가 가게 구석에 앉아 쉬었다. 그러면서 괜히 동화를 꺼내 손안에서 짤그락거려 보았다. 약재상에 직접 찾아와 거래를 했기 때문일까, 빌슨을 통해 판매금을 받았을 때보다 일한 보람이 훨씬 생생하게 느껴졌다. 목야에 따라 나오길 잘했어. 아멜리는 빙긋이 미소 지었다.

"다음번엔 내 입이 딱 벌어질 만한 놈으로 캐 오시게나, 발번 아가씨."

배웅하러 나온 노인이 손을 흔들었다. 관심이 좀 부담스럽긴 했어도 안목이 뛰어나고 계산도 깔끔한 장사꾼이었다. 당장 거래를 트진 못하더라도 향후 자주 볼 수 있는 관계가 될 수 있기를 바라며 아멜리도 공손하게 작별인사를 했다.

"또 뵈어요, 고고리 씨."

짐이 사라지고 돈도 손에 넣은 덕분에 약방 골목을 빠져나오는 두 사람의 발걸음은 가벼웠다.

"돈도 좀 벌었겠다, 오늘 저녁은 좀 근사한 걸 먹어볼까?"

빌슨의 말에 비로소 아멜리도 시장기를 느꼈다. 목야로 오는 중에 점심 도시락을 먹은 후론 아무것도 입에 대지 못한 상태였다. 돈을 손에 넣자마자 곧바로 써버리는 건 그녀의 스타일이 아니었지만, 첫 도시 방문인 이번만큼은 예외로 두기로 하고 빌슨을 따라 번화가의 식당으로 들어갔다.

이미 날이 저문 때라 식당은 벽과 건물 밖에 건 등불들로 휘황찬란하게 빛나고 있었다. 테이블마다 삼삼오오 자리 잡은 손님들은 술을 곁들인 저녁 식사를 하며, 지붕이 터져 나가라 왁자지껄하게 떠들어 댔다.

아멜리는 약간 충격을 받았다. 이렇게 많은 사람들이 한자리에 모여 밥을 먹는 것은 마을 잔치 때밖엔 본 적이 없었다. 이 식당의 창고에는 음식이 얼마나 그득할까. 아멜리는 신기한 듯 처음 와본 식당을 연신 두리번거렸다.

테이블에 앉기 무섭게 앞치마를 두른 종업원이 달려왔다.

"오늘은 기름 줄줄 흐르는 오리구이, 산딸기를 넣은 사슴고기스튜, 구수한 감자수프, 귀리 케이크, 호밀빵이 준비되어 있고요, 술은 독한 뱀술, 달달한 사과주, 구수한 보리주……."

즉석에서 메뉴를 줄줄 읊어 내리는 종업원을 신통하다는 듯이 아멜리가 쳐다보고 있는데 빌슨이 호기로운 선언을 했다.

"먹고 싶은 게 있으면 마음껏 시켜. 네가 도시에 처음 와본 날이니까 오늘 저녁은 이 오빠가 쏜다."

「오빠」라는 평범한 호칭이 왜 빌슨 씨 입에서 나오니까 징그럽지?

그녀는 떨떠름하게 수프 한 접시를 주문했다. 그러자 빌슨이 못마땅한 얼굴을 했다.

"감자수프? 그딴 건 발번에서도 먹을 수 있잖아. 이보쇼, 여기 닭다리 구이, 사슴고기스튜 주쇼. 뱀술도 한 병."

"예, 감사합니다!"

우렁찬 목소리로 인사한 종업원이 냉큼 주방으로 달려갔다. 아멜리는 빌슨이 오늘 번 돈을 식대로 전부 날려 버리려는 심산이 아닌가 싶어 걱정이었다. 반면에 빌슨의 태도는 여유로웠다.

"걱정 마. 별로 비싸지 않아. 여긴 발번보다 고기 구경하기 쉽거든."

"어떻게 그럴 수 있죠?"

"자유도시잖아. 발번처럼 소 돼지를 많이 기른다고 해서 세금을 더 낼 일도 없고, 매매도 주인 맘대로 할 수 있으니 시장에 고기가 더 많이 풀리는 거지. 더구나 목야 자체에서 델림의 사냥꾼들과 계약을 맺었다고도 하니까."

"그랬군요. 와, 세금을 안 내도 된다면 얼마나 살기 편할까요! 사람들이 다들 도시에서 살고 싶어 하는 까닭을 알 것 같네요."

"대신에 이곳 나름의 다른 고충들이 있겠지."

"그래도 안젤라는 도시에서 살고 싶다던데요?"

"우리 여편네는 골수까지 쪽쪽 빨아 먹히는 발번보다는 도시가 낫다고 생각을 하니까. 하지만 돈 모아 시민권 마련한다고 해서 능사인가? 아니지. 도시로 나와 뭘 해먹고 살 건지도 고민을 해봐야 한다 이거야."

그는 부루퉁하게 말을 마치고서 술잔을 거칠게 들이켰다.

이 문제로 안젤라와 부부싸움이라도 한 듯한 기색이었다. 아멜리는 그를 위로하듯 말했다.

"빌슨 씨는 목야에 아는 사람도 있고 판로도 꿰고 있으니 약초꾼 일이나 관련 장사를 하면 되잖아요?"

"글쎄, 장사란 게 워낙 텃세가 심해서. 게다가 약초꾼 일을 하려면 발번을 떠나지 않는 편이 더 낫다. 우리 마을 인근만큼 좋은 약초 자생지는 없는데 자유 시민이 되면 레이튼 영주의 영지에서 활동할 수 없으니까 말이야."

과연. 아멜리가 고개를 끄덕거렸다.

"빌슨 씨네도 여러 가지 고민이 많군요. 어쨌든 다섯 식구분의 시민권을 사게 될지도 모르니까 열심히 절약을 하셔야겠어요. 그런데 아까 좀 너무 많이 시킨 거 같아요. 두 사람이 다 못 먹을 양일 텐데 지금이라도 몇 개는 취소를 하는 게 어떨까요?"

남의 돈이라도 허튼 낭비를 싫어하는 아멜리는 줄곧 신경 쓰고 있다가 꺼낸 얘기였으나 빌슨은 태평하게 배를 내밀며 웃었다.

"도시에 만날 들락거리는 것도 아닌데 기회가 있을 때 실컷 먹어둬야지. 귀족 나리들은 음식을 맛만 보고 뱉는단 소문 못 들어봤어? 이 정도면 사치도 아니라고."

사십 줄에 들어선 남자의 철없는 발언에 아멜리는 눈썹을 슬쩍 일그러뜨렸다. 비교할 데에 비교하라는 뒷말은 목구멍께에서 간신히 삼킬 수 있었다.

"도시는 처음이라고 했지? 앞으론 질리도록 드나들어야 할 거야. 발번보다 백배는 더 혼잡한 곳이니 길을 잃지 않도록 항상 내 옆에 딱 붙어 있으라고. 아니, 나 없이는 어디 갈 생각 하덜덜 말아. 도시엔 온갖 범죄자가 우글우글해서 혼자 다니는 여자는 쉽게 표적이 되지. 특히 너 같은 시골 여자는 다들 더 쉽게 보니까."

아멜리는 그의 경고를 반쯤 흘려 들었다. 비록 낯선 도시에 와있지만 그녀도 사람 사는 곳의 분위기쯤은 파악할 수 있었다. 이 식당만 해도 유쾌한 인상의 시민들로 가득했고 지금까지 목격한 목야의 거리 풍경들은 건전하고 밝았다. 왜 빌슨이 왜 괜한 겁을 주는 건지 아멜리는 이해할 수 없었다. 빌슨의 어조에서 은근히 그녀가 어수룩하게 굴기를 기대하는 바람이 느껴지는 건 단순한 기분 탓일까.

"꼭 나쁜 놈들만 도시에 있다는 얘긴 아니지만 같은 마을 사람인 나보다 믿을 만한 놈은 없지 않겠어? 행동거지 조심하고 내 옆에 잘 붙어 있어. 웬 날라리가 다가와서 뭐라고 꼬드기든 혹해서 따라가지 말고."

"네, 네."

"아, 그렇지. 내일 장에서 만날 다른 마을 약초꾼들은 괜찮아. 나완 벌써 이십 년도 넘게 친하게 지내온 사이들이지. 네게도 소개해주마. 모두들 여간 익살꾼들이 아니야. 그중 나랑 오래 알고 지낸 놈 중에 퍼거슨이란 작자가 있는데 예전에……."

그녀와는 전혀 상관없는 빌슨의 옛 추억담이 지루하게 이어졌다. 아멜리는 남의 면전에 대고 하품하는 무례를 저지르지 않기 위해 허벅지를 여러 차례 꼬집다가, 마침내 주문한 술과 음식이 나와 빌슨이 말을 멈추자 속으로 만세를 불렀다.

“한잔해. 처음 도시를 방문한 기념주다.”

빌슨이 술을 가득 채운 술잔을 내밀었다. 입에 대기도 전에 독한 술 향이 코를 찔렀다. 아멜리는 난처한 미소로 지었다.

“잊으셨어요? 저 지난번 마을 잔치 때 겨우 산딸기주 두 잔에 취했었는데.”

“뭐 어때. 자꾸 마셔야 느는 법이지.”

“제가 여기서 쓰러지면 고생하는 건 빌슨 씬데요?”

“내가 다 책임져줄 테니 걱정 마. 자아, 팔 떨어진다. 어서 잔 받아.”

빌슨이 재촉하듯 술잔을 좌우로 흔들었다. 그러나 그녀는 낮의 여정 이후로 상당히 피로가 쌓인 상태였다. 뱀술같이 독한 술이 한 모금이라도 들어갔다간 곧장 쓰러질 게 뻔했으므로 끝내 고사할 수밖에 없었다.

“내일 아침 장이 있으니까 역시 관둘래요. 기념주는 약초를 다 팔거들랑 권해주셔요.”

“거참! 네가 여태 시집을 못 간 이유를 알만 하구나.”

빌슨은 무례한 말을 지껄인 뒤 분풀이하듯 술을 벌컥벌컥 들이켰다.

저도 막무가내로 떼쓰던 토니가 누굴 닮았는지 알만하네요.

아멜리는 마음속으로만 톡 쏘아붙이며 스튜를 뜬 숟가락을 물었다.

그리고 두 시간 뒤.

“이, 이, 오오오빠가 소싯적엔, 거 누구냐, 카슨네 집에서 궤짝으로 술을 마셨거든? 그래도 잠만큼은 집에 돌아와서 잔 사람이야. 걱정 므아! 이따가도 내가, 내 발로 숙소, 숙소까지 걸어간닷.”

"제발 정신 좀 차려요, 빌슨 씨."

"술 더 가져오라고 해!"

"여기 길 한복판이거든요?"

아멜리는 비지땀을 흘리며 다리가 풀린 빌슨을 부축하고 있었다. 발번에서도 해본 적 없는 주정뱅이 뒤치다꺼리를 고대하던 도시에 나와 하게 될 줄은 상상도 못 했다. 안젤라가 이 꼴을 보면 배를 잡고 웃을까, 아니면 남편 때문에 망신살이 뻗친다며 이마를 짚을까?

아멜리는 체념하듯 헛웃음을 지으며 또 한 걸음 힘겹게 내디뎠다. 그때 별안간 뜨끈한 무언가가 팔뚝을 더듬었다. 심지어 그냥 더듬는 게 아니라 은근히 가슴 쪽으로 다가오고 있었다.

"꺅!"

"아이쿠!"

의미 다른 비명소리 두 개가 동시에 터져 나왔다. 대차게 길바닥에 내팽개쳐진 빌슨이 마누라, 마누라 하며 신음을 흘렸다. 술김에 안젤라와 착각한 모양이로구나. 잔뜩 긴장했던 아멜리는 땅이 꺼지라 한숨을 쉬었다.

"판로 개척이고 인맥 형성이고 이젠 됐어. 빌슨 씨랑 도시에 나오는 건 이게 처음이자 마지막일 거여요."

아멜리는 탈진 직전에 겨우 숙소에 당도할 수 있었다. 빌슨을 바닥에 내려놓은 뒤 씩씩 더운 숨을 쉬며 카운터에 몸을 기대자 여관의 젊은 남직원이 알만 하다는 듯한 눈빛을 보냈다.

"흔한 일이죠."

"뭐가요?"

아멜리가 미심쩍게 반문했다. 직원이 어깨를 으쓱거리며 대답했다.

"인사불성의 취객 말이에요. 자유도시에선 통금이 없고 술집 영업시간도 말 그대로 자유니까 새벽 3~4시경쯤 되면 저런 아저씨들이 아무데나 널려 있다고요. 가끔은 내가 걷고 있는 곳이 길바닥인지 남의 집 안방인지 화장실인지 구별이 안 간다니까요."

일행의 추태를 덩달아 욕하기도 뭐한 노릇이라 아멜리는 그렇군요 하고 싱겁게 고개를 끄덕일 수밖에 없었다.

"빌슨 씨가 이른 저녁에 방 두 개를 잡아두었을 텐데요. 안내 좀 해주시겠어요?"

"예. 그러지요. 근데 빌슨 씨가 잡은 객실은 하나예요. 그건 똑똑히 기억하고 있죠. 제가 기억력이 좀 좋은 편이라."

직원이 거드름 피우는 듯한 말투로 말했다. 아멜리는 살짝 당황했다.

"그럴 리가요? 다시 한 번 확인해주셔요. 혹시 「아멜리」라는 이름으로는 없나요?"

"제 말을 못 믿으시는군요."

불만스레 중얼거린 직원이 숙박 장부를 휘휘 넘기다가 지면의 한 부분을 보란 듯이 짚었다.

"제 말이 맞죠? 방 하나. 「아멜리」라는 이름도 따로 보이지 않네요. 그렇죠, 빌슨 씨?"

"오, 그래, 그래, 그래, 그래. 아, 알 군이었나? 부친은 잘 계시느아?"

"알이 아니라 알프레드라고요. 아, 이런. 이거 완전히 꽐라되셨군. 여기서 토하지만 말아주십쇼."

아멜리가 다급히 물었다.

"지금 방을 하나 더 잡으면 되죠?"

"죄송하지만 이미 만실이라서요."

"근처에 다른 여관은요?"

"시내 쪽으로 들어가면 두어 개 있긴 한데, 아가씨 혼자 이 밤중에 나가면 위험해요. 야경꾼이 돌아다녀도 으슥한 골목에선 무슨 일이 벌어질지 모른다고요."

직원은 무심한 말투로 겁을 잔뜩 준 뒤 해결책을 내놓았다.

"그냥 빌슨 씨랑 한 방 쓰시지요?"

"빌슨 씨랑요?"

아멜리가 곤란한 표정으로 머뭇거리자 직원이 피식 웃었다.

"설마 저 꼴로 아가씰 덮치겠어요? 거시기도 안 설……. 아니, 여하튼 좀 두꺼운 모포를 드릴 테니 한 사람은 침대, 다른 한 사람은 바닥을 쓰세요. 돈 없는 여행객들은 그렇게들 많이 해요."

"전 바닥에서 자는 건 상관없지만……."

"아가씨가 바닥에서 자려고요? 착하기도 하지. 지금의 빌슨 씨는 화장실에 처박아 논대도 불평 한마디 못할 텐데."

말투는 까칠한 직원이었지만 친절하게도 2층 객실까지 빌슨을 「운반」해주었다. 그는 등에 업은 빌슨을 맨바닥에 내팽개치려 했으나 아멜리가 만류했다. 명색이 친구 남편인데 차갑고 딱딱한 바닥에서 자게 하기는 미안했다. 직원은 빌슨을 침대에 내려놓은 뒤 카운터를 오래 비울 수 없다며 곧바로 돌아갔다. 그는 떠나기 전 한 가지 당부를 남겼다.

"침대에 토하지 않도록 주의 좀 해주세요. 요새 취객들 때문에 여관 관리가 영 힘들답니다."

아멜리는 기진맥진해 의자에 털썩 주저앉았다. 물론 잠깐의 휴식에 불과했다. 이제부터 그녀는 시내로 나가 새로운 숙소를 구해야 했으니까. 물론 직원의 조언대로 빌슨과 한방을 쓸 수도 있었지만 아까 빌슨이 술김에 그녀의 팔뚝을 더듬은 탓인지 마음 한구석이 찜찜해졌다.

아멜리는 편하게 침대에 드러누워 드렁드렁 코 고는 소리를 내는 빌슨을 불만스레 흘겨 보았다. 어쩌다 빌슨이 방 하나만 잡는 실수를 저질렀는지 모르겠다만 당시 자신은 멋대로 휴식을 취하고 있었으니 이제와 빌슨을 탓하기도 뭐했다. 아멜리는 씩씩하게 자리에서 일어났다.

"저는 방이 없어서 다른 여관에 묵으러 가요. 내일 아침 일찍 이리로 돌아오겠어요. 오전에 장이 열린다는 거 잊지 마시고요. 밤중에 도움이 필요하면 여관 직원을 호출하셔요."

설마 듣고 있을까 싶긴 했으나 노파심에 말을 남긴 아멜리가 뒤돌아서려는 순간이었다. 빌슨이 용수철 튕기듯 벌떡 일어났다. 충혈된 눈을 게슴츠레 뜨고 멍하니 앞을 보는 모습이 심상치 않았다. 직원이 남기고 간 당부가 그녀의 뇌리를 스쳤다. 설마!

"토하시려는 건 아니죠? 물 좀 드릴까요? 아니면 화장실 가고 싶으셔요?"

아멜리가 빌슨의 안색을 살피며 허둥대는데 돌연 빌슨의 손이 아멜리의 팔을 낚아챘다. 그녀가 의아하게 그를 쳐다보았다.

"빌슨 씨?"

빌슨이 다른 손으로 제 옆자리를 툭툭 쳤다.

침대에 나란히 앉자는 소리였다. 토하려는 기미가 아닌 듯해 안도했지만 대신에 약간 어처구니가 없어졌다.

“많이 취하신 듯하네요. 어서 주무셔요. 전 나가보겠어요.”

“내가 뭐 잡아먹길 하나. 그냥 여기 앉아. 좀 앉아보라고.”

“빌슨 씨 지금 취했어요. 이 손 놓으셔요.”

“나 안 취했다. 아주 말짱해.”

혀가 잔뜩 꼬인 채로는 별로 설득력 없는 말이었다.

“취한 게 아니면 저한테 왜 이러시는 거여요?”

“왜 이러긴. 네가 불쌍해서 그래. 어릴 땐 부모가 일찍 죽어 남의 집 더부살이로 고생스럽게 자라고, 커서는 가난해서 시집을 못 가고 있으니 얼마나 딱하냐.”

“다 제 팔자 아니겠어요. 것보단 이 손 좀 놔주셔요.”

빌슨이 입을 열 때마다 술과 음식냄새와 뒤섞인 구취가 아멜리의 코끝을 스쳤다. 그녀가 괴로워 콧잔등을 찡그리는 사이 빌슨이 아멜리의 쇄골을 음흉하게 훑어보았다.

“네가 가여워서 밤에 잠이 안 온단 말이야. 알 거 다 아는 나이에 얼마나 외롭고 쓸쓸할까.”

“전 별로…….”

“여자는 남자를 알아야 진짜 여자가 되는 법이야. 안 그래?”

털이 북슬북슬 난 거친 손등이 그녀의 뺨을 쓸었다. 벌레가 기어간 것처럼 소름 돋는 감각이었다. 아멜리는 제 비명소리가 바깥 어디까지 미칠 수 있을지를 가늠해 보았다. 2층 끝방.

카운터까지는 미치지 않겠지만 적어도 옆방 손님들에게는…….

"아멜리."

빌슨이 은근한 어조로 그녀의 이름을 불렀다.

"너 처녀 맞지?"

더 이상 주저할 필요가 없었다. 아멜리가 제 팔뚝을 잡고 있는 남자의 손등을 있는 힘껏 꼬집어 비틀었다. 빌슨이 악 소리를 질렀다. 그의 손에서 겨우 풀려난 아멜리는 뒤도 돌아보지 않고 방문으로 내달렸다. 이 장소가 추잡해서 견딜 수가 없었다. 한시라도 빨리 빌슨이 있는 여관을 빠져나가고 싶어 문지방을 밟는 순간, 빌슨의 걸걸한 목소리가 그녀의 등에 비수처럼 꽂혔다.

"이 되먹지 못한 년이! 부모 없이 자란 티를 내!"

다급하던 움직임이 거짓말처럼 정지했다. 뒤돌아보는 그녀의 얼굴에는 드물게도 선명한 분노가 떠올라 있었다.

"입조심하셔요, 빌슨 씨."

아멜리가 한 음절 한 음절 또박또박 경고했다.

"도와 달라 매달리는 게 불쌍해서 일을 가르쳐줬더니, 어? 보은하진 못할망정 감히 날 꼬집어? 사람 도리란 걸 몰라."

반면에 빌슨은 혀가 꼬여 다소 횡설수설 같은 비난을 하고 있었다.

"입은 삐뚤어져도 말은 똑바로 해야지요. 빌슨 씨에게 도움을 청한 건 제가 아니라 안젤라였어요. 도움을 먼저 베풀어 놓고 은혜를 갚으라 하다니, 세상에 그런 사기가 어디 있어요?"

"허! 자기 입으로 도와 달라 한 적이 없으면 도움받은 적 없는 거냐? 이거 아주 뻔뻔한 년일세!"

"돈이나 대가를 바랐다면 진작 말씀을 하시지, 왜 가만히 입 다물고 있다가 이제 와서 제게 사람 도리를 운운하며 비난하는 거죠? 그리고 희롱을 하면 하는 대로 참아주는 게 빌슨 씨가 말하는 은혜 갚기인가요?"

"그래, 이제 알았다. 아주 작정을 하고 내 단물을 쪽쪽 빨아 먹으려 그랬던 거였어. 그러니까 되먹지 못한 년인 거야."

"말 똑바로 하라고요!"

아멜리가 버럭 소리를 질렀다.

"누가 누구의 단물을 빨아 먹었다는 거여요. 빌슨 씨와 안젤라가 제게 호의를 베푼 만큼 저도 지금까지 빌슨 씨네 일을 물심양면으로 도와왔다고요. 안젤라가 밭일 나갈 때 저에게 세 꼬마를 맡겨도 보모 삯을 받지 않은지는 한참 됐죠. 애들 돌보다가 빌슨 씨네 집안일이 밀려 있으면 안젤라 대신 제가 해놓기도 했고요. 그것도 한두 번이 아니었어요. 또 안젤라가 맡기는 일감은 그게 뭐든 품삯의 두 배, 세 배 정성을 기울였어요. 그 밖에도 지난 1년간 제가 빌슨 씨네 가족을 위해 한 일들이 많아요. 빌슨 씨 눈에 안 뜨였다고 해서 없던 일이 되는 건 아니죠!"

그녀가 한바탕 퍼붓는 동안 빌슨은 고개를 푹 떨어뜨리고 있었는데 반성하는 태도 같진 않고 그저 술기운에 의식이 오락가락하는 듯했다. 내가 이 자리에서 뭐라고 한들 나중에 빌슨 씨가 기억이나 할까? 아멜리는 자괴감이 들었다. 주정뱅이 상대로 말다툼하는 것도 한심한 노릇이지만 이웃과 주고받던 훈훈한 정을 이해타산하는 이 상황 자체가 가장 혐오스러웠다. 그녀는 말투를 누그러뜨리며 호소하듯 말했다.

"그렇지만 전 그걸로 신세 갚은 셈 치려던 적 없어요. 애초에 그럴 작정도 아니었고요. 빌슨 씨가 저를 돕는 것이나, 제가 안젤라를 돕는 것이나 모두 이웃끼리 힘들 때 돕고 살자는 의미 아니어요? 어느 한쪽에 빚을 지우고 마음대로 휘두르기 위해 이웃을 돕는 게 아니잖아요."

자는 듯이 보였던 빌슨에게서 쿡쿡거리는 웃음소리가 흘러나왔다.

"내숭 떨고 있네."

그가 고개를 번쩍 들었다. 붉게 번들거리는 눈은 어쩐지 비웃는 모양새였다.

"너, 애초에 날 유혹하려고 약초꾼이 되겠다 한 거잖아."

찰나 간 그녀는 제 고막의 성능을 의심해야 했다.

"방금, 뭐라고 하셨어요?"

"약초꾼 옆집에 사는 계집애가 난데없이 약초꾼을 하겠다며 난리 치는데, 그 속셈이야 뻔하지 않나?"

아멜리는 감정 문제를 떠나 그의 사고회로 자체를 이해할 수 없었다. 도대체 뭘 어떻게 해석하면 저런 식으로 현실을 곡해할 수 있는 거지?

"오랫동안 친구 먹어왔으니 우리 여편네 성격을 잘 알고 있었을 테지. 약초에 대해 아무것도 모르는 네가 약초꾼이 되겠다 하면 도와주겠다고 오지랖을 부릴 걸 말이야. 근데 약초꾼 남편을 두고서 달리 방법을 찾을까? 당연히 나더러 널 도우라 닦달하지. 너도 싫단 소리 안 했잖아? 원했던 결과니까 그런 거 아냐?"

아멜리는 아무 말도 하지 못했다. 물론 긍정의 의미가 아니라, 반박

점이 너무 많아 무엇부터 시작해야 할지 혼란스러웠기 때문이었다.

그러나 그 침묵을 정곡이 찔린 탓으로 받아들인 빌슨은 더욱 의기양양해졌다.

"이제야 말하는 건데 말이야. 약초 배운다는 구실, 꽤 영리했어. 나 아주 감탄했다고! 그런 거라면 우리 둘이 산에 오르든 도시로 나오든 수상하게 보는 눈이 없을 테지, 암. 물론 다른 여자 같았으면 남편을 젊은 여자랑 있게 놔두지 않았을 테지만 우리 여편네야 워낙 곰처럼 미련하지 않냐. 네가 평소에 열심히 순진한 척을 해댄 덕분도 있지만. 결국 친구끼리 쿵짝이 잘 맞아 떨어졌단 얘기지. 클클클……."

빌슨의 사고방식은 거의 망상병 환자 수준이었다. 아멜리는 눈 풀린 채 히죽대고 있는 그를 굳은 얼굴로 지켜보다가 일언반구 없이 몸을 돌렸다. 주정뱅이보다, 주정뱅이와 말씨름을 하고 있는 자신이 더욱 바보 같이 느껴졌다. 쇳소리 같은 욕설이 뒤따라왔으나 이번엔 결코 걸음을 멈추지 않았다.

마침 1층 카운터는 텅 비어 있어 그녀는 직원의 제지를 받지 않고 밤거리로 나올 수 있었다. 거의 자정에 가까워지고 있는 시각이었다. 여관 근처는 어둡고 인적이 드물었지만 시내 방향으로 나아갈수록 드문드문 행인이 보였고 불 켜진 주점도 보였다.

큰길은 방범용 횃불이 드문드문 걸려 있어 크게 어둡지 않았다. 그래도 대낮 같진 않으니 여관 직원의 말대로 위험할지도 몰랐다. 지나가는 사람들도 사실 거의 취객이었고 말이다. 그러나 현재의 그녀는 공포나 두려움을 느낄 새가 없었다. 오로지 분노라는 감정 하나로 의식이 온통 잠식되어 있었기 때문이었다.

빌슨이든 건달이든 아무나 걸리기만 해봐. 내 몸에 손가락 하나라도 댄다면 미친년처럼 날뛰어 줄 테니까!

그녀는 팔을 붕붕 휘두르며 씩씩거렸다. 어떻게 다른 사람도 아닌 빌슨이 이런 짓을! 생전에 제 부모가 옆집 아들 빌슨에게 얼마나 잘 대해줬던가. 그런데도 감히 그 더러운 입으로 그녀의 부모를 운운하면서 그녀를 욕보이려 한 것이다. 인간이 아니다. 추잡함의 끝이었다. 저런 인간은 발번 안에 내버려둬서는 안 돼. 아멜리는 마을회의 때 오늘 밤 일어난 일을 고발해 그를 추방시키고야 말리라는 결의를 거듭해 다졌다.

용광로처럼 뜨거웠던 머리도 차가운 밤공기에는 식어갔다. 조용한 거리를 배회하다 보니 분노보다는 걱정이 차올랐다. 발번은 작고 폐쇄적인 시골이다. 사건사고가 적어 평화롭고 조용하지만 어쩌다 한 번 추문이 일어나면 수십 년 동안 잊히지 않고 입방아에 오르게 된다. 추문이 어디 가해자만 따라다니는 법이 있던가? 자극적인 화제를 좋아하는 호사가들이라면 피해자인 그녀를 유부남에게 꼬리 친 행실 나쁜 계집애로 둔갑시키고도 남았다. 결국에는 제 얼굴에 침 뱉기가 되리라.

안젤라와 아이들이 상처를 받으리란 점도 걱정이었다. 특히 안젤라. 종종 부부싸움으로 죽네사네해도 애정을 끊어내지 못하는데 빌슨의 행실에 얼마나 실망하고 비통해하랴. 더구나 가족이란 운명공동체다. 잘못한 건 빌슨이더라도 그 벌은 죄 없는 그의 가족 모두가 함께 감당하게 될 것이다.

아멜리는 횃불이 조용하게 타오르는 큰길가에서 발걸음을 멈췄다.

갈피를 잡을 수 없었다.

안젤라와 아이들의 고통을 무시한 채 그의 악행을 세상에 알리느냐, 아니면 제 가슴 깊은 곳에 피멍을 남긴 채 묻어두느냐.

"기회를 주어야 옳은 걸까……."

답답한 심정에 올려다본 밤하늘에는 곰보 자국이 선명한 보름달이 걸려 있었다. 달 구경 하기 좋은 날이로구나. 저 사람도 그렇게 생각해 이 밤중에 나온 거겠지. 지붕에 걸터앉은 남자의 옆모습을 멍하니 바라보고 있던 아멜리의 눈이 휘둥글 커졌다.

지붕에 앉은 남자라고?

문득 정신을 차려 보니 그녀가 서 있는 곳은 인적 없는 거리였다. 본래는 번화가의 한구석이겠지만 야심한 시각이라 건물들은 모두 어둠에 잠겨있고 쥐죽은 듯 고요했다. 어느새 내가 이런 데로 접어들었을까? 빌슨과 여관 직원이 그녀를 겁주던 목소리가 불길하게 심장을 두드렸다. 식은땀이 절로 솟았다. 어쩌면 저 남자는 평범한 사람일 수도 있다. 하지만 이러한 상황에서는 미치광이나 불한당이라고 가정하는 편이 제 신상에 이로울 터였다. 아멜리는 천천히 뒷걸음질쳤다. 달구경에 심취한 듯한 남자에게 들키지 않으려고 촉각을 곤두세웠으나, 운이 따라주지 않았는지 세 걸음도 안 되어 돌 부스러기를 밟고 말았다.

저벅! 유난스러운 발자국 소리가 밤공기를 뒤흔들었다.

헉! 아멜리는 무심코 신음을 터뜨렸다가 얼른 손으로 입을 가렸다. 그러나 때는 이미 늦었다. 지붕에 앉은 남자가 고개를 돌렸다.

험상궂고 불건전한 눈빛의 사내를 상상하고 있던 아멜리는 깜짝 놀랐다. 상대는 무척 앳된 용모였다.

밤의 어둠에도 퇴색되지 않은 오렌지빛 고수머리, 주근깨로 뒤덮인 얼굴, 살짝 치켜 올라간 눈매를 가진 10대 소년. 조금만 입꼬리를 올려도 악동처럼 짓궂어 보일 터였다. 그러나 소년의 눈빛은 텅 빈 껍데기와 같았다. 이웃집 꼬마들의 초롱초롱한 눈망울을 매일 같이 대하는 아멜리는 그 위화감을 예민하게 알아차릴 수 있었다.

"괜찮아요?"

소년이 무어라 말을 했으나 목소리가 잘 들리지 않아 입을 벙긋거리는 모양만 보였다. 아멜리가 미간을 살짝 찌푸리며 지붕 밑으로 다가갔다. 소년의 웅얼거림이 한결 또렷해졌다.

"기회를 줘. 두 번 다시 그런 실수는 하지 않아."

기회라고? 아멜리는 흠칫 놀랐다. 조금 전의 혼잣말에 소년이 대답하고 있는 것일까? 아니, 그럴 리가 없다. 소년은 아까 일어난 사건과는 전혀 무관한 인물이다. 빌슨을 대신해 그녀에게 용서를 구할 까닭이 없었다. 어디까지다 단순한 우연의 일치, 얄궂은 운명의 장난이리라. 그렇게 생각하면서도 아멜리는 동요하는 마음을 억누르기가 힘들었다. 실수라. 참으로 편한 변명이 아닌가.

"정말로, 실수였나요?"

소년의 어깨가 달팽이 더듬이 들어가듯 움츠러들었다. 역시. 그녀는 안타까움마저 느끼며 차분히 말을 이었다.

"실수라는 건 걷다가 돌부리에 채여 넘어지거나, 밥을 먹다가 흘리거나, 매일 만나는 사람의 이름을 엉뚱하게 부르는 일 같은 거여요. 다음번엔 그러지 말아야지 하고 주의를 기울이면 쉽게 고칠 수 있는 잘못. 무심코 또 저질러버려도 멋쩍게 웃고 훌훌 털어버리면 끝인 사소한 잘못. 그런데…… 그쪽이 누구에게 어떤 행동을 했는지 모르겠지만요. 그렇게 간절히 두 번째 기회를 바라고 있다면 그건 「실수」라는 말로 덮을 수 있는 행동이 아니지 않았을까요? 만약 누군가에게 저지른 일을 깊이 후회하고 있다면 부디 그걸 실수라고 부르지 말아요. 본인의 죄책감만 덜어내는 비겁한 방법이어요. 이미 상처받은 사람에겐 그런 말, 아무 도움도 되지 않으니까요…….”

빌슨보다도 먼 과거의 일이 떠올라 아멜리는 조금 울적해졌다. 저 아이는 어떨까. 고수머리 소년은 어떠한 감정 표현 없이 망부석처럼 앉아 있을 뿐이었다.

그제야 그녀는 아차 싶었다. 자신이야 겪고 온 일이 겪고 온 일이다 보니 소년의 혼잣말에 실컷 감정이입을 했지만 저 소년의 입장에선 웬 지나가던 여자에게 생뚱맞게 훈계를 들은 셈이 아닌가. 얼마나 황당하랴. 아멜리는 쏟아냈던 말을 허둥지둥 수습하기 시작했다.

“미안해요! 자세한 사정도 모르는 주제에 오지랖을 부렸네요. 그냥 개인적인 의견인 거니까 너무 신경 쓰지 말았으면……. 음, 그러니까 사람마다 상황이 다 다르잖아요? 그 쪽에겐 꼭 들어맞지 않는 말일 수 있어요. 그리고 아직 어리니까 누군가에게 잘못을 했더라도 어른이 되는 과정으로 이해해줄지도 모르고요. 물론 아주 큰 잘못이 아니라야겠지만……. 아무튼 너무 괴로워하지 말아요. 이렇게 밤에 잠 못 자고 고민하면 피곤이 안 풀리고, 키도 안 크니까요. 그래서 내가 돌보는 아이들이 안 자려고 버티면 자장가를 불러서 재깍재깍 재우거든요."

그녀 스스로도 이야기의 흐름이 대체 어디로 향해 가고 있는 건지 헷갈리기 시작할 즈음 소년이 불쑥 입을 열었다.

"실수라는 말이 도움되지 않는다면, 무엇이 도움이 되지?"

맑고 또렷한 미성이었다. 말을 하는 걸 보니 확실히 허깨비는 아니구나.

"그건, 본인 스스로 알아보는 편이 좋을 거 같아요."

질문자는 답변이 성에 차지 않는지 차가운 시선을 보냈다. 그래도 아멜리는 꿋꿋이 첨언했다.

"마음의 상처란 건 사람마다 모양도, 깊이도, 약도 다 달라요. 그래서 어설프게 치유하려고 들었다간 더 깊어질 수도 있다고 생각하거든요. 최선의 방법은 상처 입힌 사람이 진심 어린 사과를 하고 그에 걸맞은 제스처를 하는 것이겠지만, 그 이전에 우선 상처를 정확히 헤아려주지 않으면 안 되겠지요. 그러니까 직접 부딪쳐 알아보라는 거여요."

소년은 무표정했다. 그러나 눈빛에 희미하게 어린 주저와 불안을 숨기지는 못했다.

"그 사람과 만나기 싫어요?"

"……."

"겁이 나요?"

긍정 같은 침묵이었다. 흠. 그렇단 말이지? 거의 14년 가까이 발번 꼬마들의 보모 노릇을 해온 그녀였다. 고집 세고 소심한 아이 다루는 법쯤이야 이미 이골이 나 있었다. 강요보다는 교훈이 있는 이야기를 들려주며 스스로 깨닫게 하는 편이 좋지. 그래서 아멜리는 꽤 오래전 기억을 더듬었다.

"있잖아요, 예전에 내가 우리 마을 촌장님 댁에서 살 때 말이어요. 촌장님 손녀랑 둘이서 집을 지키고 있는데 집안에 뱀이 들어온 적이 있어요. 솔직히 난 뱀이 들어왔는지는 못 봤었어요. 촌장님 손녀가 쉭쉭 하는 소리를 들었다니까 나도 그냥 덩달아 놀랐던 거죠. 둘이 식탁 위로 도망쳐 한참을 벌벌 떨었어요. 뱀이 식탁 근처에 있을지도 모른다는 생각이 들어 차마 발을 못 내리겠더라고요. 다행히 촌장님께서 집에 돌아오셨어요. 우리 얘길 들으면 깜짝 놀라며 뱀부터 잡아주실 줄 알았는데, 뱀이 들어온 걸 눈으로 봤냐고 물으시는 거여요. 우린 소리를 들었다고 대답했지요. 그랬더니 소리만 듣고 모습은 못 봤다면 실제론 없을 수도 있겠다고 하시면서 우리에게 뱀을 찾아보라시더군요. 당연히 말도 안 된다며 반항했죠. 뱀을 찾다가 진짜로 휙 튀어나오면 어떡해요? 그랬더니 촌장님께선 웃으셨어요. 그때부턴 죽이든 내쫓든 너희가 원하는 대로 할 수 있을 테니 더욱 잘된 일이라 말씀하시는 거여요. 세상에."

당시의 상황이 떠올라 아멜리도 싱겁게 웃었다. 얄미울 만치 태연한 촌장을 보고 매기와 자신이 얼마나 원망을 했던가.

"물론 그 말에 순순해질 우리가 아니었죠. 이런 말 하기 뭐하지만 둘 다 정말 겁이 많았거든요. 뱀과 마주치는 게 문제가 아니라 뱀의 독니에 확 물릴 수도 있다는 게 문제라고 했더니 그분께서는 또 이렇게 말씀하셨어요. 「독니가 뚫지 못할 정도로 두꺼운 장갑을 끼고 두꺼운 부츠를 신으면 되잖느냐. 긴 장대와 그물도 준비해라. 너희는 운이 좋은 거란다. 상대해야 할 문제가 어떤 종류인지 이미 알고 있으니까.」"

아멜리는 멋쩍게 이마를 긁었다. 말해놓고 보니 현재의 제 상황에도 적용될 수 있는 조언이었다.

"문제란 건 외면만 한다면 결코 해결되지 않아요. 괴로운 문제일수록 반드시 맞부딪쳐야 하는 거여요. 그래야 해결할 수 있는 방법을 알아낼 수 있고, 마침내 편안해질 수 있을 테니까요."

"……모든 일이 말처럼 간단하면 좋겠지."

소년이 회의적으로 뇌까렸다.

"세상엔 해결이 불가능한 문제도 있거든."

"그때에는 저도 그렇게 생각했었어요. 우리 같은 여자애들은 절대로 뱀을 잡지 못할 거라고요. 그렇지만 해냈어요."

아멜리가 어깨를 으쓱거렸다.

"뱀이란 거, 머리를 제압했더니 의외로 쉽게 잡히더라고요. 막상 해내기 전까지는 정말이지 상상도 못 할 일이었지만요. 그러니까 그쪽도 부딪쳐보길 바라요. 해결이 가능할지, 불가능할진 해보기 전까진 아무도 모르는 거 아니겠어요?"

"부딪쳐보라고……."

소년이 씁쓸하게 중얼거렸다.

"신이 정해 놓은 굴레, 우리에게는 저주이자 그녀에게는 운명……. 정말이지 모로비리의 올가미는 지긋지긋하도록 교묘해. 이런 식으로 또……. 허나 그것만이 그녀를 도울 수 있는 방법이라면……."

주황빛 머리칼과 커다란 셔츠에 달린 후드가 가볍게 흔들렸다. 소년

주위로 바람이 부는 것일까? 적어도 아멜리가 서 있는 장소에는 바람이 불지 않았다.

"네 말을 믿어보는 것도 나쁘지 않겠지."

아멜리는 눈을 비볐다. 소년의 몸이 밤공기에 녹아드는 것처럼 투명해지고 있었다.

"만나서, 그 상처를 내 눈으로 보겠어."

그는 마지막으로 달을 올려다보았다. 마치 돌아갈 수 없는 고향을 그리워하듯 아득하게, 속삭였다.

"어쩌면, 어쩌면 우리에게 「낙원」이 존재할 수도 있을 테니까……."

마침내 소년의 모습이 자취를 감추었다. 아멜리는 믿을 수 없다는 듯이 눈을 깜박거렸다. 볼을 꼬집어보고 찰싹찰싹 뺨도 쳐봤지만 역시 소용이 없었다. 소년은 다시 나타나지 않았다. 감쪽같이 사라졌다. 그녀가 두 눈 똑바로 뜨고 지켜보는 가운데!

이건 꼭…… 「그것」 같은……. 아멜리는 머리를 털며 강하게 부정했다. 아냐! 그럴 리 없어. 세상에 귀신이 어디 있어!

"가, 가던 길이나 마저 가자. 이러다 길바닥에서 자겠어."

그녀는 뻣뻣해진 사지를 억지로 움직였다. 소년이 사라진 자리로부터 멀어져가면서도 혹시나 싶어 여러 차례 뒤돌아보았지만 그때마다 텅 빈 지붕은 달빛으로 창백하게 빛나고 있을 뿐이었다.

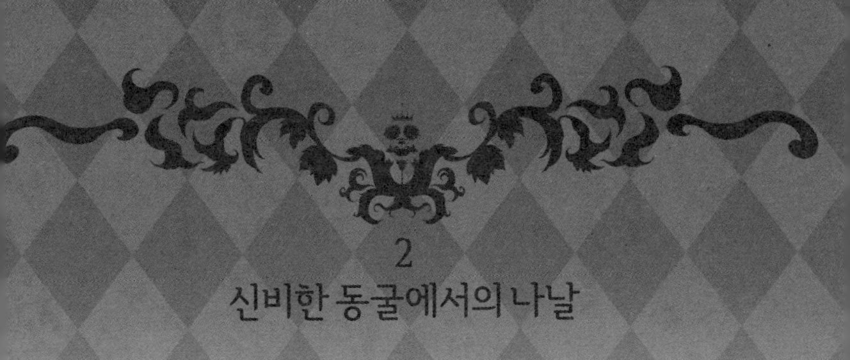

2
신비한 동굴에서의 나날

아멜리는 거의 뜬눈으로 밤을 새웠다. 빌슨과 지붕 귀신. 빌슨과 지붕 귀신. 빌슨과 지붕 귀신. 빌슨과 지붕 귀신. 빌슨과 지붕 귀신.

동이 텄을 때 그녀는 거의 제정신이 아니었다. 몸뚱이는 피곤하다며 악을 쓰는데 텅 빈 머릿속에 남아 있는 것은 귀소본능이 전부였다.

아멜리는 무작정 목야를 떠났다. 말을 타고도 한참 걸린 길. 그 길을 걸어 돌아가기란 당연히 쉽지 않았다. 심지어 그녀는 전날 예상했던 대로 근육통에 시달리는 상태였고, 제대로 숙면하지 못해 몸은 물먹은 솜처럼 무거웠다. 그래도 가진 돈을 탈탈 털어 탈것을 빌린다든가, 지나가는 여행자의 달구지를 얻어 탄다든가 하는 방안은 떠올리지도 못했다. 그저, 힘에 부쳐 쓰러질 것 같으면 길가에 아무렇게나 주저앉아 쉬었을 따름이다.

운이 따랐는지, 수레를 몰고 지나가던 어떤 늙은 농부가 넋 놓고 있는 아가씨를 가엾게 여겨 발번 근방까지 데려다 주었다. 그곳으로부터 한 시간쯤 더 걸어간 끝에 드디어 발번이 나타났다. 한밤중이라 마을은 쥐죽은 듯 고요했다. 집에 돌아온 그녀는 침대에 거의 기절해 쓰러졌다. 정신줄이 툭 끊어진 듯한, 아주 깔끔한 잠이었다.

정신이 돌아온 것은 다음날 오후였다. 바깥이 소란스럽지만 않았어도 몇 시간은 더 숙면을 할 수 있었다. 아멜리는 천금만금 무거운 몸을 일으켜 창밖을 내다보았다. 옆집 앞마당에 눈에 익은 말과 노새가 서 있었다. 때마침 쭈그려 앉아 있던 남자가 허리를 피고 일어났다. 빌슨이었다. 그녀가 볼 수 있는 건 뒷모습뿐이었지만 빌슨의 어깨가 흔들리고 있는 모양을 보아하니 크게 웃고 있는 듯했다.

아멜리는 새삼 분노가 치솟았다. 피해자는 끙끙 앓고 있는데 정작 가해자는 저렇게 밝고 태연하다니! 그러다가 그의 곁에서 밝은 미소를 짓고 있는 안젤라를 발견하자 정수리에서 무언가 푸시식 빠져나가는 듯한 느낌이 들었다. 아버지 곁에 올망졸망 모여 참새처럼 지저귀고 있는 세 아이들을 볼 때도 마찬가지였다. 진이 빠져 더 이상 서 있을 수가 없었다. 비틀비틀 침대로 돌아가 이불에 몸을 파묻자 유난스레 선뜩한 느낌이 들었다. 체온이 조금 높아진 듯했다. 해열제로 쓰이는 약초환이 찬장 어딘가에 있을 테지만 다시 몸을 일으키고 싶은 마음은 들지 않았다.

아멜리의 눈꺼풀이 스르륵 감겼다. 눈을 감아도 방금 본 미소들이 아른거려 괴로웠다. 단란한 가족의 행복을 깨뜨리는 건 사람으로서 차마 못 할 짓이리라. 흐려지는 의식 속에서 그녀는 다짐했다.

만약 빌슨이 먼저 사과하러 온다면 기회를 주자. 잘못을 깨끗이 용서받고 성실한 가장이자 선량한 이웃으로 거듭날 수 있는 기회를.

그 뒤로 아멜리는 하루를 더 앓아누웠다. 충분한 숙면 덕분에 열은 내렸고 근육통은 경미하게 남았다. 어쩌면 산을 탈 수 있을지도 몰랐지만 그녀는 무리하지 않고 며칠 더 쉬기로 했다. 사실은 빌슨을 기다리고 있던 것이다. 좀 더 정확히 말하자면 빌슨의 「사과」를.

그러나 빌슨은 코빼기도 내비치지 않았고, 옆집의 오고 가는 기척으로 미루어 보아 태연히 산을 타러 다니는 듯했다. 반면에 아멜리는 사흘 내내 가슴 졸이고 있느라 일상생활이 거의 불가능했다.

술에서 깨면서 전부 잊어버린 건 아닐까? 아니면 지붕 귀신처럼 차마 용기가 안 나서 못 오나? 그녀는 빌슨의 속내를 이리저리 읽어보려 애쓰다가 결국 자신이 먼저 나서기로 했다. 질질 끌게 내버려두기에는 아무래도 그녀 쪽에 더 고약한 기억이었다.

목야에서 돌아온 지 나흘째 되던 날. 아멜리는 우연히 창 너머로 빌슨이 마당 울타리를 수리하는 장면을 목격했다. 마침 안젤라는 밭에 나갔을 시각이고 다른 동네 사람들도 한창 일하러 나갔을 때였다. 좋은 타이밍이다 싶어 아멜리는 서둘러 이웃집으로 건너갔다.

"잘 지내셨어요?"

우선은 인사치레부터. 빌슨은 인사를 되돌려 주지 않고 힐끔 곁눈질만 했다. 망치질을 하는 그의 오른손에 붕대가 감겨 있었다. 아멜리는 문득 궁금해졌다. 과연 저기에 대해 안젤라에게 무어라 변명을 했을까?

"지난번 일, 기억하고 계시겠죠."

탕! 탕! 탕! 망치질 소리가 더욱 거칠어졌다. 듣기 싫은 목소리를 묻어버리려는 양.

"제게 사과하셨으면 좋겠어요. 그날 일이 가족을 배신하는 행위였다는 거 누구보다 빌슨 씨가 잘 아실 거여요. 깔끔하게 사과를 하시고, 앞으로 더 좋은 남편이자 아버지가 되겠다고 약속하셔요. 그렇담 전 그 일을 평생 묻어두겠어요. 이편이 모두를 위해 가장 좋은 방법일 거라고 생각해요."

빌슨의 입이 벌어질 듯 말 듯 우물거리고 있었다. 사과를 하려는 작정인가 보구나. 그러나 기대는 배신당했다.

미친년.

그의 입모양을 읽은 아멜리는 분노로 눈앞이 붉어졌다.

"빌슨 씨, 당신 정말……!"

격한 외침은 중간에 끊겼다. 빌슨네 현관문이 활짝 열린 탓이었다. 막내 루니가 그들을 달려오고 있었다.

"누나! 나 새총!"

루니가 아멜리의 다리에 답삭 매달려 눈을 빛냈다. 아멜리는 얼떨떨하게 되물었다.

"새총?"

"약속했잖아. 새총, 아니면 토끼 인형……."

아이가 말을 채 끝내기도 전에 아버지의 불호령이 떨어졌다.

"뭐하는 거냐, 루니! 앞으론 그 여자에게 아는 척 말라고 했잖아!"

빌슨이 아이의 뒷덜미를 거칠게 낚아채 집으로 끌고 갔다. 루니는 들어가기 싫다며 칭얼거렸으나 머리통을 한 대 얻어맞고 나자 풀이 죽어

얌전해졌다. 마당으로 돌아온 빌슨은 즉각 연장을 공구통에 모아 담기 시작했다. 루니가 사라진 집 쪽을 안타깝게 쳐다보던 아멜리가 빌슨에게로 고개를 돌렸다.

"사과받으러 온 사람한테 되레 욕을 하시다니, 빌슨 씨가 정말 사람이어요?"

"미친년과는 말을 말아야지."

그가 적반하장격으로 콧방귀를 뀌는 순간 아멜리는 빌슨이라는 인간에 대해 지독한 환멸을 느꼈다. 이 자리를 가장 간절하게 뜨고 싶은 사람은 다른 누구도 아닌 그녀였다. 하지만 아직 해결되지 못한 문제가 하나 남아 있었다.

"제 약초는요? 장에서 판다고 남겨둔 짐 중에 제 약초도 있었어요. 돌려주셔요."

"그런 게 있었나? 난 몰라. 내 약초는 장에서 다 팔았고 남은 건 없다."

"설마 제 약초를 꿀꺽했단 소리여요?"

빌슨은 대꾸 없이 공구통을 어깨에 짊어졌다. 성난 아멜리가 얼굴을 붉히며 외쳤다.

"그건 갈취여요! 마을회의 때 빌슨 씨를 고발하겠어요!"

"갈취? 흥. 그건 정당한 내 몫이다. 네년이 대주기 싫다며 튀었으니 그깟 푼돈 어치 약초라도 접수한 거지. 아니면 이용만 당하고 앉아있으랴?"

그날 밤 빌슨에게 쏘아붙였던, 그리고 호소했던 그녀의 말들은 그의 뇌리에 파편조차 남아있지 않은 듯했다.

"술에서 깬 지금도 그 소리여요? 빌슨 씬 진짜 구제불능이로군요. 남이 매일 칠첩반상을 차려주든 말든, 자기가 식탁에 수저 한 번 올렸다고 죽을 때까지 생색낼 인간이라고요. 그것도 가장 비열한 방식으로요."

"그냥 대주면 조용히 끝났을 것을 싫다고 튄 네년 잘못이지!"

걸걸한 목소리가 마당에 쩌렁쩌렁 울렸다. 아멜리는 사색이 되어 더듬거렸다.

"비, 빌슨 씨 미쳤어요? 다, 다 들려요!"

"가난뱅이 년 사정 봐줘서 돈 안 들이고 신세 갚으랬더니 고마운 줄도 모르게 바락바락 대들어? 되먹지 못한 년! 그깟 푼돈 어치 약초 잃은 게 억울해? 그래 봐야 네가 이 꼬락서니로 만든 손 치료비밖에 안 나왔다!"

빌슨이 붕대 감은 손을 흔들어 보였다.

"마을회의? 흥. 어디 고발해봐라. 나도 유부남한테 꼬리 쳐 단물 빼 먹은 년에 관해 낱낱이 까발려 줄 테니까."

아멜리가 어지러운 듯 이마를 짚었다. 술 한 방울 입에 대지 않았을 상태에서도 이성을 잃은 듯이 구는 빌슨을 보자 더 이상 무어라 말을 해야 할지, 어떻게 대처해야 할지도 까마득했다.

"믿을 수가 없군요……. 루니가 저 문 너머에 있다면 빌슨 씨 고함소리를 다 들었을 거여요."

"내 새끼니까 넌 신경 꺼. 아니, 아예 우리 가족 전부에게 신경을 꺼줬음 좋겠군. 무슨 뜻인지 알겠어? 향후 이 집 근처에 얼씬거리는 게 보였다간 부지깽이로 처맞을 거라고."

가래침을 퉤 뱉고 돌아서려던 그가 갑자기 생각난 듯 씩 웃으며 몸을 돌렸다.

"지난 세월의 정을 봐서 마지막 충고 하나 해줄까?"

아멜리가 맥없이 고개를 들었다. 그의 탁한 눈알이 희번덕거리며 그녀를 노려보고 있었다.

"절벽에서 떨어져 죽은 약초꾼이 적지 않아. 산에선 항상 「등 뒤」를 조심해."

탕! 현관문이 거칠게 닫혔다. 현실인 양 악몽인 양 마주 보고 있던 남자가 눈앞에서 사라지자 아멜리는 쓰러질 것 같은 기분이 되었다. 저게 빌슨 씨야. 저게 빌슨 씨의 본성이었어.

입 바른 사과를 듣느냐 마느냐의 문제가 아니었다. 용서해주고 말고의 문제도 아니었다. 연약한 개체를 노리는 포식자처럼, 남을 유혹하고 속이면서 살아가는 식충식물처럼 빌슨 또한 비열하기를 타고난 것이다.

천성이라면, 비난할 수 없었다. 축생이 축생인 것을 비난할 수 없듯이. 그저, 축생을 같은 인간으로 착각해온 자신이 한심스러웠고 그 축생을 계속 이웃으로 두고 살아가야 할 앞날이 걱정이었다.

아멜리는 집으로 돌아갔다. 그날부로 빌슨네 가족들과 아멜리 사이의 관계는 완전히 깨졌다.

❧

아멜리는 옆집 식구들을 피해 다녔다. 빌슨의 협박 때문이 아니었다.

그녀에겐 지상 최악의 인물인 빌슨이 그들에겐 세상에 둘도 없이 소중한 가족. 아멜리는 그 괴리를 견딜 수 없었다.

안젤라와 아이들은 수시로 찾아와 그녀의 현관문을 두드렸다. 모르는 척하기도 괴로워 그녀는 아예 온종일 마을 밖으로 돌기 시작했다. 자주 다니던 산들은 빌슨과 맞닥뜨릴 「위험」이 있으므로 발길을 끊었다. 다른 약초꾼들의 일터도 껄끄러웠다. 어쨌든 다들 자신보다야 빌슨과 연이 깊은 사람들이므로 마주치면 무슨 봉변을 당할지 모른다. 따라서 남은 장소는 딱 한 군데였다.

그 이름 모를 산은 마을에서 동북 방향으로 서너 시간 떨어진 곳에 있었다. 겉보기엔 수목이 울창한 평범한 산이다. 다만 돈벌이가 되지 않는 잡초와 잡목밖에 없어서 약초꾼이나 나무꾼들은 불모지 취급을 했다. 산비탈이 가파르면서 땅은 무른 위험지대라 사냥꾼이나 땅꾼들도 거의 찾아오지 않았다. 그 점에 아멜리는 한 가닥 기대를 걸었다. 사람 손을 적게 탄 만큼 의외의 보물이 숨겨져 있을지도 몰라.

얼마쯤 지나자 기대는 아스라이 먼지가 되었다. 종일 발바닥에 땀이 나도록 돌아다녀도 얻은 약초의 수보다 하루 동안 몸에 생긴 생채기의 수가 훨씬 많았다. 이래서 아무도 여기 안 오는구나. 아멜리는 한숨지었다.

소득 없는 하루를 보낸 아멜리는 잠깐 쉬기 위해 절벽 가에 주저앉았다. 경치가 무척 좋았다. 하늘은 탁 트였고 그 아래엔 제법 우거진 녹림이 산비탈을 곱게 덮고 있었다.

봄은 봄이구나. 그녀는 시간의 흐름이 쏜살같다고 새삼 자각했다. 아멜리는 퉁퉁 부은 다리와 뻐근한 뒷목을 주무르며 시간을 보내다가 문득 옆에 놔둔 망태기에 눈이 갔다. 약재로 쓸 수 없는 식용버섯 두어 개만 굴러다니고 있다. 저녁 찬거리는 구했다며 스스로 위안해보지만 심란함은 가시지 않았다.

계속 빌슨을 피해 다니는 이상 제대로 된 약초꾼 일은 할 수 없었다. 운 좋게 새로운 약초 자생지를 발견하더라도 판로가 막혔으니 돈벌이가 안 된다. 스스로 새 판로를 구하려고 한다면 다른 약초꾼들이 똘똘 뭉쳐 훼방 놓고 괴롭힐 게 뻔했다. 한 가지 구멍줄이 있다면 마을회의에서 그들의 부당행위를 고발하는 것인데 이 경우엔 마을 사람들에게 매우 상세한 사정 설명을 해야 했다. 안젤라와 아이들을 위해 빌슨의 만행을 덮기로 한 그녀의 결심에 위배되는 일이었다.

“괜찮아. 예전처럼 품삯 받는 일을 하면 되지.”

그녀는 스스로를 씩씩하게 다독였다. 그러나 실재하지 않는 목소리가 말했다. 약초꾼 일, 좋아하잖아? 왜 그렇게 쉽게 포기해?

“굳이 진흙탕 싸움을 하긴 싫어.”

힘이 있는 건 그 남자일지라도 마을 사람들은 널 더 신뢰해. 고발해버려.

“죄 없는 사람들이 고통받는 건 못 보겠어. 차라리 혼자 아프고 말지.”

거짓말쟁이. 사실은 안젤라와 아이들이 널 미워하게 될까 봐 지레 겁먹은 거면서.

정곡을 찔렸다. 가슴이 뜨끔해 아멜리는 양 손바닥으로 귀를 틀어막았다.

빌슨은 그들의 가족. 아무리 친해도 넌 그냥 남. 팔은 안으로만 굽는

다지. 넌 네가 혼자라는 사실을 눈으로 확인하게 될까 봐 무서운 거야.

아멜리는 눈을 질끈 감은 채로 크게 외쳤다.

"무섭긴 뭐가 무서워. 혼자인 게 뭐 어때서!"

마지막 말이 마른하늘에 메아리쳤다. 아멜리는 허탈하게 웃었다. 제 목소리가 참으로 부질없게 들렸다. 바보 같구나. 서글픈 시선으로 쳐다본 하늘은 장엄하게 불타오르는 중이었다. 붉은 해가 지평선을 향해 가라앉고 있었다. 해가 가라앉는 곳에 죽은 자들의 나라가 있다고 했던 사람은 누구였을까. 그곳에 그녀의 부모도 평안히 잠들어 있을 거라고, 아마 장례식 날 그런 위로를 해줬던 것 같다. 솔직히 단 한 번도 그 말을 믿어본 적 없었지만…….

"방금 한 말은 다 거짓말이야. 외톨이 되는 거, 정말 싫어."

아멜리는 열 살 이후 처음으로 부모에게 말을 걸었다.

"나도 무조건 내 편이 되어주고 날 지켜주는 사람이 있었음 좋겠어. 빌슨 같은 나쁜 놈도 그런 사람들이 있는데. 내가 뭘 잘못했어? 아니야. 난 잘못한 거 없어. 엄마 아빠 잘못이야. 왜 나만 두고 그렇게 일찍 갔어? 책임져. 나한테 엄마 아빠 대신할 사람을 보내 줘야 해, 응? 딱 한 명만이라도 좋으니까, 무적의 아군을 보내줘."

그녀는 한기를 느낀 듯 웅크린 몸을 더욱 바싹 당겼다.

"근데 있지. 나한테 그런 사람이 생기면 또 무서울 거 같기도 해. 그 사람 왠지 일찍 죽을 거 같거든. 엄마랑 아빠, 그리고 레이가 그랬던 것처럼. 그럼 난 또 전보다 더 외로워질 거고, 이젠 감당할 수 없을지도 모르겠어. 그럴 바엔 이대로 혼자가 좋을지도……."

소곤거림은 바람을 타고 허공으로 퍼져 나갔다. 들었을까? 아멜리는 서서히 후회하기 시작했다. 아, 이런 우울한 얘기. 엄마 아빠한테 할 말은 아니었는데. 행복하다고, 그렇게 말해줘야 했는데…….

아멜리는 끌어모은 무릎에 얼굴을 묻고서 잠시간 상념과 후회에 젖었다. 문득 쌀쌀한 저녁 바람을 느껴 고개를 들었을 때 머리 위의 하늘은 이미 짙은 쪽빛이었고 서녘 지평선에만 붉은 기가 약간 남아 있었다.

"어마, 벌써 시간이 이렇게."

그녀는 살짝 당황했다. 해가 완전히 떨어지기 전에 서둘러 산을 내려가지 않으면 위험할지도 몰랐다. 허둥지둥 일어나 펼쳐놓은 연장을 챙기는데, 너무 조급했던 것일까. 망태기를 들어 올리다가 그만 손에서 놓쳐버리고 말았다. 아뿔싸! 그녀가 급히 허공에 손을 뻗었다. 그 손짓이 마치 어떤 스위치를 누른 듯한 타이밍에 갑작스러운 굉음이 천지를 뒤흔들었다.

우르릉!

반사적으로 귀를 틀어막았음에도 불구하고 고막이 멍멍해져 일순 아무 소리도 들리지 않았다. 아멜리는 비틀거리다 땅에 무릎을 찧었다. 심한 현기증이 나서 몸을 제대로 가눌 수 없었다. 하지만 어질어질한 건 머릿속이 아니라 실제 세상이라는 사실을 깨닫기까진 오래 걸리지 않았다. 절벽 아래의 수해는 제 잎을 죄다 떨어뜨릴 기세로 미친 듯이 춤을 추고 있고, 새들은 비명 같은 울음소리를 내며 일제히 날아올랐다.

쩌억. 쩌억. 수상쩍은 소리에 등 뒤를 엄습했다. 땅에 거짓말처럼 검은 금이 죽죽 갔다. 그녀의 안색이 새파래졌다. 균열도 균열인데 바로 앞이 천 길 낭떠러지이니 까딱하면 땅이 무너져 추락할 수도 있었다.

아멜리는 요동치는 땅 위에서 균형을 잡으려 애썼지만 연거푸 넘어져 결국에는 바닥에 바짝 엎드렸다. 설 수 없다면 아예 포복전진으로 빠져나갈 참이었다. 그러나 역시 불가능했다. 그녀가 있던 지반이 아예 와르르 무너져 내린 탓이었다. 발밑이 쑥 꺼지는 느낌이 든 순간 아멜리는 제 몸이 허공에 떠 있음을 깨달았다. 곧이어 세상이 거꾸로 뒤집혔다. 곤두박질치는 것도 순식간이었다.

"꺄악!"

마른하늘에 비명이 울려 퍼졌다.

그녀와 함께 절벽에서 떨어져 나온 땅덩어리가 맹렬하게 뒤쫓아 왔다. 운 좋게 나무 위에 떨어지거나 해서 목숨을 구하더라도 저 거대한 땅덩어리를 피할 길이 없었다. 절체절명이로구나. 수긍하자마자 묘하게도 마음이 편해졌다. 아멜리의 시선이 하늘에 닿았다. 붕괴되기 직전처럼 보이는 지상과 달리 하늘은 마냥 초연했다.

나도 석양의 나라로 갈 거야. 엄마 아빠가 있는…….

그녀는 눈을 감았다. 아마도 주마등이라는 것이 보이는 듯했다. 부모와 함께 하던 시절의 따뜻한 추억, 거적때기 밖으로 튀어나온 부모의 발, 냉랭한 공기가 흐르던 촌장의 집, 어떤 아이의 죽음, 또 다른 아이의 눈물, 춥고 배고팠던 겨울, 지빵을 캐냈던 짜릿한 경험, 가장 특별했던 스물네 번째 생일, 처음 나가본 도시 목야, 빌슨이 했던 심한 말과 행동, 달 구경을 하고 있던 이상한 소년, 안젤라와 아이들의 행복한 미소, 그리고 죽음만을 기다리고 있는 지금 이 순간……. 싫은 기억만 잔뜩 있는 인생이라고 푸념했던 것이 방금 전이었다. 그런데 이제 보니 좋았던 기억만큼 싫었던 기억이, 그리고 싫었던 기억만큼 좋았던 기억이 존재하고 있던 것이다. 뭔가 우스워 그녀는 정말로 픽 웃어버렸다.

그때 아주 기이한 일이 벌어졌다. 아멜리가 마지막 순간을 맞이하기 직전, 계속되는 강진을 버티지 못한 대지가 검은 아가리를 쩍 벌리고 말았다. 절묘한 타이밍으로 아멜리의 얇은 몸이 그 안으로 쑥 빨려 들어갔다. 뒤이어 떨어진 땅덩어리는 부피가 너무 큰 탓에 틈을 통과하지 못했다. 대신 충돌의 여파로 보다 작은 덩어리들로 쪼개지면서 갈라진 대지의 틈을 빈틈없이 봉쇄했다.

지진은 멈췄다. 자욱한 흙먼지가 가라앉고 새들은 숲으로 돌아왔다. 세상은 언제나 그랬듯이, 평온한 밤의 모습을 하고 있었다.

⁂

새까만 어둠 속에서 아멜리의 몸은 하염없이 낙하하는 중이었다. 영원인지 찰나인지 모를 시간이 흘렀다. 마침내 그녀는 막다른 곳에 부딪혔다.

철썩!

피부가 갈기갈기 찢기고 내장이 터지는 듯한 격통이 찾아왔다. 숨을 헐떡거리자 이번에는 폐부에 물이 들이차는 고통이 엄습했다. 아멜리는 본능적으로 팔다리를 허우적거렸다. 자신이 어떻게 수면 위로 올라올 수 있었는지 그 과정을 전혀 인지하지 못한 채 그녀는 공기를 한껏

들이마셨다.

"하아! 쿨럭!"

코와 입에서 물을 한참 토해냈다. 주변 풍경은 느지막이 눈에 들어왔다.

그곳은 담백 색으로 이루어진 이세계였다. 거대한 동공(洞空)을 둘러싸고 있는 돌벽의 형상은 어느 한 면 빼놓지 않고 말 그대로 기기묘묘했다. 녹아 흘러내리다가 굳은 모양, 빗물이 지나간 자국, 동글동글 덩어리진 크림 같은 벽도 있었다. 천장에는 고드름 같은 돌과 발처럼 촘촘하게 드리워진 돌이 군집을 이루며 매달려 있고 바닥으로부터는 지팡이처럼 자라난 바위가 들쭉날쭉 솟아났다. 천장과 바닥을 잇는 돌기둥도 여럿이었다. 괴물의 뱃속 같기도 하고 악마의 보금자리 같기도 한 이곳은 그야말로 복마전(伏魔殿)이었다.

그녀는 일그러지고 뒤틀리고 무질서한 장관의 사술적인 아름다움에 압도되어 머리가 멍했다. 꿈인가 싶었는데 심장이 펄떡거렸다. 현실이다.

"여긴 대체……."

자신이 떠 있는 못의 가장자리에는 기암괴석보다도 한층 더 괴이쩍은 것이 있다. 못을 에워싸고 있는 키 작은 풀밭. 일견 평범하게 군락을 이루고 있는 그 풀은 「빛」이 났다. 은은한 빛을 가진 한 포기 한 포기가 모여 더 큰 빛이 되었고 마침내 휘황한 광채로 동굴의 거대한 어둠을 밀어내고 있었다. 암굴 안임에도 그녀가 주변 풍경을 인식할 수 있는 이유가 바로 그것이었다.

아멜리는 홀린 듯이 물가로 헤엄쳐갔다. 뭍으로 올라오자 물속에서 둔중하게 느껴지던 통증이 발광하듯 날뛰었다.

"흐으…… 흐윽!"

아멜리는 꿈틀거리며 기어서 풀밭에 올라가던 중에 결국 힘이 빠져 그대로 쓰러졌다. 풀 속에 몸이 파묻혔다. 따뜻했다. 박하처럼 청량하고 아카시아꽃같이 달달한 내음이 끼쳤다. 고통이 놀라울 정도로 빠르게 줄어들었다.

이건 꿈? 아니면 저승에 온 걸까? 그것이 마지막 의식이었다. 머릿속이 빙글빙글 돌다가 그녀는 까무룩 정신을 놓았다.

똑. 똑. 똑.

방점 찍듯 또렷한 물방울 소리에 속눈썹이 파르르 떨렸다. 초점이 덜 맞은 눈에 커졌다 줄었다 하는 뿌연 빛이 보였다. 아멜리는 눈을 깜박였다. 뿌연 빛의 정체는 한 포기의 풀이었다. 비슷한 풀이 주변에 잔뜩 자라나 군락을 이루고 있었다.

왜 내가 풀밭에 누워 있지?

아멜리는 정신이 맑아지기를 기다리면서 눈알을 굴렸다. 그녀를 에워싼 풀은 약초꾼 일을 하면서도 본 적 없는 종류였다. 생김새를 보면 언뜻 갈대와 닮았지만 토끼풀처럼 키가 작고, 줄기 빛깔은 노르스름한데 끝으로 갈수록 점점 푸르렀다.

그 푸른 끝에서 바로 은은한 빛이 흘러나오고 있었다.

무슨 식물에서 빛이 다 난담? 개똥벌레도 아니고.

아멜리는 픽 웃었다. 까닭 없이 유쾌했다. 이 부드러운 빛과 싱그러운 풀냄새 덕분일까. 혹은 포근한 이불에 감싸여 있는 듯한 감각이 기분을 좋게 만든 것일 수도 있다.

의식이 또렷해짐에 따라 기억도 차차 돌아왔다. 나, 절벽에서 떨어졌었지. 지진이 일어나서. 아름다운 동굴을 봤어. 어라, 절벽에서 떨어졌는데 왜 동굴이 나타난 거지? 그리고 물에 빠져서 엄청 아팠던 거 같은데…….

그녀는 거기까지 떠올린 뒤 몸을 일으켰다. 늘어지게 낮잠을 자고 난 뒤처럼 몹시 나른했다. 옷이 바싹 말라 있는 걸 보니 꽤 오랜 시간 정신을 잃었던 듯했다.

우선은 팔다리를 가볍게 움직여 보았다. 아프거나 움직이기 불편한 구석은 없었다. 옷 밑의 피부도 살펴보았는데 멍 자국 하나 없이 깨끗했다. 제 몸 구석구석 살피기를 마친 아멜리는 미심쩍게 천장을 올려다보았다. 저렇게 높은 곳에서 떨어졌는데도 멀쩡할 수 있는 건가?

그녀는 산골에서 자란 까닭에 실족사한 사람들의 이야기를 심심치 않게 들으며 자랐다. 그 최후의 모습이 얼마나 처참한지 말이다. 그것에 미루어 볼 때 현재의 자신은 기적에 가까웠다. 기적. 또는 환상이라거나. 솔직히 말해 후자에도 의심이 갔다. 자신을 둘러싼 괴이쩍은 동굴 탓이었다.

"대체 어디야, 여긴……."

풀밭 가까이에 제법 큰 못이 하나 있었다. 필시 자신이 빠졌던 곳이리라. 수면이 풀밭의 빛을 받아 은은하게 빛나 요정이라도 튀어나올 듯한 신비스러운 분위기를 연출했다. 못 면적은 집 한 채 거뜬히 빠뜨릴 수 있을 만했고, 직접 빠져본 바에 의하면 꽤 깊은 듯싶었다. 적어도 못 밑바닥에 발이 닿은 기억은 없었으니까 말이다.

그러나 중요한 건 못 자체보다 그 위쪽이었다. 아멜리는 눈을 가늘게 뜨고 못 위쪽 천장을 응시했다. 자신이 떨어진 틈을 찾고 싶었다. 입구는 즉 출구가 될 수 있으므로. 그러나 겨우겨우 미치는 풀밭의 빛으로는 천장의 윤곽을 정확히 파악할 수 없었다. 기묘한 돌고드름이 주렁주렁 매달려 있는 울퉁불퉁한 형태라 더욱 헷갈렸다.

어차피 천장까지 닿을 방도도 없었으므로 아멜리는 다른 출구를 찾기로 했다. 우선은 간단한 동굴 탐험에 나섰다. 벽을 따라 걸어보면서 가늠해 보니 이 동공은 울퉁불퉁한 원형을 이루고 있는 듯했다. 또, 완전히 폐쇄된 공간이 아니라 다른 공간들으로 이어지는 세 갈래의 길이 있었다. 길이랄까, 「통로」 같은 느낌이다. 각 통로의 안쪽은 새까만 어둠이었고, 무턱대고 들어갔다간 길 잃고 헤매다 죽기 딱 좋을 것 같았다. 등불이 있으면 도움이 됐으련만 이 원시적인 동굴에 그런 편리한 도구가 있을 리 없으니 아멜리는 안쪽으로 들어가 보길 포기하고 말았다. 대신, 맨 왼쪽 통로의 길목에 서서 안쪽에 귀 기울여 보았다. 행여 인기척이 날까, 동물 울음소리나 바람 소리라도 들릴까 싶어서. 아쉽게도 이명(耳鳴) 같은 소리밖엔 듣지 못했다.

"휴, 쉽지 않구나……."

그녀는 그대로 물러나기 아쉬워 어둠 속을 뚫어지라 응시했다. 빛 한 점 없이 새까만 어둠은 하나의 유기체 같았다.

점잖은 표정 뒤로 뱃속이 부글거리는 욕망을 품고 있는, 어둠이라는 이름의 야수. 불길한 예감이 등골을 싸늘히 훑었다. 아멜리는 주춤주춤 뒷걸음질치다가 곧장 풀밭까지 내달렸다.

환한 빛을 발하는 장소로 돌아와서야 그녀는 겨우 마음을 놓았다.

"역시 사람은 어둠보다 빛에 더 가까운 존재인가 봐."

그렇게 중얼거리며 아멜리는 풀밭에 드러누웠다. 보드라운 감촉, 향긋한 냄새, 따뜻한 온도를 가진 「풀밭 침대」는 정말이지 흠 잡을 데가 없었다. 임금님 침상이라도 이렇게 근사하지는 않으리라. 아멜리는 모로 누워 풀들을 만지작거렸다. 잘 말려서 이불 속으로 써보면 어떨까? 어쩌면 발광(發光)에 발열(發熱)이라는 희귀한 특징에 다른 유용한 쓰임새가 있을지도 모른다.

"겨울에 집안에서 키우면 난로 대용으로 쓸 수 있으려나? 추워서 안 자랄까나……. 어떻게든 몇 포기를 마을에 옮겨 심어보고 싶은데. 음, 화단에는 무리겠지. 동굴에서 자라는 식물이니까. 그렇다면 이끼랑 비슷하게 환경을 맞춰……."

의식의 흐름을 따라가던 중 그녀는 당연하다면 당연할 수 있는 의문과 봉착했다. 식물의 생장 환경은 기본적으로 햇빛과 수분이다. 음침한 곳에서 자라는 이끼라도 어느 단계까지는 빛을 필요로 한다. 특히 이 풀처럼 초록빛이 싱그러운 식물이라면 말할 것도 없으리라. 그렇다면 외부의 빛 한 점 들어오지 않는 암굴 안에서 이 식물은 어떻게 이토록 싱그러운 초록빛을 뽐낼 수 있는 걸까?

아멜리는 식물이 자라나는 땅과 주위 환경을 면밀히 살펴보았다.

못 가에서만 한정적으로 자라는 걸로 보아 물이 중요한 양분 역할을 하는 듯했다. 그러고 보면 빛을 전혀 보지 않고 물로만 자라는 식물도 있긴 있다. 가령 콩나물. 이 식물도 줄기가 야리야리하면서 노르스름한 빛깔을 띠고 있는 것이 꼭 콩나물 같았다.

아멜리는 풀밭을 살펴보다가 기묘한 점을 한 가지 더 발견했다. 벌레가 없었다. 단지 풀밭에 국한된 얘기가 아니라 이 커다란 동공 내 전체가 그랬다. 동굴에서 흔히 볼 법한 박쥐나 도롱뇽도 없고 못에도 올챙이는커녕 장구벌레 한 마리 안 보였다. 풀밭과 못까지 있으니 생물에게는 분명히 윤택한 서식지일 텐데 이 황량함은 무슨 연유인가.

"혹시 독풀인가?"

가장 먼저 떠오른 단순한 가설은 풀의 독성이 땅이며 물에 스며들어 아무도 살지 못하게 됐다는 것이었다. 다만 이 가설에는 허점이 있다. 바로 아멜리 자신이었다. 풀밭에서 늘어지게 자기도 했고 뒹굴뒹굴 구르기도 했으니 풀에 독성이 있다면 신체에 반응이 나타났으리라.

근거 부실한 가설은 일단 기각하고, 시험 삼아 풀을 한 포기 꺾어보았다. 원래는 뿌리째 뽑으려는 의도였으나 워낙 땅에 단단히 박혀 있어 실패했다. 놀라운 사건은 바로 그다음이었다. 풀의 빛이 점멸해가더니 3초 만에 완전히 사라졌다. 그리고 풀은 축 늘어졌다. 꺾인 풀이 시드는 건 당연하지만 이 풀은 그 속도가 터무니없이 빨랐다.

알면 알수록 이상한 식물이네. 아멜리는 고개를 갸웃거렸다. 이렇게 기묘한 특성들을 가진 식물이라면 약초꾼은 물론 일반인들의 입에도 오르내렸을 텐데 그녀는 전혀 들어본 바가 없었다.

무려 25년 차 약초꾼인 빌슨에게서도 말이다.

꼬르륵.

아멜리는 쥐고 있던 풀을 내던지고 힘없이 풀밭에 엎드렸다. 아아, 배가 고파서 생각할 힘도 없구나. 그냥 한 마리 소가 되고 싶었다. 소의 눈에는 이 풀밭이 얼마나 진수성찬일까. 이 엉뚱한 상상은 고스란히 제 덫이 됐다.

"진짜 먹어 볼까?"

그러나 정체불명의 식물을 먹어서는 안 된다는 것은 약초꾼에게 있어 상식 중의 상식이었다. 위장은 그런 결정이 불만스러운지 요란한 소리를 내며 항의했다.

"좀 참아봐. 어서 탈출구를 찾아낼 테니까."

아멜리는 배를 한껏 그러안았다. 새우잠 자는 포즈를 취하자 배가 좀 덜 고픈 것 같았다. 공복으로 인해 무기력하게 누워 있던 그녀는 어느 틈엔가 스르륵 잠에 빠져들었다. 꿈도 꾸지 않을 정도로 깊은 잠이었다.

"나란 애도 참……."

허탈한 넋두리가 절로 흘러나왔다. 한시라도 빨리 탈출구를 찾아 빠져나가야 하는 이때 태평하게 잠이나 퍼질러 잤다니. 제 행동을 믿을 수가 없었다. 내가 이렇게 위기의식이 결여된 사람이었나?

아멜리의 자책은 오래가지 못했다. 절망적으로 배가 고팠다. 잠을 두 번이나 잤으니 적어도 하루는 지났을 텐데 그간 입에 댄 음식은 아무것도 없으니 뱃가죽과 등가죽이 분노의 상봉을 하는 것도 당연지사다.

"목마르다……."

그녀는 못 가에 쪼그려 앉아 양손으로 물을 떠보았다. 불순물 없이 무척 맑고 투명해서 마실 수 있을 것 같았다. 어디서 흘러들어오는 물일까? 마침 물 한 방울이 아멜리의 정수리에 똑 하고 떨어졌다.

"지하수인가? 지하수면 마셔도 괜찮겠지?"

시험 삼아 호로록 들이켠 물은 달도록 시원했다. 한 번 목을 축이고 나니 더욱 애타는 갈증이 찾아왔다. 아멜리는 아예 입을 수면에 갖다 댔다. 갈증에 더해 지독한 공복이었던지라 절제를 할 수 없었다. 물을 밥처럼 꿀떡꿀떡 삼키다가 얼마 안 가 헛구역질이 올라왔다.

"우웩! 웩!"

그녀는 겨우 마신 물을 신 나게 토해낸 제 꼴에 실소만 나왔다. 어쩜 이렇게 변한 게 없담. 그녀는 과거에도 이런 상황을 겪은 적이 있었다. 그건 역사상 최악의 폭설이 내렸던 지지난 겨울의 일이었다.

식량과 장작은 떨어져 가지, 마을 우물은 죄다 얼어붙었지. 휘몰아치는 눈발 탓에 집안에 갇혀 있던 아멜리는 궁여지책으로 마당에 쌓인 눈을 퍼먹었다. 아주 어리석은 행동이었다. 뱃속에서부터 퍼지는 냉기는 아무리 이불을 덮어도 막을 수 없었다. 몸이 달달 떨리고 속은 속대로 쓰렸다. 이대로 참고 있다간 죽을 것 같아서 그녀는 아끼고 아끼던 장작 하나를 꺼냈다. 나무가 지천에 널린 산골인데 땔감 구하기가 하늘의 별

따기가 됐다는 사실이 아직도 믿기지 않았다. 바깥의 눈이 녹기 전에 가진 장작이 다 떨어지면 침대나 식탁을 부숴야 하리라.

벽난로에 불을 지피자 어두침침하던 집안이 좀 더 밝아졌다. 그녀의 기분도 덩달아 밝아졌다. 아멜리는 문 앞에서 퍼온 눈을 녹여 물을 끓이고, 찬장에서 돌처럼 딱딱한 빵을 꺼내 톱질하듯 한 조각 썰어냈다. 그리고 뜨거운 물을 담은 그릇에 빵조각을 넣어 흐물흐물해질 때까지 불렸다. 이렇게 하면 얼핏 오트밀같이 되지만 우유가 아니라 물이 들어갔으므로 아멜리는 그냥 「빵죽」이라고 불렀다.

그녀는 그 빵죽을 한 숟가락 한 숟가락에 서른 번씩 씹어 삼켰다. 조금이라도 더 포만감을 느낄 수 있도록, 오래오래. 식사를 막 마친 후에는 그럴듯한 포만감이 들어 만족스러웠다.

물론 헛배는 금방 꺼졌다. 그녀의 눈길이 자꾸 찬장 쪽으로 향했다. 딱 하나만 더 먹을까? 아냐, 아껴 먹어야 돼. 아멜리는 갈등을 단호하게 끊기 위해 빵 대신 물을 훌훌 마셨다. 그런데 너무 마셨다. 그녀는 토기가 치밀어 바닥에 엎드려 속을 죄 게워냈다. 아까운 빵죽이 시큼한 냄새와 함께 나무 바닥을 적셨다. 아멜리는 허탈감에 주저앉았다. 한참을 그러고 있었다가 재가 된 장작 속에서 점 같은 불똥이 반짝일 때쯤 아멜리는 결심했다.

봄이 되면 약초꾼 일을 배우자.

위험하고 어려운 일이라는 건 익히 들었다. 그래도 어쩔 수 없었다. 오늘 같은 바보짓을 앞으로 살면서 수도 없이 저지를 텐데 외톨이인 그녀는 그 뒷감당을 온전히 혼자 해내야 하는 처지다. 그러니까 바보짓

몇 번에 무너지지 않을 만큼 안정적인 생활이 필요했다.

가장 쉬운 방법은 충분한 재물을 축적하는 것. 그녀는 가끔 어떤 약초꾼들이 운 좋게 진귀한 약재를 찾아 큰돈을 벌었다는 소문을 종종 들었다. 물론 품을 팔아 꼬박꼬박 삯을 받는 것에 비하면 약초꾼 일은 불안정했다. 사고로 다칠 수 있고, 허탕을 쳐서 쫄쫄 굶을 수도 있다. 그래도 운이 따른다면 목돈을 거머쥘 수 있으리라. 그건 날품팔이꾼 신세로는 죽었다 깨나도 불가능한 일이었다.

그래, 약초꾼이 되는 거야……. 아멜리는 중얼거리면서 이불을 덮고 웅크렸다. 사실은 먹고 살 만큼의 돈만 있으면 되지 딱히 부귀영화를 바라본 적은 없었다. 그래도,

- 우리 딸은 꼭 해님처럼 따뜻해.

- 배고프지? 누나 주려고 몰래 숨겨놨어.

온기와 음식을 아무 대가 없이 나눠주던 이들은 더 이상 없으니까, 둘 다 돈으로 살 수밖에 없는 것이다. 아마도 평생…….

천장에 맺힌 차가운 이슬 한 방울이 닫힌 눈꺼풀 위에 똑 떨어졌다. 눈꺼풀이 열리고 검푸른 눈동자에 빛이 돌아왔다. 아멜리는 축축한 눈가를 비비며 일어났다.

"내가 언제 또 잠들었지?"

시간 감각이 사라진 탓인지 수면시간도 제멋대로가 되어버린 것 같았다. 그녀는 보통 자정 즈음에 잠들어 여섯 시간 후 기상하는 생활습관을 가지고 있었는데, 지금도 그것이 유지되고 있는지는 자신할 수 없었다. 깰 때마다 굉장히 개운한 느낌이 드는 걸 보면 수면시간이 좀 더

늘어난 게 아닐까 하는 막연한 추측만 하고 있을 뿐이었다.

"잘한다, 아멜리. 아직 동굴을 빠져나갈 방법도 찾지 못한 주제에 참 푸지게도 잘 자."

점점 혼잣말이 늘고 있었다. 조용히 입 다물고 있으려니 심심하고 불안한 탓이었다. 불행 중 다행인 건 주변에 사람이 없어 미친 사람 취급받을 염려가 없다는 정도일까. 불행 중 불행은 아직도 매우 허기가 지다는 사실.

"굶주림에는 웬만큼 내성이 있는 줄 알았는데, 기약 없는 굶주림은 또 다르구나. 아아, 그냥 돌이라도 씹어 먹고 싶어……."

저 허여멀건 돌들이 사실은 부드러운 흰 빵이면 얼마나 좋을까. 아멜리는 배를 쥐고서 입맛을 다셨다.

"그래도 돌을 먹을 바에 이 수상쩍은 식물이 낫겠지."

그녀는 풀을 한 움큼 뜯어 가만 보다가, 이 풀이 독초일 경우 벌어질 수 있는 상황을 미리 꼽아보았다. 고열, 어지럼증, 구토, 마비, 오한, 부정맥, 환각, 환청, 각혈, 의식불명, 심장마비 기타 등등. 치료해줄 사람도 약도 없는 이 상황에선 뭐하나만 잘못 걸려도 황천행이 될 수 있다. 아멜리의 안색이 잠시 흐려졌다가, 이내 다시 환해졌다.

"근데 안 먹어도 어차피 죽잖아?"

이래도 죽고 저래도 죽는다면 한순간이나마 행복을 누릴 수 있는 쪽을 선택하는 편이 현명하지 않겠는가! 반박의 여지가 없는 완벽한 논리를 찾아낸 아멜리는 손에 쥔 풀떼기를 망설임 없이 입에 욱여넣었다.

식물의 식감은 어린 고사리처럼 연했다. 생풀이지만 쓴맛은 없고 무미(無味)에 가까웠다. 그녀는 풀을 꿀꺽 삼킨 뒤 1분가량 기다리며 제 몸 상태를 살폈다. 별다른 징후는 없고 다만 위장이 성에 안 찬다며 난리를 칠 뿐이었다. 냉정하게 사리분별을 할 수 있는 상태였다면 적어도 1시간은 기다려 보았을 것이다. 그러나 음식이 목구멍을 넘어간 순간부터 신체에 대한 지휘권은 위장으로 넘어갔다. 아멜리는 그야말로 미친 사람처럼 풀을 와구와구 뜯어 먹기 시작했다. 싱싱하고 푸릇푸릇한 풀밭에서 한가로이, 아니 정신없이 풀을 뜯어 먹고 있는 토끼, 아니 인간. 실로 목가적인 풍경이 아닐 수 없었다.

"와, 배부르다!"

위가 차서 더 이상 들어갈 자리가 없을 때쯤 손이 멈췄다. 아멜리는 뒤로 벌렁 드러누워 통통하게 솟은 배를 문질렀다. 만복감과 더불어 안도감도 찾아왔다. 적어도 여기서 굶어 죽을 일은 없겠구나. 긴장과 불안이 다소 해소되자 몸이 노곤하게 늘어졌다. 나른한 호흡은 점차 고른 숨소리로 변해갔다.

실종자가 생기면 마을 사람들이 조를 짜서 수색에 나선다. 5년 전 절벽에서 떨어져 죽은 약초꾼 마빈도 그런 식으로 발견됐다. 그래서 동굴에 들어온 초반에 아멜리는 구조에 대한 희망을 가졌다. 자신이 밤늦도록 귀가하지 않으면 친구들이 변고를 눈치를 채고 촌장에게 알리리라.

사람들은 약초꾼들이 갈만한 산부터 뒤질 것이다. 마지막에 있던 장소가 상당히 외지고 약초꾼들이 잘 찾지 않는 산이었단 점은 염려스럽지만, 다른 산에서 발견되지 않으면 언젠가는 그 산에도 수색이 미치기 마련이다. 망태기며 호미 같은 연장들을 절벽가에서 잔뜩 흘리고 왔으니 수색대도 발견하기 쉬우리라. 연장이 발견된 근방에 사람 하나가 빠질 만한 큰 균열이 있다는 것을 그들이 놓칠 리 없다. 그렇게 구조의 날은 오고 말리라.

아멜리의 예측은 나름대로 합리적인 수순이었다. 다만 그녀가 모르고 있는 중요한 퍼즐 하나가 있었다. 이 동굴로 이어지는 지상의 균열은 뒤따라 떨어졌던 땅덩어리로 인해 사라졌다는 사실. 그리고 간과하고 있던 점도 있으니, 지상과 동굴 사이의 거리가 까마득해 구조가 결코 쉽지 않으리란 점.

전화위복이랄까, 이 사실들을 몰랐기에 아멜리는 실의에 빠지지 않고 동굴 생활에 적응해나갈 수 있었다. 구조될 때까지 어떻게든 버티리라는 각오였다.

햇빛 한 점 들지 않는 동굴 안에서 제일 곤란했던 점은 날짜감각의 상실이다. 그래서 그녀는 잠에서 깰 때마다 동굴 벽에 빗금을 그었다. 일반적으로 사람은 하루에 한 번 자니까 빗금 하나를 「하루」로 쳤다. 또 10년 넘게 일정한 생활패턴을 유지해온 터라 아멜리는 제 생체리듬을 퍽 믿을 만하게 여겼다.

빗금이 하나둘 늘어가는 동안 그녀는 「빛나는 풀」에 관한 연구에 몰두했다. 이 식물은 크게 발광과 발열이라는 특징을 가지고 있었다. 식물은 무릇 생존과 자손 번식이라는 궁극적 목적을 위주로 고유의 성질들이 만들어지는 법이니 이 이색적인 특징들에도 까닭이 있을 터였다.

"열을 발하는 식물이라면 예전에 빌슨 씨가 먼 나라의 설산에 그런 꽃이 있다고 한 적이 있어. 꽃의 열로 눈을 녹여 살아남는다고 했던가. 하지만 라트샤에는 사계가 있으니 계속 열을 내뿜어야 할 필요는 없을 텐데. 아! 추운 동굴 안에서 자라는 식물이라서 그런 걸까?"

지하 동굴이 이 식물의 주된 서식지라면 저온으로 인한 냉해를 방지하기 위해 발열 같은 특징이 생겼을 수 있었다. 그렇다면 빛이라는 그렇다면 빛이라는 특징은 무슨 연유일까.

"어두운 곳에서 빛을 내니까 굉장히 눈에 잘 띄네. 흠, 「유혹」하는 걸까? 하긴 이 동굴에 나방이 살았으면 이 풀밭에 엄청 꼬였을 거야."

꽃들은 수분(受粉)을 위해 화려한 색채와 강한 향기로 날벌레나 조류를 유혹한다. 그러나 어두운 동굴에선 색채가 쓸모없으므로 대신 「빛」이라는 특징이 생긴 것일지도.

"내가 그간 허투루 산에 오른 건 아니었어."

아멜리는 제 추측이 퍽 옳은 것 같아 자랑스럽게 고개를 주억거리다가 문득 쓰게 웃었다.

"그래 봐야 이젠 쓸모없을지도 모르지만……."

목전에 닥친 문제를 해결하느라 까맣게 잊고 있던 걱정이 떠올랐다. 마을에 돌아간 뒤에도 그녀에게는 「빌슨」이라는 골칫덩이가 남아있었다. 그 남자야 원래 데면데면한 사이였으니 조금 노력하면 평생 보지 않고 살 수 있을지도 모르지만 약초꾼 일에 관한 것이라든가, 안젤라와 아이들 일 같은 것이 아무래도 마음에 걸렸다.

하아. 아멜리는 깊은 한숨을 쉬었다. 이런 동굴에 틀어박혀서 고민해봤자 답이 나오지 않는 문제들이었다. 당장 시급한 쪽을 먼저 고민하자. 그리하여 아멜리는 빛나는 풀 연구에 더욱 몰두했다. 그 결과 풀의 새로운 성질을 속속 발견해나갔다.

우선, 풀은 재생력이 무척 좋았다. 식사를 하느라 풀밭을 헤집어 놓아도 한숨 자고 일어나면 어느새 풀이 싱싱하게 새로 자라나 있었다. 그녀가 풀밭을 초토화시킬 염려는 없게 됐으니 다행스러운 일이었다.

그리고 꺾인 풀은 빠른 속도로 빛을 잃고 시든다는 점. 이것은 꽤 초반에 발견한 성질이었는데 그게 전부가 아니었다. 어느 날 그녀는 식사를 위해 미리 뜯어놓은 풀 한 움큼의 빛이 꽤 오랫동안 사라지지 않는 장면을 목격했다. 그 덕분에 알아낸 사실은 꺾인 풀이라도 여러 포기를 한데 모아 놓으면 시드는 속도가 느려진다는 것이었다. 또한, 풀의 수량과 빛의 지속시간은 비례했다. 한 포기보다 두 포기의 빛이 더 오래가고, 두 포기보다 열 포기의 빛이 더 오래갔다.

"이거 어쩌면 천연 등불로 쓸 수 있을지도 몰라!"

아멜리는 기뻐서 팔짝팔짝 뛰었다. 등불이 있다면 너무 어두워서 들어가기를 망설인 통로들을 조사해볼 수 있었다. 즉, 출구를 찾을 가능성이 높아지는 것이다.

그렇다면 풀빛을 가능한 한 오래 지속시키기 위해서는 어떻게 해야 하는가.

그녀는 풀의 양에 따른 지속시간을 비교하기 위해 노래를 불렀다. 베이비시터 일을 할 때 아이들 낮잠 재우는 용으로 부르던 자장가 중에

『만투아 성주』라는 동요가 있는데 무려 3절이나 되는 가사를 가지고 있어서 실험에 쓰기 적당했다.

"옛날 옛적에 만투아라는 늙은 성주가……."

한 포기만 있을 경우엔 대강 한 소절을 부르는 동안 싱싱함을 유지했다.

"만투아여, 개가 물기 전에 돌아오라."

그리고 소박한 한 다발, 즉 스무 포기쯤 되면 1절까지 부를 수 있었다.

"만투아여, 꽃이 시들기 전에 돌아오라."

풍성한 한 다발로는 2절까지.

"만투아여, 종이 울리기 전에 돌아오라."

두 팔 벌려 한 아름 안고 있으면 3절까지 완창(完唱)하고도 남았다. 풀을 한데 모으면 모을수록 지속기간은 단순히 갑절이 되는 게 아니라 세 곱절, 네 곱절도 되는 듯했다. 유용한 사실을 알아내 뿌듯하게 웃고 있던 아멜리가 문득 빗금을 그어놓은 벽을 쳐다보았다. 쭉쭉 그은 선이 열 개. 추산으로는 열흘. 구조에 시간이 좀 걸릴 거라고 예상하고 있어도 이쯤 되니 조금씩 불안해지던 참이었다. 마침 등불이 생겼으니 얼마나 다행인가.

"응? 열흘?"

아멜리의 시선이 빗금의 벽으로 되돌아갔다.

"달거리 시작할 때가……."

지났다. 그러나 아직 혈을 본 적은 없고 달거리 전에 으레 찾아오는 두통이나 복통도 느끼지 못했다. 늦는 걸까, 끊긴 걸까? 그녀는 예전에도 끼니를 자주 걸러 월경이 두세 달 끊겼던 적이 있었기에 크게 동요하지 않았다. 아마도 물과 풀떼기만 먹어 영양 상태가 좋지 않은 모양이지 하고 태연하게 제 상태를 짐작할 뿐.

하지만 안타깝게도 그 의연함은 오래가지 못했다. 빗금 세 개가 더 늘어 13일이 지났다고 추정되던 날, 아멜리는 월례 행사만이 아니라 일례 행사도 끊겼음을 확신했다. 그 자체도 기괴한 사건이었으나, 정작 그녀가 묘하게 여긴 부분은 따로 있었다.

"이상해."

아멜리는 수면에 비친 제 얼굴을 매만져 보았다. 갓난아기의 살갗처럼 보들보들하고 매끈매끈한 감촉이었다. 스스로 만지면서도 믿을 수가 없었다. 원래는 그녀의 피부는 땡볕 밑에서 밭일을 하거나 거친 허드렛일을 하느라 늘 상해 있었고, 약초꾼이 된 후로 자잘한 흉터까지 더해져 빈말로라도 곱다 해줄 수 없는 꼴이었다. 그랬던 것이 지금은 백옥이 울고 가게 생겼으니 어찌 놀랍지 않으랴. 기분 탓인지 흉터들도 전보다 옅어진 듯했다.

"어둡고 습한 곳에 오래 갇혀 있어 살결이 고와졌나?"

생활환경이 정반대가 되었다는 점이 원인인가 싶다가도, 여러 날 볼일을 보지 못한 상황임을 감안하면 역시 기이한 노릇이었다. 변비에 걸리면 보통 얼굴이 노랗게 뜨고 뾰루지 따위가 올라오지 않던가.

그녀는 배에도 손을 갖다 대보았다. 배가 튀어나오지도 않았고 더부룩하거나 묵직한 느낌도 없었다. 배만이 아니라 온몸이 그랬다. 어느 한 군데 붓기는커녕 날 듯이 가뿐하고 속도 편안했다. 월경이 끊기고 용변도 보지 않는데 이리 건강한 상태라는 게 말이 될까? 어쩌면 축적되었다가 천천히 드러나는 병증을 걱정해야 하는 상황일지도 몰랐다.

아멜리는 이런 심각한 상황을 이제야 눈치챈 자신이 그저 기가 막힐 따름이었다. 물론 나름의 이유는 있었다. 동굴에 떨어진 초반에는 먹은 게 없었으니 당연히 생리적 욕구를 느끼지 못했고, 그 후에는 동굴 생활에 적응하느라 이 묘한 현상을 알아차릴 경황이 없었다. 여기에 신체 상태가 지극히 평온하니 정신없는 와중에 굳이 생리 현상을 의식할 이유가 없던 것이다. 또, 낮밤에 대한 시간 감각을 상실하면서 주의력이 다소 둔해진 까닭도 있었다.

그러나 문제가 발생했음을 일단 알아차린 이상, 신체 상태에 촉각을 곤두세우지 않을 수 없다. 덕분에 빗금이 스무 개가 모이던 날 또 하나의 이상 현상을 발견했다.

"손톱이 안 자라……?"

아멜리는 손끝을 내려다보며 망연자실해졌다. 너무 길면 일할 때 불편하기 때문에 일주일에 한 번씩 적당히 짧은 길이로 다듬어주곤 했다. 그런데 현재 손톱은 마지막으로 다듬었을 때와 차이가 없었다. 생리 현상 문제는 내장기관의 이상이라 친다면 손톱 생장의 중단은 대관절 어디의 이상을 의미하는 것인가. 그녀는 짐작조차 할 수 없었다. 그에 대한 설명을 찾느니 차라리 날짜를 잘못 세고 있다고 여기는 편이 이해하기 수월했다. 빗금 하나가 하루라는 것은 애초부터 지극히 단순한 추측이지 않았던가. 그러나 이 경우에도 허점은 존재했다. 아무리 날짜를 잘못 세고 있었대도 적어도 사흘은 지났을 텐데 아직도 소변이 마렵지 않다는 건 이상한 일이었다.

추리가 오리무중에 빠지자 무기력감이 엄습했다. 그녀는 풀밭에 털썩 드러누웠다. 여전히 따뜻하고 부드러웠다. 이렇게 보면 동굴에 갇힌 불행한 여자에게 신이 내려준 선물인 듯싶지만…….

"아무래도 수상하단 말이야. 얘, 널 먹어서 내가 이렇게 된 거 맞지?"

빛나는 풀을 톡톡 건드리며 따지듯 물어봤자 돌아오는 대답은 없었다. 결국 아멜리는 체념에 가까운 합리화를 했다.

"하긴 묘한 특징들을 가진 묘한 식물이니 효능도 묘한 게 당연하겠지."

나중에 무슨 탈이 날진 몰라도 지금 당장은 심신이 편안하고, 가뜩이나 탈출에 대한 방법을 찾느라 번잡한 머릿속에 고민거리를 보태고 싶지 않았다. 그렇게 불안을 달래고 나자 천연덕스럽게 약초꾼 기질이 발동했다.

"월경통에 시달리거나 피임하고 싶은 사람들에게 팔 수 있을 거 같은데. 화장실을 너무 자주 가는 사람에게도 유용하겠네. 손톱이 너무 오래 안 자라면 곤란할 테니 복용기간은 한정해둬야겠다."

마을 약초꾼이랑 도시의 약재상들이 모여 머리를 맞대고 연구해 보면 더 많은 효능을 찾아낼 수 있으리라. 알고 보면 희대의 영약일지도 모른다. 아멜리는 이 풀을 팔아 돈방석에 앉는 꿈에 부풀었다. 부자가 되면 하고 싶은 일들은 예전부터 잔뜩 있었다.

"밭이랑 소랑 말부터 사야지. 밭에 뿌릴 좋은 씨앗도 사자. 여기저기 성치 않은 집안을 싹 수리한 다음 맛있는 음식을 잔뜩 만들어 마을 잔치를 열 테야. 또 형편이 곤란한 사람들에게 돈도 빌려주고, 커다란 식량 창고를 만들어서 마을 사람들에게 주고. 앞으로 한겨울에 식량이 떨어져서 굶는 일 같은 건 없게 만들어야지. 와, 이걸 다 실현시키려면 만석꾼이 되어야겠는걸."

후훗 웃던 그녀는 풀밭에 누워 할 일을 하나하나 손으로 꼽던 그녀의 낮빛이 어두워졌다.

"바보 같아. 여길 나가야 부자든 거지든 되지."

아멜리는 어휴 한숨을 쉬며 홱 돌아누웠다.

❧

상황이 아무것도 변하지 않은 채 벽의 빗금이 서른 개가 모였다. 아멜리의 추산으로는 한 달. 여태껏 수색대가 오지 않았다는 것은 구조될 가능성은 거의 없다는 뜻이리라. 따라서 마지막 희망은 미지의 통로들이었다.

풀다발로 등불 만드는 법을 익히고도 선불리 발을 디디지 않았던 까닭은 그 안에 들어가는 것이 복이 될지 화가 될지 확신할 수 없었기 때문이다. 운 좋으면 출구를 발견하겠지만 재수 없으면 호랑이굴이나 흉악한 도적 떼의 은신처에 제 발로 들어가게 될 수도 있었다.

그러나 구조의 기미가 없는 이상, 이판사판만이 남았다. 아멜리는 빛나는 풀을 한 아름 꺾어 품에 안으며 스스로 용기를 북돋았다.

"괜찮아. 절벽에서 떨어지고도 살아남은 나잖아. 내 명줄, 은근히 긴게 틀림없어."

탐험은 왼쪽 통로부터. 빨려 들어갈 것 같은 두려움을 느꼈던 그 어둠 속으로 그녀는 한 발 들이밀었다. 풀빛이 희미하게 밝힌 통로의 내부는 원래 있던 곳과 별다를 바가 없었다. 기암괴석, 기암괴석, 또 기암괴석. 동굴 생활 초반엔 보기만 해도 혼란스러웠는데 이젠 익숙해진 나머지 단조롭게 느껴질 지경이었다.

“에이. 풀밭 근처나 여기나 그게 그거네.”

아멜리는 긴장이 풀린 만큼 태평해졌다. 산책이라도 나온 양 여유 부리며 걷다 보니 얼마 들어가지도 않았는데 풀다발의 빛이 약해졌다.

“잠깐. 여기서 빛을 잃으면 난 어떻게 되는 거지?”

그에 대한 대답을 스스로 상상해보았다.

“…….”

길게 할 필요도 없는 상상이었다. 아멜리는 빛의 속도로 입구까지 되돌아왔다.

“이런. 등불만 생기면 만사형통일 줄 알았는데.”

예상치 못한 난관이었다. 통로 탐사를 제대로 하기 위해선 풀빛을 보다 오래 유지시킬 방법을 찾아야 했다. 혹은, 빛이 도중에 꺼지더라도 풀밭까지 돌아올 수 있는 방법을 찾든가. 가장 손쉬운 방법은 최대한 풀을 많이 챙겨가는 것이지만 팔 길이에 한계가 있다. 풀을 밧줄처럼 길게 엮어볼까도 싶었으나 워낙 여린 식물이라 매듭을 지으면 툭툭 끊어졌다.

장고 끝에 선택한 방법은 「흔적 남기기」였다. 낯선 장소에서 약초를 찾을 때 길을 잃지 않도록 미리 지표를 남기는 방법이었다. 약초꾼들은 주로 나뭇가지에 눈에 띄는 색의 천을 매달아 놓거나, 칼로 나무에 방향 등을 새기는 식이었다. 그러나 현재 그녀는 빛을 잃고 아무것도 보지 못할 상황까지 고려해야 했다.

그리하여 아멜리는 땅바닥에 풀을 떨어뜨리며 걸어가기로 했다.

만약 풀빛이 예상치 못하게 소멸하더라도 어둠 속에서 땅을 더듬으면 풀을 하나씩 회수하며 입구까지 나올 수 있으리라. 또 빛나는 풀은 은은한 향기도 가지고 있다. 한 포기씩 떨어지면 향이 미미해지겠지만 전적으로 촉각에 의지하는 일보단 나을 것 같았다.

아멜리는 왼쪽 통로에 재도전했다. 그런데 들어간 지 얼마 되지 않아 제 방법의 커다란 문제점을 발견했다. 나아갈 수 있는 거리에 제약이 생겼다. 아직도 길은 깊이 뻗어있는데 제 품안의 풀이 동나기 시작하자 뾰족한 수가 떠오르지 않았다. 그래도 통로는 아직 두 개나 더 남아 있었다. 아멜리는 조급해하지 말고 다른 통로들부터 둘러보기로 했다.

그다음은 중앙에 위치한 통로였다. 전반적으로 왼쪽 통로와 다를 바 없는 환경이었다. 다만 훨씬 짧았다. 어렵지 않게 통로 끝의 막다른 곳에 도달해 풀빛으로 주위를 살펴보았지만 이렇다 할 발견은 없었다.

이제 미지의 통로는 하나 남았다.

"제발 좀 뭔가가 있어줘."

안타깝게도 이변은 없었다. 실망한 아멜리는 기대 대신 의무감을 갖고 꾸역꾸역 걸어나갔다. 다섯 걸음에 풀을 한 포기씩 떨어뜨리며 느릿느릿 걷다 보니 어느덧 풀다발은 절반도 채 남지 않았다. 아멜리는 하품을 하며 풀을 또 하나 떨어뜨렸다. 그러나 타성적인 행동을 하는 와중에도 눈썰미는 생생하게 살아 있었다. 잠시 환히 밝혀진 땅바닥에서 미묘하게 이질적인 윤곽을 포착한 것이었다. 곧고 길쭉한 생김새에 손한 뼘만한 길이의 무언가라면 무엇인지는 뻔했다.

"벌레구나! 여기도 벌레가 있긴 있었네."

아멜리는 반가움에 풀다발을 가까이 들이댔다. 하지만 다리 없이 매끈한 몸통의 끝에는 머리 대신 날렵한 세모꼴의 금속이 붙어 있었다. 만년필. 아멜리는 멍청하게 그것의 이름을 입속에서 되뇌었다. 만년필은 필기구다. 필기구는 인간의 물건이며, 문명의 흔적이었다. 청천벽락 같은 충격이 후두부를 강타했다. 이 동굴 안에 그녀 외에 누군가가 있다!

"누구 있어요?"

정신이 번쩍 들자마자 성대가 터져나가도록 소리쳤다.

"저기요! 누구라도 있으면 대답 좀 해주세요! 제발요!"

제발요, 제발요, 제발요. 절박한 외침은 헛되이 부풀려진 메아리가 되어 돌아왔다. 간곡한 호소와 절박한 애걸과 제 성질에 못 이긴 비명이 거듭 울려 퍼졌지만 그녀의 목소리가 칼칼해질 때까지 아무 대답도 돌아오지 않았다.

어느덧 풀다발의 빛이 약해졌다. 아멜리는 일단 만년필을 주워 풀밭으로 돌아왔다.

밝은 곳에서 살펴보니 만년필은 부식된 지 오래된 상태였다. 계속 만지작거린 탓에 손에 지독한 녹 냄새가 옮겨붙어 있었다. 한두 해 전이 아니라 어쩌면 10년, 20년 전에 버려진 물건일지도 모른다는 생각이 들자 그녀는 맥이 탁 풀렸다.

"괜히 소리 질렀네. 그나저나 누가 이런 귀한 것을 여기에 흘렸을까?"

아멜리는 만년필을 써본 적은 없어도 귀한 물건이라는 걸 알았다. 발번의 촌장도 만년필을 하나 가지고 있었는데 목숨처럼 애지중지했다. 남몰래 금고에 넣고 보관하면서 가족에게도 잘 보여주지 않았고, 누가 훔쳐갈까 봐 밖에 나가 자랑도 하지 않았다. 마을 사람들 대부분은 아직도 촌장이 그런 물건을 가지고 있다는 사실을 모르고 있었다.

촌장 아들 내외는 부친이 돈도 보석도 아닌 이상한 물건을 보물처럼 모시는 꼴이 우습다며 귀먹은 말을 하곤 했다. 아멜리의 경우엔 촌장네에서 몸을 의탁하던 6년간 딱 한 번 만년필을 구경할 기회가 있었다. 실의에 빠진 소녀에게 그 어떤 위로도 통하지 않자 촌장은 고이 간직했던 보물을 꺼내왔다.

"이 안에 잉크라고 하는 검은 물을 넣고 글씨를 쓰는 거란다."

촌장은 엄청난 비밀을 털어놓듯 속삭였지만 아멜리는 무덤덤했다. 읽고 쓰는 법을 모르는 까막눈인데 필기구의 가치를 알아볼 리 있겠는가. 세상엔 이런 물건도 있다는 감상 그 이상도 이하도 아니었다.

"망가져서 쓰진 못하겠지만 촌장님께서 좋아하실지도 몰라. 나갈 때 챙겨가자."

아멜리는 눈에 잘 뜨이는 너른 돌멩이 위에 만년필을 올려두었다.

"만년필 주인은 누구였을까? 뭐하는 사람이 이런 동굴에 들어왔……."

번개처럼 스치는 생각이 있었다. 「들어왔었다」를 거꾸로 뒤집으면 「지금은 나갔다」. 즉, 출구가 존재한다는 뜻이었다. 지금까지처럼 막연한 기대나 상상이 아니었다. 이 거대한 동굴 어딘가에 세상 밖으로 나갈 수 있는 실제 출구가 있는 것이다. 거짓말처럼 눈앞이 수 배는 더 환해졌다. 아멜리는 벌떡 일어나 빛나는 풀을 닥치는 대로 뜯어 세 번째 통로로 나는 듯이 달려갔다.

그녀는 왠지 세 번째 통로 끝에 출구가 있을 것만 같은 기분이 들어 전력질주를 했지만, 안타깝게도 그 끝은 막다른 곳이었다. 그렇지만 출구가 꼭 길 끝에 있으라는 법은 없었다. 어쩌면 개구멍 크기의 출구일 수도 있다는 가능성까지 고려해 되돌아가는 길엔 동굴 벽과 천장까지 신중히 살펴보았다.

추측은 틀리지 않았다. 풀다발로 벽을 비춰보다가 혹처럼 툭 불거져 나온 어떤 벽면의 그늘 안에서 세로 방향의 큰 틈을 발견한 것이다. 성인 한 명이 겨우 비집고 들어갈 만한 폭이었고 안쪽으로 깊이 들어가는 공간이었다. 과연 여길 통과한다고 뭐가 나올까. 아멜리는 미심쩍은 마음이 들었으나 겨우 찾아낸 공간을 그냥 지나치긴 어려웠다. 게걸음으로 끙끙거리며 열 발자국. 겨우 틈을 통과한 아멜리의 눈앞에 놀라운 풍경이 펼쳐졌다.

"여긴…… 방?"

10평 남짓한 음침한 동공에는 침대를 비롯해 책걸상과 책장, 수납 상자처럼 인간의 생활에 필요한 가구 일체가 놓여 있었다. 학구적인 타입의 방주인이 절로 떠오르는 평범한 침실이었다. 돌이 녹아 흘러내리는 듯한 모양의 괴기한 벽면에 둘러싸여 있다든가, 모든 가구가 돌로 만들어졌다든가, 책상 위에 정체불명의 수상쩍은 물건들이 올려져 있다는 점만 제외한다면.

아멜리는 가장 눈에 뜨이는 책상부터 살펴보았다. 책상 위엔 금속제와 유리로 만든 사발, 항아리, 컵, 파이프 등이 어지러이 널브러져 있는데 그 형태가 하나같이 별났다. 터무니없이 길쭉하거나, 나선형으로 꼬였거나, 입체적인 별모양이거나 박처럼 완전히 둥글기도 했다. 아멜리는 나선형

파이프 하나를 집어 들며 신기하다는 듯이 중얼거렸다.

"이런 그릇에다 밥을 먹는 사람도 있구나."

관련 지식이 있는 사람이 봤다면 그것을 결코 「그릇」이라 부르지 않았겠지만 아멜리의 눈에는 좀 괴상한 모양의 식기들로밖에 보이지 않았다.

그다음으로는 방 한구석에 놓인 침대가 아멜리의 호기심을 자아냈다. 풀밭 침대에 불만은 없지만 역시 익숙한 형태의 가구가 좋았다. 돌 침대라 차갑고 딱딱할 것 같지만 제법 두꺼운 매트리스와 꽤 두툼한 이불이 깔려 있다. 그녀의 잠자리로 삼아볼까 하고 기웃기웃하는데 불룩하게 솟아 있는 이불이 눈에 거슬렸다.

"이런 건 반듯하게 펴줘야지."

아멜리는 이불 끝을 잡고 평평해지도록 당겼다. 그런데 불룩함은 가라앉지 않았다. 아래에 무언가 있다. 아멜리는 이불을 조금 걷어보았다. 놀랍게도 누군가 침대를 사용하는 중이었다. 정확하게 말하자면, 사람이었던 「백골」이.

꺄아아아악! 새된 비명소리가 실내에 쩌렁쩌렁 울려 퍼졌다.

그다음 상황은 기억조차 희미했다. 오로지 본능대로 다리를 움직였고, 정신을 차려 보니 풀밭에서 숨을 헐떡거리는 중이었다. 전신의 맥이 펄떡펄떡 뛰었다. 마지막으로 본 끔찍한 장면이 뇌리에 깊숙이 박혀 사라지지 않았다. 물론 그녀는 산을 타면서 짐승의 썩은 사체를 본 적이 여러 번 있었다. 이웃이 가축 잡는 것을 구경했던 적도 있고. 그로테스크함으로만 따지자면 그것들이 훨씬 심했다. 그런데 그녀 자신이 인간인 까닭인지, 죽은 짐승보다 죽은 인간을 만난 충격이 훨씬 더 컸다.

심지어 그 백골이 옷도 단정히 갖춰 입고 있어 더욱 소름이 끼쳤다.

"왜 죽은 사람이 여기에? 왜, 왜 죽었지? 강도? 괴물인가? 서, 설마 식인괴물이 있는 걸까? 아, 그렇구나. 살을 발라 먹어 뼈만 남은 거야."

패닉에 빠진 여자의 상상력에는 브레이크가 없었다. 아멜리는 통로에서 나온 식인괴물에게 발각될까 봐 풀밭에 바짝 엎드렸다. 좋은 냄새와 푸근한 온기가 감싸여 있노라니 서서히 공포와 불안이 가라앉았다. 안정을 되찾은 순간 그녀는 탈진했다.

수면은 꽤 괜찮은 스트레스 대처법인 듯했다. 한숨을 푹 자고 일어난 아멜리는 완전히 안정을 되찾았다. 이성도 돌아왔다.

"식인괴물이 이 동굴 안에 살고 있다면 진작 날 잡아먹으러 왔을 거야. 내가 지금까지 얼마나 요란하게 떠들면서 지냈는데."

무섭지만 백골의 모습도 떠올려 보았다. 옷차림이 꽤 단정했던 것 같았다. 살해당한 거라면 그렇게 말끔한 모습으로 죽진 못했으리라. 냉정한 판단에 힘입어 용기가 솟았다. 아멜리는 벽에 빗금을 하나 추가하고서 백골의 방을 재방문했다.

떠날 때와 다름없이 백골은 침대에 누워 있었다. 여전히 소름이 끼쳤지만 예고도 없이 맞닥뜨렸던 첫 번보다는 좀 나았다.

아멜리는 백골을 관찰하기 위해 이불을 완전히 걷었다. 두개골에 간신히 붙어 있는 몇 가닥의 머리털은 하얗고 짧은 편이라 적지 않은 연령의 남성이라는 추측을 할 수 있었다. 백골의 옷은 아멜리의 눈에 낯선 형태로, 하늘하늘하지만 어깨선이 넓고 품이 낙낙한 편이며 시골 아낙의 솜씨라고는 여길 수 없는 근사한 자수가 놓여 있었다. 이만한 고급의복을 걸치고 다니는 인물이라면 거부 내지는 고귀한 신분이리라. 백골의 손은 가슴 위에 얌전히 모아져 깍지를 끼고 있다. 손가락 사이로 가루가 되기 직전인 시든 풀 몇 포기가 삐져나와 있었다. 자세히 보니 풀의 형태가 낯익었다.

"어마, 이거 빛나는 풀이네?"

자신이 매일 먹고 있는 풀을 쥐고 죽어있는 걸 보니 다소 꺼림칙했다. 왜 이걸 쥐고 죽어있을까? 설마 사망의 원인……. 아니야. 매일 먹고 있는 내가 이렇게 팔팔한걸. 아멜리는 순간적으로 떠오른 의혹을 강하게 부정했다.

그러나 찜찜한 기분이 가시지 않았다. 그녀는 더 이상 백골을 관찰하지 않고 책장 앞으로 이동했다. 석제 책장에는 두께가 제법 되는 책이 열두 권 꽂혀 있었다. 한 권 꺼내서 펼쳐보니 거칠고 빛바랜 종이에 깨알 같은 크기의 검은 글씨가 가득했다. 중간중간 그림이 삽입된 페이지도 있었다. 대체로 동그라미와 세모 같은 도형으로 이루어진 그림으로 아멜리는 그 의미를 전혀 이해할 수 없었다.

"뭐라고 쓰여 있는지 모르겠네."

대부분의 발번 마을 사람들이 그렇듯 아멜리도 글을 읽지 못했다.

식자(識者)인 촌장이 글공부의 중요성을 역설하며 선생 노릇을 자처하긴 했었지만 아멜리를 비롯한 마을 사람들은 생업이 바빠 촌장의 열정에 잘 동참해주지 못했다.

"무슨 책인진 모르겠지만 이렇게 글자가 많으니까 촌장님이 보면 분명히 좋아하실 거야. 이것도 만년필이랑 같이 선물로 챙겨가야겠다. 이런, 가져가야 할 게 너무 많아졌네. 손이 모자라겠어."

그녀는 혼잣말을 중얼거리며 종잇장을 파라락 넘기다가, 까막눈이라도 알 수 있는 사실을 발견했다. 문자들의 선이 약간 삐뚤삐뚤했다. 촌장의 집에서 구경했던 활자 인쇄본에서 본 문자는 아주 반듯반듯했다. 그렇다면 분명히, 이것은 손글씨이리라.

책장의 책은 전부 열두 권. 각 권이 손가락 두 마디쯤 되는 두께이고, 한쪽당 대강 300자는 되어 보였다. 이 엄청난 분량을 저 한 사람이 모두 썼단 말인가. 아멜리는 필자로 추정되는 백골을 돌아보았다.

"대단하네. 굉장히 똑똑한 사람이었나 봐. 혹시 유명한 학자나 작가라든가?"

아멜리는 책을 옆구리에 끼며 씩 웃었다.

"좋은 베개가 생겼어. 후훗."

책장 밑에는 커다란 궤짝이 하나 있는데 잠금장치는 있으나 잠겨 있지 않았다. 그녀는 두 손으로 육중한 뚜껑을 들어 올렸다. 크기가 무색하게 안은 거의 텅 비었고 바닥 가운데에 비교적 조그만 상자가 또 있었다. 크기에 비해 굉장히 무거워 꺼내지는 못하고, 그냥 궤짝 안에 둔 채로 상자 뚜껑을 열었다. 영롱하게 반짝거리는 작은 돌멩이가 한가득 들어 있었다.

"와, 예뻐라. 이게 뭘까?"

그녀는 눈을 빛내며 한 알을 꺼내 살펴보았다. 빛나는 풀처럼 자체 발광하는 게 아니라 빛을 반사시켜 반짝거리는 물질이었다. 풍문으로만 들어본 어떤 물건의 이름이 자연히 떠올랐다.

"혹시 이게 「보석」이라는 거?"

왕이나 귀족들이 장신구로 쓴다는 값비싸고 아름다운 돌. 평생에 구경해볼 일은 없으리라 여겼건만 지금 그녀의 눈앞에 어림잡아 수백 알은 쌓여 있다.

"예쁘긴 한데 왜 그렇게 비싼진 모르겠구나. 반짝거리긴 하지만 저절로 빛나는 것도 아니고, 촉감도 그냥 차갑고 딱딱한 돌멩이 같은데. 나 같으면 돌멩이보단 예쁜 꽃을 장신구 삼을 테야. 아, 근데 이거 공기놀이하기 좋은 크기네."

아멜리는 책에 이어 보석도 다섯 알 챙겼다.

귀한 보석을 한 상자나 가지고 있고, 훌륭한 자수가 놓인 옷을 입었으며, 직접 책을 쓸 정도의 지식과 교양을 갖춘 백발의 노인. 대관절 정체가 무엇이며 어쩌다 이런 동굴 안에서 죽어버렸을까? 이 동굴은 알면 알수록 수수께끼투성이의 장소였다. 아멜리는 골치가 아파 관자놀이를 꾹꾹 누르다가 풀빛이 사라지기 전에 백골의 방을 나왔다.

베개 삼기에 책은 너무 딱딱했다. 빛나는 풀을 소복이 덮어봐도 소용없었다. 아멜리는 무용지물이 된 책을 팔락팔락 넘기며 중얼거렸다.

"어쩌지? 다시 갖다 놓을까?"

문자. 문자. 문자. 무슨 하고 싶은 말이 이렇게 많기에 이토록 많은 문자를 종이에 흩뿌려놓았을까.

"촌장님이 가르쳐주려고 하던 글자랑은 다른 모양 같은데……."

문자의 묘한 형태가 그녀의 흥미를 끌었다. 수박 겉핥기식으로나마 글공부를 했던 것도 어언 13년 전. 그때 본 문자를 정확히 기억해내기란 어려웠지만 적어도 그보다 이 책의 문자가 훨씬 어지럽고 세밀하다는 사실은 알 수 있었다. 심심했던 아멜리는 돌바닥에 자갈로 한 문자를 따라 그려보았다.

"앗, 잘못 그렸다. 다시!"

두어 번 실패 끝에 엉성하지만 제법 비슷해 보이는 문자를 완성했다. 아멜리는 자신이 「글자를 썼다」는 사실에 희열을 느꼈다. 발번 상식으로 「글을 쓴다」는 곧 「똑똑하다」이다. 뜻도 모르고 모양만 따라 그렸을 뿐이지만 괜히 똑똑해진 느낌이 들었다. 아멜리는 기쁜 듯이 중얼거렸다.

"나도 하면 되는구나. 이럴 줄 알았으면 좀 열심히 배워볼 걸 그랬네.

음, 촌장님이 글공부할 때 회초리만 안 드셨어도…….”

동굴 탐사 외의 소일거리가 절실했던 아멜리는 문자 따라 그리기에 재미를 붙였다. 처음에는 빠뜨리는 획 없이 또박또박 바르게 옮겨 그리기를 목표로 했지만 문자 모양에 웬만큼 적응하자 단순 모사는 너무 쉬워졌다.

며칠 후 그녀는 레벨을 높였다. 책을 보지 말고 따라 그려보는 식이었다. 그것도 곧 적응했다. 한 글자가 아니라 다음엔 한 단어씩, 또 한 문장씩, 나중에는 아예 한 페이지씩 암기했다. 어차피 문자의 수는 한정되어 있고 눈에 익은 모양이 반복 등장했기 때문에 뒤로 갈수록 암기에 속도가 붙었다. 문자의 뜻을 모른다는 점도 오히려 유리했다. 복잡하게 생각하지 않고 단순히 형태 자체에만 집중을 할 수 있었기 때문이다.

첫 권을 다 떼자 아멜리는 백골의 방에서 책을 하나 더 꺼내왔다. 두 번째 책까지 떼고 나자 그다음부터는 더욱 식은 죽 먹기였다. 거의 모든 문자가 눈과 손에 익었기에 문자의 순서만 외우면 됐다. 순서 암기에도 요령이 생겼다. 덕분에 진도는 쭉쭉 나갔다.

가끔은 책의 내용이 궁금해 견딜 수 없기도 했다.

“어쩌면 동굴 탈출법일지도 모르는데. 아니면 백골 할아버지의 사연이라든가. 아무튼 중요한 내용일 거야. 아무 까닭 없이 이 많은 책에 시간과 노력을 들여 낙서를 해놓았을 린 없으니까…….”

아쉽지만 아무리 뚫어지라 보아도 내용이 절로 파악되진 않았다. 그럼에도 책은 그녀의 동굴 생활에서 매우 중요한 역할을 했다. 집중이 필요한 활동은 불안감과 무기력증을 막아주었다. 또 매일 암기 놀이를 하면서 맛보는 작은 성취감, 즉 「해냈다」라는 의식은 「해낼 수 있다」

는 용기 또한 펌프질했다.

“뜻이 있는 곳에 길이 있다고 했어. 포기하지 않는다면 언젠가 나갈 수 있을 거야.”

그런 희망을 갖고 아멜리는 매일 같이 동공과 통로들을 드나들며 조사를 했다. 혹시 백골의 방처럼 숨겨진 공간이 또 있을지도 모른다는 생각에 모양이 수상쩍은 바위나 벽 등을 면밀하게 살폈다. 애석하게도 백골의 방 이래로 새로운 발견은 전혀 없었지만 스스로 최선을 다했다는 사실 자체가 마음에 약간의 위로가 됐다.

아멜리가 여러 가지 사건을 겪는 동안 빗금은 차곡차곡 쌓여 어느덧 100개가 되었다. 그 사이 그녀의 동굴 생활도 거의 틀을 갖췄다. 기상하면 못 가에서 몸을 씻고, 빛나는 풀로 식사를 하고, 동굴 탐사에 나섰다가 풀다발을 세 차례까지만 교체하고 풀밭에 돌아왔다. 쉬는 시간 동안 배가 고프면 식사를 하고 심심하면 책을 폈다. 암기 목표량은 차근히 늘어나 이제는 한 번에 두 페이지씩 외울 수 있었다. 암기에 성공하면 책을 덮고 다시 동굴 탐사에 나섰다가, 지친 채로 돌아와 잠을 청했다.

가끔은 잠을 이루지 못할 때도 있었다. 쓸데없는 상상이나 사서 하는 걱정 따위로 머릿속이 가득할 때가 그랬다.

우리 집은 무사할까? 단지 안에 숨겨둔 돈을 누가 훔쳐가진 않았을까? 내가 없는 사이 빌슨 씨가 악의적인 헛소문을 퍼뜨렸으면 어떡하지. 우리 마을 사람들이 날 찾으러 나섰을까? 이젠 수색을 중단하고 이미 죽었다 여기고 있을 거야, 아마.

아멜리는 우울해지려는 기분을 다잡으며 두 눈을 꼭 감았다.

잡념에서 벗어나기 위해 어서 잠이나 자고 싶었다.

쿠르릉.

먼 곳에서 천둥소리 같은 것이 들렸다. 혹은 맹수의 포효소리 같기도 했다. 아멜리는 감았던 눈을 반짝 떴다. 그녀의 몸이 떨리고 있었다. 아니, 땅이 흔들리고 있었다. 지진이었다.

그녀는 벌떡 일어나 자세를 바로 했다. 미세한 땅울림으로 시작된 지진은 눈 깜짝할 사이 사납고 거칠어졌다. 잔잔하던 못의 수면에 파도가 치고 천장에서 바스러진 흙가루와 작은 돌멩이가 툭툭 떨어져 내리며 어디선가 쩍쩍 갈라지는 소리도 들렸다. 절벽에서 떨어진 그 날이 떠올랐다. 이미 호된 맛을 본 터라 그녀는 손쉽게 공포에 사로잡혔다.

"수, 숨을 곳……."

뻥 뚫린 동공 안인지라 아무리 두리번거려도 마땅히 숨을 곳이 없었다. 그녀는 최소한 낙석이라도 피하고자 못으로 뛰어들었다. 갑작스러운 냉기가 전신을 옥죄여왔으나 최대한 깊이 잠수를 하려고 애썼다. 그래 봤자 금세 숨이 차 수면 위로 올라와야 했지만 다행히 이미 지진이 멎어 있었다. 큰 낙석이나 지반 균열 같은 현상은 눈에 뜨이지 않았으므로 동굴이 무너지리란 염려는 접어둘 수 있었다. 아멜리는 안도의 한숨을 쉬었다.

"여기서 또 지하로 떨어지게 되면 거긴 아마 지옥일 거야."

지진은 빗금이 150개가 되던 날 다시 찾아왔다. 그리고 빗금 170개 되는 날, 188개가 되는 날에도. 빗금 188개 이후로는 사흘을 멀다 하고 약한 지진이 발생했다. 당연히 아멜리의 신경은 잔뜩 곤두섰다. 자는 틈에 지진이 일어나 제 머리 위로 돌이 떨어지진 않을까, 땅이 꺼지진 않을까, 이러다가 아예 세상이 멸망해 버리는 건 아닌가.

매일을 걱정과 불안 속에서 위태롭게 보내야 했지만, 그나마 다행인 것은 처음 겪었던 지진에 비하면 그 뒤로 발생하는 지진들은 대수롭지 않은 수준이란 점이었다. 더구나 지진으로 큰 사고는 발생하지 않았고 크게 다친 적도 없었다.

인간은 망각과 적응의 동물인지라 아멜리는 점차 지진에 둔감해져 갔다. 나중에는 대지의 쓸데없는 정력 낭비 같은 지진보다 온통 빗금으로 도배가 된 벽 쪽이 더 큰 근심거리가 되었다.

"이러다 여기에 백골 한 구 더 추가되겠다."

우스갯소리였지만 헛웃음도 나오지 않았다.

그녀는 기억을 더듬어 마지막으로 태양을 본 때를 찾았다. 아주 인상적으로 장엄하고 아름다웠던 석양. 그건 절벽에서 떨어지던 날의 기억.

"설마 그게 내 인생의 마지막 태양은 아니겠지. 응, 아닐 거야."

햇빛이 사무치게 그리웠다. 한여름 밭일하면서 고역스럽게 여겼던 땡볕마저도 현재의 그녀에게는 구원의 빛이 될 터였다.

많은 걸 바라지 않아. 적어도 죽기 전에 해를 한 번 더 보고 싶어.

예전의 자신이라면 상상도 할 수 없는 소원이었다. 아멜리는 조그맣게 키득거리다가 코를 훌쩍였다.

빗금이 197개가 되는 날이었다. 지진은 언제나처럼 예고 없이 찾아왔다.

“또 왔네.”

지진에 이골이 난 지 오래였던지라 그녀의 어조는 지극히 심드렁했다.

“저번처럼 먼지만 좀 떨어지다 말겠지.”

아멜리는 풀밭에 남아있기로 결정했다. 천장에서 떨어지는 흙먼지를 뒤집어쓰는 건 싫지만 오늘은 잠시라도 풀밭을 떠나기가 싫었다. 그도 그럴 것이 간만에 책 암기가 탄력받은 데다 고지가 얼마 남지 않았기 때문이었다. 백골의 방에 있는 총 12권 중 어느덧 11권째. 전부 외운다고 해서 별 대단한 일이 벌어지진 않겠지만 꽤 오래 매달린 일이니만큼 그 끝을 기대하고 있었다.

“빨리 멈췄으면…….”

흔들흔들하는 풀밭에 누워 지루한 듯 기다리고 있는데 펼쳐 놓은 책 위로 꽤 많은 양의 흙가루가 떨어졌다. 아멜리가 눈살을 찌푸렸다.

“아, 정말.”

책을 들어 탁탁 터는데 몸이 크게 휘청하더니 옆으로 나동그라졌다. 땅의 흔들림이 시간이 지날수록 더욱 거세지고 있었다. 커다란 바윗덩

어리 하나가 천장에서 떨어져 굉음을 터뜨렸다.

아멜리는 사태의 심각성을 파악했다. 이번 것은 쉽게 멎을 지진이 아니었다. 가만히 있다간 꼼짝없이 깔려 죽으리라.

그녀는 다급한 손길로 빛나는 풀을 마구 꺾어 안고서 백골의 방을 향해 달려갔다. 가는 길에 몇 번 넘어져 구르고, 바로 옆에 돌이 떨어지는 아찔한 순간이 찾아오긴 했지만 어찌어찌 입구의 틈까지 무사통과를 했다.

방안은 이미 난장판이었다. 육중한 석가구들이야 멀쩡했지만 그릇과 책은 죄다 바닥에 떨어져 엉망진창이 되어 있었다. 아멜리는 백골이 누워 있는 돌침대 밑으로 기어들어갔다. 이곳이라면 적어도 머리에 떨어지는 낙석을 피할 수 있었다.

퍽! 퍽! 쩍! 쩍! 쨍그랑!

정체를 알 수 없는 소리들이 쉴 새 없이 들려왔다. 지진은 좀처럼 멎지 않았고 이러다가 동굴이 무너져 내릴 것 같았다. 아멜리는 현실을 외면하기 위해 눈을 질끈 감고 귀를 틀어막았다. 그래도 멀미할 것처럼 흔들대는 신체의 감각이 남아 있었지만 공포스러운 청각 자극보다는 조금 더 견딜만했다.

백골 할아버지는 괜찮을까? 큰 돌에 맞아 가루가 된 건 아니겠지? 그녀는 무방비로 침대 위에 노출되어 있는 백골이 걱정이었다. 충격적인 첫 만남을 상기하면 괄목할 만한 관계 증진이 아닐 수 없었다.

"백골 할아버지가 무서워서 도망갔던 게 엊그제 같은데 지금은 보호받고 있잖아? 정말이지 인생은 새옹지마라니까."

울렁거림이 멎었다. 아멜리는 반짝 눈을 떴다. 끝났구나. 그녀는 서둘러 침대 밑에서 빠져나왔다. 백골의 방은 비교적 양호한 상태였다. 무너진 곳은 없었고 그저 잡동사니가 뒹구는 바닥에 두터운 흙먼지가 쌓인 정도였다.

"청소할 게 잔뜩 생겼네."

아멜리는 싫지 않은 듯이 중얼거리며 옷을 가볍게 툭툭 털었다. 뽀얀 먼지가 풀풀 날렸다. 군데군데 찢어진 부분도 있었다. 아까 백골의 방으로 달려오면서 넘어진 탓인 듯했다. 아멜리가 울상을 지었다.

"아까워라. 한 벌밖에 없는 옷인……데……?"

소리 없는 밀물처럼 깨달음이 밀려들었다. 그녀는 바닥을 내려다보았다. 빛을 잃은 시든 풀들이 흩어져 있었다. 그렇다. 백골의 방으로 올 때 가져온 풀다발 등불은 이미 제 기능을 잃은 지 오래였다. 그렇다면 암굴 안에서 찢어진 옷이며 먼지를 또렷이 볼 수 있는 까닭은 무엇인가.

아멜리는 떨리는 눈빛으로 서서히 위를 올려다보았다. 공기 중에 뿌연 흙먼지가 피어오르는 것이 보였다. 갈라진 동굴 벽을 통해 쏟아지는 빛 속에서.

아멜리의 눈가에서 눈물이 한줄기 흘렀다. 그것은 햇빛이었다. 그녀가 그토록 그리워하던.

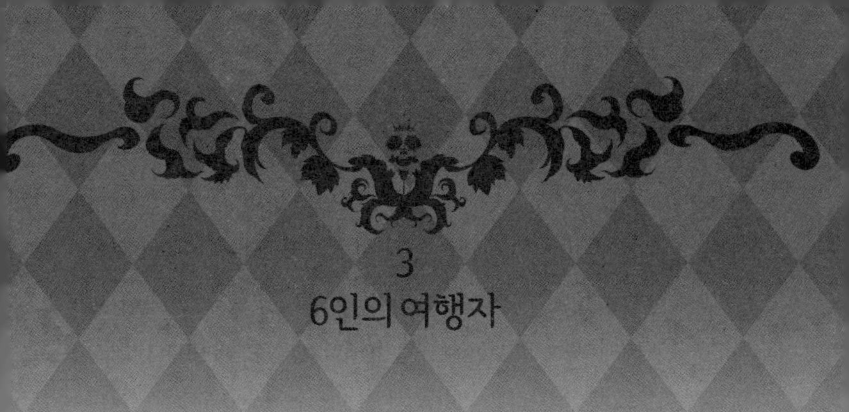

3
6인의 여행자

실바람 한 줄기가 가냘픈 몸을 부드럽게 스치고 지나갔다. 노을빛에 물든 초원에 파도가 쳤다. 빛나는 풀의 몽환적인 향기보다 훨씬 알싸하고 생생한 풀 내음이 코끝을 찔렀다. 그녀가 익히 알고 있는 「자연」의 냄새였다. 하늘은 절벽에서 떨어지던 날처럼 붉게 타오르는 중이었다. 세상은 변한 게 하나도 없는 듯 보였다.

"이게 꿈은 아니겠지."

아멜리는 제 뺨을 꼬집어보았다. 얼얼한 감각에 절로 함박웃음을 지었다. 꿈이 아니라 진짜였다. 마침내 지상으로 돌아왔다!

대체 자신이 어디에 서 있는 건진 알 수 없었으나 저녁놀이 물든 쪽이 서쪽이고 그 반대편이 동쪽이라는 점만은 분명했다. 그녀는 모처럼 만난 햇빛을 등지고 걷기가 싫어 무작정 황혼을 향해 걸었다.

사실은 위험천만한 행동이었다. 초원 어딘가에 여행자를 노리는 강도가 잠복해 있을지도 모르고, 흉포한 들짐승과 마주칠 수도 있었다. 아멜리는 그러한 가능성을 짐작하면서도 끊임없이 두 다리를 움직이고자 하는 충동을 거부할 수 없었다.

탁 트인 초원. 더욱 트인 하늘. 무슨 정신으로 그리 좁고 답답한 동굴에 갇혀 지낼 수 있었는지 모르겠다. 그녀는 들뜬 가슴에 마음껏 신선한 공기를 불어넣으면서 마음껏 지하 동굴로부터 멀어져갔다. 태양이 완전히 지고 푸른 밤에 별이 가득 떴을 때는 황홀함마저 느꼈다. 매일 반복되는 자연현상일 뿐인데 이 순간만큼은 그녀만을 위해 열린 거대한 환영식 같았다.

"별이란 게 이렇게 아름다웠나……."

빛나는 풀도 보석도 저 아름다움에는 감히 비견되지도 못하리라. 벅찬 감동을 안고 하염없이 별빛을 감상하던 그녀는 문득 지평선 근처에서 조그마한 붉은빛을 발견했다. 그것은 확실하게 지상에 속한 빛이었다.

"모닥불?"

아멜리는 반사적으로 달리기 시작했다.

모닥불은 곧 사람의 흔적이다. 저 불빛이 있는 곳에 사람이 있다. 신기루처럼 사라지기 전에 만나야 했다. 그녀의 뇌리에 경계심 따윈 한 톨도 남아 있지 않았다. 오래전에 헤어진 혈육을 만나러 가는 길처럼 가슴이 마구 뛰었고, 그 어떤 종류의 사람들이 기다리고 있다 해도 부둥켜안고 입맞춤을 퍼부어줄 수 있을 듯한 기분이었다.

한편, 모닥불을 둘러싼 한 무리의 여행자들은 늦은 저녁 식사 중이었다. 이변을 가장 빨리 눈치챈 것은 흑발의 청년이었다. 그는 자리에서 일어나 어둠이 깔린 초원 어딘가를 뚫어지라 주시했다.

"왜 그래, 칸?"

일행 중 한 사람이 의아하게 그를 쳐다보았다. 칸은 짤막하게 대답했다.

"온다."

다른 세 명의 남자들도 밥 먹던 그릇을 내려놓았다. 그들도 칸을 따라 초원 저 너머에 주목했지만 아직 짐승 그림자 비슷한 것도 보이지 않았다. 적발의 청년이 옆의 갈색 머리 청년에게 물었다.

"뭐가 보여?"

"글쎄. 칸이 뭐가 온다면 오는 거겠지."

수프를 호호 불고 있던 젊은 여인 두 명은 영문을 몰라 눈만 동그랗게 떴다.

"다들 왜 그래요?"

"누군가 다가옵니다. 확인하고 오겠습니다."

사무적인 대답 후 칸이 서쪽을 향해 빠르게 걸어갔다.

가까이 있는 듯하던 모닥불 빛은 의외로 한참 멀었다. 아멜리는 어느덧 전신에 땀을 줄줄 흘리며 달리고 있었다. 그러다 허파가 터질 지경이 되자 멈춰 서서 이마에 흐르는 땀방울을 닦았다. 그녀는 숨을 고르며 앞을 바라보았다.

"거의 다 왔어!"

하나의 점이던 불빛은 꽤 구체적인 풍경으로 변했다. 여러 필의 말들과 마차 한 대. 사람은 한 명이 아니라 여럿이 있었다. 놀랍게도 그중 한 명은 자신에게 빠르게 접근해오는 중이었다. 아멜리는 잠시 당황했으나 이내 표정이 밝아졌다. 그들도 자신의 존재를 알아차렸단 사실이 그렇게 반가울 수가 없었다. 아멜리의 가슴이 부푼 기대와 환희로 울렁거렸다.

무슨 말부터 꺼내야 할까? 뭐라고 인사를 하지? 저들은 누굴까. 여긴 어딜까? 묻고 싶은 것도, 들려주고 싶은 얘기도 잔뜩 있었다. 너무 많아서 무엇부터 시작해야 할지가 고민이었다.

이쪽으로 다가오던 낯선 사람은 기척도 없이 어느새 눈앞에 서 있었다. 발 한 번 빠른 사람이로구나 하며 감탄하고 있는데 목덜미가 따끔했다. 날벌레이려니 싶어 손을 휘두르려다 그녀는 턱 아래에서 서슬 퍼런 검날을 발견했다. 아멜리는 공포로 얼어붙었다.

"누구냐."

고저 없이 평이한 한 마디였으나 그 안에 담긴 위압감은 이루 말로 할 수 없다.

"저는, 제 이름은 아멜리여요. 발번 마을에 살고 있고요……."

달달 떨리는 입술 사이로 쥐어짜는 듯한 목소리가 나왔다.

"무슨 목적으로 접근했나."

"그게……."

아멜리는 혼이 빠진 와중에도 제 목숨을 살리기 위해 필사적으로 머리를 굴렸다. 눈앞의 남자는 키가 크고 건장한 체격이었다. 저 두꺼운 팔뚝은 자신의 조막만한 머리통을 단칼에 쪼개버리고도 남음직했다. 직업은 아마도 힘쓰는 계통. 그러니까 병사, 용병 같은 부류. 그런데 생판 처음 보는 사람에게 다짜고짜 흉기를 들이대는 건 아무리 생각해봐도 강도나 할 짓이었다. 근처에 다른 일행이라도 있는 척할까? 아니면 살려달라고 애걸을 해?

그녀의 잔머리 굴리기를 용납하지 않겠다는 듯이 검날이 턱밑에서 미세하게 움직였다. 아멜리는 눈을 질끈 감고 외쳤다.

"기, 기, 길을 잃었어요!"

"……."

"지, 진짜로요……."

남자는 검을 휘두르지도 거두지도 않은 채 묘한 눈빛으로 그녀를 쳐다보았다. 아멜리로서는 그 눈빛에 목이 졸리고 있는 심정이었다. 살릴까 죽일까 고민하는 중인 건가?

"어이, 괜찮아?"

모닥불 쪽에서 우렁찬 목소리가 들려오자 그제서야 남자는 정신이 돌아온 듯 검을 거둬들였다. 다리 힘이 풀린 아멜리가 털썩 자리에 주저앉았다. 검날이 닿았던 목덜미를 매만져보니 손끝에 미끈한 피가 약간 묻어났다. 방금 전까지 그녀가 생사의 기로에 놓여있었다는 증거였다. 흑발의 남자가 일행에게 수신호를 보내느라 등을 돌린 사이 아멜리는 슬금슬금 뒤로 도망치기 시작했다. 그런데 모닥불 가에서 어떤 사람이 벌떡 일어나 그들을 향해 달려왔다.

"역시! 멀리서 보고 여자분 같았는데 제가 맞았네요."

금발의 젊은 여자는 치마를 입고 있었고 무기도 없었다. 적어도 그의 일당이 모조리 도적놈은 아니구나 싶어 아멜리는 약간 마음을 놓았다.

"혼자에요? 왜 이런 곳에 있어요? 뭐? 헤매던 중? 이 어두운 평원에서 혼자? 세상에, 가엾어라! 어서 이쪽으로 와요."

금발의 여인이 상태가 가히 좋지 않은 아멜리를 부축해 모닥불 가로 이끌었다. 스릉! 등 뒤에서 검을 집어넣는 소리가 들리자 아멜리는 속으로 식은땀을 흘렸다. 다정한 사람이 곁에 없었다면 틀림없이 다리가 다시 풀렸으리라. 조용하고 평화로운 산골 마을에서 살아온 그녀는 사람이 사람에게 흉기를 들이대는 모습을 단 한 번도 목격한 적이 없었다. 그런데 오늘 처음 본 것도 모자라 직접 당해 버렸다. 그런 까닭에 현재 아멜리는 거의 패닉 상태였다.

그들이 모닥불 가에 다다르자 호기심 어린 눈들이 아멜리에게 꽂혔다. 금발의 여인은 일행에게 그녀를 소개하기 전에 먼저 불가에 앉히고 어깨에 모포를 둘러주었다. 마침 땀이 식으면서 몸이 차가워지고 있던 터라 아멜리는 그 세심한 배려가 무척 고마웠다.

"난 패트리샤에요. 그쪽은요?"

"아멜리라고 해요."

"만나서 반가워요, 아멜리. 밥은 먹었어요? 이 수프 좀 들어요. 대충 만든 거라 맛은 별로지만 허기는 채울 수 있을 거에요."

아멜리는 정중하게 사양했다. 마지막으로 식사를 한 지 상당한 시간이 흘렀으나 아직 방금 전의 충격과 흥분으로 인해 식욕이 싹 달아났다. 패트리샤는 대신 따뜻한 차 한 잔을 건넸다. 빛나는 풀의 부드러운 온기에 익숙해져 있던 터라 김이 펄펄 솟는 찻잔의 온도가 매우 강렬하게 느껴졌다. 모닥불도, 수프가 끓고 있는 솥도, 수프 냄새도 여상스러웠지만 눈을 떼기 힘들었다. 아주 오래전에 꿨던 꿈을 다시 꾸고 있는 듯한 기묘한 감각이었다.

"다른 사람들과도 인사 나눠요. 이쪽은 패트릭이에요."

패트리샤가 일행을 한 명 한 명을 소개시켜주기 시작했다. 패트릭은 일행 중 가장 원숙한 남자로, 인자해 보이는 미소가 인상적이었다. 검을 갖고 있긴 하지만 인상이 부드러워서인지 무섭다는 느낌은 들지 않았다.

"내 옆에 앉은 이 아가씨는 내 친구 도로시."

탐스러운 갈색머리 미인이 "안녕."이라고 입을 벙긋거리며 손을 달랑달랑 흔들었다. 해바라기 같은 미소에 혹한 아멜리도 엉겁결에 손을 들어 인사했다.

"아까 아멜리 양이랑 마주쳤던 미남자는 칸."

아멜리가 흔들고 있던 손이 번개처럼 빠르게 아래로 내려갔다. 칸은 눈썹을 살짝 꿈틀거렸으나 아무 말도 하지 않았다. 가만히 앉아 있을 뿐인데도 위압적인 분위기를 온몸에서 내뿜는 남자였다. 저런 사람이 칼을 들이댔는데 실신하지 않은 자신이 용할 따름이었다. 어쩐지 살갗에 따갑게 꽂히는 그의 시선을 피해 아멜리는 황급히 차를 마시는 시늉을 했다.

"옆에는 루크, 또 그 옆에 게일."

두 청년들도 장검을 가지고 있지만 칸과 같은 무자비한 위압감은 없었다. 루크라고 불린 암청색 고수머리 청년은 도도한 표정으로, 빈틈없는 옷매무새나 각 잡힌 자세에서 그의 성격이 드러나는 듯했다. 반면에 게일이라는 붉은 머리 청년은 봉두난발과 지저분한 턱수염에 더해 옷 또한 마지못해 챙겨입었다는 느낌이 물씬 들었다.

"미인이네. 애인 있어요?"

심지어 유들유들한 미소까지.

"일하는 동안엔 수작 부리지 말라고 했죠?"

패트리샤가 샐그러진 눈으로 쏘아붙였다. 게일이 쯧 하고 혀를 찼다. 그런 게일을 바라보는 루크의 눈빛은 흡사 지나가는 개똥벌레라도 보는 듯했다. 아멜리가 대조적인 스타일의 두 청년을 흥미롭게 관찰하고 있는데 패트리샤가 헛기침으로 아멜리의 주의를 돌렸다.

"어쨌든 이렇게 여섯 명이서 내륙 지방을 여행하는 중이랍니다."

"서로 나잇대가 비슷해 보이시는데, 친구 사이셔요?"

패트리샤는 눈을 동그랗게 떴다가 금세 눈웃음을 쳤다.

"맞아요. 우리는 모두 친구예요. 그렇지, 내 친구 루크?"

으음, 루크가 대답인지 신음인지 애매한 반응을 보이자 패트리샤와 도로시가 목청 높여 웃음을 터뜨렸다. 아멜리는 뭐가 뭔지 알 수 없었으나 하여간 그들이 친한 사이라는 것은 알 수 있었다.

"그나저나 이게 무슨 일이에요. 길을 잃다뇨. 어쩌다 그렇게 됐어요?"

이번에는 아멜리의 차례였다. 약 반년 전, 마을에서 조금 떨어진 산에서 약초를 캐러 돌아다니던 중 갑작스러운 지진 때문에 절벽에서 추락했는데 정신을 차려 보니 낯선 지하 동굴 안이었다. 동굴 안에 다른 생물은 없었지만 먹을 수 있는 풀과 물이 있어서 그것으로 목숨을 연명하다가 다시 큰 지진이 나 갈라진 동굴 벽으로 운 좋게 탈출했다. 그것이 그녀의 진실이었다.

하지만 과연 이들이 믿어줄까? 스스로 듣기에도 참 허무맹랑한 이야기가 아닌가. 패트리샤는 괜찮은 사람 같지만 칸이라는 청년이 아무래도 꺼림칙했다. 수상쩍다는 의심이 들면 다시 검을 뽑는 데 결코 주저하지 않으리라. 마침 이곳은 아무도 없는 밤의 초원. 조용히 시체 한 구

묻어버리기엔 최적의 장소였다.

아멜리는 끔찍한 상상에 혼자 창백해졌다. 둘러대자. 목숨은 하나밖에 없는 거니까.

"혹시, 몇 시간 전에 지진을 느끼셨나요?"

"그럼요. 깜짝 놀랐지 뭐에요."

패트리샤의 옆에서 도로시도 커다란 목소리로 끼어들었다.

"놀란 정돈가요? 말들이 놀라는 바람에 우리가 탄 마차가 뒤집힐 뻔했잖아요. 정말 구사일생으로 산 거죠, 어휴! 여기 남자분들도 다들 한 승마술 하니까 이렇게 멀쩡히 살아있는 거지, 보통 사람 같으면 어림없어요. 지금쯤 저승사자랑 손잡고 강 건너고 있었겠죠."

아멜리는 도로시의 호들갑스러운 반응을 보고 용기를 얻었다.

"저는 도시에 장사를 하러 나갔다가 고향에 돌아가는 길이었어요. 지진이 일어났을 때는 하필 낭떠러지 근처를 걸어 지나가던 중이라……. 절벽에서 떨어진 것까진 기억이 나요. 한참 정신을 잃었다가 깨어났는데 어딘지 전혀 모르겠더라고요."

"어머! 어머! 웬일이야!"

"큰일 날 뻔했네요!"

패트리샤와 도로시가 안쓰러운 눈길로 아멜리의 위아래를 훑어보았다. 그러고 보니 입고 있는 의복이 먼지투성이인데다 여기저기 찢어진 자국도 있었다. 딱 봉변당한 사람의 꼬락서니라고 두 여자는 믿어 의심치 않았다.

다만 루크는 의심의 눈초리를 거두지 않았다. 확실히 옷은 흙투성이의 넝마 쪼가리였지만 사고를 당한 것치고 몸 상태가 꽤 멀쩡해 보였다.

아니, 조금 전엔 자신들을 향해 전력으로 달려왔던 것을 상기해보면 멀쩡한 정도가 아니었다. 톡 하고 건드리면 부러질 듯 보이는 아가씨인데 알고 보면 무쇠 팔 무쇠 다리라도 가졌단 말인가.

"다친 덴 없나 보군."

"운이 아주 좋았나 봐요. 천만다행이죠. 하, 하, 하."

아멜리의 웃음소리는 기계적이었으나 루크는 일단 입을 다물었다.

"하지만 절벽에서 떨어질 때 소지품을 죄다 잃어버렸어요. 지도도 뭣도 없으니까 초원을 무작정 헤맬 수밖에 없었지요. 인가의 불빛이나 지나가는 사람이 있기를 바라고 있던 차에 여러분의 모닥불을 발견한 거여요. 얼마나 반가웠는지……."

마지막은 진심이었다. 아멜리가 목소리를 가늘게 떨자 패트리샤가 어깨를 어루만지며 위로했다. 도로시도 짠한 눈빛을 보내왔다. 게일은 여자들을 멀뚱멀뚱 쳐다보다가 루크에게 물었다.

"이 근처에 절벽이 있던가?"

"메사대평원 한복판에 절벽이라니. 금시초문이다."

아멜리는 당황했다.

"네? 하지만 전 분명히……."

잠깐. 메사대평원? 아멜리가 고개를 갸웃거렸다. 그러고 보면 발번 인근의 산에서 지하 동굴로 빠졌던 자신이 어떻게 평원에서 솟아난 걸까? 어리둥절한 건 나머지 사람들도 마찬가지였다. 평지가 광활하게 펼쳐져 대평원이라 이름 붙은 땅 한가운데에서 절벽에서 떨어졌었다고 주장하는 여자라니?

모닥불 가의 분위기는 빠르게 어색해져갔다. 서로 눈치를 보며 입을 떼지 않고 있는 와중에 도로시가 특유의 명랑한 말투로 목소리를 높였다.

"아멜리 양이 정신이 없어서 뭔가 착각하고 있나 보죠. 절벽이 아니라 그냥 바닥에 머리를 박았을 수도 있고요. 원래 머리에 큰 충격을 받으면 기억이 뒤죽박죽될 때도 있잖아요?"

"하긴 그럴 수도 있겠다."

패트리샤가 남성진의 눈치를 보며 은근슬쩍 맞장구를 쳤다.

"하여간 다들 예민하셔. 아멜리가 낭떠러지에서 떨어진 게 아니면 큰일이라도 나요? 이것 봐요. 이 피죽도 못 먹은 몸! 게일님이 엉큼한 짓을 하더라도 딱밤 한 대 못 때려줄 것 같이 연약한 아가씬데 감히 뭔 짓을 하겠어요, 뭔 짓을. 안 그래요, 응?"

도로시가 아멜리의 가냘픈 손목을 잡고 제멋대로 휘두르며 말했다. 거기서 내 이름은 왜 나오냐는 게일의 투덜거림은 슬프게도 주목받지 못했다. 패트리샤가 아멜리의 손가락을 조물거리며 거들었다.

"맞는 말이야. 이 가느다란 손가락 좀 보라지. 이걸로 내 두껍고 튼튼한 목이라도 졸랐다간 아멜리 손가락만 부러질걸."

목을 졸라? 아멜리가 깜짝 놀라 패트리샤를 쳐다보았다.

"헝클어진 머리 하며 흙투성이 몰골 하며. 젊은 여자가 저러고 다니기도 참 쉽지 않잖아요? 빗도 거울도 없이 정말로 빈털터리 맨몸인가 봐요. 그쵸?"

패트리샤가 크게 고개를 끄덕였다.

"그러엄. 저런 상태로는 지나가는 토끼랑 싸워도 토끼가 이길 거야."

아멜리의 표정이 점점 기묘해져 갔다. 두 여자의 말에서 뭔가 이상한 위화감이 느껴지는데 정확하게 꼬집을 수가 없어 그냥 입을 다물었다. 도로시가 제 갸름한 턱을 매만지며 고민하는 시늉을 했다.

"인정이 있는 사람들이라면 이런 연약한 아가씨를 평원에 혼자 내버려둬서는 안 되겠죠."

"그래그래. 인, 정."

패트리샤가 꾀꼬리처럼 도로시의 말을 따라 하며 방점을 찍었다.

"아참. 마침 「인정」이라고 하니까 어디선가 주워들은 얘기가 떠오르네요. 파샤의 기사도 중에요, 「인지상정을 지킨다」는 덕목도 있다죠?"

"있지 있어."

"어머나! 그렇다면 우리 기사님들은 절대로 연약한 여성을 못살게 굴거나, 허허벌판에 방치할 수 없겠군요? 어머, 어머. 어쩔 수가 없네! 아멜리는 기사님들이 보호해줘야겠네요! 그쵸?"

도로시가 두 손으로 입을 가리며 놀란 시늉을 하자 네 남자들이 그녀에게 황당한 시선을 던졌다. 그러거나 말거나 패트리샤는 무릎을 탁 치며 감탄했다.

"어쩜 그런 결론을! 도로시 너 천재 아니니?"

"흐흥, 그걸 이제 아셨어요, 공주님?"

도로시가 콧대를 세우며 우쭐거렸다. 곁에서 아멜리가 중얼거렸다.

"공주……?"

모닥불가는 바늘 떨어지는 소리마저 들릴 듯한 정적에 휩싸였다.

타닥타닥 장작 타는 소리만이 이어지다가 가장 먼저 패트릭의 깊은 탄식이 터져나왔다. 게일은 혀를 찼고, 루크는 신경질적으로 눈썹을 일그러뜨렸다. 칸만이 초지일관 무표정이었다. 패트리샤가 주변 눈치를 보다가 부자연스럽기 짝이 없는 웃음을 터뜨렸다.

"이걸 어쩌나. 창피한 사실을 들켜버렸네. 사실 내 별명이 사실 「공주」예요, 아멜리. 왜인지 알아요? 내가 공주병이 좀 심하거든. 호호호!"

패트리샤의 쓸데없는 노력 덕분에 불가의 분위기는 걷잡을 수 없을 만큼 엉망진창이 되었다. 이쯤 되자 아멜리도 대충 돌아가는 상황을 파악할 수 있었다. 뜬금없이 튀어나온 「공주」라는 호칭. 그때부터 분위기가 돌변한 사람들. 아멜리로선 정말 믿기 힘든 일이었지만 패트리샤가 진짜 공주인 모양이었다.

아멜리는 눈을 끔뻑거리며 「공주」를 쳐다보았다. 동화나 소문을 통해서나 접하던 그 고귀한 여성이 바로 코앞에 있다는데도 별로 실감이 나지 않았다. 공주라고 해서 반드시 미인이라거나 뒤통수에서 후광이 번쩍번쩍 나야 한다는 법은 없지만, 그래도 패트리샤는 존귀한 신분치고는 너무나 수수했다. 차라리 도로시 같은 미인이 공주라는 편이 설득력이 있을 것 같았다.

"들켰군요."

지금껏 조용히 입 다물고 있던 칸이 입을 열었다. 평범한 한 마디였는데도 이상하게도 사형선고 같은 울림이 있었다. 패트리샤가 불안한 눈빛으로 칸을 바라보았다.

"어쩌려고? 설마……."

설마? 설마? 패트리샤의 다음 말이 궁금해 아멜리의 입안은 바짝바짝 말라 갔다.

"죽이려고?"

사형선고 같이 들렸던 그 말이 진짜 사형선고였나 보다. 아멜리는 하늘이 노래졌다. 여우를 피해 호랑이를 만난다는 게 바로 이런 상황일까. 천신만고 끝에 동굴에서 탈출하자마자 세상을 하직하게 될 줄이야.

"아닙니다."

긴장이 지나치면 인간의 귀는 멀쩡한 현실을 곡해하기도 한다. 칸의 목소리는 아멜리와 패트리샤에게는 다음과 같이 들렸다. 「그렇습니다」.

"안 돼!"

패트리샤가 자리에서 벌떡 일어났다.

"그럴 순 없어! 부왕께서 너더러 살인귀가 되라고 생살여탈권(生殺與奪權)을 주신 건 줄 아니? 아직 뭘 모르나 본데 그건 나를 노리는 다른 인간들에게 경고하는 차원이야. 말하자면 상징적인 의미라고!"

분노한 공주가 목에 핏대를 세우는 동안 아멜리는 속으로 세상 하직 인사를 올리고 있었다.

아아, 변태 빌슨에게 제대로 된 응징도 못 해주고 이렇게 가는구나. 이럴 줄 알았으면 마지막으로 만났을 때 싸대기라도 실컷 때려 놓을걸. 안녕, 안젤라랑 토니랑 해리랑 루니. 안녕, 촌장님네 식구들. 다들 제가 진작 죽은 줄 알고 있었겠지만 사실 이제부터 죽을 예정이랍니다. 남몰래 낯선 땅에 묻힐 테니 여러분이 번거롭게 제 장례를 치를 필요는 없어 다행이네요.

"칸님. 정말 아멜리를 죽일 거예요? 어떡해. 히잉."

도로시까지 손톱을 잘근잘근 씹으며 울상을 지었다.

"……안 죽인다고 했습니다."

세 여자의 노성과 울먹임과 기도가 멈추었다. 그러자 이번엔 남성들에게서 뜨악한 반응이 나왔다.

"이대로 놔주려고? 공주님의 이동 경로가 누설될지도 몰라."

"그렇게 두진 않는다."

"그럼?"

"데리고 간다."

"저를요?"

하도 터무니없는 말이었기에 아멜리는 그만 기사들의 대화에 불쑥 끼어들었다. 흑발의 청년은 대답 대신 그녀를 응시했다. 무겁게 가라앉은 검은 눈동자 저편에서 정체 모를 기운이 뜨겁게 일렁거리는 듯했다. 아멜리의 심장이 철렁 내려앉았다. 저 강렬한 눈빛은 살기가 분명했다. 그는 아직도 자신의 목숨을 노리고 있는가 보다. 아멜리의 다리가 다시 후들거리려는 찰나에 게일의 느긋한 목소리가 칸의 주의를 돌렸다.

"데리고 가면 어디까지?"

"목적지까지."

"목적지까지? 그건 너무 귀찮은데. 꼭 그럴 필요까지 있나?"

게일은 시큰둥하게 말을 내뱉었다가 제풀에 화들짝 놀랐다.

어라? 여자보다 남자가 더 많은 이 불공평한 집단에 여자를 한 명 더 추가한다는데 내가 왜 반대하고 앉아 있지? 게일 선더랜드, 이런 미친 놈. 세상에 마다할 게 없어서 여자를 마다해? 고자도 아닌데 왜!

"……잘 생각해보니 그럴 필요가 있네. 있고말고. 왜냐면 말이지, 생명은 존귀하잖아?"

생명 최고. 게일은 인자한 미소를 지으며 아멜리를 향해 엄지를 치켜들었다. 그때 루크가 반대의견을 내놓았다.

"여섯 명도 이미 차고 넘치는 인원이다. 그런데도 우리가 굳이 이 여자를 데리고 다녀야 하나, 칸?"

저런 고자 새끼. 반사적으로 튀어나온 게일의 중얼거림을 다행인지 불행인지 루크는 듣지 못했다.

"다른 방도가 없지 않나. 혹시 즉결 처분을 원하는 거라면 패트리샤 님께서 허가하지 않으실 거다."

"렉시온 경 말이 옳아요."

"송구하오나 저희들의 사명은 공주님의 명을 받잡는 것이 아니오라 공주님의 안위를 도모하는 일입니다. 겉모습부터 말하는 내용까지 수상하기 짝이 없는 여자를 공주님 곁에 내버려둔다면 명백한 직무 유기가 아니겠습니까."

루크의 말이 못마땅한 듯 패트리샤의 미간에 골이 잡혔다. 그런데 의외로 반박은 칸의 입에서 먼저 튀어나왔다.

"자객이라면 보다 주도면밀하고 영리하게 굴었을 터. 그러나 저 여자는 누가 봐도 수상한 인물이 아닌가."

루크는 할 말이 없는지 입을 다물었다. 다만 남의 눈에 거슬리지 않도록 한쪽 구석에 찌그러져 있던 아멜리의 얼굴이 살짝 일그러졌다. 착실함과 건전함을 최대의 미덕으로 삼아온 인생이건만 「누가 봐도 수상한 인물」

이라는 말을 듣게 될 줄이야. 그녀는 어쩐지 사는 게 다 허무해졌다.

"나도 렉시온 경 의견에 동의하네. 무엇보다 민중을 구제하는 기사로서 불필요한 살생은 지양해야 않겠나."

패트릭이 칸의 결정을 지지하고 나섰다.

"루크 네 편은 아무도 없다. 포기해, 인마."

게일도 낄낄 웃으며 말을 보태자 결국 루크의 기세도 수그러들 수밖에 없었다. 패트리샤가 아멜리의 손을 맞잡았다.

"아멜리 양. 이미 우리의 대화를 듣고 알아차렸겠지만 저는 히스톤 왕성에 적을 두고 있는 자에요. 사정이 있어 장기간에 걸쳐 잠행 중인데, 저를 적대하는 무리가 있어 몸을 사리지 않으면 안 될 상황이랍니다. 그런데 만약 제 신분을 알고 있는 아멜리 양을 보내주었다가는 돌이킬 수 없는 사태가 벌어질 수 있어요."

아멜리는 다급히 맹세했다.

"공주님을 만났다고 그 누구에게도 말하지 않을 거여요. 그 누구에게도요."

"물론 저는 아멜리 양을 믿어요. 하지만 우리 일행 모두가 그 말에 납득해주길 바라는 건 저로서도 어려워요. 그러니 우리와 한 달만 같이 있어요. 한 달 후 제가 히스톤 왕성에 무사히 입성하고 나면 아멜리 양도 어디든 원하는 길로 떠날 수 있어요."

"한 달……."

길다면 길고 짧다면 짧은 기간이다. 아멜리는 선뜻 대답하지 못하고 망설였다. 그러나 그녀의 대답 여부는 사실 중요하지 않았다.

"이해해주시오, 아멜리 양. 이것이 우리에게도, 아멜리 양에게도 최선의 선택지임은 틀림없소."

패트릭의 말씨는 온화했으나 그렇다고 그 내용의 강압성이 사라지는 건 아니었다.

"어차피 알거지라며? 한 달 동안 우리가 공짜로 밥도 주고 마차도 태워주고 나중에 떠날 땐 공주님이 여비도 마련해줄 텐데 그쪽에겐 좋은 제안 아냐?"

게일의 말은 일리가 있었다. 이대로 순순히 헤어진대도 고향까지 돌아갈 방도가 막막한 처지 아닌가. 여비 마련을 위해 한 달간 품을 판다 치면 못할 것도 없었다. 제 목숨을 노린 칸이나 루크와 동행해야 한다는 건 거북하기 짝이 없는 일이지만 가장 높은 신분인 패트리샤가 제게 호의적이니 큰 위험은 없으리라.

"네. 앞으로 잘 부탁드려요."

수락의 의미가 담긴 인사말이 나오자 도로시가 가장 기뻐했다.

"우리 일행에 여자가 둘뿐이라 심심했는데 잘됐어!"

"공주님과 숙식을 함께하는 여행이라니 이게 웬 가문의 영광이야, 아멜리 양. 대(大) 파사왕국의 백성으로서 평생 갈 자랑거리 만드는 여행이라 생각하고서 잘 버텨봐."

"예? 전 파사왕국이 아니라 라트샤 사람인데……."

아멜리가 게일의 말을 조심스럽게 정정했다. 좌중에서 폭소가 터져 나왔다. 게일은 껄껄거리며 놀란 토끼 눈이 된 아멜리의 등을 팡팡 두드렸다.

"보기보다 유머감각이 있네. 좋아 좋아. 난 따분한 여자 질색이거든."

스릉. 그때 갑자기 낯익은 마찰음이 게일의 귓가를 스쳤다. 발검 소리? 게일은 반사적으로 허리춤에 손을 가져가며 주위를 날카롭게 훑어보았다. 낯선 기척이나 살기는 감지되지 않았다.

게일은 칸의 모습을 찾았다. 초원에서 달려오는 아멜리를 가장 먼저 눈치챘던 것처럼 이런 쪽으로는 그의 눈치가 귀신같다는 걸 알고 있었기 때문이었다. 그러나 칸은 태연하게 패트릭과 루크의 대화를 경청하는 중이었다. 게일은 경계태세를 풀며 멋쩍게 입맛을 다셨다. 쩝, 내가 잘못 들었나?

❦

아멜리는 패트리샤 일행의 일원으로 함께 여행을 시작했다. 이동할 때는 세 여자가 탄 마차를 네 남자가 전후좌우로 호위하며 따라오는 식이었다. 루크가 맨 앞을, 패트릭과 게일이 좌우를 맡았다. 칸은 멀찍이 후방에서 따라왔다. 마차는 말 두 필이 끄는 천막형 짐마차로 열두 명가량 태울 수 있는 제법 큰 것이었는데 여섯 명분의 짐을 쌓아 두느라 정작 패트리샤와 아멜리가 앉을 공간은 여유롭지 않았다. 도로시는 맨 앞에 앉아 마부 노릇을 맡았다. 왜 일국의 공주가 이런 불편함을 감수하며 잠행을 하고 있을까?

아멜리는 의아했으나 수상쩍게 여겨질까 봐 굳이 물어보지 않았다.

그러면서도 열심히 눈치를 보며 새로운 환경에 적응하려 애쓰다 보니 자연히 여섯 명의 성격을 파악할 수 있었다.

처음에 그저 평범한 처자로 보였던 패트리샤는 의외로 리더십이 있어서 일행의 정신적 지주 역할을 했다. 신분이 낮은 도로시나 아멜리와 스스럼없이 농담을 주고받을 정도로 털털한 성격이어도 마냥 물렁하지 않았다. 기사들과 대화할 땐 주관이 뚜렷했고 도로시에게 일을 시키는 본새를 보면 영락없이 공주였다. 다만 발번에 오는 한낱 영주대리인도 얼마나 게트림을 해댔는가를 고려하면 패트리샤의 명령을 내리는 태도는 차라리 인격적이라 할 수 있었다.

도로시는 패트리샤를 10년이나 모셔온 충성스러운 시녀로, 탐스러운 갈색 머리를 가진 도회적이고 세련된 미인이었다. 아주 활달하고 명랑한 성격을 갖고 있어 기사들이나 공주를 대할 때 결코 기죽는 법이 없었다. 딱 한 가지 흠을 잡자면 차분함이 다소 부족한 편이라는 것 정도였다. 아멜리는 도로시가 물을 떠 오다 엎지른다거나 돌부리에 채여 넘어지는 장면을 심심치 않게 목격할 수 있었다.

그리고 남자 도로시 같은 사람이 게일이었다. 아니, 그렇게 말하면 도로시에게 미안한 소리겠다. 적어도 도로시는 공주의 시녀로서 많은 잡일을 도맡아 하고 있었지만 게일은 틈만 나면 농땡이를 치려고 하는 한량이었다. 30분간 패트리샤의 잔소리를 듣고도 귀를 후비면 끝이었고 도로시와 설전을 벌여도 뒤돌아서면 잊어버렸다. 혹은 「잊어버린 체」를 하든가. 경박해 보이지만 적어도 뒤끝은 없는 성격인 듯하니 딱히 나쁘다고는 볼 수 없었다.

일행 중 가장 연장자인 패트릭은 교양과 예의범절이 몸에 밴 삼십 대 후반의 남성이었다. 지적이며 부드러운 남자란 궁벽한 산골에선 산삼만큼이나 귀한 존재였기에 아멜리는 그에게 호감을 품었다. 물론 자식이 다섯 딸린 유부남을 이성으로 볼 일은 없었다. 그래도 글을 가르쳐 주던 사람이 회초리를 든 촌장이 아닌 패트릭이었다면 자신은 지금쯤 작가로 대성하지 않았을까 하는 망상 정도는 했지만.

루크는 게일의 말을 빌리자면 「피곤한 성격」의 사람이었다. 만사에 있어 시시비비를 몹시 따지는 원칙주의자이기 때문이다. 그런 까닭에 패트리샤를 매우 깍듯하게 받들었고, 동료기사인 칸과 패트릭에겐 예의로써 대했으며, 성격이 상극인 게일은 그야말로 벌레 보듯 했다. 그러면서도 신분이 낮은 사람을 함부로 대하는 법은 없었으니 못된 귀족은 아닌 듯했다. 적당히 거리만 유지하면 루크와는 크게 문제 될 건 없어 보였다.

마지막으로 칸. 그는 요주의 인물이었다. 가뜩이나 충격적인 첫인상이 깊이 박혀 있었는데 원체 말수가 적고 희로애락의 표현이 희미한 남자라 그 속을 헤아리기가 쉽지 않았다. 아멜리는 그가 어렵고 무서웠다. 그저 최선을 다해 그와 얽히지 않으려고 노력하면서 칸의 마음속에서 하루빨리 「수상쩍은 낯선 여자」에 대한 의심이 거둬지기를 바라고 또 바랄 뿐이었다.

이 일행은 도로시를 제외하면 모두 고귀한 신분이었다. 난생처음 귀족을 대하는 아멜리로선 매우 조심스러울 수밖에 없었고, 행여나 제 처신이 책잡힐까 봐 말과 행동을 주의했다.

그러나 패트리샤 일행은 전반적으로 소탈한 사람들이었다. 귀족에 대한 예우를 까다롭게 따지지도 않았고, 그들과 동행해야 한다는 점을 제외하면 그녀의 자유를 제한하지도 않았다. 덕분에 아멜리는 빠르게 그들과의 생활에 적응했고 즐거운 마음으로 여행을 할 수 있었다. 물론 세상일에는 예외란 게 있지만.

"달려!"

루크가 아멜리의 등을 떠밀었다. 그러나 겁에 질린 여인은 요지부동이었다. 그녀가 루크의 옷자락을 붙들고 늘어지는 사이, 루크의 검이 또 한 번 거대박쥐의 몸통에 박혔다가 빠져나왔다. 루크는 재차 일갈했다.

"뭘 꾸물거리는 거야, 어서 마차 안으로 들어가라고."

"하지만 저기에도 괴물이……!"

그들이 있는 장소와 마차를 일직선으로 잇는 경로의 수풀에는 두꺼비 머리에 어린애 몸통을 갖추고 있는 초록색 난쟁이들이 꿈틀대고 있었다. 아멜리는 징그러운 괴물이 도사리는 사지로 자신을 몰아넣는 루크를 원망스레 쳐다보았다.

"거치적거리니까 제발 좀 가라."

루크는 머리 위의 박쥐 괴물을 베면서 짜증스레 재촉했다. 아멜리는 울상이 되었다.

"저도 그러고 싶지만, 괴물이랑 풀색이랑 똑같아서 구별이 안 되는 걸요!"

막막함에 빠진 그녀를 구해준 것은 풀밭에 난입한 흑발의 무사, 정확히는 그를 태운 흑마였다. 히히힝!

흑마는 천방지축으로 날뛰며 땅에 달라붙은 마물들을 벌레처럼 밟아 죽였다. 뭍에 올라온 생선처럼 펄떡거리는 말 위에서 칸은 용케도 고삐를 쥐고 버텼다. 아니, 버틸 뿐만 아니라 오히려 흑마가 더욱 날뛰도록 격려하는 중이었다. 주인의 명을 흑마는 충실히 이행했다. 쇠편자를 댄 말발굽에 난쟁이의 머리통이며 몸통이 무참하게 으깨고 찢겨 나갔다.

어느덧 초록 난쟁이들은 전의를 잃고 혼비백산 도망치기 시작했다. 그러나 천 리가 우스운 준마에게 그것은 달리기로도 보이지 않는 속도였다.

"지금이다."

루크는 이번에도 그녀가 말을 듣지 않는다면 아예 발로 등짝을 차버리겠다는 기세였다. 아멜리는 하는 수 없이 이를 악물고 내달렸다. 기사들이 괴물 떼를 거의 진압해가고 있었기에 마차까지 순조롭게 나아갈 수 있었다. 아멜리가 마차에 타자마자 기다리고 있던 도로시가 얼른 천막을 내렸다.

"저게 대체 뭐죠?"

아멜리가 거친 숨을 몰아쉬며 물었다. 패트리샤가 검지로 제 턱을 누르며 고민했다.

"음……. 「보톰」과 「뮐라이언」같은데?"

"정말이에요?"

도로시가 의심스럽다는 듯이 반문했다.

"맞아. 쪼그만 난쟁이가 보톰이고 왕박쥐가 뮐라이언."

"공주님. 보톰이 아니라 「볼톰」이에요."

"보통이 맞을걸."

"자신 있으시면 저랑 내기하실래요? 케이크 걸고요."

두 여자의 태평함에 아멜리는 기가 질릴 지경이었다. 마차 밖에서 무시무시한 괴물들이 자신들의 목숨을 위협하는 중이 아닌가.

"살다 살다 저런 괴물은 처음 봐요. 패트리샤 님과 도로시는 무섭지 않아요?"

"그래? 둘 다 이 나라에선 흔히 볼 수 있는 애들이라고 생각했는데 처음 보는 사람도 있구나. 히스톤 주변에만 유독 자주 출몰했던 건가?"

아멜리는 정신이 산란해졌다. 저런 괴물이 자주 출몰했다니, 「히스톤」이란 곳은 도대체 어떤 마경(魔境)이길래? 아멜리의 속을 알 리 없는 패트리샤가 조금 걱정스럽게 덧붙였다.

"내가 어렸을 때만 해도 중부지방에서만 나타났던 마물이 이젠 남부에서도 나오는구나. 큰일이야. 치안비 부담이 점점 커질 텐데 예산을 어디서 끌어와야 하나."

"최근 10년 사이에 무척 심해졌죠. 원인이 뭘까요?"

"그 집단이 수상하다고 봐."

"그 집단이라뇨?"

"검은 로브를 쓰고 왕성을 돌아다니는 수상한 마법사들 있잖니."

도로시가 손바닥을 내리쳤다.

"아! 저도 본 적 있어요. 이름도 들었는데. 어, 뭐랬더라?"

"블랙써클."

패트리샤는 그 이름을 입에 담는 것조차 꺼림칙한 듯 미간을 찌푸렸다.

"머리부터 발끝까지 새까만 로브를 뒤집어쓰고서 왕성을 망령처럼 돌아다니는 꼴이 정말이지 불쾌해 죽겠어. 감히 어전에서도 후드를 벗지 않다니. 정의로운 사람이 무례를 저지르면서까지 굳이 제 모습을 감추는 거 봤니? 필시 켕기는 구석이 있는 일당인 거지. 도로시 너도 알다시피 마법사들 중에는 별로 좋은 사람이 없잖니. 지명 수배된 마법사가 어디 한둘이어야지."

도로시가 재미있다는 듯이 웃었다.

"공주님께선 그들이 마법으로 마물들을 만들어낸다고 생각하세요?"

"어디까지나 심증이야. 어쨌든 경계해서 나쁠 거 없잖니. 아바마마께서 그들을 자꾸 가까이하시니 걱정이구나. 영명한 분이시지만 마법사들이 워낙 교활하니 간계에 휘둘리시진 않을까……."

"폐하껜 로열나이트가 있는데 무슨 걱정이세요. 마법사든 마물이든 왕실에 위해를 끼치려 한다면 그분들이 몽땅 격퇴해줄 텐데요."

패트리샤와 도로시가 두런두런 얘기는 나누는 동안 아멜리는 마차 한구석에서 속을 끓이고 있었다. 세상에, 촌뜨기인 것에도 정도가 있지 내가 이렇게까지 세상 물정을 몰랐나? 마을 사람들에게 바깥세상 무섭다는 소리는 자주 들었지만 기껏해야 강도, 사기꾼, 인신매매범을 뜻하는 줄 알았다. 설마 저런 난폭한 식인괴물이 「흔히」 출몰할 거라고는 상상도 못했던 것이다. 과연 이 일행과 헤어진 뒤 발번까지 무사히 찾아갈 수 있을까? 혼자 길을 걷다 이런 괴물을 맞닥뜨리면 어떡하지? 아멜리는 걱정이 천근만근이었다.

"끝났습니다."

패트릭의 목소리였다. 답답해하고 있던 패트리샤와 도로시가 앞다투어 밖으로 나왔다.

"와, 깔끔한데?"

"역시 우리 기사님들이 최고예요!"

두 여자의 탄성 소리에 아멜리도 퍼뜩 정신을 차리고서 밖으로 나왔다. 비릿한 냄새부터 훅 끼쳤다. 난폭하게 날뛰던 수십 마리의 박쥐 괴물과 초록 난쟁이들은 이제 너덜너덜한 살점들로 변해 들판에 여기저기에 널려 있었다. 그 사이를 세 기사가 부지런히 돌아다니며 마물의 사체들을 거두는 중이었다.

칸과 루크는 담담한 표정으로 눈알이며 살점 따위를 집게로 집어 올렸고 게일은 귀찮다는 듯이 큼직한 몸통만 골라 검으로 푹푹 쑤셔 땔감 쌓아놓은 곳으로 날랐다. 그것을 보며 패트리샤와 도로시는 어린애처럼 즐거워했다.

저 야만스러운 사람들이 진정 자신이 알던 패트리샤 일행이 맞는가? 아멜리는 현기증이 날 것 같아 몸을 돌렸다. 마차 옆에 더러워진 검을 손질하고 있는 패트릭이 있었다. 다친 덴 없어 보였지만 옷자락에 튄 핏물로 보아 그 역시 치열한 전투를 벌였음을 짐작할 수 있었다.

갑자기 아멜리는 스스로가 부끄러워졌다. 목숨 건 기사들에게 편하게 보호받은 주제에 그들을 끔찍하게 여기다니, 얼마나 배은망덕한 행동인가.

"다친 데 없으세요, 패트릭님?"

아멜리가 다가가 묻자 패트릭은 자상한 미소로 답했다.

"괜찮소. 걱정해주어 고맙군. 아멜리 양이야말로 몸 상한 덴 없는지?"
"그럼요. 덕분에요. 정말 감사해요, 패트릭님."
"뭐가 말이오?"
"저희를 지켜주신 거요……?"
패트릭의 눈이 묘하게 커지는 것을 본 까닭에 아멜리의 말은 의문형으로 끝났다. 이윽고 그가 목청껏 웃음을 터뜨렸다.
"하하하, 이거 실례했소. 워낙 일상적인 일이라 새삼스럽게 감사를 받을 줄은 몰랐지 뭐요."
이번엔 아멜리의 눈이 휘둥그레졌다.
"괴물과 싸우는 일이 일상적이라고요? 세상에, 어쩜! 너무 위험하잖아요! 힘드셔서 어떡해요?"
"볼톰과 뮐라이언 가지고는 힘들다고 말할 수도 없소이다만."
패트릭이 겸연쩍은 듯 볼을 긁적였다.
"거봐, 내가 맞았죠!"
등 뒤에서 신이 난 도로시의 목소리가 들려왔다.
"패트릭 님이 볼톰이래요, 볼톰!"
아멜리는 도로시의 놀라운 청력에 입을 딱 벌렸다. 그걸 어떻게 들은 거람?
도로시는 패트리샤와 잠깐 주거니 받거니를 한 뒤 아멜리에게 달려왔다.
"패트릭 님 무시하지 마, 아멜리. 공주님 호위무사를 아무나 시켜주겠어? 덩치가 곰만큼 큰 마물도 아니고 이깟 난쟁이 따위야 상대도 안 된단 말씀."

도로시가 근방에 남아 있던 초록 난쟁이의 팔을 퍽 걷어찼다. 호선을 그리며 날아간 팔은 정확히 게일 앞에 떨어졌다. 게일은 휘파람을 불며 냉큼 검으로 주워들었고 아멜리는 또 감탄했다. 도로시는 발차기도 참 잘하는구나.

"그리고 말이지, 패트릭 님도 대단하시지만 다른 세 분…… 아, 말하면 안 되는데. 웅, 말해주고 싶어라. 에잇, 이제 와서 뭘 숨기리! 공주님! 저 아멜리에게 말해버려도 되죠?"

"어머, 도로-."

패트리샤의 말은 채 끝나지 못했다.

"무려 로열나이트란다!"

대답을 듣지도 않을 거면서 뭐하러 물었니. 패트리샤는 쓸쓸하게 중얼거렸다.

"심지어 칸님은 말이지! 로열나이트인 동시에…… 놀라지 마! 기절하지 마! 바로 왕국 제일, 대륙 제일, 아니 천하제일의 무사 수프림나이트란다!"

카랑카랑한 목소리가 숲 속 구석구석 울려 퍼졌다. 저 멀리에서 묵묵히 마물을 태우고 있던 칸이 도로시의 뒤통수를 싸늘하게 노려보았으나 다행인지 불행인지 도로시는 눈치채지 못했다.

"정말 엄청난 분들과 함께 여행 중이었다는 사실을 깨달은 기분이 어때, 아멜리! 겁나? 떨려? 짜릿해?"

솔직히 아멜리는 큰 감흥이 없었다. 로열나이트와 수프림나이트가 뭔진 모르겠지만 그래 봤자 국왕이 아닌 이상 패트리샤보다 귀한 신분일 리는 없을 테니까 말이다. 그러나 도로시가 뺨을 발그레 물들인 채 대답을 기다리고 있었다. 아름다운 처녀의 기대에 부응해주지 않으면 나쁜 사람, 매정한 사람인 것이다.

"와, 너무 떨려요."

영혼 없는 감탄사였건만 그것만으로도 도로시는 떡을 스무 개쯤 주워 먹은 사람처럼 배부른 표정이 되었다.

"폭로란 바로 이 맛에 하는 거야."

기사들이 전투 뒷정리를 하는 사이 여자들은 방해를 받았던 점심식사 준비를 재개했다. 더러워진 땅을 피해 장소를 옮겼지만 마물 태우는 냄새가 희미하게 따라왔다. 아멜리는 식욕을 잃은 지 오래였지만 어쨌든 밥을 먹어야 하는 사람들이 있으니 억지로 몸을 움직였다. 그런데 패트리샤가 눈치 빠르게 배려했다.

"오늘은 쉬어도 돼."

다른 누구도 아닌, 금지옥엽으로 자랐을 패트리샤에게 그런 소리를 듣는 건 몹시 겸연쩍었다.

"아니어요. 제가 할게요. 공주님이야말로 쉬고 계셔요."

아멜리가 패트리샤가 쥔 냄비를 가져가려 한 순간, 패트리샤의 푸른 눈에 자식을 지키는 어미 호랑이의 안광이 번쩍였다. 패트리샤가 더욱 강하게 냄비를 움켜쥐었다.

"쉬, 어."

영문 모를 기백에 눌린 아멜리가 주춤대고 있을 때 마차에 식기를 가지러 갔던 도로시가 돌아왔다.

"내버려둬. 아멜리. 패트리샤님 요리광이시거든. 아, 차 끓일 물이나 좀 떠와 줄래? 조오기에 냇가 있는 거 봤지? 괴물은 더 없을 테니까 안심하고 다녀오렴."

아멜리는 할 수 없이 빈 주전자를 들고 시냇가로 향했다. 요리를 좋아하는 공주라니, 패트리샤 님도 참 특이한 분이야. 그녀가 요리 중일 패트리샤를 보기 위해 야영지 쪽을 힐끔 뒤돌아보았다. 그러다 생각지도 않은 인물을 발견하고서 소스라치게 놀랐다.

"칸님?"

어느 틈엔가 칸이 그녀의 뒤에 서 있었던 것이다.

"아, 아직 다른 분들과 뒷정리 중이신 줄 알았어요."

"끝냈다."

참 간결한 대답이었다. 아멜리는 머쓱해하며 재차 물었다.

"냇가에 볼일이 있으신가요?"

"감시다."

"절요? 굳이 그러실 필요 없을 텐데. 이런 벌판에서 제가 가면 어딜 갈 수 있겠어요?"

그녀의 말을 듣는 건지 마는 건지 칸은 앞만 보며 걸었다. 아멜리는 몰래 작은 한숨을 쉬었다. 감시를 할 거라면 차라리 패트릭님이나 하다못해 게일님이 따라왔으면 좋았으련만.

"저 아까 정말 놀랐어요. 설마 갑자기 그런 괴물들이 튀어나올 줄 몰랐거든요. 기사님들 없이 저 혼자였거나 여자들만 있었다면 어땠을까 상상만 해도 무서워요."

"……."

"저런 괴물을 매일 같이 상대해야 한다면 가족분들 걱정이 이만저만 아니겠어요? 기사가 되겠다 했을 때 말리진 않으시던가요? 저 같은 경우엔 약초꾼이 되겠다고 했을 때 친구들이 많이 말렸거든요. 산은 위험하다고요."

칸은 말없이 계속 걸을 뿐이었다. 너무 사생활적인 화제인가 싶어 조심스러워진 아멜리가 급히 제 말을 수습했다.

"하긴 칸님의 경우가 저 같은 여자랑 같진 않겠군요. 주위에서 별로 걱정하지 않을지도 모르겠네요. 굉장히 강하시니까."

"그냥 칸이라고……."

"응? 방금 뭐라고 하셨어요?"

낮고 희미한 목소리를 놓친 아멜리가 반문하며 올려보자 눈을 마주칠세라 칸이 고개를 홱 돌렸다.

"아무것도 아니다."

그대로 대화가 끊긴 채 두 사람은 계속 걸었다. 아멜리는 주전자를 품에 끌어안은 채로 그의 옆얼굴을 힐끔힐끔 곁눈질했다. 깔끔하게 면도한 턱에서 울대가 불거져 나온 굵은 목으로 흐르는 선이 가히 예술적이었다. 그런데 또 표정은 무심하니, 금욕적으로 섹시하다는 게 바로 이런 건가 싶었다. 용모만으론 정말 나무랄 데가 없는 남잔데…….

"내 얼굴에 뭔가 묻기라도 한 건가?"

바로 이런 말투가 문제인 거겠지.

"죄송합니다. 아무것도 아니어요."

훔쳐보던 것을 들켜 부끄러워진 아멜리가 발걸음을 재촉하려는데 불현듯 칸이 질문을 던졌다.

"당신 고향이 발번이라고 했던가."

"네. 델림산맥 안에 있는 산골이여요. 칸님도 아셔요?"

"아니."

아멜리는 그럴 줄 알았다는 듯이 고개를 끄덕였다.

"패트리샤 님과 도로시도 어딘지 전혀 모르더라고요. 하긴 제 고향이 워낙 산골이라 이름을 들어보기 쉽지 않겠죠. 그런데 그건 왜 물으셔요?"

"……."

아멜리는 고개를 갸웃거렸다. 왜 질문을 던져놓고 사람을 무시하는 거지? 참 알다가도 모를 사람이었다.

냇가에 다다른 아멜리는 빈 주전자에 물을 가득 채웠다. 한 손으로 들기 무거워 손을 고쳐 드는데 칸이 가로챘다. 그리고 가타부타 말도 없이 발걸음을 돌렸다. 아멜리가 종종걸음으로 그를 따라잡았다.

"제가 들게요."

주전자 손잡이를 낚아채려던 시도는 칸의 민첩한 동작에 가로막혔다. 그의 크고 단단한 손바닥이 그녀의 손을 옴짝달싹 못 하게 완전히 감싸버리자 아멜리가 화들짝 놀라 칸을 쳐다보았다. 그런데 칸이 얼빠진 표정을 짓고 있어서 더욱 놀라야 했다. 그는 자신의 손안에 쏙 들어온 작은 손을 멍하니 바라보다가 문득 제정신을 차렸는지 후다닥 뿌리쳤다. 그리고선 아멜리가 어어 하는 사이 혼자 부리나케 자리를 벗어나 버렸다. 거의 뛰다시피 걸어가는 그의 뒷모습을 망연하게 바라보던 아멜리에게 인간적인 섭섭함이 밀려왔다.

"그렇게 벌레 치우듯 뿌리칠 것까지야."

그녀는 일부러 느릿느릿 뒤따라가며 그의 반응을 곱씹어 보았다. 어쩌면 평민이랑 손이 닿아서 갑자기 불쾌해진 것일 수도 있었다. 고향 사람들에게 듣기론 대부분의 귀족이 평민을 벌레나 잡초 보듯 한다고 했으니 그다지 무리한 추리로 여겨지지 않았다. 아멜리는 자신의 경솔함을 반성했다. 패트리샤나 게일이 평민과 스스럼없이 지낸다고 해서 다른 귀족들에게도 그런 태도를 기대하면 안 되는 것이었다.

내가 잘못했네. 앞으론 좀 더 조심해야겠어. 가급적 칸님과 거리를 두면 결례를 저지를 확률도 줄어들겠지?

아멜리가 자기 반성을 빠져 있던 그때, 이미 야영지에 도착해 홧홧해진 귀를 문지르고 있던 칸의 등골에 오한이 스치고 지나갔다. 물론 그는 결코 그 이유를 알 수 없었다.

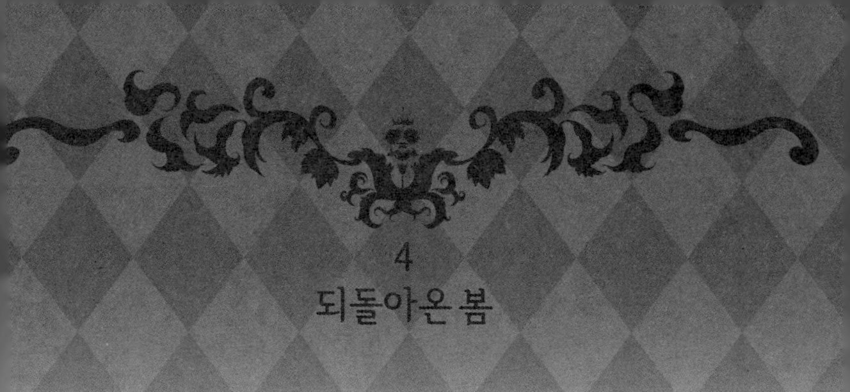

4 되돌아온 봄

아멜리가 합류한 지 나흘 만에 일행은 메사 대평원을 빠져나왔다. 평원 입구에는 「폰티나」라고 불리는 중소도시가 있어, 그곳에서 1박을 하고 식량 보충 등 재정비를 하기로 했다. 마차가 성문을 통과하는 순간 가장 기뻐한 이는 도로시였다.

“오늘은 지붕 아래에서 잘 수 있겠어요. 침대도 있고요. 아이, 신 나라!”

“신전에도 갈 수 있겠구나. 꼬박 열흘 동안 제의를 한 번도 안 드렸더니 기분이 이상해.”

“아멜리 넌 폰티나에서 뭐하고 싶은 거 없어?”

“글쎄요.”

아멜리는 고민에 빠졌다. 이것저것 처리해야 할 일들은 분명히 있었다. 동굴 속에서 쭉 입었던 옷이 너무 낡아 지금껏 도로시의 옷을 빌려 입었으니 새 옷을 사고 싶었고, 그러기 위해서 동굴에서 갖고 나온 보석을 돈으로 바꾸고 싶었다. 다만 도시 생활에 익숙지 않아 무슨 일을 어디서 어떻게 처리해야 할지를 몰랐다. 그렇다고 보석같이 귀한 물건을 가지고 있다는 사실을 남에게 함부로 알릴 수도 없고.

"특별한 일 없으면 우리 같이 맛있는 거 사 먹으러 가자. 나는 제과점에서 파는 애플파이가 먹고 싶어. 패트리샤님은 뭐 드시고 싶으세요?"

"초콜릿 케이크. 그런데 루크가 허락할까? 아마 번잡한 장소에는 못 가게 할 걸."

"게일님더러 사오라고 하죠, 뭐."

아니다, 게일은 분명히 샛길로 샐 테니 패트릭을 보내야 한다. 아니다, 패트릭은 미각상실자라 뭐가 맛있는지 모르니 게일을 보내야 한다. 두 사람이 심부름꾼 간택을 두고 옥신각신하는 사이 아멜리는 마차 창문의 커튼을 들추고 밖을 내다보았다. 온갖 사람들과 우마가 끄는 마차들로 길이 북적북적했다. 돌로 포장된 대로와 줄지어 늘어선 다층건물들. 태어나서 두 번째로 방문한 도시 폰티나는 목야보다도 훨씬 번화하고 세련된 곳이었다. 아멜리는 정신없이 도시 구경에 빠져들었다.

패트리샤 일행은 고급스럽고 규모가 꽤 커 보이는 여관에 묵게 되었다. 아멜리가 패트리샤, 도로시와 함께 묵게 되었고 나머지 기사들은 그 객실의 좌우로 둘씩 들어갔다. 곧 패트릭은 정보 수집을 위해 외출했다. 패트리샤와 도로시는 루크에게 제과점에 가보고 싶다고 졸랐지만 "위험합니다."라는 한 마디로 간단히 기각당했다. 패트릭이 이미 출타했기에 심부름꾼으로는 게일이 낙점되었다.

"나만 믿어요, 아가씨들. 세상에서 제일 먹음직스러운 미트파이를 사올 테니까."

"애플파이랑 초콜릿 케이크라니까요."

"응? 핫도그도 사오라고?"

"게일님 정말!"

도로시가 게일의 정강이를 차버리려고 하자, 게일이 짓궂은 웃음소리와 함께 방 밖으로 도망쳤다.

그 후 패트리샤는 피곤하다며 침대에 드러누웠다. 도로시는 야무진 손놀림으로 짐 정리를 마친 뒤 빨랫감을 커다란 바구니에 차곡차곡 담았다. 고운 손이 낡고 해진 옷가지를 집어 들었다. 그러고는 창밖을 정신없이 구경하는 아멜리를 불렀다.

"아멜리는 이 옷밖에 없댔지? 이거 너무 해져서 빨면 찢어질 거 같은데. 버리는 게 낫지 않니?"

약초꾼 일을 할 때 입어온 셔츠와 바지였다. 딱히 험한 일을 하지도 않았는데 어느덧 팔꿈치며 엉덩이 부분이 헤져서 안이 비칠 지경이었다. 아멜리는 도로시에게서 옷을 건네받아 잘 개었다.

"버리지 않을 거여요. 새 옷은 사겠지만요."

"아끼는 옷인가 봐?"

아멜리는 대답 대신 희미하게 웃어 보였다. 도로시가 고개를 갸웃거렸다.

"그렇구나. 근데 디자인이 좀 특이한 거 같아. 지방에서 유행 중이야?"

"특이하다고요?"

“응.”

아멜리도 도로시처럼 갸웃거렸다. 라트샤 여자의 평상복은 무릎까지 내려오는 통짜 원피스에 허리띠를 두르는 식이다. 반면에 아멜리가 현재 빌려 입은 도로시의 옷은 단추가 촘촘히 달린 남방에 가는 허리를 강조하는 긴 스커트. 여성스러운 맵시가 한결 더 돋보이는 형태라 퍽 어여쁘긴 해도 발번이나 목야에서 이러한 옷을 본 적은 없었다. 그러니 특이하다면 도로시의 옷 쪽이 특이하지 않을까.

“어쨌든 새 옷을 사긴 사야겠네.”

“네. 계속 옷을 빌려 입어 미안해요, 도로시.”

“그게 아니라 내 옷은 아멜리한텐 너무 벙벙하잖아.”

도로시가 아멜리의 팔을 가리켰다. 소매가 너무 길어 소맷부리를 두 번 접어 올린 상태였다.

“옷은 어디에서 팔아요?”

“시내로 나가면 옷가게가 있지 않을까? 나, 폰티나는 처음이라서 잘 몰라. 아마 기사님들 중에서 폰티나 지리에 익숙한 사람이 있을지도 모르니 물어보렴.”

“옷 살 돈은 있니, 아멜리?”

자고 있는 줄 알았던 패트리샤가 불쑥 끼어들었다.

“도로시, 우리 여비에서…….”

패트리샤가 돈을 나눠줄 요량임을 알아챈 아멜리가 다급히 손을 내저었다.

“아니어요. 저 돈 있어요. 걱정 마셔요.”

"그러니? 다행이네. 날이 저물기 전에 장 보러 갔다 오렴. 아, 혼자는 위험하니까 루크나 칸에게 같이 가달라고 해."

또 편두통이 오려나 봐, 하며 패트리샤는 낮잠을 청했다. 도로시는 콧노래를 흥얼거리며 빨랫감을 들고 아래층으로 내려갔다. 아멜리는 복도로 나와 좌우의 객실을 번갈아 보았다. 왼쪽은 루크와 패트릭이 머무는 방, 오른쪽은 칸과 게일이 머무는 방. 어느 쪽 문을 두드려야 할까. 루크나 칸이나 부담스럽기는 마찬가진데.

결국 아멜리는 여관을 혼자 빠져나왔다. 어린애도 아니고 잠깐 외출하는 건데 굳이 누굴 대동할 필요는 없을 것 같았다.

그녀는 큰길을 따라 걸으며 지난 일을 떠올렸다. 그날, 기적처럼 생긴 탈출구가 행여 연기처럼 사라질까 두려워 책이고 보석이고 빛나는 풀이고 전부 뒤로 한 채 동굴을 급박하게 빠져나왔다. 주머니 속에 공기놀이할 때 쓰던 보석 다섯 알이 들어있다는 사실을 알게 된 건 이미 동굴에서 한참 멀어진 뒤였다. 지금 와서 돌이켜보면 천만다행이 아닐 수 없다. 보석 다섯 알조차 건지지 못했다면 정말로 무일푼이었을 테니까.

다만 남의 물건이라는 사실이 마음에 걸렸다. 보석 주인은 십중팔구 백골 할아버지이리라. 이미 세상을 떴으니 상자 한가득 있던 보석 중 다섯 알 정도는 산 사람을 위해 양보해주지 않을까. 어차피 저승에 싸들고 가지도 못한 건데.

"흠, 그나저나 이 보석은 얼마에 팔아야 할까?"

"보석이라고?"

옆에서 불쑥 튀어나온 굵은 목소리에 까무러칠 듯 놀란 아멜리가 그만

발을 헛디뎠다. 넘어질 뻔한 것을 잡아준 손의 주인은 다름 아닌 칸이었다.

"여, 여기서 뭐하셔요? 아, 패트리샤 님이 보내셨군요?"

"……."

"그렇게까지 신경 써주실 필요 없어요. 금방 돌아갈 텐데요, 뭐. 바쁘실 텐데 굳이 따라오지 않으셔도 괜찮아요."

말리는 연유는 미안함이 3할, 거북함이 7할이었다. 그러나 칸은 다 합친 10할을 깡그리 무시했다.

"보석은 무슨 얘긴가."

끄응. 역시 들었구나. 아멜리는 체념했다.

"보석을 조금 갖고 있어요. 저, 그러니까 집안의 가보 같은 건데, 팔지 않으면 안 될 상황이라서요. 변변치 않은 물건일는지 몰라도 그래도 보석은 보석이니까 값을 꽤 받을 수 있겠죠?"

이렇게 된 거 자신보다야 보석에 익숙할 것 같은 사람의 도움을 조금 받자는 생각이었다. 그가 보여달라는 듯이 손바닥을 불쑥 내밀었다. 아멜리는 품 안에서 보석 두 알을 꺼내 그에게 건넸다. 설마 기사라는 사람이 빼앗진 않겠지? 그녀가 약간 불안한 눈빛으로 지켜보는 가운데 그는 보석을 들어 햇살에 비추었다. 보석은 희미한 풀빛을 받았을 때보다 훨씬 붉고 아름다운 광채를 내뿜었다.

"세공방식은 고풍스럽지만 괜찮은 품질이군."

"무슨 보석인지 아셔요?"

"루브얀이라고 한다. 왕관에도 들어가는 보석이지."

"왕관……이요?"

왕관, 즉 왕이 쓰는 관. 거기에 들어가는 재료가 변변찮은 보석일 리 없었다. 그리고 아무리 가보라고 해도 일개 평민이 왕관에도 들어가는 대단한 보석을 두 알이나 가지고 있는데 이상하지 않을 리 없었다.

칸에게 의심받을 가능성이 생기자 아멜리의 몸이 빠르게 얼어붙었다. 설마 아무리 저 남자라도 백주대낮의 대로 한가운데서 검을 뽑지는 않겠지?

"두 알 전부 팔 건가."

일단 그의 목소리는 무심하게 들렸다. 그래도 긴장을 쉽게 풀 수 없던 아멜리는 뻣뻣하게 대답했다.

"아직 모르겠어요."

"여기서 팔지 마라. 중소도시가 아니라 히스톤의 전당포나 장인조합에 가면 훨씬 좋은 값을 받을 수 있다."

"그럼 여관으로 돌아가야겠네요."

출처를 추궁받기 전에 칸과 단둘인 이 상황을 피하고 싶었던 아멜리가 먼저 몸을 돌렸다. 그런데 칸이 그녀의 어깨를 잡아 다시 빙글 돌려세웠다.

"볼일이 있다고 하지 않았나."

"그게, 보석을 팔아 옷이랑 지도를 사려던 계획이어서……."

"필요한 물건이 있다면 지금 사도록 해. 폰티나를 지나면 며칠간 또 평원에 접어들 테니 기회가 금방 찾아오지 않는다."

"하지만 돈이……."

"내주겠다."

아멜리는 어안이 벙벙했다. 이게 웬 생뚱맞은 친절이란 말인가?

"싫은가."

싫은 게 아니라 어리둥절한 것이었지만 칸은 아멜리가 대답하기도 전에 먼저 성큼성큼 걸어가기 시작했다. 귀족이 앞서 가면 평민은 뒤따를 수밖에 없다는 게 냉정한 현실이다. 아멜리는 허겁지겁 그를 뒤쫓았다.

❦

칸은 누가 어떻게 봐도 쇼핑엔 하등 취미 없을 것 같은 남자였다. 여자에게 끌려 어쩔 수 없이 옷가게를 찾더라도 가게 구석에서 팔짱을 끼고 앉아, 나갈 때만을 기다리고 있을 스타일이라고 예상했었지만…….

"바느질이 엉성해서 안 돼."

"감이 거칠어. 좀 더 부드러운 옷감으로."

"이 색깔은 너무 옛날 유행이지 않나."

전략회의라도 하는 듯이 심각하고 신중하게 의복의 재질과 품질을 따지고 있는 저 남자는 누굴까. 그녀의 목에 검을 들이대고서 누구냐고 으르렁대던 그 남자와 정녕 동일인물인가.

"탈의실에서 입어보고 나와."

칸은 아멜리에게 세 벌의 의상을 떠안겼다.

길쌈과 바느질로 옷을 만들어 입은 적은 많지만 남이 만든 옷을 사본 적 없는 아멜리는 유경험자인 칸의 선택을 순순히 따랐다.

여러 번의 시행착오 끝에 칸은 세 벌의 여행용 경장을 낙점했다. 아멜리도 그 옷들이 썩 마음에 들었다. 도로시는 아멜리보다 키가 크고 풍만했기에 지금까지 빌려 입었던 벙벙한 옷과 달리 맵시를 돋보이게 만들뿐더러 움직이기도 훨씬 편했다. 옷만이 아니라 옆으로 맬 수 있는 가방, 튼튼한 가죽 신발, 외투 대용으로 쓸 수 있는 망토도 샀다. 옷가게에서의 볼일이 끝나자마자 칸은 또 뭐가 필요하냐며 무뚝뚝하게 채근했다.

"지도요……."

그는 망설임 없이 다음 행선지를 정했다.

"상인조합으로 가자."

"어라? 지도는 잡화점에서 판다고 들었는데요?"

"평민들이 다니는 잡화점의 지도는 상인조합 발행판을 흉내 낸 조악한 해적판이다. 가장 정밀한 지도를 구하려면 상인조합으로 가야 해. 매해 봄에 지리 정보를 갱신해 새 지도를 발행하니, 잘하면 올해 것을 손에 넣을 수 있을 거다."

새로운 정보를 열심히 귀 기울여 듣던 중 아멜리는 갑자기 묘한 위화감을 느꼈다. 어라? 꼭 중요한 걸 놓치고 있는 것 같은데…….

"가지."

또 먼저 출발해버리는 칸을 보며 아멜리는 한숨을 푹 쉬었다. 의외로 여유가 없는 사람이라니까, 정말.

낯선 도시의 외곽으로 나아가고 있었지만 칸은 폰티나의 골목골목을 자기 집 안마당인 양 거침없이 누볐다. 아무래도 초행길이 아닌 듯했다.

"폰티나에 와본 적 있으신가 봐요?"

그가 고개를 작게 끄덕였다.

"길에 밝으신 걸 보니 자주 오셨었나 보네요?"

또 끄덕.

"놀러요?"

이번엔 고개를 가로저었다. 말하는 것도 귀찮은 건가. 결국 아멜리는 질문을 멈췄다. 역시 칸과 대화를 이어나가는 건 참 어려운 일이었다.

번화가에서 조금 한적하게 떨어진 동네로 접어들자 높은 담이 나왔다. 담의 정문을 지키고 있던 경비병은 칸이 허리춤에 차고 있는 검을 보고서 신분증을 요구했다. 순순히 호패를 보여주자 경비병은 약간 굳은 얼굴로 그들을 통과시켰다.

담 안쪽에는 드넓은 부지가 있었고 그 안에 커다란 창고 다섯 채와 5층짜리 건물이 서 있었다. 어쩐지 휑뎅그렁한 느낌이었다. 상인조합 사무실로 쓰이고 있다는 5층 건물의 입구에는 지팡이를 짚고 걸어가는 남자와 포도 덩굴이 새겨진 둥근 나무판이 걸려 있었다.

"칸? 칸 아냐?"

로비를 지나가던 이가 칸을 발견하고서 한달음에 달려왔다. 검은 턱수염이 북슬북슬하고 구릿빛 피부를 가진 남자였다. 칸은 눈빛으로만 아는 체를 하고 지나치려 했으나 턱수염 남자가 앞을 가로막았다.

"그냥 가면 섭섭하지. 이렇게 오랜만인데."

칸이 눈썹을 미미하게 찡그리자 숨 막히는 압박감이 턱수염 남자를 에워쌌다. 턱수염은 비교적 꿋꿋하게 버티며 뒤로 두어 발자국 물러났다.

"에헤이. 나 같은 놈 겁줘서 뭐해. 왈도 만나러 온 거 아냐?"

"상품 구매하러 왔다."

"허, 그래? 그렇다면 마침 잘됐네. 안 그래도 왈도가 자네에게 연락하려던 참이었거든. 거 뭣이냐, 이웃집 밤손님들 건으로."

턱수염의 목소리가 낮아졌다. 그러자 무감한 태도로 일관하던 칸이 처음으로 반응다운 반응을 드러냈다. 칸은 잠깐 골똘히 생각에 잠겼다가 아멜리에게 양해를 구했다.

"미안하지만 볼일이 생겨서 잠깐 자리를 비우겠다. 그동안 프랭크에게 지도를 보여 달라고 해. 혹시 내가 늦어지더라도 밖에 나가지 말고 매장 안에서 기다려라."

그는 꼭 집안에 아이를 두고 외출하는 아버지처럼 그녀를 타일렀다. 칸이 계단을 통해 위층으로 자취를 감추자 프랭크는 아멜리를 로비 안쪽의 방으로 안내했다.

"이리 오슈."

계산대가 붙어 있는 바를 경계로 한쪽에는 온갖 잡동사니가 그득하게 쌓여 있고, 다른 쪽에는 가방, 그릇, 각종 연장 따위가 보기 좋게 진열되어 있다. 계산대 앞에는 토시를 한 중년 남자가 서 있었는데, 깡마른 몸에 깐깐한 보이는 인상이었다.

"애버딘. 칸이 왔어. 그리고 이쪽은 칸의 동행이랄까? 사실은 좀 더

구체적으로 묻고 싶은데 말이야, 칸이랑 정확히 무슨 사이?"

"예?"

"아까 은근히 좀 뜸을 들이더라고. 그 칸이 말이야! 그래서 딱 촉이 온 거지. 둘이 보통 사이가 아닐 거라는 촉이! 자, 말해봐. 아가씬 칸의 뭐? 애인이야? 약혼녀? 마누라? 정부? 둘이 밀월여행 중인 건가?"

아멜리는 펄쩍 뛰어 소리를 질렀다.

"말도 안 돼요! 그냥 동행이어요!"

"그으래?"

프랭크는 "강한 부정은 긍정이라던데." 하고 중얼거리다가, 손뼉을 짝짝 치며 분위기를 환기시켰다.

"자, 자. 아무튼 지도를 찾는다고 했던가? 어이, 애버딘. 손님께서 지도를 찾으신단다."

"무슨 지도?"

"무슨 지도, 아가씨?"

프랭크가 애버딘의 말을 앵무새처럼 따라 했다.

"저는 라트샤의 발번 마을로 찾아갈 수 있는 지도를 사고 싶어요."

"응? 어디?"

"델림산맥 근처의 조그만 마을인데요."

"난 처음 들어봐."

프랭크가 뒤통수를 북북 긁었다. 애버딘도 모르겠다는 듯이 어깨를 으쓱했다. 아멜리는 별로 놀라지 않았다. 깊은 산 속 외딴 마을의 이름을 알고 있다고 한다면 그게 오히려 더 당황스러울 일이었다.

"그냥 라트샤 전체 지도 좀 보여주시겠어요?"

프랭크가 손가락을 튕겼다.

"아하! 고지도를 찾고 계시는구먼?"

"네?"

"어쩐지 칸이랑 함께 다닌다 싶었어. 아가씨는 무슨 학자나 연구자라도 되는 모양이지?"

아멜리의 미간이 좁아졌다. 턱수염 남자는 대체 무슨 소릴 하고 있는 건가.

"라트샤 지도를 산다며? 120년 전에 멸망한 왕국의 지도를 보여 달라는 이유가 연구나 조사 목적밖에 더 있나?"

아멜리는 어색하게 웃었다.

"120년이라니요. 무슨 그런 농담을……."

"정확하진 않아도 대충 120년 맞잖아. 난 학자가 아니니까 따지지 말자고, 학자 아가씨."

"따지려는 게 아니라요. 아, 뭐라고 해야 하지? 아! 일단 전 학자도 아니고요."

그녀는 프랭크의 오해부터 정정했다.

"그럼 외국인이신가? 그러고 보니 말투가 좀 어색한데 파샤 사람이 아닌가 봐?"

"그야 당연히……."

라트샤 사람이다, 그렇게 말하려던 아멜리는 입을 합 다물었다. 불현듯 패트리샤 일행과 처음 만난 날의 기억이 스쳤다.

분명히 게일이 「파샤」의 백성이 어쩌고 해서 자신은 라트샤 사람이라고 하자 무슨 연유인지 다들 크게 웃었다. 그땐 영문을 몰라 그냥 넘어갔는데, 어쩌면 이곳이 라트샤가 아니라 파샤라는 나라가 아닐까? 그러면 델림 근처의 평원으로 여겼던 「메사대평원」이란 곳은 외국의 땅이었던 걸까? 그렇지만 분명히 델림산맥 언저리에서 지하로 떨어졌던 자신이 어째서 엉뚱한 나라에?

"뭐, 외국인이면 남의 나라 역사야 잘 모를 수도 있지. 난 친절한 사내니까 설명해주마. 한 120년 전에 저기 뭐시냐, 파만이라는 민족이 라트샤에 쳐들어왔어. 눈 깜짝할 새에 라트샤는 점령당했고 파만 족장인 미켈 파만이 파샤라는 국호로 나라를 세웠지. 근데 그것도 모르면서 라트샤 지도를 찾고 있었어?"

농담치고 상세했으나 그렇다고 곧이듣기도 어려운 얘기였다. 결국 프랭크의 이야기를 도가 지나친 장난으로 받아들인 아멜리가 정색하며 말했다.

"아무리 농담이라도 멀쩡히 존재하는 나라를 멸망했다고 하다뇨. 가히 듣기 좋지 않네요. 말이 씨가 된다는 속담도 있잖아요."

프랭크와 애버딘이 떨떠름하게 눈빛을 교환했다.

"이거 참. 뭐라고 해야 할지. 아가씨, 라트샤는 예전에 멸망한 거 맞아. 것도 한참 전에."

"여기가 라트샤잖아요."

"아, 뭐……. 같은 땅에 세워졌으니까 그 말도 아주 틀린 건 아니지만 대부분의 사람들은 파샤라고 부른다고."

"전 모두가 라트샤라 부르는 땅에 살았는데요? 사정이 있어 잠시 다른 곳에 있다가 돌아오긴 했지만, 120년이나 자리를 비운 적은 없어요. 상식적으로 말도 안 되는 소리……."

불쾌한 듯 쏘아붙이던 아멜리의 목소리가 점점 힘을 잃었다. 반년이라고? 이상했다. 계산이 맞지 않았다. 자신이 동굴에 막 떨어진 시점의 계절은 봄이었고, 탈출 직전의 빗금의 수는 198개였다. 빗금 하나에 하루로 계산하면 반년 조금 넘게 시간이 흘렀다고 볼 수 있다. 그렇지만 현재의 계절은 무엇이었던가. 아멜리가 프랭크에게 다급히 물었다.

"지금이 무슨 계절이죠?"

"봄이지."

아멜리의 얼굴에서 핏기가 가셨다. 석연치 않았던 기억들의 아귀가 딱딱 맞아 떨어졌다. 메사대평원에 머무르고 있을 때 이따금 잿빛 덤불이나 노랗게 말라붙은 잡목을 본 적이 있었다. 그녀는 은연중 초가을을 연상했지만 지금 돌이켜 보면 겨울의 흔적이라는 쪽이 훨씬 자연스러웠다. 다시 말해, 빗금 하나를 하루로 간주한 자신의 시간 계산법이 틀렸단 뜻이었다. 그러자 아멜리의 머릿속에 그야말로 태풍이 휘몰아쳤다.

나는 대체 얼마나 오래 잠들었다 깨어났던 거지? 정말로 1년 넘게 그 동굴에 처박혀 있었던 거야? 물과 풀만 먹으며? 볼일도 안 보고 월경도 끊긴 채로? 이건 말도 안 돼. 내가 꿈을 꾸고 있는 게 아닐까? 아니면 혹시 라트샤가 120년 전에 멸망했다는 게 저 남자의 농담이 진실……?

"칸에게 알려줘야 하는 거 아냐, 이 상황?"

아멜리의 넋 나간 뒷모습을 지켜보고 있던 프랭크가 애버딘에게 속삭였다. 그들 눈에 아멜리는 아무리 봐도 조금 정신이 이상한 여자였다. 애버딘이 무심하게 대꾸했다.

"이미 알고 있을지도 모르지."

"그래서 굳이 달고 다니는 건가? 거참 안타깝구만. 생긴 건 멀쩡한 처잔데."

"미치광이들이 이마에 미치광이라고 써 붙이고 다니는 건 아니니까. 랄프네 엄마를 봐라. 낮 동안은 멀쩡한 사람처럼 얌전하게 굴지만 밤만 되면 온 동네를 헤집고 다니는 미친 할망구가 되잖아."

"아직도? 그 노인네 기력도 좋아. 칠순이 넘지 않았던가?"

"밤마다 동네를 뛰어다니는 엄마 붙잡으러 다니느라 랄프가 거의 죽으려고 하더군. 지난번엔 공동묘지에 불을 놓으려고 했대. 그놈 조만간 동네에서 쫓겨날지도 모르겠어."

"하핫. 전세 역전이 따로 없네. 어릴 땐 랄프가 말썽을 부려 랄프네 엄마가 동네에 사과하러 다니느라 바빴는데."

어느덧 칸의 지인에서 남의 집 가정사로 화제가 바뀌어 쑥덕대는 두 남자 사이로 희미한 목소리가 파고들었다.

"저기, 지도 좀……."

아차차! 프랭크가 팔꿈치로 애버딘을 쿡 찌르자 애버딘이 카운터 뒤쪽에서 둘둘 말린 커다란 종이를 꺼내왔다. 한 장이 아니라 두 장이었다. 프랭크는 그 지도들을 카운터 위에 활짝 펼쳐 놓고 설명했다.

"이것 보렴. 왼쪽이 150년 전에 제작된 라트샤 전도, 오른쪽이 우리 상인 조합에서 발행한 최신판 파샤 전도란다. 딱 봐도 나라 모양이 비슷하지?

같은 땅이라서 그래."

그의 말투는 처음 만났을 때보다도 다정했다. 여자, 아이, 심신미약자는 배려해주자는 신조를 가진 따뜻한 도시 남자이기 때문이었다.

한편 아멜리는 차마 말로 표현할 수 없는 심정이었다. 낡아서 그림조차 희미해진 지도와 빳빳한 새 종이에 선명하게 그려진 지도. 프랭크의 주장이 사실일지도 모른다는 예감이 스쳤다. 믿고 싶진 않지만.

"라트샤 지도에서 목야라는 도시를 찾아주실 수 있나요?"

프랭크는 라트샤 전도를 꼼꼼하게 훑어 내렸다.

"보자, 보자…… 음……. 아. 찾았다."

지도 한 부분을 짚는 프랭크의 손짓에 아멜리의 가슴은 철렁 내려앉았다.

"근처에 발번이라는 촌락도 있을 텐데요."

프랭크는 어렵지 않게 근방을 짚어냈다. 내륙 산간지방, 아마도 델림 산맥일 굵은 줄기 가운데였다. 아주 조그맣게 지명이 쓰여 있다. 글을 읽지 못하는 아멜리는 그 위치와 문자 모양을 잘 기억해두려고 노력했다.

"왈도와 좋은 시간 보냈나?"

갑자기 프랭크가 아멜리의 등 너머에 말을 걸었다.

"그럭저럭."

칸이었다. 그는 아주 자연스럽게 아멜리의 옆에 나란히 서서, 아멜리가 시선을 떼지 않고 있는 지도들을 확인했다. 하나는 그의 예상대로 파샤 지도였지만 또 다른 것은 의외의 물건이었다.

"라트샤 고지도는 왜?"

"그냥, 같이 사고 싶어요."

상인조합을 나와서도 아멜리는 반쯤 넋이 나가 있었다. 칸이 없었더라면 마주 오는 행인과 수차례 부딪치고 말았을 것이었다. 칸은 묵묵히 그녀와 보폭을 맞추며 걸었지만 내심 안절부절못했다. 자신이 잠깐 자리를 비운 사이 도대체 무슨 사건이 있었던 것인가. 남의 살기나 적의는 식은 죽 먹기로 읽어내는 그였지만 여성의 복잡한 심리 앞에서는 한없이 무능력했다. 결국 칸은 솔직한 직구를 던졌다.

"기분이 불쾌해 보이는군. 프랭크와 있을 때 무슨 일이 있었나."

아멜리가 천천히 고개를 가로저었다.

"그들이 무례한 언행이라도 하던가."

"친절하신 분들이었어요."

"그럼 왜……."

돌연 아멜리가 우뚝 멈춰 섰다. 칸도 멈춰 섰다.

"칸님은 농담 같은 거 안 하시는 분이죠?"

그는 1초간 고민했다. 한다고 답해야 득이 될까? 그러나 그녀는 대답을 기다리지 않았다.

"라트샤가 언제적 나라인지 아셔요?"

"성석(聖石)시대에 건국된 이제십국(二帝十國) 중 하나이지 않나. 지금은 젤윈을 제외하고 전부 멸망했지만."

"그런 건 몰라요. 라트샤는 언제 멸망했나요?"

"파샤 건국과 동시니까 127년 전."

해쓱한 얼굴에 실망의 기색이 스쳤다. 다시 발걸음을 옮기는 그녀의 어깨는 축 늘어져 있었다.

칸은 당혹을 금치 못했다. 영문은 모르겠지만 방금 제 대답으로 인해 그녀가 좋지 않은 기분이 되었다는 것은 확실해 보였다. 칸이 그녀의 뒤를 따라가며 초조하게 물었다.

"왜 그런 걸 물었나."

앞서 가는 여인은 실바람 소리처럼 희미하게 대답했다.

모르니까요.

숙소에 돌아오자 마침 패트리샤와 도로시가 게일이 사다 준 빵을 행복하게 먹는 중이었다. 쇼핑 봉투를 든 칸과 새 옷을 입고 있는 아멜리를 발견하자마자 그들의 눈빛이 사냥감을 발견한 매처럼 번쩍였다.

"아멜리 새 옷 샀네. 잘 어울려!"

"뭘 그렇게 바리바리 산 거야? 나도 보여줘."

두 여인은 칸에게서 강탈한 짐을 마구 헤집으며 탄성을 터뜨렸다. 예뻐, 멋져, 색깔 봐! 아멜리는 그 소란스러운 분위기에 전혀 휩쓸리지 않은 채 칸에게 꾸벅 고개를 숙였다.

"오늘 감사했어요. 돈은 나중에 꼭 드릴게요."

축객령이었다. 칸이 마지못해 퇴실하자 아멜리는 침대 위에 지친 몸을 뉘었다.

아멜리는 멍해졌다. 밥 먹다가도, 마차로 이동 중일 때도, 잠자기 직전에도 입을 딱 다문 채 혼자만의 세계에 빠져 있는 듯했다. 걱정이 된 패트리샤나 도로시가 괜찮냐고 물어보면 웃는 낯으로 고개를 저을 뿐이니 주변 사람들로선 달리 해줄 수 있는 것이 없었다.

"폰티나에서부터 아멜리가 이상해졌어. 둘이 외출했을 때 뭔 일 있었지?"

패트리샤는 칸을 추궁했다.

"저도 모릅니다."

반쯤은 거짓말이었다. 칸은 아멜리가 난데없이 라트샤에 관해 질문했던 일이 줄곧 마음에 걸렸다. 그러나 아무리 고민해봐도 아멜리의 기분 저하와 라트샤의 멸망 사이에 무슨 관계가 있는지는 알아낼 수 없었다. 따라서 그는 자신의 억측을 포기하고 좀 더 직접적으로 탐색에 나섰지만.

"혹시 어디 아픈 건가."

"아뇨."

"고민이라도 있나."

"아뇨."

"정말 괜찮은가."

"네."

칸은 나름대로 충격을 받았다. 이제 보니 자신은 상대의 심중을 떠보는데 전혀 소질이 없는 인간이었던 것이다. 지금껏 죄인, 첩자, 전장의 포로를 상대로 정보를 캐내는데 한 번도 어려움을 겪은 적이 없었기에 그런 쪽의 한계를 절감해본 적이 없었지만, 겁박과 고문을 사용할 수 없는 조건이 되자 얄짤없이 진면목이 드러나고 말았다.

결국 말주변 없는 사내는 안타까이 아멜리의 주위를 맴도는 수밖에 도리가 없었다.

"나 요즘 몸이 허한가 봐. 헛것이 자꾸 보이는걸."

나무 그늘 아래에서 차 한 잔의 여유를 즐기고 있던 패트리샤가 눈을 비볐다. 아멜리가 한창 모포를 털고 있는 저 너머의 장소에서 괴이쩍은 것을 발견한 탓이었다. 그것은 일견 여상스러운 자태로 서 있는 칸이었다. 그러나 그와 벌써 스무 해를 알고 지내온 패트리샤는 진실을 꿰뚫어 볼 수 있었다. 그는 「쭈뼛」거리는 중이었다. 세상에!

못 볼 것이라도 본 듯한 기분에 패트리샤의 얼굴이 일그러졌다. 쭈뼛거리는 칸이라니! 조신한 게일, 허허실실 루크와 동급인 환상의 존재가 아닌가!

"요새 칸님 정말 이상해요. 그것도 아멜리 앞에서만."

왕성 눈칫밥을 10년이나 먹어온 시녀 역시 상황을 제대로 파악하고 있었다.

"듣자 하니 저번 쇼핑비도 칸이 다 내줬대."

"저도 들었어요. 옷도 골라줬다던데요."
"이상하지?"
"이상해요."
"수상해."
"수상하죠."
앵무새처럼 패트리샤의 말을 되풀이하던 도로시가 혼잣말처럼 중얼거렸다.
"설마, 사랑?"
푭! 하필 차를 한 모금 마시는 찰나였던 패트리샤가 호쾌하게 찻물을 내뿜었다. 사례가 들려 콜록거리는 공주에게 시녀가 급히 손수건을 건넸다.
"어머! 괜찮으세요, 공주님?"
"괜찮아. 그보다 도로시. 정말 그렇게 보이니?"
"청춘남녀잖아요. 무슨 다른 이유가 있겠어요?"
"그래. 「보통의」 청춘남녀라면 그렇겠지. 하지만 저쪽은 「칸」이잖아!"
"그래요. 그 「칸」님이 사랑에 빠진 거예요! 북풍한설을 몰고 다니던 수프림나이트에게도 마침내 봄이 온 거죠. 아자르 강이 여인들의 눈물로 넘치게 생겼는데요? 아, 당장 이 소식으로 히스톤을 발칵 뒤집어 놓고 싶어."
도로시가 반짝거리는 눈빛을 하며 두 손을 맞잡았다. 반면에 패트리샤는 냉정한 견지를 고수했다.
"칸이 조금 이상하게 군다고 바로 아멜리랑 엮어버리는 것도 좀 그렇다, 얘. 둘이 만난 지 이제 일주일밖에 안 됐어."

“제가 책에서 읽은 건데요, 사람이 사랑에 빠지는 데엔 3초면 충분하대요. 1초, 눈이 마주친다. 2초, 상대방을 인지한다. 3초, 사랑에 빠진다! 꺄아!”

“그럼 연애하고 결혼하고 애까지 갖기에 일주일이면 아주 남아도는 시간이겠군.”

헝클어진 붉은 머리통이 두 여인의 얼굴 사이로 불쑥 끼어들자 패트리샤가 재차 찻물을 허공에 분사했다. 콜록거리느라 얼굴이 붉어진 공주를 대신해 도로시가 앙칼지게 게일을 나무랐다.

“이게 무슨 무례에요, 게일님. 공주님께서 놀라셨잖아요.”

“나, 난 괜찮아. 그보다 게일 당신까지 그런 소릴?”

“소신은 무식한 기사라, 눈에 보이는 것이 곧 진실일 따름이옵니다.”

끄응, 패트리샤가 시름에 잠겨 손으로 머리를 짚었다. 자신과 도로시에 이어 게일까지 눈치를 챘다면 단순히 기분 탓으로 넘길 수 없는 일임이 확실했다. 게일은 태평하게 삐죽삐죽한 턱수염을 매만지며 중얼거렸다.

“근데 저놈 취향은 저런 타입이 아니었는데.”

“칸님 취향은 원래 어떤데요?”

“왕립학교에서 동문수학하던 시절 목격한 바에 의하면.”

“의하면?”

사교계에서 좀처럼 얻기 힘든 고급정보가 막 들어오려는 찰나였다. 이걸 동료 시녀들에게 알려주면 다들 뒤집어질 거야! 흥분으로 콧김을 내뿜는 도로시의 얼굴에 대고 게일이 검지를 치켜들었다. 그는 딱 한마디 했다.

"왕가슴."

"……."

"……."

두 여자가 동시에 긴 한숨을 쉬며 고개를 돌렸다.

"어라? 반응이 왜 이래? 정보제공자 섭섭해지게시리."

"칸님의 취향이 궁금하댔지 언제 게일님의 취향을 물어봤나요?"

도로시가 딱하다는 듯한 눈길을 던지자 즉각 게일이 발끈했다.

"웃기지 마. 사람을 뭐로 보고! 난 가슴보다는 다리란 말이다. 탱탱한 허벅지에서 날씬한 종아리로 이어지는 그 예술적인 각선미야말로……. 어흠! 아무튼 내 말은 진실이다. 칸은 왕가슴파야!"

"다른 사람도 아닌 칸님이 그런 저속한 취향을 가졌으려고요. 얼마나 강직하고 엄격한 분이신데요. 여성을 볼 때도 틀림없이 외면보다는 내면의 아름다움을 중시하실 걸요?"

"재가 고자도 아닌데 왜."

도로시의 말이 끝나기 무섭게 부루퉁이 튀어나온 게일의 반박은 두 여성의 눈빛을 빙하기의 북극 만년설보다도 냉랭하게 만들었다. 게일은 약간 주춤거렸지만 끝까지 자신의 주장을 고수했다.

"하여간 내 말은 진짜다. 못 믿겠으면 루크한테 가서 물어봐라. 아니다. 내가 아예 데려올게. 루크야! 루크야! 어디 갔어, 이 자식!"

자리에서 벌떡 일어나 아카데미 선배이자 연장자의 이름을 불러 젖히는 게일을 무시한 채 패트리샤와 도로시는 둘만의 대화를 재개했다.

"확실히 요즘의 칸이 그동안 내가 보아온 칸답지 않은 건 사실이야."

"사랑은 때로 인격도 바꿔버리는 법이거든요."

"아니, 틀림없이 뭔가 있어. 내가 이런 쪽으론 촉이 좀 있거든."

"최강의 기사와 아리따운 평민 처녀의 운명적인 사랑. 완전히 소설에서나 나올 법한 얘기잖아요? 아, 낭만적이야!"

"그러니까 소설이지."

핑크빛 환상에 자꾸만 찬물을 끼얹는 공주 때문에 도로시의 입이 댓발 나왔다.

"남편까지 있으신 분이 왜 이렇게 사랑에 회의적이세요?"

"사람은 그리 쉽게 변하지 않는다는 게 내 신조거든."

"사랑의 기적을 믿지 않는 아내를 둔 우리 우드버리 공, 불쌍해서 어쩌나."

도로시가 소매 끝으로 눈물을 훔치는 시늉을 했다.

"그이는 내 성격을 이미 아주 잘 알고 있으니 걱정 말렴. 아무튼 앞으로 두 사람을 잘 지켜봐야겠어. 농담 삼아 끝낼 일이 아니라 이러다 진짜 난리가 날 수도 있으니까."

"뭣 때문에 난리가 나죠, 공주님?"

어느새 돌아온 게일이 천연덕스럽게 대화에 끼었다.

"몰라서 물어요? 칸에게는 약혼녀가 있잖아."

"응? 그랬던가?"

패트리샤의 눈꼬리가 사납게 올라갔다.

"그랬던가아? 무어 경! 난 당신을 코스토바 쪽의 초청을 받고 왔던 하객으로 기억하고 있는데요?"

"코스토바? 아아, 맞다. 솔린느, 솔린느."

게일은 "안 본지 너무 오래돼서." 같은 궁색한 변명을 늘어놓았으나 패트리샤의 눈에 이미 게일은 걸어 다니는 플라나리아였다.

"그러고 보니 저도 그 약혼에 관해 들었던 기억이 나네요. 그런데 벌써 5년인가, 6년 전 일 아니에요? 칸님이 여태껏 미혼이시기에 진작 파토난 줄 알았어요. 저만이 아니라 많은 시녀들이 그렇게 알고 있을 걸요."

패트리샤는 딱 잘라 부인했다.

"파혼하지 않았어. 증인을 내세우고 신전에서 거행한 약혼을 그렇게 경솔하게 파토낼 리 있니?"

"칸님과 사이 안 좋은 거 아니에요, 그 약혼녀? 같이 다니는 모습을 한 번도 못 봤는걸요."

"서로 데면데면한 건 사실이지만 어쨌든 신 앞에서 맹세를 했으니 각자 책임을 져야지. 주변에서도 마땅히 존중을 해줘야 하고 말이야."

"어머. 그럼 둘이 잘 되긴 어렵겠네요. 아쉬워라."

게일이 돌연 호탕한 웃음을 터뜨렸다.

"존재감도 없는 약혼녀가 무슨 장애물이겠냐, 도로시. 연애결혼도 아니고 정략결혼으로 들인 아내만 바라보고 살라면 남자의 인생이 너무 가혹하잖아. 특히 요새 귀족들은 애첩 하나, 둘쯤 기본으로……."

촘촘한 바늘 같던 눈총이 숫제 쇠말뚝이 되어 게일의 두꺼운 얼굴 가죽을 쾅쾅 두드려대기 시작했다. 망언 제조기는 뒤늦게 분위기를 파악했다.

"농담입니다, 농담."

"……."

"각박한 세상이야. 웃으라고 한 농담인데 안 웃네들."

"……."

"흠흠. 루크 이놈은 대체 어딜 갔기에 코빼기도 안 보여."

게일은 루크를 찾는 척하며 슬그머니 꽁무니를 뺐다. 도로시의 못마땅한 시선이 멀어지는 붉은 뒤통수를 한참 노려 보았다.

"게일님은 문제에요, 문제! 괜히 노총각으로 늙어 가겠어요? 저러고 다니는데 어느 가문에서 귀한 딸을 내어 주겠냐고요."

"저 남자 별명이 왜 「난봉꾼」이겠니. 난 포기했단다."

패트리샤가 혀를 차고 있을 때 아멜리와 칸의 모포 털기도 끝이 났다. 두 남녀는 곱게 개킨 모포들을 안고 나란히 마차 쪽으로 걸어갔다. 그 청춘의 현장을 지켜보던 푸른 눈동자에 뜨거운 각오의 불꽃이 튀어 올랐다.

"하지만 칸마저 게일 같은 난봉꾼이 되게 내버려두진 않겠어. 절대로."

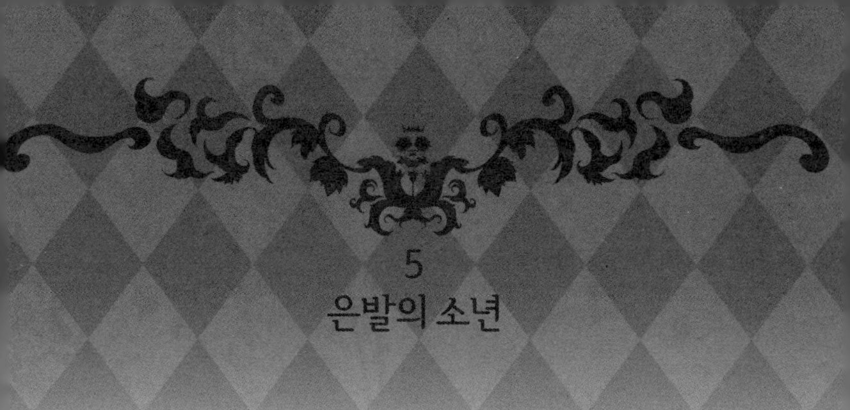

5 은발의 소년

성별과 입장 상, 패트리샤에게 있어 방해공작은 별로 어려운 일이 아니었다. 식사시간 때는 아멜리의 좌우, 맞은편에 자신과 도로시와 게일을 앉혔고, 휴식시간에는 여자들만의 얘기를 나누자며 마차 안으로 불렀다. 칸의 시선과 접근을 철저히 차단하기 위해서였다. 식사 준비나 야영 준비 때도 전처럼 아멜리 혼자 심부름을 보내는 일이 없어졌다. 언제 어디서든 패트리샤 자신 혹은 도로시가 찰떡처럼 붙어 다녔다. 그 외에도 칸이 아멜리 주위를 맴돌라치면 패트리샤는 없는 잡일도 만들어내 칸에게 하달했다.

이래서야 완전히 아들과 며느리 사이를 이간질하는 못된 시어머니잖아?

가끔은 그런 회의가 밀려오는 패트리샤였으나 죽마고우의 창창한 미래를 위해 멈출 수 없었다. 겉보기에 칸은 방해공작에 대해 무심했다. 그러나 가까이 다가가지 못할수록 칸의 시선은 더욱 집요하게 아멜리를 좇았으며 한결 더 애틋해졌다. 패트리샤로선 미치고 팔짝 뛸 노릇이었다.

그리하여 우정 어린 노력이 사흘째가 되는 날 아침 드디어 칸이 행동에 나섰다. 도로시와 아멜리가 냇가에 멱을 감으러 간 사이였다.

"뭡니까."

뚱한 표정의 미남자가 혼자 있던 패트리샤에게 다가와 대뜸 질문을 던졌다. 밑도 끝도 없는 행동이었지만 패트리샤는 그 의미를 잘 알고 있었고, 그렇다고 순순히 응해주기엔 어쩐지 빈정이 상했다.

"뭐냐니 뭐가?"

"요즘 공주님 행동이 좀 이상하지 않습니까."

이상한 건 너지. 그녀는 속으로 이를 갈았다.

"무슨 말인지 잘 모르겠네."

"모르는 척하지 마십시오."

"몰라서 모르겠다는데 척이라니. 상전에게 말본새하곤. 혼인하면 솔린느한테도 그럴 거니?"

칸이 침묵했다. 아차, 솔린느 언급은 너무 생뚱맞았나. 패트리샤는 성급하게 둔 수를 반성했다. 칸이 껄끄럽다고 달아나면 곤란한데. 다행히 칸은 달아나지 않았다.

"전에도 한번 말씀 드렸지만, 제 인간관계는 저에게 맡겨두십시오. 가족이든 약혼녀든 개인사입니다. 공주님이 신경 쓰실 문제는 아닙니다."

화는 좀 난 것 같았다. 패트리샤는 눈살을 찌푸렸다. 칸의 입에서 가족 얘기가 나오는 건 별로 좋지 않은 조짐이었다. 다른 때라면 이쯤에서 물러나야겠지만.

"진심으로 하는 소리야?"

단순히 개인사라 일축할 수 없는 문제이기에 그녀는 집요해질 수밖에 없었다. 칸은 국왕의 총신이고 총신의 품행은 왕권과 결부된다. 패트리샤도 칸도 잘 알고 있는 점이었으나 그녀는 우선 친구로서 호소해보기로 했다.

"칸. 우리는 두 살 때부터 알고 지냈지. 너는 언제나 의젓하고, 판단력이 좋고, 사리 분별력도 좋은 소년이었어. 여덟 살 땐가, 내가 새 둥지를 털러 간다며 왕성 정원의 가장 키 큰 나무를 타려고 할 때 오라버니는 나를 응원하고, 루크는 어디 해보라며 비웃었지만 너만은 다칠 수도 있으니 그만 하시라고 냉정하게 말리지 않았었니. 내가 잔소리 좀 그만하라고 발로 걷어찼는데도 화 한 번 안 내고 말이야."

패트리샤는 본인이 가장 꺼려하는 화제를 꺼냈다. 이젠 언급조차 하고 싶지 않은 왈가닥 말괄량이 시절의 추억담. 말하자면 흑역사다.

"그 얘기는 왜 꺼내십니까."

안 그래도 민망함과 창피함을 느끼고 있던 패트리샤는 그의 성의 없는 태도에 울컥 부아가 치밀었다. 너 때문에 흑역사까지 끄집어냈건만!

"요새 네 행동이 그때만도 못하다고! 아주 그냥 경우라곤 없이 여자 뒤를 졸졸 따라다니는데, 구설수에 오르려고 작정한 게 아니라면 그럴 수가 없지. 여기가 히스톤이 아니길 천만다행으로나 알아."

"딱히 그런 적 없습니다만."

그의 부인은 패트리샤의 화를 돋우었다.

"뭐, 그런 적 없어? 먹잇감을 발견한 독수리마냥 아멜리 주위를 빙글빙글 돌 때는 언제고! 폐하께서 주최하는 파티장에서도 예의상 춤 신청도 한 번 안 하는 주제에 아멜리한테는 뭘 도와주지 못해 안달, 함께 있지 못해서 안달이었잖아. 가만두면 아예 업고 다닐 기세라 내가 나서서 막았더니 아주 눈빛으로 잡아먹으려고 했으면서!"

칸은 괜히 먼 산을 바라보았다. 난처하거나 할 말 없을 때 나오는 죽마고우의 습관이었다. 패트리샤는 의기양양해졌다. 하긴 네가 입이 열 개라도 할 말이 없으렷다.

"네 태도가 옳은 건지 그른 건지 헷갈린다면 이 자리에 솔린느가 있는 상상을 해보렴. 그녀 앞에서도 아멜리를 지금과 똑같이 대할 수 있겠느냐는 말이야."

"있습니다."

"당연히 그렇겠지!"

기다렸단 듯이 대거리하고 나서 패트리샤는 그의 말을 되짚었다. 있습니다? 그녀는 어이를 상실해 입을 쩍 벌렸다.

"그 정도로 사랑해? 아멜리를?"

"……무슨 결론이 그렇게 납니까."

"솔린느고 뭐고 눈이 안 뵌다는 소리 아냐?"

"그런 뜻이 아닙니다."

"그럼 무슨 뜻이니. 말해보려무나. 너처럼 가문의 명예를 소중히 하는 남자가 귀천상혼을 바라지는 않겠지. 누구 말처럼 애첩을 들일 뻔뻔한 위인도 아니고. 그렇다면 아멜리와의 관계에서 네가 바라는 바가 뭐니? 내가 「친구로서」 납득할 수 있는 설명을 해봐."

속에 담아 두었던 말을 죄 쏟아내자 패트리샤의 기분은 반쯤 후련해졌다. 남아 있는 절반의 찜찜함을 떨쳐내려면 눈앞의 남자로부터 원하는 대답을 얻어야 했다. 제발 날 실망시키지 마, 칸 렉시온 메이슨.

칸은 무심하게 패트리샤의 등 너머를 응시했다. 패트리샤는 신경 쓰지 않았다. 칸의 먼 산 보는 습관에는 익숙해져 있었으니까.

"그녀 옆에 있으면."

패트리샤의 목구멍이 긴장으로 바짝 타들어 갔다. 그녀 옆에 있으면?

"좋은 향기가 납니다."

맥이 탁 풀렸다. 가슴이 두근거린다느니, 행복하다느니 하는 낯 뜨거운 소리가 나올 줄 알았던 것이다.

"뭐라 말하기 힘든 향입니다. 달콤하면서 청량하고 부드럽고……. 맡으면 맡을수록 기분 좋은 향임은 틀림없습니다. 저도 모르게 자꾸 그녀에게 가까이 가게 되는 이유는 아마 그 때문일지도 모르겠습니다."

"아멜리에게서 그런 향이 나? 난 잘 모르겠던데."

그렇게 좋은 냄새가 난다면 아멜리와 항상 마차를 함께 타는 자신이 모를 까닭이 없었다. 게다가 그의 변명은 납득하기도 어려웠다. 단지 좋은 냄새가 난다는 이유로 그 사람에게 친절해진다는 게 말이 되는 소리인가. 그것도 칸처럼 태생적으로 무감한 인간이? 패트리샤의 눈매가 점점 가늘어졌다. 이상해진 건 머리가 아니라 코였나?

"그녀 곁에 아무리 가까이 있든 혹은 오래 머물든 그 향을 독하게 느낀 적은 한 번도 없습니다. 그런데도 어디서든 제게 그 향이 미칩니다. 은은하지만 뚜렷한 흔적을 남기기에 근원지를 찾아내기도 어렵지 않습니다. 가끔은 마치 저더러 따라오라는 듯해……."

칸이 문득 말꼬리를 흐렸다. 패트리샤는 문득 칸의 시선이 어디를 향해 있는지 신경 쓰였다. 버릇대로 먼 산을 보는 중인 줄 알았는데 뭔가 석연치 않았다.

"아무리 멀리 떨어져 있어도 알 수 있습니다. 그녀가 어디에 있는지……."

남자의 눈빛이 한결 더 몽롱해지자 패트리샤는 참을 수 없었다. 그녀는 뒤를 돌아보았다. 초목이 우거진 숲의 나무 사이로 희미한 그림자가 아른거리는 듯했다. 들짐승? 아니, 저 실루엣 눈에 익은데. 곧 패트리샤는 그것의 정체를 알아차렸다. 거의 동시에, 차가운 감각이 전류처럼 등골을 타고 흐르며 온몸에 오스스 소름이 돋았다. 이유를 전혀 알 수 없는, 마른하늘에 날벼락 같은 오한이었다.

당황한 나머지 말문이 막힌 패트리샤가 20년 지기를 불안한 눈빛으로 쳐다보았다. 물처럼 고요한 그의 시선 끝에는 아무것도 모르는 채로 즐겁게 야영지로 돌아오는 두 여자가 있었다.

모두가 잠들어 있는 푸른 새벽, 아멜리는 일찍 일어나 야영지를 벗어났다. 간밤에 심란해서 잠을 제대로 이루지 못했다. 혼자만의 시간을 가지고 싶었다. 그녀는 숲 속에서 찾아낸 어느 넓적한 바위를 올라앉아 자신의 손끝을 응시했다. 왜 자라지 않을까. 이번에는 제 머리카락 끝을 쥐었다. 마찬가지의 의문이 떠올랐다. 왜 자라지 않을까.

폰티나 상인조합에서 있었던 사건은 자신이 처한 현실을 냉정하게 되돌아볼 기회였다. 돌이켜 떠올려보면 얼마나 기이하고 황당한 사건의 연속이었던가. 지진. 동굴. 빛나는 풀. 백골. 묘한 서책들. 다시 지진.

신체적인 면에 관해서는 더욱 그랬다. 월경도 하지 않고 볼일조차 보지 않는 몸이라니? 시체가 아닌 이상 불가능한 일이었다. 동굴에 갇혀 아무리 혼란스러웠다고 한들 그 상태를 곧이곧대로 받아들인 자신이 스스로 어처구니없었다.

지금은 빛나는 풀이 아닌, 제대로 된 끼니를 챙겨 먹고 있기 때문인지 볼일은 보고 있었다. 다만 월경은 아직이다. 손톱, 발톱, 체모까지도 자라지 않는다. 이대로 머리를 밀면 평생 대머리로 살아야 하려나? 아멜리는 멍하니 터무니없는 상상을 했다.

무서웠다. 무서워서 현실이 현실 같지 않았다. 내게 무슨 일이 벌어지고 있는 걸까? 정말로 시간을 뛰어넘어 미래로 온 걸까? 아니면 지독하게 현실감 느껴지는 꿈이거나 환상? 혹은 이미 죽어 저승을 헤매는 중인 건 아닐까? 슬프게도, 그 어느 경우가 진실이라 할지라도 정상과는 거리가 멀었다.

발번이 그리웠다. 그녀를 알고 있는 사람들이 잔뜩 살고 있는 고향이 그리웠다. 같은 과거를 공유한 존재는 세상과의 끈. 그 끈들이 모조리 후드득 끊어져 있었다. 고독한 나머지 괴로울 지경이었다. 이것에 비하면 발번에 살 때 느꼈던 고독감은 배부른 투정이나 다름없었다.

"괜찮나."

안정감 있는 저음은 어느덧 귀에 익었다. 아멜리는 쳐다보기도 전에 상대를 확신했다.

"칸님."

역시나 날붙이 같은 예리함이 깃든 눈빛이 그녀를 내려다보고 있었다. 빈틈없이 단정한 차림새마저 자다 깬 사람 같지 않았다. 아까 야영지를 떠날 때 칸이 깨어 있었던가? 아멜리는 약간의 의아함을 느껴 기억을 되짚었으나 기사들의 자는 모습을 주의 깊게 살피지 않았기에 소용없었다.

"몸이 안 좋으면 패트릭을 깨우겠다."

"아니어요. 걱정해주셔서 감사하지만 전 괜찮아요."

상대방의 씩씩한 대답을 들었어도 칸은 야영지로 돌아가지 않고 그녀의 곁에 나란히 걸터앉았다. 그들은 어색한 침묵 속에서 멀뚱하게 앞만 쳐다보았다. 적막한 풀밭에서는 규칙적인 곤충 울음소리만 들려왔다.

아멜리는 누군가가 옆에 앉아 있음에도 세상에 홀로 남은 듯한 기분이었다. 어차피 칸은 제 고독에 조금도 도움이 되지 않는 존재였다. 신분, 직업, 실력, 재산, 가족, 친구 그 모든 걸 다 가진 남자가 아닌가. 이해도 공감도 바랄 수 없는 상대. 그때서야 그녀는 깨달았다. 이 세상에 그녀 같은 처지가 두 명 있지 않은 이상 이 고독감은 영원히 어찌할 도리가 없었다.

고독이 고독을 불렀다. 고독하다. 고독하다. 고독하다…….

강박적인 사고의 늪에 하염없이 빠져드는 중, 숲 냄새를 듬뿍 머금은 산들바람이 그들을 스치고 지나갔다. 아멜리와 칸의 머리칼이 동시에 흔들렸다 가라앉았다. 초점이 멍하던 아멜리의 눈에 비로소 전방의 풍경이 바로 보였다. 아침 햇살에 싱그럽게 빛나는 수목들. 무정하리만치 평화로운 일상을 누리고 있는 산새와 작은 산짐승들. 그리고 옆자리의 남자.

왜 칸님이 여기에?

조용한 휴식을 즐기고 싶다면 숲 여기저기에 적당한 장소들이 있었다. 대화를 나눌 목적이었다면 현재의 그녀가 좋은 대화자가 될 수 없는 상태임을 깨닫고 벌써 물러났어야 했다. 그런데도 그는 여기에 남았다. 바로 이곳, 그녀의 옆에.

나름대로 격려를 해주고 싶은 건가? 고맙긴 한데, 다섯 살 루니보다도 격려가 서툴러서야…….

피식 바람 빠지는 웃음소리가 났다. 칸이 눈을 굴렸다. 아멜리는 민망함에 헛기침을 하며 입을 뗐다.

"로열나이트가 되는 건 어렵나요?"

"별로."

기습적인 질문에 즉각 방어적인 단답이 튀어나왔다. 그리고 오랜 침묵. 남자는 후회했으나 이를 수습할만한 주변머리가 없었다.

"그럼 로열나이트가 되려면 어떻게 해야 하나요?"

다행히 아멜리가 인내심 있게 질문을 다시 던졌다. 사실 그녀로선 아무래도 좋을 내용이었지만 이것 외엔 그와 대화를 나눌 수 있는 소재가 없었다. 공통점이라곤 전혀 없는 두 사람이었으니까. 칸은 두 번째로 찾아온 기회에 최선을 다해 대응했다.

"장남을 제외한 귀족 가문의 10세에서 12세 사이 남아 중 지원자를 받아 1차 선발을 한다. 3년간 예비단원으로서 훈련을 받다가 은퇴한 로열나이트 단원에 의해 2차 선발이 된다. 그 후 5년간 훈련과 실전으로 심기체(心氣體)를 수양하다가 20세 전에 전장에서 공을 세우면 정식 입단을 할 수 있다."

백과사전 읽듯이 딱딱하고 건조한 내용이었지만 적어도 성실하고 「긴」 답변이었다.

"칸님과 루크님, 게일 님은 정식 로열나이트니까 모두 공을 세우셨겠군요? 칸님은 어떤 공을 갖고 계셔요?"

칸은 입을 다물었다. 곤란한 질문을 했구나 싶어 아멜리는 자리에서 일어났다.

"지금쯤이면 다들 일어났겠네요. 가서 아침 준비를 도와야겠어요."

그가 무안하지 않도록 미소를 지어 보이고 걸어가려는데 도중에 몸이 턱 걸렸다. 응? 뒤돌아보니 칸이 그녀를 붙잡고 있었다. 아멜리가 제 손목을 감싼 커다란 손을 내려다보며 물었다.

"왜 그러셔요?"

"내가 말해준다면, 당신도 말해줘."

무슨 말을 해달라는 걸까? 아멜리는 그의 다음 말을 기다렸다.

"그때 왜 내게 라트샤에 관한 질문을……."

먼 데서 들려온 고함소리가 칸의 말을 끊었다.

"어? 누구 목소…… 꺄!"

자리를 박차고 일어난 칸은 너무나도 간단히 아멜리를 번쩍 어깨에 둘러업었다.

"이게, 무슨, 칸님!"

그는 가벼운 항의를 무시하고 야영지로 내달렸다. 마차엔 이미 피신한 패트리샤와 도로시가 타고 있었다. 칸은 아멜리를 마차 안에 던져 넣고 마차 문을 닫았다. 스릉. 발검 소리와 함께 그의 발소리가 빠르게 멀어져 갔다. 아멜리가 헝클어진 머리칼을 수습하며 바로 앉았다.

"또 괴물이 나타났나요?"

"응. 이쪽은 사람들이 꽤나 많이 다니는 길이라 경비대가 순찰을 돌고 있을 텐데도 이러네. 참 골치가 아프단 말이야."

"기사님들은 괜찮을까요?"

"걱정 마. 작은 괴물 한 마리밖에 없는 것 같더라. 금방 해치우실 거야. 그보다 말이지. 저기요, 공주님?"

도로시는 아멜리의 옆얼굴을 뜨겁게 쳐다보고 있는 패트리샤의 시선을 그냥 넘길 수가 없었다. 패트리샤는 새침하게 자세를 가다듬고서 아멜리에게 물었다.

"아침에 일어나니까 자리에 없더라?"

"네. 잠에서 일찍 깨서 숲 구경을 좀 했어요."

"흐응. 칸이랑 같이?"

"같이 산책하러 간 게 아니라 도중에 우연히 만났어요."

"둘이서 무슨 얘기 나눴어?"

“아, 제가 로열나이트 되는 방법을 물어서 칸님께서 대답해주셨어요. 로열나이트란 직업, 참 대단한 거 같더라고요. 로열나이트들은 무훈이…….”

패트리샤가 관심 없다는 태도로 아멜리의 말을 잘랐다.

“그 외 다른 얘긴?”

“글쎄요. 딱히……. 그분이 워낙 말수가 적으시니까요.”

이거 취조야 뭐야? 도로시가 어이없이 지켜보는 가운데 탐정처럼 날카로운 질문을 쏟아내던 패트리샤는 아멜리에게 불쑥 다가갔다. 그러고는 아멜리의 팔뚝에 개처럼 코를 대고 킁킁대는 공주를 보고 도로시의 눈이 경악으로 물들었다.

“공주님 어디 아프세요?”

시녀는 심각하게 물었고 공주는 다른 의미로 심각해졌다. 냄새 따윈 안 나는구만 칸은 무슨 냄새가 난다는 거야?

“도로시 넌 아멜리에게서 무슨 냄새 안 나니?”

“냄새요?”

도로시가 어리둥절하게 되물었다. 곁에 있던 아멜리는 눈 깜짝할 새 잘 익은 홍당무가 되었다.

“죄, 죄송해요. 바깥 상황이 정리되면 얼른 씻고 올게요.”

도로시가 고개를 붕붕 저었다.

“아닌데? 아멜리 냄새 안 나. 공주님도 참. 아멜리에게서 무슨 악취가 난다고 그러세요?”

“난 악취라고 한 적 없다, 얘.”

패트리샤는 샐쭉하게 대꾸했지만 내심 오해를 살 만한 언행이었음을 인정했다. 그녀가 아멜리에게 사과했다.

"미안. 누가 네 몸에서 좋은 냄새가 난다고 하기에 확인해 본 거야. 오해하지 마."

"정말요? 정말 저한테서 냄새 안 나는 거 맞아요?"

"물론이지."

두 여자는 화기애애한 분위기로 돌아왔으나 충성스러운 시녀의 의혹은 짙어져만 갔다. 칸 님에 이어 이번엔 공주님이 이상해졌나?

마물은 수십 개의 촉수를 채찍처럼 휘두르며 본체를 방어하고 있었지만 칸의 뛰어난 동체시력은 그 사이에서 빈틈을 포착했다. 그는 일말의 주저도 없이 검을 찔러 박았다. 겉은 철판처럼 단단한 가죽이지만 속은 젤리처럼 부드러운 몸이라 검은 어렵지 않게 마물을 관통했다. 다만 육질을 음미할 여유는 주어지지 않았다. 깊숙이 들어간 검을 단숨에 빼어낸 칸이 마지막 저항을 하는 촉수를 피해 뒤로 물러났다. 바르작거리던 촉수들이 시든 잎처럼 축축 늘어지자 그에 닿은 지면 지면이 부글부글 끓으며 녹아들어 갔다. 꿈틀거리던 마물의 본체는 마침내 움직임을 잃고 정물이 되었다. 칸은 태연하게 검을 흔들어 피를 털어냈다.

전투가 끝나는 방식은 실로 무심했다.

"대단해. 일격필살이로군."

루크가 칸에게 찬사를 보냈다. 마물의 사체를 살펴보던 패트릭도 탄복했다.

"부식액은 촉수에 한정된 것이었나. 몸통 주위로는 땅이 녹지 않는군."

조금 전 야영지 주변에서 낯선 마물을 발견한 세 기사들은 원칙대로 처리에 나섰다. 그러나 마물이 쇠를 녹이는 체액을 내뿜고 있는 탓에 섣불리 검을 댈 수 없었고, 패트릭이 화살을 쏘거나 게일이 돌팔매질을 해보아도 촉수로 인해 족족 튕겨 나갔다. 그야말로 처치곤란의 폐기물 같은 마물이었다.

"정말 짜증 나는 놈이네. 그냥 두고 갑시다."

"말도 안 되는 소리 말게, 게일. 우리가 내버려둔 탓에 무고한 백성이 이 마물에게 희생당할 수도 있지 않나."

"저렇게 느려 터진 놈에게 누가 잡혀요. 다섯 살배기 어린애의 달리기 속도도 못 따라잡을 것 같은데."

게일과 패트릭이 옥신각신하고 있을 때 뒤늦게 칸이 등장했다. 그는 마물을 한 번 훑어본 뒤 망설임 없이 뛰어들었다. 움직임은 간결했고, 전투는 눈 깜짝할 새 끝났다. 그러나 노련하고 우수한 기사들이 그의 실력을 파악하기에는 차고 넘치는 기회였다.

"렉시온 경의 검법은 여러모로 공부가 되는군. 역시 이번 임무에 동행하길 잘했지."

패트릭의 말에 루크가 고개를 끄덕거렸다. 게일도 화답하는 체했지만 속으로는 짜증이 차오르는 중이었다. 젠장, 뭐가 저렇게 간단해. 알고 지낸 지 어언 12년째. 동년배의 천재기사는 여전히 먼 곳에 뜬 별이었다.

게일은 칸과 같은 해 로열나이트 1차 선발에 합격했다. 동기로서 훈련생과 준기사 시절을 함께 거쳤고, 로열나이트에 정식 입단한 시기도 거의 일치했다. 그 후 둘 다 크고 작은 무훈을 세우며 위명을 떨쳤으니 타인의 눈에는 게일이나 칸이나 비슷하게 엘리트 코스를 밟아온 행운아들로 보일지도 모른다. 하지만 게일에게는 절대로 그렇지 않았다. 칸은 소년 시절 이미 소년의 레벨이 아니었다. 오죽하면 교관들이 그에게 전투 지도하기를 앞다투어 기피했을까. 약관 21세에 전국 강호를 모두 물리치고 수프림나이트가 된 것도 말도 안 되는 일이었다. 그런데 무려 5년 연속 타이틀을 보유하고 있다. 한 마디로 칸은 사기 캐릭터였다.

칸과 나이가 다르거나 기수 차이가 있었다면 게일의 자존심이 이렇게까지 뭉개질 이유는 없었을지도 모른다. 하지만 운명의 장난처럼 게일은 자라는 내내 칸과 같은 과정을 거쳤고 당연히 주위에서도 우수한 인재 두 명을 즐겨 비교했다. 대체로 칸이 좀 더 칭송을 받았다. 실력이 더 좋은 까닭도 있지만 한미한 문관 가문 태생이라는 점도 평판에 큰 작용을 했다. 불리한 환경 속에서 꽃피운 재능이 더 돋보이기 마련이었으니까. 반면에 전통 있는 명문 무가 출신이면서 이인자밖에 꿰차지 못한 게일은 가진 재능조차 평가절하당해야 했다.

게일은 오기가 발동했다. 동갑내기에게 한평생 당하고만 있을쏘냐. 그는 수련에 수련을 거듭했다. 그리고 결과적으로는 확실히 강해졌다. 그의 아버지나 형들보다도. 선더랜드가문의 그 누구보다도.

하지만 정작 꺾고 싶은 상대와의 실력 격차는 해를 거듭할수록 커지기만 했다. 그 사실에 쐐기를 박은 것이 추수감사절에 열리는 추계무사전(秋季武士戰)이었다. 신분 고하를 막론하고 전국의 혈기왕성한 무인들이 모여 순수하게 무예를 겨루는 그 자리에서 게일은 3년 연속 칸에게 참패했다. 수천 쌍의 눈동자가 지켜보는 가운데, 게일은 더할 수 없는 수치심을 느껴야 했다. 지금까지 칸에게 패배한 실력자들은 수도 없이 많았고, 그들 대부분은 패배 후 수치심을 승자에 대한 존경심과 경배로 치환했다. 루크나 패트릭처럼 말이다. 게일 역시 그럴 수 있었을지도 모른다. 무릎 꿇은 자신을 내려다보는 남자의 눈빛을 보지 못했더라면.

무감동.

제게 있어서는 일생일대의 승부였으나 상대방에겐 일말의 감흥도 불러일으키지 못했다. 길바닥에 굴러다니는 돌멩이를 차는 일만큼이나 시시했던 것이다. 그 사실이 게일을 미치게 했다. 과연 일생의 1분 1초라도 칸이 자신을 호적수로 여긴 적이 있을까? 그를 꺾기 위한 제 모든 노력이 그저 광대놀음으로만 보였으리라.

게일은 수치심과 노여움으로 머리통이 터져나갈 것 같았다. 그때부터 칸을 라이벌로 보는 것도 그만두었다. 그는 허탈하게 인정했다. 칸은 이길 수 없어. 그놈은 괴물이야.

대신에, 인생 목표를 잃어 공허해진 가슴은 설욕에 대한 열망을 받아들였다.

언젠가, 너도 언젠가 느끼게 만들어 주마. 가질 수 없는 것을 욕망하는 고통, 가질 수 있으리라 기대했던 착각이 박살 나는 수치와 굴욕,

그리고 해소할 수 없는 분노를 품고 산다는 것이 어떤 것인지!

"다치신 덴 없나요? 다들 무사하셔요?"

게일은 고개를 들었다. 지난 세월의 쓴맛을 곱씹으며 걷는 사이 어느새 야영지까지 왔다.

"응, 뭐."

"다른 분들도 괜찮으시죠?"

그가 떠나오기 전 세 기사는 인간에게 유해한 체액을 지닌 마물의 사체 처리에 대한 방법을 궁리 중이었다. 땅에 묻으면 토양이 오염될 것이고 불을 지르면 독연기가 퍼질 거다, 뭐 그런 따분한 대화들. 게일은 "똑똑한 사람들끼리 알아서 하쇼." 라는 말만 남기고 혼자 빠져나온 참이었다.

"아주 멀쩡하지. 아멜리 양이야말로 요새 어디 불편한 거 아냐?"

"아니어요. 전 괜찮아요."

일부러 표정을 밝게 하는 여자를 보며 게일은 패트리샤 공주의 우려를 상기했다. 칸이 연정을 품었는지 어쨌는진 몰라도 이 여자를 엄청나게 의식하고 있다는 것은 그의 눈에도 자명했다. 하지만 그건 우스운 일이었다. 이 여자가 정말로 칸이 15년 만에 처음 내보인 약점이라면…….

너무 쉬운데.

그렇기 때문에 게일은 그다지 심각하게 여기지 않았다. 세상일이 그렇게 만만할 리가 없다. 특히 저 「칸」에 관한 일이라면.

분위기 전환을 위해 게일은 헛기침으로 목소리를 가다듬었다.

"난 말이지, 여동생이 하나 있어. 아멜리 양보다 훨씬 왈가닥에 철이 없긴 하지만 둘이 나이가 비슷해서 그런가. 아멜리 양을 볼 때마다 그 애가 자꾸 떠올라."

거짓말이었다. 아멜리는 그의 여동생과 생김새부터 성격까지 완전히 딴판으로, 선더랜드가의 막내딸을 연상시키는 구석이라곤 단 한 톨도 없었다.

"얼마 안 있으면 헤어질 사이지만 그래도 우리 친하게 지내자고. 어려운 일 있으면 언제든 얘기하고. 내 여동생을 봐서라도 아멜리 양, 아니 아멜리가 곤란한 지경에 처하면 가만히 두고 보지 않을 테니까."

"네. 고맙…… 엇!"

엉겁결에 게일에게 손등 키스를 당한 아멜리가 눈을 커다랗게 떴다. 마침 마차 밖으로 나오고 있던 도로시도 마찬가지였다.

"저놈의 난봉꾼이 패트리샤 님의 말씀도 무시하고 또 순진한 여자를……!"

깐깐한 공주의 충성스런 시녀가 씩씩대며 다가오는 모습을 보고 게일은 휘리릭 아멜리에게서 떨어져 나갔다. 젠장, 타이밍하곤. 게일은 깨알 같은 윙크를 남기고서 성큼성큼 멀어졌다. 그 뒤를 치맛자락을 붙든 도로시가 거친 발걸음으로 뒤쫓았다.

아멜리는 고향 마을 어른들이 젊은 사람들에게 도시 생활의 위험성을 강조할 때 어김없이 등장하던 어떤 존재를 떠올렸다. 경박하고 불량한 언행으로 청년들에겐 허황된 꿈을 불어넣어 큰돈을 잃게 하고 처녀들은 유혹해 신세를 망치게 만든다는 악당. 아무리 봐도 게일의 행실이 그 묘사에 적확했다. 그녀는 경보 술래잡기 놀이라도 하듯 야영지 주변을 산만하게 돌아다니는 게일과 도로시를 보며 고개를 주억거렸다.

"그렇구나, 게일 님이 바로 그 「날라리」였어."

아멜리는 말로만 전해듣던 존재를 접해 신기하기만 했다. 날개 달린 돼지를 목격한 기분이랄까.

그날 정오 무렵, 그들은 성벽으로 둘러싸인 언덕 위의 소도시에 도착했다. 아름다운 도시 풍경을 감상할 새도 없이 패트리샤, 패트릭, 루크, 칸 이렇게 네 사람은 다시 말을 타고 떠날 채비를 했다. 도로시와 아멜리가 여관 앞에 나와 그들을 배웅했다.

"해질녘 즈음에 돌아올 거야. 잘 쉬고 있어. 혹시 무슨 일 있으면 게일에게 조명탄을 쏘아 올리라고 전해줘."

네 필의 말이 흙먼지와 함께 자취를 감추었다. 게일은 뒤늦게 여관 밖으로 어슬렁거리며 걸어 나왔다.

"어이쿠, 벌써들 출발했네."

속이 빤히 보이는 말을 하며 이미 검은 점이 된 일행에게 천연덕스럽게 손을 흔드는 게일이었다. 도로시가 마뜩잖게 물었다.

"왜 안 따라가세요?"

"나는 오늘 공주님의 호위기사가 아니라 그대들 두 아가씨만을 위한 호위기사거든."

도로시가 팔뚝에 돋은 닭살을 북북 긁거나 말거나 게일은 아멜리를 보며 느끼하게 미소 지었다.

"배 안 고파? 밥 먹자."

그들은 여관 주인의 아내가 내오는 토속적인 요리들로 점심을 해결했다. 어려운 사람들이 죄 빠진 자리라 아멜리는 무척 즐겁고 편한 마음으로 식사를 했다. 평소라면 피해갔을 자신에 관한 얘기도 거리낌 없이 털어놨다.

"진짜? 고향 밖으로 나와본 게 이번이 태어나서 두 번째?"

맨손으로 닭 다리를 뜯던 게일이 놀라 물었다. 빵에 잼을 바르고 있던 도로시도 눈을 휘둥그레 떴다.

"어머나! 갑갑하지 않았어? 고향이 완전히 산골이라며."

"전 괜찮았어요. 적응이 돼서 그런가."

도로시가 혀를 내둘렀다.

"아멜리 대단하다. 난 공주님 때문에 대목장이 딸린 수도원에 한 달 갇혀 지낸 적이 있는데 그때 거의 미칠 지경이었거든. 도시로 나오고 싶진 않았어?"

"도시는 사는 데 돈이 많이 든다고 해서요. 일하느라 바빠서 놀러 나갈 시간도 없었고요."

"그래서 네 말투가 그랬구나."

도로시는 겨우 이해했다는 듯이 고개를 끄덕거렸다.

"제 말투요?"

"응. 젊은 애가 꼭 시골 노파 같은 말투를 쓰잖니."

식사하셔요, 밥이어요. 도로시가 천연덕스럽게 아멜리의 말투를 흉내 내자 게일이 배를 쥐고 폭소했다. 아멜리는 귀부터 목덜미까지 시뻘겋게 물들었다. 자신의 말투가 남들과 다르다는 자각이 전혀 없었던 탓이었다.

"그, 그렇게 많이 이상해요?"

"에이, 뭐 어때. 난 그것도 아멜리만의 개성이라 보는 걸."

병 주고 약 주는 도로시였다. 아멜리는 우울해져서 깨작깨작 빵을 씹었다. 게일은 턱이 아플 때까지 신 나게 낄낄거린 뒤 겨우 진정을 했다.

어쩐지 애가 좀 촌스럽더라니, 저 나이가 되도록 깡촌에 처박혀 있었단 말이지?

게일은 수프 맛을 음미하는 시늉을 하며 흡족하게 웃었다. 마지막으로 여자 살 내음을 맡은 게 언제더라? 이번 임무를 준비하고 있을 때부터 패트리샤의 잔소리가 더럽고 치사해 오기로 여자를 만나지 않았으니 벌써 두 달이 훌쩍 넘었다. 게일은 저도 모르게 벌레 씹은 표정을 지었다. 아무리 공주라도 그렇지 이건 인권침해잖아, 망할 여자!

"게일님? 밥 먹다 말고 왜 그래요?"

게일은 도로시의 목소리에 흠칫 놀랐다. 누가 공주의 딸랑이 아니랄까 봐 제 주인 욕하는 건 귀신같이 알아채는군. 속으로 혀를 내두르며 그는 억지 미소를 지었다.

"응, 벌레 씹어서."

마침 샐러드를 오물오물 씹는 중이던 아멜리가 움찔거렸다.

"뱉지 그래요?"

"벌써 삼켰다. 토실토실한 게 꼭 연한 고기 같네, 뭐."

안색이 급격히 어두워진 아멜리가 입을 가리며 포크를 내려놓았다. 도로시가 미심쩍은 눈길을 거두지 않자 게일은 얼른 닭 다리 하나를 집어 식사에 열중하는 시늉을 했다. 물론 의식의 대부분은 간만의 정염을 활활 불태우는 일에 쏠려 있었다.

지금까지 내가 후리고 다닌 여자가 몇인데, 순진한 시골뜨기 구워삶는 건 일도 아니지. 적당히 꼬셔주면 패트리샤 공주와 고지식한 기사 셋이 돌아오기 전까지 침대로 끌고 갈 수 있을 거야. 패트리샤 공주에게 들키면 난리가 나겠지만 어차피 임무 끝나면 헤어질 사이니 큰 뒤탈은 없으렷다. 운이 충분히 좋다면 칸의 자존심까지 긁어놓을 수 있을지도 모르고 말이야. 흐흐흐.

"눈 풀렸어요, 게일님."

망상에 젖어 있던 게일이 도로시의 딱총 같은 지적에 현실로 돌아왔다.

"왜 밥 먹다가 눈이 풀리죠?"

"너무 맛있어서 그런다. 왜, 떫냐."

아무래도 수상해. 도로시가 혼잣말처럼 중얼거렸으나 게일의 신경은 먼젓번에 만져 보았던 아멜리 손의 감촉을 회상하는 데 온통 쏠려 있었다. 촌부라기보다 귀족 영애의 손이라 하는 편이 어울리는 섬섬옥수였다. 오늘 저녁은 모처럼 아주 즐겁겠어. 게일은 벙싯벙싯 웃으며 닭 다리를 거칠게 뜯었다.

땀으로 젖어 뭉친 적발에서 땀방울이 뚝 흘러 떨어졌다.

"아잉, 거기, 거기!"

"여기?"

게일이 헐떡거리며 물었다. 원하는 지점을 아슬아슬하게 비껴간 몸짓에 여자는 더욱 안달이 났다.

"거기 말고. 으응~ 아! 거기!"

여자는 만족스러운 콧소리를 내다가 이내 시원치 않다는 듯이 혀를 찼다.

"뭐하는 거예요? 그 굵고 큰 걸 좀 더 힘 있게 놀려 봐요. 이러다 하루 종일 해도 안 끝나겠네."

자존심이 상한 남자는 입술을 질끈 깨물었다. 퍽, 퍽, 퍽! 허벅지에 잔뜩 힘을 주며 속도에 박차를 가하다가 그는 슬쩍 상대방의 반응을 살폈다.

"됐나?"

"힘을 그것밖에 못 써요? 에잉. 천하의 로열나이트라더니 생각보다 부실……."

땀구슬이 흐르고 있던 이마에 핏대가 섰다.

"아, 좀!"

게일은 거품이 인 수면을 차 물을 뿌리자 도로시의 입에서 곧장 새된 비난이 터져 나왔다.

"왜 이래요, 미쳤어요?"

"그래, 나 로열나이트다. 근데 세상에 무슨 몸종이 로열나이트에게 빨래를 시켜!"

아닌 게 아니라, 게일 그는 맨발로 커다란 대야 안에 들어가 색색의 빨랫감을 열심히 밟고 있는 중이었다. 벌써 두 시간째였다. 바로 옆에서 감시의 눈빛을 번쩍번쩍 빛내는 도로시가 "팍팍 좀 밟아요."하고 시시때때로 호통을 치는 통에 요령도 피울 수 없었다. 도로시는 뺨에 튄 물방울을 닦으며 볼멘소리를 냈다.

"뭐 어때요. 어차피 그거 다 기사님들 옷인 걸요. 만날 마물의 피나 이상한 체액 같은 걸 묻혀 오시니까 저나 아멜리 같이 가늘고 연약한 다리로는 아무리 밟아도 때가 잘 안 빠진다고요."

"목숨을 구해줘도 불만이냐."

"누가 불만이래요? 까다로운 빨래니까 도움이 필요하다는 거죠. 우리 기사님들더러 얼룩덜룩한 옷을 입고 다니게 할 순 없잖아요."

"여관에 맡기면 되잖아, 여관에."

"여기는 세탁 서비스 안 해준대요."

"그렇다고 이 바쁜 몸을 붙들고……."

도로시의 눈이 날카롭게 빛났다.

"바쁘시다고요? 왜요? 무슨 급한 일이라도 있으세요? 아까 아멜리에게 대단치도 않은 심부름을 굳이 시키시는 것 같던데, 이번엔 공공의 이익을 위한 제 부탁까지 거절하시는 걸 보니 진짜 엄청나게 중요하고 급한 일인가봐요? 그게 과연 뭘까요?"

"그……런 게 나한테 있겠냐. 그냥 해본 말이다."

"그럼 저 좀 도와준다고 별문제 없는 거잖아요? 자, 팍팍 밟으세요!"

게일이 빨랫대야 안에 선 채로 이마에 손을 짚었다. 어쩌다 내가 도로시한테 붙잡혔지? 지금쯤 마을 장터에선 그가 심부름 명목으로 내보낸 아멜리가 초식동물처럼 무방비하게 돌아다니고 있을 터였다. 시간차를 조금 두고 몰래 뒤쫓아 작업을 걸려던 계획은 눈치가 귀신같은 도로시에 의해 시원하게 망했다. 도와달라고 매달리기에 여관 마당의 우물 펌프에서 몇 차례나 물을 퍼오게 하여 커다란 빨랫대야에 물을 가득 채워뒀더니 이번에는 "잠깐만 밟아주세요."라며 붙드는 게 아닌가. 성질대로 좀 밟아주다가 슬쩍 빠져나가려 하자 "잠깐! 거기 때가 덜 빠졌어요!"라며 성화를 부리는 통에 옴짝달싹을 할 수 없었다.

아멜리와 자리를 오래 비워도 뒤탈이 없도록 그녀를 적당히 구슬리고 가려던 것이 잘못된 판단이었다. 게일은 깊은 후회에 잠겨 노을이 지는 서녘 하늘을 서글프게 바라보았다. 모처럼의 황금 같은 기회가 고작 빨래로 날아가다니!

"게일 님 꾸물거리시네요. 그 안에 계시는 일이 무척 즐거우신가 보죠? 뭐, 저는 괜찮으니까 힘들면 천천히 하세요, 천. 천. 히. 대신 세게, 꽉꽉 밟으셔요. 허리가 나갈 각오로 꽉꽉!"

도로시는 두 손으로 빨랫감을 꼭 짜면서 화려한 미소를 날렸다. 그녀의 손아귀에서 거의 찢어지기 직전의 셔츠는, 게일의 것이었다.

장터로 걸어가는 동안 아멜리는 이 작은 도시에게 좋은 인상을 받았다. 소탈한 아름다움이 깃든 소도시였다. 돌로 포장된 길과 누리끼리한 다층건물들은 도시의 윤택함을 은근히 자랑하고 있었고, 건물의 창가

화단이나 가옥의 정원에 활짝 핀 오색빛깔 싱그러운 봄꽃은 이곳의 여유로운 일상을 반영하는 듯했다. 장터는 고기, 과일, 치즈 등을 수레에 실어 파는 상인들과 장을 보러 나온 시민들로 복작거렸다.

그 안에서 아멜리는 어렵지 않게 화사한 꽃수레를 발견했다. 인심 좋은 꽃 상인은 미인 손님이 왔다며 아멜리가 한 손으로 들기에는 버거울 만큼 많은 꽃송이를 안겨 주었다. 그녀는 미소로 화답하고서 숙소로 발걸음을 돌렸다.

산책하는 기분으로 여유롭게 걷던 그녀는 우연히 어떤 좁은 골목 사이로 멋진 그림과도 만났다. 어두침침한 골목 너머로 오묘한 오렌지빛의 하늘이 빛나고 있었던 것이다. 아멜리는 아름다운 풍경에 사로잡혀 골목 안으로 발을 들였다.

반대편 어귀로 빠져나오자마자 찬탄이 절로 터졌다. 도시의 성벽 너머로 구릉지를 둘러싼 대자연이 드라마틱하게 펼쳐지고 있었다. 저 먼 지평선까지 광활하게 펼쳐지는 초원과 장엄하고 담대한 석양에 넋을 놓고 있노라니 불현듯 기시감이 찾아왔다. 아멜리는 몸을 떨었다. 절벽에서 떨어지던 그 날의 감각이 전신을 덮쳐 왔다. 착각에 불과한 데자뷰였으나 아멜리는 비틀거리며 낮은 담벼락에 몸을 기댔다.

"변하지 않는 것도 있긴 있네……."

그녀는 쓴웃음을 지었다. 지도에서 발번이라는 이름이 사라지고 라트샤라는 왕국은 옛 이름이 되어 버렸다는데 절벽에서 떨어지던 그때의 노을빛은 동굴에서 빠져나온 그 날에도, 그리고 현재에도 변함없는 위용을 과시하고 있었다. 외톨이가 된 제 처지에 알량한 동정조차도 기울이지 않는 천연덕스러운 낯짝. 그래도 눈 돌리기 어려운 까닭은 자신의 과거와 현재를 연결해주는 단 하나의 공통점이기 때문이리라.

향수(鄕愁)를 걷잡을 수 없었다. 아멜리는 촉촉해진 눈을 감추기 위해 얼른 꽃다발에 고개를 파묻었다. 낯선 행인에게라도 청승맞게 우는 제 모습을 보이고 싶지 않았다. 아멜리가 입술을 잘근잘근 깨물며 눈물샘을 달래고 있을 때 비단결 같은 미성이 바람결에 실려 왔다.

"좋은 향이로고."

아멜리는 황급히 눈을 비비며 고개를 들었다. 노을빛에 감싸인 웬 소년이 그녀를 내려다보고 있었다. 이게 무슨 상황이지 싶어 그녀는 멍청해져 있다가 문득 그가 성벽의 담에 올라앉아 있다는 것을 깨닫고 경악했다. 담 안쪽 높이는 겨우 아멜리의 어깨높이였지만 바깥쪽은 천 길 낭떠러지였다. 보고 있자니 그녀가 다 아찔했다.

"위험해요. 내려와요!"

달달 떨리는 손으로 얼른 내려오라고 세차게 손짓을 하니 빙그레 웃고 있던 소년이 훌쩍 뛰어 아멜리 옆에 내려섰다. 아멜리가 뒷걸음을 쳤다. 짐작했던 것보다 키가 큰 소년이었다. 말도 못하게 수려한 이목구비였고, 붉은빛인 줄 알았던 머리칼은 기묘한 은발이었다.

"지나가는 길에 기가 막힌 향기가 나서 달려와 봤는데, 생각지도 못한 발견을 했구나."

변성기를 거치지 않은 목소리는 그야말로 은쟁반에 옥구슬 굴러가는 듯했다. 제정신을 차린 아멜리는 그만 부끄러워졌다. 나이도 먹을만큼 먹은 여자가 어린 소년에게 넋을 잃다니.

침이나 안 흘렸으면 다행이다 생각하면서 그녀가 시선을 꽃다발로 떨어뜨렸다.

“네. 이건 아까 장터에서 산 꽃다발이어요. 향기가 참 좋죠? 장미꽃이 원래 향기가 좋잖아요. 아니면 봄이라 그런 걸까요.”

소년은 아멜리의 횡설수설을 무시한 채 성큼 다가섰다. 그리고 그녀의 양어깨를 잡더니 얼굴을 겹쳤다. 둘 사이 어중간하게 꽃다발이 바닥에 툭 떨어지자 소년이 기꺼이 그것을 짓밟으며 아멜리에게 더욱 밀착했다. 부드럽게 비벼지던 아랫입술이 무언가에 살짝 깨물리자 놀란 아멜리가 입을 살짝 벌렸다. 그 틈으로 뜨겁고 축축한 무언가가 엉겨 들어왔다. 낯선 침입자가 인사를 하듯 혀끝을 톡 건드린 순간 아멜리의 머릿속에서 전기충격 같은 불꽃이 튀어올랐다.

“놔요!”

아멜리가 무뢰한의 가슴팍을 거세게 떠밀었지만 그는 꿈쩍도 하지 않았고 외려 그녀만 뒷걸음질치다가 다리가 풀렸다. 소년이 날래게 다가와 아멜리를 안아 일으켰다.

“과연 향 못지않게 맛도 극미(極味)로다. 미개한 파만족의 땅에 이런 진귀한 것이 숨어 있을 줄이야. 고약한 놈들이군. 알아서 진상하지 않고 이 바쁜 몸이 천한 곳까지 발걸음 하게 만들다니.”

소년이 만족스럽게 제 윗입술을 핥더니, 불쑥 아멜리의 목덜미로 고개를 숙였다. 여린 살결에 찰떡처럼 달라붙은 입술 사이로 나온 무언가가 그녀의 쇄골을 뜨겁고 축축하게 간질였다. 뿌리치려는 시도는 무자비한 완력에 막혀 버렸다. 아멜리가 조금이라도 그와 떨어지기 위해 고개를 뒤로 한껏 젖히자 쇄골 언저리에서 농탕질하던 것은 기다렸다는 듯이 목덜미로 옮겨왔다. 투명한 피부밑에 비치는 푸르스름한 혈맥을 핥아 올리던 소년이 달콤한 한숨을 토했다.

"하아, 멋지군. 그대는 아타라의 작품인가?"

"이거 놔, 이 변태! 누구 없어요? 사람 살려!"

"그 녀석의 장난질이라도 좋아. 이번만큼은 장단 맞춰주마."

소년의 보석 같은 눈동자에 뻣뻣하게 굳은 여인의 상이 맺혔다. 그러나 소년은 아멜리를 보고 있지 않았다. 그가 응시하고 있는 것은 살아있는 인격체가 아니라, 자신의 게걸스러운 탐욕을 채워줄 수단이고 도구였다. 찰나 간 소년과 눈이 마주친 아멜리는 본능적으로 깨달았다. 지금 위험한 것은 정조가 아니라 목숨이다.

소년은 아멜리의 목덜미에 가볍게 입을 맞춘 뒤 혀를 놀려 유난히 뾰족한 자신의 송곳니 한 쌍에 타액을 묻혔다. 남은 일은 푸른 정맥이 비치는 보드라운 살을 탐하는 것뿐.

쉬이익-

돌연, 아멜리의 몸이 허공으로 붕 떠올랐다. 매섭게 허공을 가르는 소리는 그들이 서 있던 장소를 통과해 어떤 건물의 석벽에 움푹 꽂혀버렸다. 단도였다. 지붕 위로 도약한 소년이 단도가 날아온 방향을 바라보았다.

"호오. 저건 뭐지?"

소년의 눈에 이채가 서렸다. 아멜리도 성벽 담을 타고 돌진해오는 흑발의 청년을 발견했다.

"칸님!"

그러나 마냥 반가워하고 있을 때가 아닌 듯싶었다. 칸은 야차 같은 얼굴로 살기를 뿜어내고 있었다. 어찌나 강렬한 살기인지 멀리 떨어져 있는 아멜리의 팔뚝에 소름이 돋을 지경이었다.

"떨고 있구나. 귀엽게도. 추워?"

소년이 다정하게 아멜리의 머리를 쓰다듬었다. 춥냐고? 아멜리는 어이가 없었지만 차마 입술이 떨어지지 않았다. 칸의 살기가 너무 무서워서, 끔찍해서 달아나고만 싶었다. 하지만 이 소년은 직접적으로 살기를 받고 있음이 분명한데도 일광욕이라도 하는 듯이 나른하고 편안해 보였다.

"떨어져."

간결하지만 맹수의 포효 같은 박력을 응축한 목소리였다. 칸은 어느새 아멜리와 소년이 서있는 지붕 아래까지 다다랐다. 소년의 입술이 삐뚜름하게 올라갔다.

"서대륙에 마할족이라니 별일이군. 동대륙에서만 복작거리며 사는 줄 알았는데?"

소년은 마치 고양이를 쓰다듬듯 아멜리의 머리를 쓰다듬었다.

"하지 마요!"

아멜리가 인상을 쓰며 버둥거리자 소년의 몸이 뒤로 밀려 휘청거렸다. 순간 아멜리의 머릿속이 백지장으로 변하면서 오로지 한 단어만이 뇌리에 빙글빙글 돌았다. 추락. 눈앞이 까마득해져 그녀는 사생결단으로 소년에게 매달렸다. 얼마 지나지 않아 귓가에 쿡쿡거리는 작은 웃음소리가 스쳤다. 아멜리는 목덜미부터 붉게 달아올랐다. 이 파렴치한, 일부러 날 놀린 거야!

"떨어지라고 했다."

어느새 칸도 지붕 위에 올라와 있었다. 소년이 흥미롭다는 듯이 그를 요모조모 뜯어보았다.

"유독 마하리를 닮은 녀석이로구나. 하마터면 그놈이 명부에서 살아 돌아온 줄 알았어."

"마지막 경고다. 떨어져."

"너도 이 향 좋은 것이 탐나는 게냐? 소용없어. 짐이 먹을 거다."

여인의 것처럼 고운 손이 아멜리의 뺨을 지분댔다. 딱히 외설적인 느낌의 손길은 아니었지만 장난감 취급이라는 느낌은 여실했기에 아멜리는 도리질 치며 손길을 피했다. 그 순간, 끔찍한 살기가 사방을 뒤덮었다.

번쩍이는 검광이 한 덩어리로 얽혀 있는 두 사람에게 쇄도했다. 그와 동시에 소년의 몸이 버들가지처럼 휘친휘친 뒤로 휘어져 날 선 공격은 의미 없이 허공만 갈랐다. 그러나 칸은 헛손질의 감각을 느낄 틈도 없이 다리를 움직였다. 상대방의 복사뼈를 박살 내기 위해 묵직하게 날린 발차기였으나 애석하게도 이 또한 간발의 차이로 목표물을 잃고 말았다. 지붕에서 뛰어내린 소년은 공중제비를 돌며 사뿐히 지상에 착지했다. 그의 품 안에서 아멜리는 거의 기절 직전이었다.

땅에 발이 닿기 무섭게 소년이 발을 굴러 허공에 도약했다. 콰칙! 소년의 머리통을 향해 쏟아지던 검기가 돌바닥에 깊고 가는 도끼 자국을 남겼다. 소년은 지상으로 내려오는 칸을 주시하면서 아멜리를 양팔로 번쩍 안아 올렸다. 그다음부터는 놀러 나온 나비와 굶주린 맹수의 쫓고 쫓기는 추격전이었다.

으악! 꺅! 사람 살려! 아멜리의 입에선 쉴 새 없이 비명이 터져 나왔지만 두 남자는 안중에도 두지 않는 듯했다. 치한과 정의의 사도인줄 알았더니 그냥 둘 다 단순한 싸움광이었던 것인가. 나쁜 놈들! 아멜리는 울먹거리며 아무도 관심 두지 않는 스스로의 목숨을 챙기기 위해 더욱 필사적으로 소년에게 매달렸다.

"소환마법 같은 건 안 쓰나?"

칸의 등 뒤로 도망친 소년이 그의 귓가에 속삭이듯 말했다. 칸은 대답 대신 반사적으로 팔꿈치를 뒤로 내지르려 하다가 갑자기 멈칫하고 대신 군홧발을 소년을 발등에 떨어뜨렸다. 소년이 뱀처럼 교묘한 움직임으로 발을 빼면서 재차 물었다.

"왜 그렇게 머뭇머뭇하느냐."

소년은 대답을 기다리지 않고 성벽 위로 뛰어올랐다. 칸도 뒤쫓아 올라갔다. 낭떠러지를 낀 폭 좁은 담은 거친 몸싸움을 벌이기에 부적합한 무대였으나 공세는 지상에서나 다름없이 대범하게 펼쳐졌다. 그러나 낭창낭창하게 공격을 피하고 있던 소년은 성에 차지 않는 듯했다.

"움직임에 주저가 많다. 혹여 이 애가 다칠까 봐 그러느냐."

"닥쳐!"

"마하리와 성격은 많이 다르군. 여자 좋아하는 건 똑같지만."

소년은 여봐란듯이 아멜리의 이마에 쪽 소리 나게 입을 맞췄다. 칸의 눈에서 시퍼런 불꽃이 튀었다. 그 숨 막히는 살기에 아멜리는 명치라도 맞은 듯이 숨을 쉴 수가 없었다.

"죽여 버리겠다."

그의 목소리는 듣기만 해도 무저갱으로 빨려 들어갈 것 같았다. 이윽고 두 남자의 외줄 곡예는 치명적으로 빨라졌다. 고래 싸움에 터져나가는 건 새우등이었다. 초 단위로 눈앞의 풍경이 휙휙 변했고 제 위치를 잃은 내장이 몸속에서 멋대로 굴러다니는 듯했다. 그녀는 정신이 아득해지는 와중에 죽음에 대한 공포를 느꼈다.

죽을 거야. 이대로 있다간 틀림없이 죽어. 떨어져서 죽든, 베여서 죽든!

물론 칸은 아멜리가 다치지 않도록 소년의 머리통과 다리만을 집요하게 노리고 있었지만 무술에 문외한인 아멜리의 눈에는 그저 몽땅 죽여 버리겠다는 식으로 검을 휘두르는 살인귀가 비칠 뿐이었다.

"천하의 게으름뱅이와 똑 닮은 낯짝을 하고서 그리 성실하게 움직이는 걸 보니 또 새롭구나. 좀 더 분발하거라, 마할족의 아이야. 공격이 아직 옷깃 한 번 스치지 못했느니라."

"닥쳐."

최악의 흉년에도, 대지진에도, 동굴에 기약 없이 갇혀서도 기어코 살아남은 목숨이다. 고작 이런 데서 개죽음을 당한다고? 그럴 순 없다. 소년과 함께 고공 낙하를 하면서 그녀가 천근 같은 입술을 떼었다.

"그만 해요."

아직은 바람 가르는 소리가 더 컸다.

"그만 하라니까요."

소년이 개구리처럼 팔짝팔짝 뛰어 뒷걸음질쳤다. 뛰어오르는 타이밍들이 0.1초라도 늦었다면 사신의 낫처럼 서슬 퍼런 검기에 쭉 뻗은 두 다리가 사뿐히 잘려나갔으리라. 그 단 한 번의 방심을 노리는 칸은 그야말로 쉴 새 없이 검을 내지르고 있다. 대상을 놓친 공격들이 땅을 헤집어 놓은 탓에 일대는 쑥대밭이었다. 레올의 변두리이기 망정이지 도시 한복판이었다면 이미 엄청난 소동이 벌어졌을 것이 사병했다.

"제발 그만……."

아멜리는 울상을 지으며 애걸했다. 팔다리가 끊어져 나갈 것 같았다. 아무리 소년의 양팔이 그녀의 등과 다리를 굳건하게 지탱해 주고 있대도 인간의 영역을 벗어난 공방전이 거의 15분째였기 때문이었다. 보통 인간이라면 이처럼 움직여서는 금세 사지가 풀려버릴 텐데 소년은 지치는 기색이 전혀 없었고 칸의 공격도 계속됐다. 연약한 인간에 대한 배려라고는 없는 움직임들. 치한 소년은 둘째 치고 칸마저 그녀를 구해야 한다는 소기의 목적을 완전히 망각해버린 건 아닐까. 그때 소년의 나지막한 흥얼거림이 귓가를 스쳤다. 그녀의 머릿속에서 무언가가 뚝 하고 끊어졌다.

"둘 다 그만 좀 해요!"

노성이 마른하늘에 쩌렁쩌렁 울려 퍼졌다. 두 남자의 동작이 말 그대로 급정지했다.

지상에 내려온 소년이 팔을 풀자마자 아멜리는 바닥에 털썩 무릎을 꿇었다. 어지럽고 속이 메스꺼웠다. 단지 같이 움직인 것만으로 탈진 직전이 된 그녀에 비해 싸우던 당사자들은 숨 고를 필요도 없을 만치 멀쩡했다. 저런 말도 안 되는 체력을 가진 사람들끼리 나를 이리 휘두르고, 저리 휘두르고……. 아멜리가 분하고 억울해 사납게 눈을 치켜뜨자 소년이 얼른 칸을 손가락질했다.

"화내려면 가만히 있는 사람에게 대뜸 덤빈 마할족에게 화내려무나.

짐은 반격도 안 했다."

갑작스럽게 책임이 전가되자 칸은 당황했다.

"아니, 저, 그러니까, 구하려고 했는데."

그가 어물거릴수록 아멜리의 눈길은 싸늘하게 식어갔다. 치한에게서 구해주기 위해 달려와 줬을 땐 고마웠지만 자신이 소년에게 안겨 있는데도 소년에게 마구 검을 내질렀다는 사실은 용서하기 어려웠다. 그냥 소년과 그녀를 한꺼번에 꼬챙이 신세로 만들 작정이었던 게 아닌가. 그래도 어부지리로 도움을 받은 격이 되었으니 아멜리는 따지기보다 묻고 넘어가고자 했다.

"가요, 칸님."

아멜리는 한시라도 빨리 이 자리를 벗어나고 싶어 칸을 잡아끌었다.

"가긴 어딜 가려고? 안 보내줄 거다."

소년이 그들의 앞길을 가로막으며 아멜리의 손목을 붙들었다. 칸에게서 자동적인 살기까지 피어올랐다. 그러나 아멜리는 등줄기가 저릿저릿해지는 감각이 결코 달갑지 않았다.

"그만 좀 하세요, 숨 막힌단 말이어요."

칸이 당황한 기색으로 황급히 살기를 억눌렀다.

"저 새, 저자의 손이 당신의, 그러니까 잘라 버려야……."

"소동을 일으켰다간 우리가 모시는 그분께서 결코 좋아하지 않으실 텐데요. 아닌가요?"

"……."

패트리샤의 존재를 1초 전까지만 해도 깡그리 잊어먹고 있던 파샤

제1의 기사는 대꾸 없이 먼 산을 바라보았다. 솔직한 심정으로는, 아멜리가 그 존재를 상기시켜준 것이 별로 고맙지 않았다.

"짐과 가자꾸나. 우리 집에 가면 예쁜 것도 많이 주고 맛있는 것도 많이 주마."

소년이 아멜리의 손목을 잡아당겼다. 본인도 어린애에 가까운 주제에, 어린애를 꾀어내는 변태의 대사를 읊다니!

아멜리는 고민에 빠졌다. 이 어린 변태를 치안유지대에 인도하면 행정절차상 그녀도 사건이 마무리될 때까지 불려다니게 될 텐데 패트리샤 일행이 그 사정을 봐주긴 어려울 것이었다. 더구나 잠행 중이라는 그들의 입장도 있다. 할 수 없이 아멜리는 따끔한 훈계로 이 소동을 마무리하고자 했다.

"주변 어른들께 배우지 않았어요? 지나가는 여성을 함부로 추행해선 안 되고, 강제로 끌고 가려 해도 안 돼요. 그건 아주 나쁜 짓이어요. 다시는 그러지 않았으면 좋겠어요. 알겠어요?"

벽안에 게걸스러운 욕망이 스쳐 지나갔다.

"재잘재잘 말도 잘하네. 더 맘에 들어. 시간을 충분히 할애하며 천천히 음미하는 편이 좋겠군."

"저기요. 내 말 듣고 있어요? 우선 손목부터 좀 놓을래요? 어, 그러니까 이름이 뭐죠?"

"「유르」라고 불러라."

"유르, 내 손 좀 놔줄래요?"

"말을 하는 인간이니 그대에게도 이름이 있겠구나. 무엇이냐?"

신통할 정도로 일방통행적인 대화를 하는 소년이었다. 등 뒤에서

"가르쳐주지 마. 절대 가르쳐주지 마." 하며 정신 사나운 말소리가 들렸다. 아멜리는 관자놀이를 꾹꾹 누르다가 작은 한숨과 함께 말했다.

"내 손을 놔주면 알려줄게요."

요청은 무시해도 협상은 받아들이는지 소년은 마침내 손을 놓았다. 손목의 피부가 옅게 붉어진 것을 보고 유르가 입맛이 도는 양 제 입술을 핥았다. 아멜리는 손목을 매만지며 작게 한숨을 쉬었다.

"아멜리. 그게 제 이름이어요."

"아멜리."

소년이 앵무새처럼 제 말을 따라 하자 아멜리는 피식 웃었다. 저건 좀 귀엽네.

"핥고 싶구나."

취소다. 전혀 귀엽지 않아.

"핥지 말아요! 나쁜 짓이라니까요. 내가 한 말 기억해요. 앞으로 다시는 여자를, 아니 사람을 강제로 끌고 가거나 만지면 안 되어요. 알겠죠?"

"어째서냐."

"그런 짓은 당하는 사람을 많이 아프고 슬퍼하게 만드니까요."

"짐이 그러면 다들 좋아하던데?"

눈을 동그랗게 뜬 소년의 반박에 아멜리는 할 말을 잃었다. 세상에 누가 치한, 변태, 납치범을 좋아한단 말인가! 그러나 즉각 부정이 튀어나오지 않는 까닭은 비현실적으로 아름다운 소년의 용모 때문이었다. 설마 미소년이라고 다들 봐주는 건가? 너무나 그럴싸한 의혹이었다. 아멜리는 작금의 외모지상주의가 참으로 심각하다 한탄하면서 어디까지나 소년의 장래를 위해 충고했다.

"겉으로는 그런 시늉을 할지 몰라도 진짜론 싫어할 거여요."

"그래?"

"그래요!"

"흠."

소년은 웃는 듯 마는 듯 속 모를 표정을 지었다.

"나랑 약속해요. 다시는 그러지 말기로. 만약 유르가 또 이런 짓을 했다간 정말 미성년자고 뭐고 치안유지대에 신고 해서 콩밥을 먹여버릴 거여요. 자, 약속!"

아멜리는 결연하게 새끼손가락을 내밀었다. 소년은 가만히 그것을 바라보다가 매끄러운 입술을 살짝 비틀었다.

"좋다. 그대가 짐 곁에 있는 동안만 그 청을 들어주리라 약조하마."

자신의 말이 끝나기 무섭게 유르가 냉큼 손가락을 걸었다. 아멜리가 당황하며 물었다.

"무슨 뜻이어요?"

"가는 게 있으면 응당 오는 게 있어야 하지 않겠느냐. 짐은 그대의 청을 들어주고, 그대는 짐의 청을 들어주는 거다. 이보다 간단하고 쉬운 이치가 어디 있느냐."

스르릉. 검집에 들어갔던 푸른 검신이 다시금 모습을 드러냈다.

"미친 작자로군. 상대할 것 없다."

"후후. 그 앨 독차지하려는구나, 마할족."

"난 마할족이 아니다."

한 사람은 웃는 낯으로, 다른 사람은 무표정하게 서로를 마주 보았다. 일견 평화로운 사이로 보였지만 아멜리에겐 날 선 시선끼리 부딪치며 번쩍번쩍 불꽃 튀기는 소리가 들리는 듯했다.

"칼부림은 안 돼요!"

"짐을 따라오겠느냐?"

유르의 눈이 예쁘장하게 가늘어졌다. 굴 밖으로 꼬리를 내놓고 살랑거리는 백여우 같았다. 비록 뱃속은 시꺼멓겠지만.

"알겠어요. 유르의 말대로 해요."

"참말이냐?"

유르가 환하게 웃었다. 칸의 눈빛은 사나워졌다.

"그렇지만 내 사정상 지금 당장 유르를 따라갈 순 없거든요. 그러니까 약속을 하나 더 해요. 유르가 집으로 먼저 돌아가면 나도 곧 뒤따라가겠다는 걸로."

유르가 솜털밖에 없는 제 매끈한 턱을 쓰다듬었다.

"흠, 짐이 손해 보는 장사로구나. 영특한 것. 알겠다. 그래서 언제 올 테냐."

"당장 확답을 주긴 어려워요. 으음, 1년 뒤……."

소년의 눈에서 웃음기가 빠르게 사라지는 것을 보고 아멜리는 얼른 말을 바꾸었다.

"6개월?"

"……."

"3개월…."

"……."

"그냥…… 최대한 빨리 갈 수 있도록 노력할게요."

"그대가 올 기미가 안 보이면 짐이 찾으러 행차할 터이니 너무 늦지 않게 오라."

이 넓은 대륙 어디에 자신이 있을 줄 알고 찾아온다는 것인지? 역시 이 소년의 사고방식은 일반적이지 않구나 싶었던 아멜리는 소년을 딱하게 여기며 고개를 끄덕였다.

"젤원에서 가장 아름다운 동백과 수련과 국화가 피는 화원으로 찾아오너라."

소년은 아리송한 말을 남기고 떠났다.

한바탕 소동을 치르는 사이 어느새 노을은 자취를 감추었고 밤이 찾아왔다. 칸과 함께 숙소로 돌아온 아멜리의 손에는 당연히, 아무것도 없었다. 바닥에 떨어뜨린 꽃은 유르가 짓밟아놓은 통에 엉망이 되었고, 이미 장도 마감해서 새 꽃을 살 수도 없었다. 여관으로 돌아온 아멜리는 게일에게 사과부터 했다. 치한을 만난 것을 다른 이들에게 알리고 싶지 않았으므로 자세한 사정은 얘기하지 않은 채 그저 부주의로 꽃을 잃어버렸다고 했다.

"아아, 그 꽃. 오매불망 오기만을 기다리고 있었는데."

게일은 과장되게 탄식했다. 아멜리의 옆에 경비견처럼 딱 버티고 서 있던 칸이 물었다.

"꽃을 어디에 쓰려고?"

"응? 어…… 저기……. 아, 그렇지! 목욕할 때 뿌리려고!"

게일은 그럴싸한 변명을 떠올렸다고 흡족해했으나 그와 마주선 두 사람의 표정은 약간 일그러졌다. 마침 복도를 지나가는 중인 도로시도 게일의 목소리를 듣고서 보름 썩은 치즈라도 본 듯 혐오감을 드러냈다.

"뭐야, 왜 그러고 봐? 내가 오늘 얼마나 피곤했는지 너희가 알아? 도로시, 너! 너 때문에 내 소중한 다리랑 허리가!"

도로시는 성난 고함을 산뜻하게 무시하며 방으로 들어갔다. 멋쩍어진 게일이 헛기침을 했다.

"크흠! 아무튼 지친 전사에게는 힐링타임이 필수라고. 나는 오늘 그 장미꽃이 꼭 필요했어."

"죄송해요."

아멜리는 미안해서 어쩔 줄 몰라하자 칸이 그녀의 등 뒤에서 살기 띤 눈을 번쩍거렸다. 게일은 파안대소를 참느라 볼을 씰룩거리다가 아멜리에게 상큼한 윙크를 날렸다.

"사과는 넣어 둬. 대신 나한테 하나 빚졌다는 거 잊지 마."

"네!"

고개를 힘차게 끄덕거리는 아멜리와 달리 칸은 북풍한설 같은 눈빛으로 게일을 노려보았다.

"좀스러운 사내로군."

"뭐라고, 이 새끼야?"

등 뒤에서 들려오는 발랄한 욕설을 무시한 채 칸은 아멜리를 객실로 에스코트했다. 헤어지기 전 그는 강하게 충고했다.

"오늘 밤엔 꼭 목욕을 하도록."

6
고백

패트리샤는 심기가 불편했다. 전적으로 한 남자의 탓이었다.

지난번 레올 시에서 그녀는 예의 임무를 위해 패트릭, 루크, 칸과 함께 외출했다. 임무가 마무리된 다음 레올로 돌아가는 중 칸이 갑자기 속력을 내더니 혼자 어디론가로 새는 게 아닌가. 까닭 없이 돌발행동을 할 사람이 아니라 남은 세 명은 뭐지 뭐지 하면서도 그를 내버려 두고 숙소로 돌아와 기다렸다. 칸이 돌아온 것은 해가 떨어지고 난 뒤였다. 그것도 아멜리와 함께.

칸은 오는 길에 우연히 만났다며 가볍게 넘어가려 했지만 패트리샤는 그렇게 해줄 수 없었다. 왜냐면 그날 이후 아멜리에 대한 그의 관심이 노골적으로 돌변했기 때문이었다. 틈만 나면 금붕어 똥인 양 졸졸 따라다니는 건 물론이요, 이동할 때면 멀미가 나지 않느냐, 쉬고 있을 때면 먹고 싶은 건 없느냐, 도시에 들릴 때는 주전부리며 소소한 선물을 갖다 바치며 극성을 부리는데, 옆에서 보고 있자니 그저 기가 막혔다.

칸과 담판을 지었던 뒤로 그녀는 가만히 그를 지켜볼 작정이었다. 향기가 좋아서 가까이 간다는 변명은 어쭙잖았지만 적어도 변명을 하는 정도의 분별력은 남아 있구나 싶어서. 하지만 지금은 아니었다.

“내 질녀에게도 저 반의반만큼이라도 잘해주면 좋을 텐데, 허허…….”

패트릭조차 이렇게 말할 정도였으니 말 다했다. 더구나 칸이 심기를 불편하게 만들고 있는 건 약혼녀의 숙부와 소꿉친구만이 아니었다. 루크에게도 패트릭의 질녀인 솔린느는 몇 안 되는 막역지우였다. 굳이 뭐라 말하진 않았지만 루크의 눈빛은 충분히 칸을 고깝게 여기고 있었다.

즉, 귀족이 다섯 명밖에 안 되는 이 작은 집단 내에서 벌써 과반수가 칸의 태도에 반감을 드러내고 있는 셈이었다. 정계나 사교계에서 공론화된다면 어떤 사달이 벌어질지 상상만 해도 패트리샤는 두통에 시달렸다. 심각해지기 전에 멈춰 세워야 해.

오지랖이 아니라 패트리샤에게는 그럴 만한 충분한 이유가 있었다. 첫째, 그녀는 칸의 친구이자 솔린느의 먼 친척이었다. 우정이든 핏줄의 정이든 두 사람의 약혼에 불의가 행해지도록 가만히 지켜보고 있을 수 없었다. 둘째, 국왕이 주선한 칸과 솔린느의 약혼이 고작 치정사건으로 인해 깨진다면 국왕의 체면 역시 말이 아니리라. 딸로서 아버지의 망신을 두고 볼 수 없는 노릇이었다. 셋째, 만에 하나 이 일로 칸이 정치적 공세를 받게 된다면 그가 국왕의 각별한 총신이라는 이유로 왕권에도 부정적인 영향이 미칠 가능성이 있었다.

그리하여 모든 명분과 구실을 갖춘 패트리샤는 칸이 저녁 식사를 위한 사냥을 나갔을 때를 노려 아멜리를 외따로 마차에 불러들였다.

“요즘 칸과 사이가 좋아 보여.”

“그런가요?”

넌지시 꺼낸 이름에도 상대방의 반응은 무덤덤했다. 패트리샤는 아멜리의 눈치를 살피며 조심스레 말을 이었다.

“있잖아. 칸에게는 오래된 약혼녀가 있어. 머지않아 혼례를 치르게 될 거야.”

“어마, 경사네요.”

아멜리가 환한 미소를 지었다. 역시나 칸의 연정은 일방통행인 모양이었다. 패트리샤는 한 시름 놓았지만 지금부터 꺼내려는 이야기가 한층 더 거북스러워졌다.

“그래서 말인데, 앞으론 칸과 좀 거리를 둘 수 있겠니?”

아멜리는 이해되지 않는다는 듯 눈을 깜박거렸다.

“아무래도 혼례를 앞둔 남자가 다른 미혼여성과 가까이 지내는 걸 사람들이 보면 좀 그렇잖니? 아, 물론 네 행동이 단정치 못했다거나 하는 뜻은 절대로 아니니 오해 말아. 처신을 잘못한 사람은 당연히 칸이지. 근데 그쪽은 도통 내 말을 듣지 않아.”

“…….”

“공주의 명령이라고 해도 남의 감정까지 막을 수 있는 건 아니잖니…….”

패트리샤가 기어들어가는 목소리로 덧붙였지만 아멜리의 표정은 이미 밀랍처럼 굳어 있었다. 침묵이 길어질수록 패트리샤의 입안은 바싹바싹 말라갔다. 아멜리가 화를 낸대도 충분히 이해할 수 있었다. 멀쩡히 잘 지내는 아가씨를 붙잡아놓고 유부남 될 남자에게 꼬리 치지 말라고 한 격이니 얼마나 황당하고 불쾌하랴. 그 고집불통 쇠심줄이 진작 충고를 받아들였으면 아멜리에게 이런 말까지 할 필요는 없을 텐데. 패트리샤는 가벼운 자기 혐오감을 느꼈고, 근처에 자기가 숨을 만한 쥐구멍이 없는지 궁금했다.

"알겠어요. 공주님."

"응?"

"칸님께서 저에게 그런 감정을 갖고 계신지 아닌지는 둘째 치고, 저도 남 눈총을 살 행실은 삼가고 싶어요. 말씀하신 대로 앞으로 칸님과는 거리를 두겠어요."

"아니, 저, 그렇다고 너무 매몰차게 대하지는 말고……."

"처음 만났을 때 같은 사이가 되면 되는 거겠죠."

"응……."

솔직히 패트리샤는 확신할 수 없었다. 과연 칸은 어떻게 나올까? 설마 대놓고 거부하는 여자를 쫓아다니며 구애할 만큼 배알 없는 멍텅구리는 아닐 거라고 낙관적으로 희망할 따름이었다.

그때 마차 바깥이 소란스러워졌다.

"와! 많이 잡아오셨네요? 이 근처엔 사냥감이 별로 없다고 들었는데."

도로시의 목소리였다. 아멜리가 마차 밖으로 나오니 두 기사들이 사냥해온 갈새와 토끼, 수사슴 한 마리까지 풀어놓는 중이었다.

아멜리가 사냥감을 손질해 저녁을 준비하려는 도로시를 돕기 위해 그들 틈에 끼자 줄에 꿴 갈새를 내려놓고 있던 칸이 곧바로 말을 걸어왔다.

"이 새, 먹어본 적 있나."

"아뇨."

"갈새는 파샤 남부지방에만 서식하는 새지. 원기를 북돋아 주는 보양식이기도 해. 별다른 조미료 없이 잘 구워서 소금을 찍어 먹기만 해도 맛이 괜찮다."

"그렇군요."

칸이 옆에서 아무리 뭐라 말을 해도 아멜리의 두 눈은 사냥감들에 못 박혀있었다. 평소와 확연히 다른 분위기에 칸은 이상함을 느꼈다. 그때 아멜리가 주전자를 쥐고 자리에서 일어났다. 칸이 활과 화살통을 내려놓고 아멜리의 뒤를 쫓아갔다.

"물 뜨러 가는 건가. 함께 가지."

"아니어요. 사냥하느라 피곤하실 텐데 쉬고 계셔요."

괜찮다고 그가 대답하려는 찰나, 아멜리가 외쳤다.

"게일님!"

모닥불을 들쑤시고 있던 게일이 고개를 들었다.

"물 뜨러 갈 건데 저랑 같이 좀 가주실래요?"

"그래, 뭐. 도로시가 빨래도 시키는 몸인데 물심부름인들 못 하겠냐."

게일은 아멜리의 뒤에 엉거주춤 서 있는 칸을 슬쩍 보고서 아멜리와 함께 냇가로 떠났다. 멀어져 가는 두 남녀의 뒷모습에서 칸은 눈을 떼지 못했다.

마차 안에서 몰래 바깥 정황을 훔쳐보고 있던 패트리샤는 여러모로 착잡한 심정이었다. 평생 여자 앞에서 아쉬운 적 없던 잘난 친구인데 막상 좋아하는 여자가 생기자 가차 없이 쭈구리 신세가 되고 말았단 것이 안쓰럽기도 하고, 아무래도 괜한 짓을 한 거 같아 찜찜한 구석도 있었다. 어차피 머지않아 헤어질 두 사람이니 가만히 내버려 두면 알아서 흐지부지될 감정일 수도 있었으리라.

역시 그냥 내버려둘 걸 그랬나?

충고한 지 얼마나 지났다고 패트리샤는 벌써 그런 후회를 하고 있었다.

⁂

그들은 계속 파샤를 종횡무진으로 다니면서 여행을 했다. 패트리샤는 레올에서 그랬듯이 어떤 마을이나 도시에서는 종종 기사들과 짧은 외출을 하곤 했다. 웃으며 돌아올 때도, 매우 저조한 컨디션이 되어 돌아올 때도 있었고, 무슨 말을 그리했는지 목이 아주 쉬어서 온 적도 있었다. 외출에서 돌아와서는 방문을 닫아놓고 설전을 벌이기도 했다. 고성으로 떠드는 경우는 없었지만 두런두런 흘러나오는 말소리만 들어도 분위기가 심각하다는 것을 알 수 있었다.

아멜리는 호기심이 일었지만 가급적 귀를 닫아 두려고 애썼다. 수다스러운 도로시조차 입도 벙긋 안 하는 사안이다. 어쭙잖게 들쑤셔 봤자 좋은 꼴은 못 보리라.

어느덧 패트리샤 일행의 여정은 거의 끝나가고 있었다. 약 일주일 뒤에 마지막 목적지, 파샤의 수도 히스톤에 도착할 예정이라고 했다. 이 기이한 인연들과도 작별인가. 아멜리는 시원섭섭했다. 알게 모르게 귀족들 눈치를 보느라 마냥 편치만은 않았던 생활에서 해방될 수 있다는 점은 좋지만 모처럼 친해진 사람들과의 헤어짐은 아쉬웠다. 하루아침에 영문 모를 세상에 떨어졌어도 이럭저럭 적응할 수 있었던 이유는 패트리샤 일행이 그녀를 끌고 다니며 도와준 덕분이니 어떤 의미에서는 은인이었다.

아멜리는 싱숭생숭한 기분을 떨치고 앞으로의 계획을 세워보았다. 가장 먼저 하고 싶은 일은 발번으로 되돌아가는 것. 마을이 남아 있을지 어떨진 몰라도 일단 눈으로 한번 확인을 해봐야 이 말도 안 되는 현실에 대해 완벽히 순응할 수 있을 듯했다. 또, 제 체질에 대한 검진을 받고 싶었다. 괴물이라고 오해받으면 곤란하니 입이 무겁고 믿을 만한 의원이나 학자를 찾아봐야 하리라. 신변이 안정되면 지하 동굴도 재방문하고 싶었다. 백골, 빛나는 풀, 열두 권의 책들, 보석, 만년필. 수수께끼는 아직 아무것도 풀리지 않은 채였다. 그곳을 누구와, 어떤 식으로 조사를 해야 할진 모르겠지만.

“무슨 생각을 그렇게 해?”

웬 통나무 같은 것이 가냘픈 어깨 위로 털썩 떨어졌다. 아멜리가 못마땅한 듯 미간을 찌푸리며 게일의 팔을 밀쳤다.

“무거워요.”

"나 좀 전에 수련하고 와서 몸에 힘이 없어. 좀 기대게 해주라."

게일이 어린애처럼 우는소리를 하며 버티자 아멜리는 곤란한 표정을 지으면서도 억지로 떨쳐내지 않았다. 덕분에 그의 뒤통수가 따끔따끔해지기 시작했다. 느껴진다, 느껴져. 게일은 속으로 입이 찢어지라 웃었다.

최근 아멜리가 칸을 피해 다니면서 자신을 방패 삼는 경우가 많았다. 자연스레 게일은 아멜리와 함께 칸의 관심을 독식하게 되었다.

처음에 게일은 오로지 그게 좋아서 아멜리를 받아주었지만, 지내다 보니까 아멜리에게 점차 인간적인 매력을 느낄 수 있었다. 유순한 인상 탓에 온실 속 화초 타입인 줄 알았더니 의외로 씩씩하고 야무지며 생활력도 강한 터프한 여자였던 것이다. 모처럼 마음에 드는 성격의 여자를 만났는데 하룻밤 상대로 날려 버리긴 아까웠다. 그래서 그는 음심을 버리고 아멜리를 순수하게 친구로 대하기로 마음먹었다.

"히스톤에 가면 극장에 데려가 줄게. 연극 본 적 없지?"

"연극이요?"

"배우들이 관중 앞에서 소설이나 신화의 내용을 연기하는 거야. 의상과 무대장치가 가장 화려한 작품으로 보여주려면 신화극이 낫겠군. 보다가 기절하는 거 아냐? 촌스럽게."

"자꾸 그렇게 놀리기여요?"

"어디 보자, 촌사람이 보면 기절초풍할 만한 장소가 또 뭐가 있더라. 극장, 소싸움판, 선술집 파티장……."

게일이 히스톤의 명소를 손가락으로 꼽고 있을 때, 그들의 머리 위로 그림자가 졌다.

"잠깐 얘기 좀 해."

아멜리와 게일이 놀란 토끼 눈으로 칸을 올려다보았다. 어머, 이게 웬일. 게일이 아멜리의 옆구리를 쿡 찔렀다.

"무슨 얘기요? 여기서 하시면 안 될까요?"

"사적인 얘기다."

"칸님과 제가 나눠야 할 사적인 얘기는 없을 것 같은데……."

"5분, 아니 1분이면 되니까."

칸이 애처롭게, 게일이 흥미롭게 쳐다보는 가운데 아멜리는 고민했다. 패트리샤에게 거리를 두라는 소릴 듣긴 했어도 칸에게 못되게 굴 작정은 아니었다. 사실 칸이 자신에게 딱히 잘못한 건 없지 않은가. 고마운 사람이면 고마운 사람이지. 어쩌면 지금처럼 무작정 피해 다니기보단, 자신의 입장을 명확하게 전달해두는 편이 옳은 방법일지도 모른다. 고민하던 아멜리는 칸을 따라 나섰다.

그들은 야영지와 제법 떨어진 숲으로 갔다.

"요즘 보기 힘들더군."

아멜리의 혀끝에서 "그야 죽을힘을 다해 피해 다녔으니까요."라는 말이 맴돌았다. 실제로 꺼낸 말은 "그랬나요?" 였지만.

"미안하다."

아멜리가 고개를 갸우뚱했다. 웬 생뚱맞은 사과?

"실수했다면 사과하겠다. 내가 의도치 않게 타인을 불쾌하게 만드는 건 종종 있는 일이다. 그러니까 혹시 내가 당신에게 무례를 범했더라도, 본의가 아니었다는 점을 알아주길 바란다."

"칸님은 제게 잘못한 점 아무것도 없으셔요. 왜 그런 말씀을 하셔요?"

"나는, 무신경하다거나 둔감하다는 말을 자주 듣는 자니까……. 하지만 당신에겐 오해를 사고 싶지 않아."

"아니어요! 전 항상 칸님께 감사하고 있어요. 늘 많이 도와주시고, 옷과 지도를 살 수 있게 돈도 빌려주시고, 치한에게도 구해주시고. 신세를 너무 많이 져서 제가 죄송할 정도인 걸요. 언젠가는 꼭 이 은혜를 갚고 싶어요."

사실 그녀 같은 여자가 칸 같은 훌륭한 기사에게 무슨 수로 은혜를 갚을 수 있을지 막막하지만 말이다.

"그럼 왜?"

그녀를 바라보는 칸의 눈은 늘 그렇듯, 정염이 일렁이는 심연 같은 눈동자였다. 다만 오늘따라 어딘지 모르게 어리고 슬퍼 보였다. 아멜리는 마음이 좋지 않았다.

"음, 그게요. 그러니까 말이죠."

하지만 패트리샤 공주의 청이었다고 어찌 말하겠는가. 공주의 신의를 배신하는 짓일뿐더러 그와 공주 사이를 이간질하는 행동이 될지도 모르는데.

"혹시 제가 칸님께 폐를 끼치게 될까 봐 조심하느라……."

"폐?"

"제 나이가 좀 많아도 일단은 미혼 여성이고, 칸님도 미혼 남성이시니까 너무 친해지면 남 보기에 흉할지도 몰라요."

"그렇다면 게일하고는 왜 붙어 지내지?"

게일님은 명예고 체면이고 없을 것 같으니까, 라고 솔직히 말하면 너무 험담처럼 들리겠지? 아멜리는 얼른 다른 핑곗거리를 찾았다.

"게일님이야 원래 사교성이 좋은 분이고, 어, 그러니까 또 약혼녀가 있는 분은 아니니까 함께 있다고 해서 제가 실수할 구석은 별로 없지요."

그녀는 나름대로 잘 둘러댔다며 속으로 자찬했지만 칸의 안색은 눈에 띄게 달라졌다.

"공주님인가."

히끅. 허를 찔린 아멜리가 딸꾹질했다.

"그분께서 당신에게 뭐라고 하셨나 보군."

"그, 그렇지 않아요. 왜 그런 말씀을……."

"아니라면 당신이 내게 약혼녀가 있는지 어떻게 알겠어."

칸이 더 이상 들을 필요도 없다는 듯이 몸을 홱 돌려 야영지로 성큼성큼 걸어갔다. 뒤늦게 정신이 번쩍 든 아멜리가 그의 앞길을 가로막았다. 설마 하늘이 두 쪽 나도 그럴 리야 없겠지만 돌아가자마자 패트리샤를 한 대 때릴 것 같은 기세였기 때문이다. 그러나 상대방은 수프림 나이트. 여자의 어설픈 움직임이 제약할 수 있을 리 만무하다. 칸은 아멜리를 가볍게 제쳤다.

"기다리셔요. 칸님. 잠시만요. 왜 화를 내시는 거여요? 칸님!"

아멜리가 필사적으로 그의 소맷자락을 잡아당겼다. 물론 잡아당겨지는 시늉뿐, 황소랑 씨름을 하는 것처럼 질질 끌려가고 있는데 칸이 우뚝 멈춰 섰다. 아멜리는 안도했다.

"그래요, 칸님. 우리 좀 더 이성적으로 대화를, 꺄!"

칸이 거칠게 아멜리를 잡아당겨 옆에 있던 나무로 밀어붙였다. 눈 깜짝할 새 칸과 나무 사이에 갇힌 아멜리가 안절부절못하며 나무에 등을 바싹 기대었다.

"만약 내게 약혼녀가 없다면 나를 피하지 않을 텐가."

"저기, 전 그만……."

아멜리가 몸을 낮춰 슬며시 칸의 팔 밑으로 빠져나오려고 하자 칸이 그녀의 어깨를 움켜쥐어 제자리에 단단히 붙들어 놓았다. 셀 수 없을 만큼 많은 수련과 전투가 만들어낸 거칠고 딱딱한 손아귀였다. 평범한 처녀에 불과한 아멜리는 고양이에게 꼬리를 잡힌 생쥐처럼 무력할 뿐이었다.

"게일과 친하게 지내지 마."

"왜, 왜요?"

설마 귀족과 평민이 가깝게 지내는 모습이 눈에 거슬린다든가, 하는 추측이 그녀의 뇌리를 스친 순간 그는 믿기 힘든 소리를 내뱉었다.

"내가 당신을 좋아하니까."

환청?

"좋아하는 여자가 다른 남자와 가까이 지내는데, 불쾌하지 않을 리가 없지."

환청이겠지. 아멜리는 무리하게 현실을 외면했지만 머리 위로 쏟아지는 저음의 미성이 더 이상의 부정이 불가능하도록 못을 박았다. 그녀에게 있어 세상에서 가장 무서운 남자가 연정을 고백해오다니! 아멜리는 너무나 당황스러운 나머지 식은땀이 줄줄 흘렀다. 패트리샤의 터무니 없는 억측이 설마 진짜였다니!

"정말이지 참기가 힘들군."

그가 은근히 미간을 찌푸렸다.

"뭐, 뭘 참기가 어렵다는 말씀이신지."

"당신 옆에선 심장이 미친 듯이 뛰고 머리가 텅 비어버려 내 행동을 통제하기 힘들다. 웃기는 일이지. 내 생애에 이런 적은 단 한 번도 없었어. 가까이 있는 타인 따위 거북하기만 했는데……. 당신은 뭔가 달라. 가까이 있을수록 기분이 좋아지고, 멀리 떨어지면 불안하다."

"칭찬이라면 가, 감사한대요. 저기 이제 그만 떨어져 주시면……."

"당신의 일거수일투족이 일으키는 향기가 나를 거미줄처럼 옭아맨다는 걸 알고 있나? 가끔은 내가 미친 게 아닐까 하는 의심까지 들어. 이 향기를 다른 자들과 공유해야 한다는 상상만으로도 끔찍한 기분이 들거든."

"이제 그만 진짜로 비켜주세요, 칸님. 누가 보기라도 하면 어떡해요."

그는 아랑곳하지 않았다. 오히려 한술 더 떠, 아멜리의 어깨 위에 드리워진 머리칼을 잡아 입을 맞추기까지 했다. 아멜리는 거의 기절하기 직전이었다.

"아마 이런 감정이 소위 「사랑」이라는 거겠지."

이 낯 뜨거운 소리가 정녕 칸의 입에서 나온 소리란 말인가?

"당신은 나에게 아무런 감정이 없는 건가."

그윽한 눈길, 억누르는 듯한 목소리. 환청이나 꿈으로 치부하기엔 너무나 생생했다. 아멜리는 이 장면을 좀 더 건전하고 이성적인 분위기로 바꾸고 싶었다.

"칸님, 약혼녀가 있으시잖아요. 아무리 저를 조, 좋아하신다고 말씀하신들 부적절한 감정에 불과해요."

"……그렇군."

얘기가 통하는 것 같자 아멜리의 안색이 약간 밝아졌다.

"확실히 이 상태로는 안 되겠지."

"그럼요!"

"약혼녀를 없애야겠군."

"네! 약혼녀르……을?"

칸은 웃음기 한 톨 없이 진지했다. 찰나 간 유혈 낭자하고 무시무시한 어떤 장면이 뇌리를 스치고 지나가면서 아멜리는 창백하게 질렸다.

"히스톤으로 돌아가면 파혼하겠다."

아멜리는 가슴을 쓸어내렸다. 아, 깜짝이야. 느닷없는 살인 예고인 줄 알았네. 그러다가 그가 한 말의 의미를 곱씹어 보았다. 파혼? 약혼을 깬다는 의미? 왜? 설마 내가 한 말 때문에?

이번에는 돌처럼 굳어버린 아멜리의 손을 잡고 칸이 손등에 입을 맞추었다.

"내 아내가 되어줘, 아멜리."

청혼이었다.

이상한 일이었다. 마을에서 노처녀, 노처녀 하고 놀림 받던 자신이 젊은 귀족 청년에게 사랑 고백을 듣고 청혼까지 받게 될 줄 그 누가 상상이나 했을까?

사랑.

남자의 입에서 나온 그 단어를 떠올리면 부끄럽기도 하고, 솔직히 우쭐함도 들었다. 그러나 오래 들뜨기에 아멜리는 너무 현실적인 사람이었다.

언젠가부터 칸이 무척 친절해졌다는 느낌은 받았다. 다만 함께 지내는 시간이 길어져 서로에게 익숙해졌기 때문이라고만 생각했지 사심이라고는 꿈에도 상상해본 적이 없었다. 패트리샤가 칸의 감정에 대한 언급을 하던 시점까지도 그녀는 단순히 과민반응으로만 여겼다.

그런데 그녀가 틀렸다. 패트리샤의 말이 진짜였다.

아멜리는 당최 이해할 수가 없었다. 패트리샤처럼 고귀한 여성과 도로시같이 발랄한 미인을 옆에 두고 왜 하필 자신을 흠모한단 말인가? 칸에게 있어 자신의 첫인상은 최악이었으리라. 산발에 다 떨어진 옷을 입고 수상쩍은 얘기만 일삼았으니 말이다. 줄곧 같이 여행을 다녔지만 제대로 된 얘기를 나눠본 적은 몇 번 되지 않았으니 특별히 좋은 인상을 줄 기회도 없었다. 더구나 지금까지 그가 차도 넘치도록 보아왔을 귀족 여성들과 비교하면 그녀 자신은 가난뱅이에 교양도 부족한 시골 처녀가 아닌가. 그런고로, 아멜리는 칸의 감정이 정체를 파악할 수 없어 두려운 어떤 생물처럼 느껴졌다.

미지의 것을 대하는 인간은 불안해지는 법이다. 아멜리도 불안했다. 설마 칸님이 순진한 처녀를 감언이설로 꼬드겨 희롱하다가 내버리는 파렴치한 귀족은 아니겠지. 도시 날라리의 마수에 걸려 신세 망친 여자들의 이야기는 발번에서도 곧잘 회자되곤 했다. 그때마다 아멜리는 다짐에 다짐을 했었다. 신분상승이나 부귀영화 같은 헛된 꿈을 꾸지 말고 하루하루 근면·성실하게 살자고. 자신이 가진 소박한 행복에 만족하고 감사하자고. 칸의 청혼은 그때 자신이 했던 다짐에 대한 도전이자 시련인 셈이었다.

하지만…… 모처럼 자신에게 연정을 품은 이를 거절하고 나면 자신에게 무엇이 남을까. 여기는 라트샤가 아니다. 발번이 아니다. 온 세상을 뒤져도 지인이라곤 초원에서 우연히 만난 여섯 명이 전부인 고독한 상황이다. 귀족이라는 이유로 구혼을 거절한다면 그게 오히려 분에 넘치는 사치가 아닐까.

아니다. 문제는 그것만이 아니라, 자신이 과거에 속한 인물이라는 점이었다. 파샤가 아닌 라트샤에 살았다는 얘기나, 빛나는 풀이 자라던 동굴 얘기를 알고도 칸의 감정이 지금과 같을 수 있을까? 스스로 믿기조차 어려운 자신의 과거를 칸이 과연 이해하고 수용해줄까? 월경이 멈춰져 있는 건 또 어떤가. 귀족이라면 자손을 보아야 할 텐데 지금 자신은 석녀다. 그걸 숨긴 채로 혼인을 할 순 없었다.

고민에 열중하느라 빨갰다가 파랬다가 하는 낯빛을 주시하고 있던 패트리샤와 도로시가 수군댔다.

"아멜리 아까부터 왜 저런다니?"

"몰라요. 아까 게일님과 함께 있는 걸 봤을 땐 깔깔 웃고 있었는데."

"게일이 또 이상한 농담이라도 했나?"

"아무래도 제 버릇 개 못 주겠죠. 예전에 파티장에서 어떤 영애님을 음담패설로 울린 적도 있었잖아요."

패트리샤는 그 말에 깊게 동감하며, 건설적인 의문을 제시했다.

"왜 로열나이트를 선발할 때 인성검사를 하지 않는 거지?"

그때 마차 밖에서는 애꿎게 비난의 화살받이가 된 게일이 푸엣취 하고 재채기를 터뜨렸다.

파샤왕국의 수도, 히스톤. 붉은 도시라는 별칭은 도시를 둘러싼 성벽 때문에 붙여졌다. 붉은 광석으로 쌓아올린 성벽은 백 리 밖에서 바라보면 마치 타오르는 불꽃 같아, 히스톤에 처음 방문하는 외국인이라면 누구나 깊은 인상을 받기 마련이었다.

아멜리도 예외가 아니었다. 난생 처음 보는 어마어마한 높이의 성벽, 그 기묘한 빛깔, 그리고 성벽 안쪽에 펼쳐진 웅대한 규모의 도시에 연신 충격을 받았다. 아멜리가 정신없이 마차 밖으로 히스톤을 구경하고 있을 때 패트리샤가 문득 물었다.

"우리랑 헤어지면 바로 고향으로 떠날 거니?"

"바로는 떠나지 않을 거여요. 몇 가지 처리해야 할 일이 있어서요."

"다행이야. 이대로 헤어지면 섭섭하잖니. 얼마나 오래 머무를 거니? 어디서 묵을 거야? 왕성에서 지내면 좋을 텐데 낯선 외부인을 안에

들이려면 절차가 무척 복잡하거든. 미안해."

"어마, 사과하실 필요 없어요. 전 시내의 여관에서 묵을 작정이니까 걱정 마셔요."

"흠, 혼자 여관에?"

패트리샤가 걱정스러운 표정을 지었다. 도로시가 좋은 생각이 났다는 듯이 손가락을 튕겼다.

"다른 기사님들에게 아멜리의 처소를 마련해달라 부탁하는 건 어때요? 공주님의 요청이라면 코스토바가나 메이슨가에선 기꺼이 아멜리를 맡아주지 않겠어요?"

"칸은 안 돼."

도로시가 눈을 동그랗게 떴다. 왜요, 하고 물어보려고 벌어지는 입 모양을 패트리샤는 무시했다.

"패트릭이나 루크에게 부탁하기엔 그들의 부인들에게 미안하지. 내 입으로 설마 이런 말을 하게 될 날이 올 줄 몰랐지만, 게일이 적당하겠어."

"아멜리, 요즘 게일님과 부쩍 친해지지 않았니? 잘됐네."

"어마, 아니어요! 그런 폐 끼칠 순 없어요. 그냥 여관으로 충분해요."

아멜리의 거절을 듣는 둥 마는 둥 하며 패트리샤는 마차 창문을 열었다. 게일은 바로 옆에서 마차를 엄호하는 중이었다.

"게일. 아멜리가 당신 집에서 좀 묵어도 될까요?"

"좋습니다요."

지체 없이 천연덕스러운 수락이 떨어졌다. 도로시가 환호했다.

"잘됐다! 선더랜드가라면 왕성에서 별로 멀지 않아. 놀러 갈게. 아멜리한테 수도 구경도 시켜주고 맛있는 음식도 먹으러 가야지. 수도에 처음 왔다면 꼭 먹어봐야 하는 디저트가 있단다."

패트리샤는 부러운 듯 중얼거렸다.

"둘인 좋겠다."

"왜요? 공주님도 같이 가시면 되잖아요?"

"난 안 돼. 이번에 궁으로 들어가면 적어도 반년은 아바마마의 명령 없이 나오기 힘들 거야. 어쩔 수 없지. 밖에 날 음해하려는 세력이 있다고 하니까……."

기사를 넷이나 주렁주렁 달고 다닌 까닭은 그런 것이었나. 아멜리는 그제야 처음 만났을 때 기사들이 보이던 과도한 경계심을 이해할 수 있었다.

"둘이서 내 몫까지 재미있게 놀렴. 아멜리의 수도 투어에 대해서는 도로시에게 전해 듣도록 할 테니까."

뾰족한 첨탑으로 이루어진 검붉은 색의 왕성에 도착한 아멜리는 홀로 마차에서 내렸다. 패트리샤, 도로시와 이별의 포옹을 하고, 패트릭과 루크와도 간단히 작별인사를 나누었다.

"우리의 무리한 요구를 들어줘서 고마웠어. 억지로 따라온 아멜리는 싫었을지도 모르겠지만 난 네가 있어서 힘든 여행길이 좀 더 즐거웠거든. 어디서든 항상 몸 건강히, 그리고 행복하게 지내기를."

물기 어린 패트리샤의 눈동자를 마주하자 아멜리도 콧날이 시큰해졌다. 도로시만은 매우 명랑하게 손을 흔들었다.

"연락할게. 디저트 먹으러 가자!"

마차와 기사들이 후문으로 자취를 감추었다. 게일은 왕성에 들어가기 전 싱거운 농담을 남겼다.

"너무 입 벌리고 있지 마. 히스톤은 눈 뜨고 있어도 코 베이는 곳이라 시골뜨기인 거 알아보면 사람들이 잡아간다."

칸도 그냥 지나치지 않았다.

"선더랜드가에 머무른다고 들었다. 내일, 당신의 대답을 들으러 가겠다."

정들었던 이들을 모두 떠나보낸 뒤 아멜리는 후문의 경비 초소 옆에 쪼그리고 앉아 게일을 기다렸다. 칸에 관한 일로 한껏 심란했으니 기다림이 지루할 틈은 없었다. 문득 낯익은 구시렁거리는 소리가 들려 고개를 들자 인상을 잔뜩 찌푸린 게일이 다가오고 있었다.

"미안, 오래 기다렸지. 빌어먹을 노인네가 말 한 번 더럽게 많더라고. 내가 이래서 왕성에 들어가는 걸 싫어해. 그래도 내가 제일 빨리 나온 거다. 루크와 패트릭은 아직도 잡혀 있고 칸은 아예 왕성에서 하루 머물다 갈 기세더라."

게일은 말을 타고 선더랜드 저택으로 향하면서도 끊임없이 구시렁거렸다. 급기야는 아멜리에게 말도 안 되는 소리를 꺼냈다.

"내가 집에 가면 재미있는 거 보여줄까?"

"어떤 거요?"

"육십 먹은 꼰대가 입에서 파이어브레스를 내뿜는 장면."

"예?"

"널 나의 애인이라고 소개할게. 임신은 4개월쯤. 물론 애는 내 애겠지. 태명은 뭘로 할래?"

시집도 안 간 처녀에게 망발이 따로 없었다. 아멜리는 점잖게 그를 타일렀다.

“돌으셨어요?”

“그러면 네가 내 애인의 딸이라는 설정은 어때?”

아멜리가 대꾸할 가치가 없는 게일의 헛소리를 인내심 있게 흘려 듣는 사이 말은 선더랜드가에 도착했다. 게일에게는 오랜만의 귀가였다. 말을 타고 지나가는 동안 문지기부터 정원사, 저택 근처에 있던 하인과 하녀들까지 차례차례 공손한 인사를 건네 왔다. 중앙 현관 앞에 도착했을 땐 한 풍채 좋은 하인 한 명이 재빠르게 달려와 말고삐를 건네받았다.

“막내 도련님! 돌아오셨군요!”

“잘 지냈나, 릭. 집안에 별일 없었지?”

“그럼요.”

가벼운 몸놀림으로 말에서 내린 게일이 아멜리에게 손을 내밀었다.

“웬일이셔요? 배려를 다 해주시고.”

“히스톤에선 히스톤 법을 따라야지, 내가 무슨 힘이 있냐.”

그는 아리송한 말을 남기며 아멜리를 부축해 땅에 착지시켜 주었다.

“다들 집에 계시나?”

“네.”

“젠장. 다들 하는 일도 없나.”

게일은 거의 두 달 만에 만나는 가족들이 달갑지 않은 기색이었다.

“패트리샤 공주님의 지인인데 얼마간 이 집에 묵을 겁니다.”

선더랜드 일가는 아멜리를 환영했다. 그러나 아멜리는 그들의 친절함

보다는 머리색깔에 더 큰 감명을 받을 수밖에 없었다. 현재 그녀는 일곱 명이나 되는 붉은 머리들에게 둘러싸여 있었다. 선더랜드 경 부부는 채도 차이가 있지만 둘 다 붉은 머리였고, 그의 맏형과 형수, 조카 둘도 마찬가지였다. 여기에 게일까지 더해지니 눈이 뜨거울 지경이었다.

"피곤한데 들어가 쉬면 안 됩니까?"

"한번 방으로 들어가면 또 피곤하다고 안 나올 거잖니."

"아니, 그렇다고 집에 방금 도착한 사람 붙잡고 티 타임이라니……."

게일이 투덜거렸다. 그의 말대로 게일과 아멜리는 여독을 풀 틈도 없이 선더랜드 부인에게 붙들려 온 가족과 함께 차를 마시고 있었다. 꼬질꼬질한 차림새의 아멜리는 참 황망하기 그지없었으나 감히 선더랜드 부인을 거스를 순 없었다. 그건 게일도 마찬가지였다.

"여행은 괜찮았니?"

"함께 있던 사람들이 누군데요. 괜찮았을 리가요. 엉망진창이었죠."

모친의 물음에 불손한 태도로 답하는 막내아들을 보며 선더랜드 경이 혀를 찼다. 그 모습이 30년 뒤쯤의 게일을 연상케 해 아멜리는 무심코 웃음소리를 흘릴 뻔했다.

"일전에 코스토바 부인께서 그 댁 막내아들은 장가 안 가냐고 하시더라."

"내가 장가를 가든 시집을 가든 뭔 상관이랍니까."

"저도 어머님과 함께 들었는데 그분께서 좋은 혼처를 알고 계신 모양이더라고요. 도련님, 한번 만나보지 않으시겠어요?"

그의 큰 형수도 아는 체를 하고 나섰다. 게일은 고개를 뒤로 젖히며 기계적인 웃음을 터뜨렸다.

"하하하! 그 아줌마 참, 오지랖이 5대륙을 싸고도 남는군. 그 댁 장녀나 새치 생기기 전에 얼른 치워버리라고 전해주십쇼."

"이놈, 형수한테 말본새가 그게 뭐냐!"

선더랜드 경이 일갈하며 지팡이를 크게 휘둘렀다. 단단하기로는 둘째가라면 서럽다는 박달나무가 정수리 위로 엄습해오는 것을 본 게일이 반사적으로 양손을 머리 위로 올려 지팡이를 맞잡았다.

"뭡니까, 아버지!"

"미숙한 놈."

선더랜드 경이 그 자세에서 거세게 밀어붙이자 소파에 앉아 있던 게일의 몸통이 뒤로 조금 떠밀렸다. 윽! 게일이 얼른 이를 악물었다. 지팡이는 오도 가도 못한 채 허공에서 부들부들 떨렸고 부자는 무기한 대치상태에 들어갔다.

"연로한 아버지의 공격을 두 손으로 막는 거냐? 이 형이 다 창피하구나."

선더랜드가의 장남 윌리엄이 웃는 낯으로 통탄하는 체하자 게일이 부드득 이를 갈았다.

"파샤 전역을 두 달이나 싸돌아다니다 방금 막 도착했다, 방금! 아버지야 집에서 빈둥대던 양반이니 힘이 팽팽 남아도는 건 당연지사, 악! 인간적으로 침은 뱉지 맙시다, 아버지!"

"애비한테 빈둥대다니! 어디서 배워먹은 버르장머리냐, 그게!"

"내가 이 집에서 25년을 살았어요. 어디서 배웠겠습니까!"

용모도 고집도 똑 닮은 아버지와 아들이 서로를 마주 보며 으르렁대고 있을 때 윌리엄이 느긋하게 찻잔을 들었다.

"이렇게 된 거 그냥 솔직히 고백하는 게 어때? 게일 네가 혼담을 족족 거절하는 이유 말이다."

윌리엄의 아내가 귀를 쫑긋 세웠다.

"게일 도련님께 무슨 사연이 있었나요, 여보?"

"그럼요, 여보. 걔가 어렸을 때부터 다른 데 비해 허리힘이 약해서 검술 수업할 때도 그 점을 가장 지적을 많이 받았거든요. 실없이 여기저기 바람만 일으키고 다니는 이유도 아마 속 빈 강정의 허세……."

"좀 닥쳐, 큰형!"

게일이 벌컥 짜증을 내며 윌리엄의 말을 끊었다. 부부의 대화 소리는 잦아들었지만 이번에는 어린 조카들의 차례였다.

"할아버지 이겨라!"

"정강이! 작은 숙부님의 정강이가 비었어요, 할아버지!"

이 방에 정녕 내 편은 없는 것인가. 게일은 사무치게 외로워졌다. 사실 아멜리는 그의 편이었지만 어찌 노구의 부친을 때려눕히라며 소리내어 응원할 수 있겠는가. 그저 조마조마하게 집안싸움을 지켜보며 게일이 부디 패륜만은 저지르지 않기를 바랄 뿐이었다.

다행히 게일은 지팡이를 뺏어 방 한구석에 던져버리면서 골육상잔의 가능성은 사라졌다.

"이놈의 집구석!"

게일은 짜증 섞인 분통을 터뜨리며 문을 박차고 나가버렸다. 뒤에 남은 붉은 머리 여섯 명에게서 하하 호호 해맑은 웃음이 터졌다.

아멜리는 이마에 흐르는 식은땀을 훔치며 생각했다. 어쩐지 게일님이 가족들을 싫어하는 이유를 알 것 같아.

티 룸의 작은 소동이 마무리되자 선더랜드가는 손님에게 크고 호화스러운 방을 내주었다. 아멜리는 하녀들이 준비해준 뜨거운 물에 목욕을 했고, 깨끗한 의복으로 갈아입었으며, 게일과 가족들의 2차전이 펼쳐지는 와중에도 진수성찬으로 배를 채웠다.

하지만 깊은 밤 구름처럼 부드럽고 푹신한 침대에 누운 그녀는 흙바닥에서 야영을 할 때보다 쉽사리 잠을 이룰 수 없었다. 내일 찾아온 방문자에 대한 심려 때문이었다.

칸님이 찾아올 거야. 나는 어떤 대답을 해야 할까.

조금 이기적으로 굴자면 그라는 남자는 충분히 탐이 나는 존재였다. 자신은 낯선 세상에 내팽겨쳐진 혈혈단신이자 무연고자가 아닌가. 그 누구보다도 심신의 든든한 의지처가 필요한데, 진중한 성격에 능력까지 출중한 칸이라면 더할 나위 없이 훌륭한 짝이었다.

다만, 귀족이라는 신분 탓에 도리어 평지풍파의 원인이 될 수가 있단 점이 문제였다. 지금 당장은 좋다고 혼인을 치르더라도 앞으로 30년, 40년 함께 살아가면서 수많은 난관에 봉착하리라.

성장배경, 가치관, 사고방식, 하다못해 생활습관이나 상식에 있어서도 차이가 나는 남녀가 그것을 계속 극복해나갈 수 있을까. 현실적으로 무리였다. 서로가 상대방에 대한 깊은 애정과 신뢰를 갖고 있다면 모를까…….

"결국 그거구나. 사랑."

아멜리는 짧은 한숨을 쉬었다.

안젤라를 비롯한 발번 친구들이 들었다면 등짝을 사정없이 내려쳤을 사치스러운 소리였다. 하긴 발번에 살 때는 노름하는 주정뱅이나 거의 50세 연상의 노인과도 혼담이 오갔던 몸이면서, 칸 같은 남자에게 청혼을 받자 감정 문제로 주저하는 모습이 스스로 보기에도 우스웠다. 왜 이러는 걸까?

– 당신을 사랑하니까.

귀가 녹을 듯이 속삭이던 그의 목소리.

아멜리는 깨달았다. 아아, 그렇구나. 그가 진심을 보였기 때문에 나도 진심이 될 수밖에 없는 거야.

예전의 혼담 상대자들처럼 이해관계가 아니다. 가진 것이라고는 없는 그녀를 좋아해 주고, 단지 좋아하기 때문에 청혼을 한 남자. 타산을 맞춰 적당한 감정으로 대할 수는 없었다.

아멜리는 어둠 속에서 눈을 감았다. 이미 내일의 대답은 나와 있었다.

다음날 오전, 게일과 아멜리가 둘이서 아침 식사를 하고 있을 때 메이슨가의 심부름꾼이 칸의 전갈을 들고 찾아왔다. 오후에 선더랜드가를 방문하겠다는 기별이었다. 게일은 노골적으로 싫은 티를 냈다.

"어제 겨우 헤어졌구먼, 왜?"

"게일님이 아니라 제게 할 얘기가 있으신 걸 거여요."

"무슨 얘기?"

"그, 글쎄요? 저도 이따가 들어봐야……."

아멜리가 태연한 체하며 차를 한 모금 마셨다. 게일은 흐음 하고 눈썹을 찌푸리다가 귀찮다는 듯이 손을 내저었다.

"됐어. 무시해버려. 오늘은 나랑 놀러 나가자."

그러나 마침 그도 로열 나이트 단원으로서의 호출을 받았다. 가급적 서둘러 왕성으로 들라는 전갈이었다. 덕분에 게일은 남은 식사시간 내내 분노를 터뜨렸고, 출타하는 순간까지도 노동자의 복리후생과 인권 문제를 열정적으로 논했다.

"어제 장기출장에서 돌아왔는데 바로 오늘부터 부려 먹는 거 봐라! 이게 정녕 인간이 할 짓이냐? 나는 소인가, 인간인가! 아니면 개인가, 소인가!"

그리고 그날 늦은 오후, 선더랜드가의 안주인은 갑작스러운 수프림 나이트의 등장에 무척 당황했다.

"아멜리? 아, 공주님의 지인 말이군요. 오전에 게일에게 기별해두셨다고요?"

부인은 온화한 미소로 노련하게 손님을 응대하면서 속으로는 자신에게 일언반구도 없이 출타한 막내아들에게 원망을 퍼부었다. 철없는 녀석! 칸이 싫은 건 싫은 거고, 엄마가 손님 앞에서 망신당하는 건 면하게 해줬어야지!

사교계의 터줏대감으로, 웬만한 수도 내 귀족의 취향을 꿰뚫고 있는 그녀였지만 아들내미의 옹고집 탓에 수프림나이트만큼은 초대해본 적이 없고 아는 바도 별로 없었다. 다시 말해 칸의 방문은 사교계에서 「완벽한 귀부인」으로 칭송받는 그녀에게 있어 커다란 시련이었다.

"손님을 불러올 테니 정원에서 잠시 기다리시지요. 폴, 렉시온 경을 정자로 안내해드리렴."

칸은 정중하게 목례를 남기고 하인을 따라 정원으로 나가자 선더랜드 부인은 이마에 흐르는 식은땀을 닦았다.

그러고 보면 딱 한 번 알렉스의 초대로 그가 여길 방문한 적이 있었지. 벌써 5, 6년 전 일이구나. 티 타임 때 쿠키류에는 손대지 않았던 거 같은데. 대신 과일을 먹었던가? 아니야. 음식은 아무것도 입에 대지 않았던 것 같아. 하지만 차 맛이 좋다고 칭찬을 해줬어. 그때 대접한 차가 뭐였더라?

안타깝게도 선더랜드 부인이 심혈을 기울여 차려낸 다과상은 정당한 평가를 받지 못했다. 첫인사를 나눈 뒤 두 남녀는 아마 테이블에 조약돌과 개구리가 올라와 있다고 해도 눈치채지 못했을 정도로 긴장해버렸기 때문이었다.

아멜리는 긴장과 초조함에 숨이 턱턱 막혀왔다. 무슨 얘기를 어떻게 꺼내야 할까. 아무리 기다려봤자 칸 쪽에서 먼저 입을 떼진 않을 것 같아, 아멜리는 고민 끝에 가장 보편적이며 재미없는 화두를 선택했다.

"오늘 날씨가 좋죠?"

"음."

침묵.

"어제는 잘 쉬셨어요?"

"음. 당신은?"

"저도 잘……."

또 침묵.

"음, 저기. 아! 선더랜드 부인께서 제게 굉장히 멋진 방을 내주셨어요. 비단 벽지에 근사한 가구가 놓여 있고, 침대도 아주 푹신해요. 귀족들은 항상 그런 방에서 지내는 거죠?"

"당신의 대답을 듣고 싶다."

느닷없이 본론이었지만 아멜리에겐 미리 준비해둔 답변이 있었다. 그녀는 침착하게 말했다.

"우선, 늦었지만 청혼에 대해 감사 인사를 드리고 싶어요. 칸님처럼 훌륭한 기사님이 평생의 배우자로 저 같은 여자를 선택해주시니, 솔직히 기뻤어요. 그렇지만 솔직한 감정을 따른다고 해서 그게 꼭 좋은 결과를 나을 거라고 생각지 않아요. 자세히 말씀드리긴 어렵지만 저는 최근에 많은 변화를 겪었고 그 때문에 매우 혼란스러워요. 이미 감당하기 벅찰 만큼 문젯거리가 많네요. 전 이 이상의 변화를 원하지 않아요."

아멜리는 조심스럽게 칸의 눈치를 살폈다. 그는 신중하게 경청하고 있었다.

"제가 주제넘은 거절을 했지만 부디 노엽게 여기지 마셔요. 칸님이라면 틀림없이 저보다 훨씬 더 좋은 분과 인연을 맺으실 수 있을 테니까요."

말은 그렇게 끝마쳤지만 칸은 별로 노여워하는 기색이 아니었다.

오히려 이런 상황을 예상한 사람처럼 눈썹 하나 까닥하지 않고 태연하게 되물었다.

"당신이 말하는 이 이상의 변화란 뭘 뜻하는 거지?"

"신분이 다른 두 사람이 맺어질 때 주변이 조용할 리 없을 테니까요……. 아닌가요? 저는 시골에서만 자라서 확실히 세상 물정을 잘 모르지만, 귀족과 평민이 축복받는 혼인을 올렸다는 사례는 한 번도 들어본 적이 없는 걸요."

"거절하는 이유는 그것뿐인가?"

"제 개인적인 문제도 있고요."

"내가 해결해줄 수 없는 문제인가?"

아멜리는 머뭇거리다가 고개를 끄덕였다.

"어떤 문제인지는 모르겠지만 시간적 여유가 필요하다면 기다리겠다."

"평생 걸릴 수도 있는데요? 어쩌면 영원히 해결되지 않을 수도 있어요. 그래도 기다리시려고요?"

"아니."

뜻밖에도 그는 즉각 부인했다. 아멜리의 눈이 조금 커졌다. 그의 말에 놀란 탓이 아니라, 전에 없이 부드러워진 그의 표정 때문이었다.

"어떻게 내가 당신을 영원히 홀로 고생하게 둘 수 있겠나. 억지로라도 당신 곁에 있겠다. 내가 도움되지 않을지라도 당신 혼자인 것보단 낫지 않을까."

기억의 파편이 가슴을 쪼았다. 무조건 내 편이 되어주고 날 지켜주는 사람이 있었으면 좋겠다고, 그런 사람을 보내달라고 칭얼거렸던 제 과거를 그가 알 리 없었다. 들었을 리도 없었다. 그런데도 어쩜 이렇게 저가 원하는 말을 정확하게 해주는 걸까.

아멜리는 동요하는 마음을 다스리기 위해 테이블 아래에서 맞잡은 두 손에 힘을 주었다.

아무것도 아닌 우연에 의미를 부여하면 안 돼. 이 자리는 청혼을 거절하는 자리야. 이미 거절의 말도 내뱉었잖아. 이제 와서 흔들리면 상대방을 갖고 노는 거야.

"사실은 저……."

아무래도 시간을 뛰어넘은 것 같은 이상한 여자여요. 머리카락이랑 손톱, 발톱도 자라지 않는 괴물이죠.

"아이를 가지지 못하는 몸이어요."

스스로도 받아들이기 힘든 것들을 제하고 그나마 가장 일반적으로 받아들여질 법한 사유를 골랐다. 월경이 끊겼으니 당연히 석녀가 되었으리라. 이 사실 하나만으로도 혼인은 평생 물 건너간 셈이라고 그녀 스스로는 생각하고 있었다.

"상관없는데."

그런데 예상치 못한 대답이 돌아왔다.

"나는 내 아이를 바라본 적 없다."

아이와 칸. 확실히 전혀 안 어울리는 조합이긴 했다.

그러나 아멜리는 귀족인 경우 후사는 기호의 문제일 수가 없다는 사실을 알고 있었다.

"하지만 귀족들은 가문을 위해 자식을 꼭 보아야 하지 않나요?"

"내 위로 형님과 누님이 계시고 두 분 모두 이미 자식을 보셨다. 아직 어린 조카들이지만 건강하게 자라나고 있으니 내가 메이슨가의 후계를 책임질 의무도 필요도 없다고 본다."

너무나 딱 부러지는 대답, 너무나 차분한 태도. 여인의 자존심에 상처를 입을 것을 무릅쓰고 한 고백이 바람결에 흩어지는 민들레 홀씨보다도 못한 문제가 되어버렸다. 아멜리는 황당해하는 한편 어쩐지 목구멍과 가슴 속이 간질거렸다. 뭘까, 이 감각.

"이제 거절 사유 중 남은 것은 하나인가. 말하자면 귀천 상혼이 두렵다는 얘기였지."

"네……."

힘없는 대답이었다.

"지켜주겠다."

단 한 마디에 정원을 스치는 모든 소리가 멎었다.

"내가 가진 모든 힘을 다해, 목숨을 걸고 당신의 행복을 지켜주겠다."

그의 말이 의미하는 바는 너무나 달콤해 아멜리는 거부하기가 힘들었다. 그녀의 지난 삶은 고단했다. 세상에서 가장 소중하던 사람들은 제대로 된 작별인사도 못 나눈 채 하루아침에 그녀를 떠났다. 하루하루 품팔이로 생계를 연명했고, 빌슨 같은 포식자로부터 몸을 지켜야 했다. 자신에게 일어난, 혹은 일어나고 있는 기이한 사건에 대한 불안감도 지워지지 않았다. 아무리 강하고 당차게 살아가려 해도 그녀는 때때로 힘에 부쳤다.

그런데 어떠한 고난과 역경에도 한 치의 흔들림이 없을 듯한 강인한 남자가 그 힘을 그녀에게 나눠주려고 한다.

아멜리에게는 세상 그 무엇보다 지독하게 매력적인 제안이었다.

"지켜줄게. 내 곁에서 행복하고 평화롭게 있을 수 있도록."

견고했던 마음의 제방에 균열이 가기 시작했다. 그 틈새로 스며드는 건 그 어느 때보다도 강렬한 욕망이었다.

갖고 싶다. 내 것으로 하고 싶다. 집어 삼키고 싶다. 바로 저것을. 저 힘을.

칸을 홀린 듯이 바라보던 아멜리가 퍼뜩 정신을 차렸다. 이때까지 남에게 매달리지 않고, 스스로 주저앉지 않고 성실하게 살아왔단 것만이 그녀의 자부심이었다. 한순간이나마 기묘한 욕망에 휩쓸려 버렸던 자신이 부끄러웠다.

"칸님 같은 분께 그런 말도 다 듣고, 저는 참 복 받은 여자네요. 그래도 안 돼요. 저는, 칸님과는 달라요. 칸님께 이성적인 호감을 느낀 적 없는 걸요."

"내가 싫은 건가."

"그럴 리가요! 저는 칸님을 존경해요. 진심으로요. 솔직히 처음에는 무서운 분인 줄로만 오해했지만 지금은 고마울 따름이어요. 진중하고 예의 바른 성격에, 생김새도 제가 아는 남자들 중 가장 근사하고, 마물을 물리치는 모습도 몇 번이나 넋을 놓고 보았는걸요. 도로시가 왜 칸님을 수프림나이트라고 유난히 자랑했는지 이제는 알 것 같아요. 설령 칸님께서 귀족이나 기사가 아니셨더라도 전 칸님을 존경했을 거라고 확신할 수 있어요. 칸님은, 그만큼 멋진 사람이어요."

남자의 자존심에 상처를 주지 않기 위해 그녀는 열과 성을 다했지만,

상대방의 미간은 더욱 깊어져만 갔다.

"이해가 안 가는군. 그 정도로 좋게 보고 있으면서 이성적인 호감은 가지지 않을 수 있는 건가."

"예전에 동네 친구들과 이런 주제로 얘기를 나눈 적이 있어요. 그때 깨달은 사실이, 저는 잘 모르는 이성에 대해 멋있다고 생각할 순 있어도 사랑을 느끼진 못하는 타입이라는 거여요. 오래 봐서 잘 알고 편한 사람이 아니면 온전히 마음 주기가 어렵달까요."

조곤조곤 설명을 해봐도 칸은 이해하지 못하는 느낌이었다. 하기야 그는 만난 지 얼마 안 된 그녀에게 무려 청혼을 해온 남자니까. 사랑에 빠지는 방식에 있어서는 그녀와는 전혀 정반대의 타입인 셈이다.

"아무튼 저는 그래요. 그런데 칸님과는 바로 한 달 전까지만 해도 전혀 모르는 사이였잖아요? 여행 중에도 사실 함께 시간을 보낸 적은 많지 않고요. 그래서 그런 거지, 결코 매력을 못 느꼈단 뜻은 아니어요."

"그렇다면 더 많은 시간을 함께 보내면 되지 않나."

"전 곧 고향으로 떠날 예정이어요."

"내가 고향으로 돌아가지 말고 히스톤에 머물러 달라고 한다면?"

"그건, 어려운 부탁이네요."

시급한 일이야 없지만 궁금한 것은 많았다. 마을 사람들이 어떻게 됐을지, 발번은 어떤 모습일지, 또 자신이 이런 상황에 놓인 연유를 찾아 해결책을 구해야 했다. 더불어 집도 직업도 없는 채 지인들의 호의에 기대 낯선 도시에 오래 남아있자 나태해지기밖에 더하겠는가.

"3개월 만이라도 좋다. 내게 기회를 줄 수 있겠나. 그 이후 청혼에 대한 대답을 다시 해준다면 그때는 나도 당신이 어떤 대답을 하든 깨끗이 승복하겠다. 내가 이성으로서 매력이 없어 거절한 것이 아니라면 당신에게도 나쁘지 않은 제안이겠지."

어조는 사무적이었으나 그는 충분히 간청하고 있었다.

"그 칭찬들이 나를 위로하기 위한 빈말이었다면 나도 어쩔 수 없지만."

칸이 입을 다물고 눈을 내리깔았다. 늘 기세 좋게 으르렁대던 맹수가 시무룩해진 듯한 모습이었다. 아멜리는 미안함에 어쩔 줄을 몰랐다.

"빈말이 아니어요. 칸님은 정말 멋있으신 분이고……."

"그렇다면 내 말대로 히스톤에 남아 있겠나."

칸은 상대방의 빈틈을 결코 놓치지 않는 노련한 무사였다. 그리고 아멜리는 이미 원래의 페이스를 잃었다. 그녀는 하는 수 없이 가장 껄끄러운 화제인 최후의 보루에 의지하기로 했다.

"히스톤에 남아있다고 한들, 제가 칸님과 그런 약속을 전제로 한 채 만날 순 없죠. 혹여 약혼녀분께서 낯선 여자가 약혼자 곁에 있는 걸 보시면 얼마나 속상하시겠어요?"

"그녀는 신경 쓸 필요 없어. 파혼한다고 했다."

"제 대답을 듣기도 전에 파혼부터 하신다고요?"

"그렇다."

한 치의 고민도 없는 대답이었다.

"제가 끝내 거절을 하면 어쩌시려고요?"

"당신은 걱정할 필요 없어. 내 선택이다. 대가 역시 내 몫이지."

상대방은 그녀에게 빠져나갈 구멍을 하나라도 용납하지 않으려는 듯싶었다. 아멜리는 손에 들고 있던 찻잔을 내려놓았다. 미안함과 죄책감, 난처함과 부담스러움이 그녀의 심중에서 빙글빙글 소용돌이쳤다. 어떡하지. 이렇게까지 각오를 한 상대에게 어떻게 냉큼 싫다고 대답을 해.

"만약 제가 수락하면 3개월 동안 뭘 하게 되나요?"

무슨 말이든 덥석덥석 달려들어 대답하고 반박하던 남자가, 돌연히 입을 다물더니 고개 돌려 먼 산을 바라보았다. 정원수의 그림자가 드리워져 확신할 수 없으나 그의 귀가 조금 빨개진 것 같았다. 찌르륵거리는 새소리가 두 번 지나간 뒤 그가 대답했다.

"나와 데이트하자."

데이트. 살면서 별로 연이 없던 단어라 입속에서 굴려보니 어감이 참 생경했다.

"그러니까 그건 연, 연, 연애를 하자는 말인가요?"

칸이 끄덕거렸다.

"……."

"……."

정자에 어색하면서도 후끈후끈한 침묵이 내려앉았다. 두 남녀는 시선을 달리한 채 한 명은 죽어라 먼 산만 바라봤고, 다른 한 명은 벌건 얼굴을 연신 부채질해댔다. 침묵은 좀처럼 끝나지 않아, 결국 다과상에 부족한 게 없는지 살펴보러 선더랜드 부인은 "두 분 말다툼이라도 했어요?"라는 괜한 오해를 해야 했다.

❧

아멜리에게 있어 히스톤에서의 나날은 다양한 의미로 새로웠다. 선더랜드가 사람들은 그녀에게 귀족급 대우를 해주었는데, 공주의 명을 받고 로열나이트인 게일이 데려온 사람에게는 그만한 가치가 있다고 믿었기 때문이다. 덕분에 아멜리는 태어나서 처음으로 「무위도식」이란 것을 경험하고 있었다. 자고 일어나면 밥이 차려져 있고, 밥을 먹고 방으로 돌아오면 청소가 되어 있었다. 외출하고 돌아오면 햇볕에 보송보송하게 말려 깔끔하게 다려진 옷들이 기다리고 있었고, 자신은 하녀들이 물을 끓여 준비해준 목욕물에 몸을 담그기만 하면 됐다. 새벽부터 밤까지 소처럼 일하던 발번 시절과 비교하면 말도 안 되는 호사였다.

아멜리는 틈만 나면 불편한 데는 없냐고 물어오는 하녀들 때문에 안절부절못했다. 오히려 저택의 빨래와 청소를 돕게 해달라고 하녀장을 조르다가 게일에게 한 소리 듣기까지 했다.

"후우, 하여간 고기도 먹어본 사람만 먹을 줄 안다더니."

게일은 혀를 찬 뒤 배에 힘을 주어 상체를 들었다. 붉은 앞머리에서 땀방울이 튀어 쪼그려 앉아 있던 아멜리의 발치에 떨어졌다.

"그렇지만 이상한 걸요. 남한테 몸이 아프다든가 다른 일을 하느라 너무 바빠서라면 몰라도, 편히 앉아 남을 부리면 불편하지 않으셔요?

게일님이 시키는 일들을 보면 별로 중요하지도, 크게 힘들지도 않은 것들이던데요."

아멜리는 은근히 게일을 힐책했다. 게일은 하루에도 수십 번 종을 울리는 사람이었다. 허둥지둥 달려온 사용인들에게 내리는 명령은 고작 서재에 놓고 온 물건을 가져와 달라, 주전자의 물을 더 시원한 것으로 갈아와라, 책상에 쓰레기가 쌓였으니 치워라, 외출할 테니 장갑과 코트를 가져와라 같이 하찮은 내용들이었다. 그럴 때면 아멜리는 저 남자가 정말로 파샤 여행 중 노숙에 불침번에 온갖 잡일까지 꾸역꾸역 해치우던 그 게일이 맞나 싶었다.

"귀찮으니까 그렇지."

꼭두새벽부터 연무장에 나와 윗몸 일으키기 200번을 하고 있는 남자의 입에서 나올 소리 같지는 않았다. 아멜리의 속을 읽은 게일이 날름 덧붙였다.

"그거랑 이거랑은 다르지."

운동을 마친 게일이 자리에서 일어나 땀에 젖어 늘어진 튜닉을 벗었다. 아멜리가 얼른 갖고 있던 마른 수건을 건네주었다. 게일이 머리카락의 땀을 털며 말했다.

"근데 넌 진짜 새벽잠이 없다. 노인이냐?"

"여행할 때도 항상 이랬는데 뭘 새삼스럽게 그러셔요."

"그땐 할 일이 많아서 그런가 보다 했지. 지금은 밥 차릴 필요도 없는데 뭐하러 일찍 일어나?"

"버릇이 됐나 봐요. 고향에서도 늘 이 시간에 일어났었거든요. 게일님이야말로 하루도 안 거르고 새벽 수련을 하시네요?"

"나도 버릇이지, 뭐."

수련 중의 게일을 보면 그 말은 거짓임이 뻔했다. 그래도 아멜리는 모르는 체 해주었다. 좋아하는 것을 좋아한다고 말하지 못하는 소년스러운 고집이 아직도 스물여섯 살 청년의 내면에 남아있는 모양이었으니까.

그렇게 아멜리는 매일 새벽 게일의 수련을 구경하며 수다를 떨었고, 끝나면 게일과 아침 식사를 한 뒤 출근하는 그를 배웅했다. 혼자가 되면 오후 시간은 거의 혼자 보냈다. 칸이나 도로시와 만날 수도 있었지만 둘 다 일하는 사람들이라 아멜리만큼 스케줄이 자유롭지 않았다. 아멜리는 호화로운 선더랜드 저택을 구경하거나 정원을 산책하다가 그마저도 질리자 동굴에서의 취미 생활을 다시 찾게 됐다.

"미안한데 종이랑 펜을 구해줄 수 있나요? 가능한 한 넉넉하게요."

하녀가 종이 한 뭉치를 가져다주자 아멜리는 암기했던 문자들을 옮겨 적었다. 반년 넘게 매달려 암기한 책의 내용을 아깝게 날려 버리기 전에 기록으로 옮겨두고 싶었다. 신기한 것은, 동굴에서 나온 지 시일이 꽤 지났음에도 기억이 꽤 생생하다는 점이었다. 종이에 펜을 대고 있으면 손이 거의 저절로 움직였다. 사람의 기억이 얼마나 휘발되지 쉬운지를 고려하면 무척 신기한 일이었다. 너무 오래 붙들고 있어서 이젠 잊어버릴 수 없게 된 걸까? 아니면 이것도 동굴의 묘한 힘 중 하나?

아멜리는 외출하지 않는 날의 오후에는 그렇게 필사를 하며 지냈고, 저녁이 되면 퇴근하고 돌아온 게일의 성토를 들어줬다.

"그래서 미친 꼰대, 지랄 맞은 꼰대, 성격 더러운 꼰대들에게 둘러싸여 장장 1시간이나 잔소리를 들었다는 거지. 책상에 산더미처럼 쌓인 서류를 이제 막 돌아온 내가 뭘 어떻게 처리하란 거야. 분류하는 데만 1박 2일 걸리겠더구먼. 인간적으로 사람이 숨 쉴 시간은 줘야지, 안 그러냐? 아악! 열 받기 짝이 없네. 아까 내가 왜 병신처럼 가만히 듣고 앉아 있었지? 테이블을 엎어버렸어야지! 이 짱구 멍청이!"

게일이 제 머리통을 퍽퍽 치며 발작하자 아멜리가 떨떠름한 표정으로 말렸다.

"그만두셔요. 게일님 머리만 아프잖아요."

게일의 호의 덕분에 아멜리가 선더랜드 저택에 머무르는 것도 3주째. 호의랄까, 사실 게일의 고집이었다. 불행히도 그는 패트리샤의 호위 임무에서 해방되었다고 기뻐할 틈이 없었다. 게일이 도성을 떠나 있는 동안에도 그의 집무실 책상에 차곡차곡 쌓인 일감이 봇물 터지듯이 그에게 밀려들었기 때문이다. 밀린 업무를 처리하는 틈틈이 기사단 훈련에 참여해야 했으며, 귀족으로서 의무적으로 참석해야 하는 공적 행사와 따분한 파티들의 초대장도 하루가 멀다 하고 날아왔다. 천성이 자유분방한 게일에게는 도무지 견디지 힘든 일상이었으나 선더랜드가 사람들은 이해해주지 못했으므로 불평불만의 해소는 전부 아멜리가 담당하게 됐다.

"진짜 너무 싫다, 이놈의 기사단 일."

게일이 테이블에 엎드려 우는 소리를 하자 실질적인 도움을 줄 수 없는 아멜리는 그저 토닥토닥 등을 두드려줄 수밖에 없었다.

"욕보셨어요. 그래도 다들 그러고 사는 거죠 뭐."

말 그대로, 그녀는 과다업무에 치여 살고 있는 또 한 명의 로열나이트를 알고 있었다.

"오래 기다리셨죠!"

응접실로 내려온 아멜리가 가쁜 숨을 몰아쉬었다. 렉시온 경께서 응접실에서 기다리고 계신다는 갑작스러운 전갈을 받자마자 폭풍처럼 외출 채비를 마치고 계단을 뛰어 내려온 탓이었다. 응접실에 걸린 정물화를 감상하고 있던 칸이 아멜리에게로 돌아섰다.

"그렇게 서둘러 올 필요는 없었는데."

"아니어요. 어차피 할 일도 없었는데요. 하아, 하아. 일주일 만이기도 하고요. 연락받고 반가워서, 휴우."

아멜리가 어깨를 들썩들썩하며 숨을 고르고 있는데 칸이 불쑥 손을 뻗어왔다. 뼈마디가 굵은 남자의 손가락 사이로 그녀의 헝클어진 머리카락이 사락사락 휘감겼다가 반듯하게 풀어졌다. 단순히 머리카락을 정돈해주는 움직임을 알고 있는데도 수줍고 민망해서 고개를 들 수가 없었다.

"뛰어와서 덥네요."

아멜리는 홍조 핀 양 뺨을 손바닥으로 감싸며 변명했다.

"예정되어 있던 회의가 취소되어 시간이 비길래 당신을 보러 왔어."

칭찬받기를 기대하는 어린애처럼 칸이 그녀를 지그시 내려다보았다. 그 눈길이 머리카락을 휘젓던 손가락보다 한층 더 부끄러웠다. 아멜리는 그의 시선을 피하며 뻣뻣하게 문가로 걸어갔다.

"그, 그럼 나갈까요?"

정원에서 만날 날 이후로 어느덧 세 번째 만남이었다. 사실 3주간 세 차례면 별로 자주 만난 것도 아니었는데 칸이 게일보다 더한 격무에 시달리고 있는 까닭에 어쩔 수 없었다. 그래도 짬이 나면 곧장 그녀를 만나러 와주는 덕분에 그들은 앞서 두 번의 데이트를 즐길 수 있었다.

아니, 솔직히 데이트라 부르기엔 내용상 한없이 부족했다. 첫 데이트 때에는 히스톤 시내에서 아멜리의 이런저런 볼일들을 처리했다. 보석상에서 보석 팔기, 은행에 판매금 맡기기, 칸에게 빚 갚기. 특히 채무관계를 청산할 때 아멜리는 더없이 마음이 후련했다. 돈을 받는 칸은 썩 유쾌해 보이지 않았지만.

두 번째 데이트는 승마 수업이었다. 아멜리가 여행 중 기사들이 말 타고 다니는 모습이 부러웠다고 하자 칸은 아자르 강변에 말 두 필을 끌고 나왔다. 비록 그의 바쁜 업무 스케줄 탓에 두 시간밖에 연습할 수 없었지만 칸이 종자처럼 고삐를 끌어주는 말을 타는 건 무척 재미있는 경험이었다.

두 번의 데이트 모두 아멜리에게는 더없이 유익한 시간이었다. 그런데 너무 「유익」해서 문제였다. 그간 들어온 친구들 경험담 속 데이트들은 좀 더 시시하고 시간 낭비적이라는 이미지가 있었다. 아멜리는 혹시 자신이 뭘 잘 몰라 칸에게 폐를 끼치고 있는 게 아닐까 걱정이었다. 그리하여 세 번째 데이트만큼은 사회 통념적으로 하고자 마음먹었다. 제인이 했던 것처럼 꽃밭에 세 시간이나 앉아 있든, 베스처럼 좁은 방앗간에서 허심탄회한 인생 얘기를 하든, 한나처럼 별을 보며 남자와 옥신각신 싸우든. 오늘만큼은 제대로!

"저녁에 유명한 음유시인의 공연이 있다. 그곳에 데려갈까 하는데."

노랫가락이 있는 장소라면 확실히 은행이나 승마장보다는 차분한 데이트를 할 수 있는 장소이리라. 아멜리는 흔쾌히 고개를 끄덕였다.

"식사는?"

"한 시간 전에 먹었어요. 칸님은요?"

"나도 얼마 안 됐어. 공연 시작까지 두 시간 남았는데 잠시 산책이라도 할까."

칸이 뒤돌아 마부석에 목적지를 알렸다. 마차가 대로를 따라 나아가기 시작했다.

"식사는 선더랜드가 사람들과 함께했나."

"아뇨, 게일님이랑 먹었어요."

"단둘이?"

"요즘은 늘 그래요. 고마운 배려지요. 전 귀족들 식사예절이 그렇게 까다로운 줄 몰랐어요. 첫날은 어찌어찌 함께 식사를 했지만 둘째 날부터는 영 난감하더라고요. 만일 제가 단순한 방문객이었다면 조금 뻔뻔하게 굴었을지도 모르지만 공주님의 지인이라고 소개되었잖아요. 괜히 저 때문에 공주님까지 망신을 당할까봐 전전긍긍했는데, 기특하게도 게일님이 가족들에게 양해를 구해놓았지 뭐여요. 제가 낯가림이 심해 낯선 사람들과는 식사를 잘 못하니 앞으론 둘이서 식사를 따로 하겠다고요. 게일님에게 그렇게 섬세한 구석이 있는줄 몰랐어요."

물론 아멜리는 몰랐지만, 실제로 게일은 그냥 꼴 보기 싫은 가족들과 밥 먹기 싫을 뿐이었다.

"아까 전에도 왕성에서 호출이 와서 출타를 해야 하는 상황이었는데 끝끝내 저와 함께 식사를 해주고 가신 거 있죠?"

이것 역시, 빈속에 출근했다가 상관이나 선배들과 식사를 하게 되는 불상사를 막기 위한 게일의 대비책이었을 따름이다.

칸은 아멜리의 얘기를 듣고 왠지 굳은 얼굴로 창밖을 바라보다가 불쑥 물었다.

"언제까지 선더랜드가에 있을 예정이지?"

"딱히 기간을 정해둔 건 아니어요. 그렇지만 너무 오래 머물러도 민폐이니 슬슬 다른 숙소를 알아보고 싶어요. 시내에 장기 투숙할 수 있는 깨끗한 여관이 있다면 좋겠는데요. 혹시 칸님께서 추천하시는 곳이 있나요?"

"여관은 신원불명의 자들이 자유롭게 드나드는 곳이다. 혼자 오래 머물기에는 위험해. 괜찮다면 내가 적당한 거처를 찾아주겠다."

"저보다는 히스톤 사정에 밝은 칸님이 아무래도 낫겠지요. 고마워요. 게일님께 알아봐 달라 부탁을 할까도 싶었지만 솔직히 좀 곤란했거든요."

"왜?"

아멜리는 대답을 머뭇거렸다. 솔직히 말하자면 게일이 칸을 싫어하기 때문이었다. 게일에게 집을 구해달라고 부탁을 하면 칸과의 사정을 털어놔야 할 텐데 그걸 듣고 게일이 과연 가만히 있을까? 자신의 경험에 비추어 봐도, 절친한 안젤라와 혐오스러운 빌슨이 부부라는 사실이 끔찍하게 싫지 않았던가. 심지어 빌슨을 남편으로 택한 안젤라가 원망스럽기까지 했었다.

낯선 세상에서 겨우 사귄 소중한 친구를 잃지 않으려면 고백에 앞서 게일을 달래줄 방편을 마련해야 했다. 그런데 아직 그 준비를 못 한 상태였다. 하지만 칸에게 이런 사정을 곧이곧대로 털어놓을 수도 없었다. 의도는 그렇지 않더라도 결국엔 칸과 게일 사이의 이간질이 되고 말 테니까.

"요즘 게일님 컨디션이 좋지 않아서요."

"게일에게 신경을 많이 쓰는군."

"예. 아무래도 신세 지고 있는 사람이니까요."

"……그렇군."

마차는 시내 변두리의 어느 아름다운 건축물 앞에서 멈춰 섰다. 돔 천장과 유리 벽으로 이루어진 「페르마 온실정원」은 히스톤이 자랑하는 명소 중 하나로, 진귀한 식물들을 한 자리에서 감상할 수 있는 곳이었다. 다만 소유자가 귀족과 그들의 동반자들만 입장 가능하다는 차별적인 규칙을 내세웠기에 명성에 비해 이용객은 그리 많지 않았다. 아멜리와 칸이 도착했을 때에도 정원은 텅 비어 있었다.

유리 벽을 통해 들어온 햇살로 인해 실내 분위기는 밝고 온화했다. 짙고 탐스러운 꽃들이 오색찬란한 꽃밭을 이루고 있고, 남국의 관목들이 풍성하게 자라나 이국의 숲과 같은 분위기를 자아내고 있었다. 아기자기한 허브 밭 옆을 거닐 때 아멜리는 그 향긋한 냄새에 정신을 차릴 수가 없었다. 풀과 나무 천지인 산골에서 자란 그녀에게도 솜씨 좋은 정원사의 손길이 닿은 온실 정원은 또 다른 세계였다.

"세상에 이런 데도 있군요. 어머, 이건 뭘까."

아멜리는 처음 보는 식물들이 많아 정신을 차릴 수 없었다.

이리저리 옮겨가며 열심히 구경하고 있는데 천천히 뒤따라오던 칸이 물었다.

"즐거운가."

"네!"

아멜리의 환한 미소를 멍하니 바라보던 칸이 문득 정신을 차리고 작게 헛기침을 했다.

"잘됐군. 전부터 식물에 관심이 많은 것 같길래 여기에 한번 데려오고 싶었거든."

숲에서 야영할 때 가끔 약초꾼 지식을 발휘해 먹을 수 있는 식물을 채집해오거나 심심해하는 도로시와 패트리샤에게 꽃과 나무에 관한 이야기를 들려준 적이 있었는데 그녀도 모르는 새 칸이 그것을 들었던 모양이었다. 남몰래 자신을 지켜보는 시선이 있었다는 사실을 뒤늦게 알게 되자 아멜리는 부끄럽기도 하고 당황스럽기도 했다.

"전 약초꾼이거든요."

"약초꾼?"

"산에서 약초를 캐다가 도시에 파는 사람이요. 제 고향은 주변은 험하긴 해도 좋은 약초가 많이 자라서 꽤 좋은 수입을 올릴 수 있거든요."

"산이라. 이름이 뭐지?"

"저희 마을 사람들끼리는 동서남북으로 이름을 지어서 그냥 동산, 북산 이런 식이어요. 타지 사람들이 부르는 호칭은 따로 있을 텐데 저는 잘 모르겠네요. 아, 산맥 이름은 알아요. 델림이라고 해요."

아는 지명인 듯 그가 작게 고개를 끄덕거렸다.

"델림산맥은 램피대륙 안에서 가장 험한 산맥인데, 그런 데를 매일 오르내린 건가. 꽤 위험한 일을 했군. 다친 적은 없나."

아멜리가 어쩐지 기뻐서 살짝 얼굴을 붉혔다. 발번 친구들 말고는 자신이 산을 탄다고 해서 걱정해줄 사람은 없을 줄 알았는데.

"그럼요. 저 꽤 유능했어요. 솔직히 말하자면 약초꾼 일을 시작한 지는 1년밖에 안 됐어요. 그래도 옆에 선배 같은 사람이 있어 열심히 잘 배웠고, 큰 사고는 일으킨 적 없어요. 이제는 산 지리에도 밝아져서 저 혼자 다닐 수 있고요. 일전에도 혼자 산을 타다가 황금귀를 발견……."

"선배?"

열심히 경청하는가 싶던 칸이 돌연 말을 끊었다.

"네? 네. 선생님이라 해도 좋지만 빌슨 씨는 현역이기도 하고, 또 남을 가르쳐 주는 일을 좀 귀찮아하는 사람이라 선배에 가까운 느낌이어요. 뭐, 제멋대로의 호칭이지만요."

"남자?"

"네, 그렇지요. 마을 약초꾼은 저 말고 전부 남자였거든요."

칸이 지극히 건조한 음성으로 물었다.

"전부 남자라고. 흥미롭군. 어떤 식으로 당신을 가르쳤지?"

"일을 처음 시작할 때 약초에 대해 아무것도 몰랐어요. 뭐든 배워야 하니까 무작정 빌슨 씨를 따라다녔지요. 산에서 식물이나 산 지리에 관해 물으면 빌슨 씨가 대답해주기도 하고, 혹시 실수를 하거나 사고를 치면 뭐가 잘못됐던 건지 알려주기도 하고요. 그분이 좀 우격다짐이긴 했어도 지식과 경험이 많은 약초꾼이라 배울 점은 많았어요."

그래, 한때나마 빌슨이 은인으로 보이던 시절도 있었지. 마지막이 그렇게 되지만 않았더라도 인생에 고맙고 소중한 사람이 한 사람 늘었을 텐데. 아멜리는 과거를 떠올리며 아련해졌다. 그런 그녀의 표정을 보고 칸의 눈썹이 미약하게 꿈틀거렸다.

"선배 외에도 다른 사람들과 함께 일을 했겠지?"

"아뇨. 다른 약초꾼들에겐 부탁하기는 좀 미안했어요. 저 같은 초보자를 달고 다니면 아무래도 이동속도가 느려지니까 일에 방해가 되잖아요. 다들 먹고 살기 빠듯한데 저까지 돌봐달라고 하기는 좀. 빌슨 씨는 그나마 약초꾼 중 가장 형편이 나은 분이고 또 제 옆집에 살고 있어서 도움을 받을 수 있었죠."

"옆집에 살았다?"

그의 어조가 좀 이상했다. 아멜리는 이 화제가 불편해지기 시작했다.

"그와 많이 친했나."

"빌슨 씨요? 아니어요. 약초꾼 일을 배우면서 조금 친해진 거지 원래는 데면데면한 사이였어요. 빌슨 씨보다는 아내 쪽인 안젤라와 친했죠. 어렸을 때부터 친구였거든요. 그런데 빌슨 씨랑 혼인을 하면서 저희 집 이웃이 됐지 뭐여요. 그때 둘이 얼마나 신 나 했는지……."

"유부남이면서 당신과 단둘이서 다녔다?"

칸은 노골적으로 불쾌한 빛을 띠었다. 아멜리는 가슴이 조마조마했다. 칸과 나름 친해져서 이제는 곧잘 어울려 다니고 대화도 나눈다지만 칸이 가지고 있는 본연의 위압감은 어디 가질 않았다. 그가 표정이나 어조에서 약간만 부정적인 뉘앙스를 풍길 때마다 그녀를 위협하는 것 같아 견디기 힘들었다.

"직업적인 동료일 뿐인데 유부남이건 아니건 별로 상관없지 않나요? 어차피 이젠 함께 다니지 않으니 다 옛날이야기일 뿐이고요."

"왜?"

그가 난처한 대목을 짚었다. 평생 묻어두고 싶은 불쾌한 기억이고 친한 친구에게도 말 못한 사연인데 하물며 이제 막 만나기 시작한 남자에게 털어놓을 수 있을 리가 없었다. 온실은 정적에 휩싸였다. 그리고 대화의 공백은 남자의 상상력을 묘한 방향으로 자극했다.

"그에게 마음이 있었나."

야무지게 다물렸던 그녀의 입술이 딱 벌어졌다.

"아니어요!"

"왜 함께 다니지 않냐고 물었다."

아멜리는 집요한 추궁에서 벗어나기 위해 말을 돌렸다.

"이제 우리 여기서 나갈까요. 바깥 공기를 쐬고 싶어졌어요."

말 끝나기 무섭게 칸의 두 팔이 아멜리를 사정없이 옭아매었다. 상황이 파악되기도 전에 그녀의 턱이 가볍게 들어 올려지고, 남자의 눈썹이 무방비하게 가까워졌다.

"이게 무슨, 읍!"

저항은 무효로 돌아갔다. 벌어진 잇새로 뜨겁고 축축한 무언가가 침입해 입술과 혀를 막무가내로 농락했다. 얽혀오는 혀를 혀로 밀어내며 거부하려 해보아도 오히려 희롱에 응해주는 느낌만 강해졌다. 뜨겁다. 정신이 어질어질했다.

이러다 숨이 막혀 죽을 것 같다는 공포에 사로잡힌 순간 포식자가 입술을 벗어났다. 그는 그녀의 부드러운 뺨과 매끈한 턱선을 따라 살점을 뜯어먹을 듯이 빨아댔다. 살기 위해 할딱거리던 그녀의 절박한 숨소리는 다시금 집어삼켜 졌다.

아멜리의 파르르 떨리는 속눈썹 밑으로 물기가 어리자 칸이 키스에 열중하는 채로 그녀의 눈가를 엄지 끝으로 훑었다. 입술이 얼얼하도록 무자비하게 탐하고 있는 주제에 그 손길만은 깃털처럼 가볍고 부드러웠다. 그 사실에 그녀는 분개했다. 눈물까지 닦아줄 정도라면 좀 떨어지든가!

절망스럽게도 그는 하루가 끝나도록 달라붙어 있을 기세였다. 아멜리는 그 집요함에 손을 들었다. 자포자기보단 기진맥진에 가까웠다. 상대방의 완강하던 저항이 사라지자 남자의 무자비한 폭식도 점차 잦아들었다. 그는 토라진 여자를 어르고 달래는 듯이 그녀의 입술을 부드럽게 음미했다.

입술은 느릿하게 떼어졌다. 아멜리는 겨우 눈을 떴다. 머릿속이 그저 멍했다. 방금, 무슨 일이 일어난 거지?

"괜찮나."

아멜리는 대답 없이 눈을 내리깔았다. 칸이 손수건으로 그녀의 입가를 닦아주며 턱을 약간 위로 당겼다. 물기가 어려 유리알 같은 눈동자와 불안으로 흔들리는 눈동자가 서로를 마주 보았다.

"왜 그러셨어요."

"그……."

칸은 잠시 말을 골랐다.

"아프게 한 건 미안하다. 그러나 후회하지 않는다."

칸은 느릿하게 그녀의 뺨에 입을 맞추었다. 애정이 뚝뚝 묻어나는, 짧고 가벼운 키스였다.

아멜리는 사실 화가 난다기보다는 억울했다. 정확히는, 화를 낼 수가 없어서 억울했다. 처음에는 저잣거리 무뢰배와 같은 그의 행동에 놀랐고 수치심을 느꼈다. 그래서 떨어지기만 하면 따귀를 올려붙여 주리라 다짐하고 있었다. 그런데 맞닿은 살갗으로부터 사내의 감정이 쏟아져 들어오기 시작하자 그녀의 머릿속은 텅 비어버렸다. 어째서 잔인한 욕정 대신 절박하고 고통스러우며 그리하여 애달픈 호소가 느껴지는 걸까. 그런 의문이 뇌리를 잠식하는 순간 분노는 허무하게 풍화되고 각오는 무너졌다. 앙금처럼 남은 것은 죄책감.

이건 말도 안 돼.

강제로 키스를 당한 쪽은 그녀였다. 그런데 어째서 죄책감을 느껴야 하나. 부조리하다. 자신을 좋아하는 남자를 똑같이 좋아해 주지 않는다고 해서 그것이 죄가 될 리가 없었다. 그러나 그녀는 감정을 그대로 되돌려줄 수 없는 자신이 냉혈인간처럼 느껴지는 것을 막을 수 없었다. 왜 내 쪽이 나쁜 사람처럼 느껴지는 거지? 어째서 난폭한 짓을 저질렀는데도 칸은 빌슨 씨와 다르게 느껴질까?

아멜리는 그저 혼란스러웠다. 온실 정원을 떠나 시내로 이동해 어딘가에 내리는 순간까지 그녀는 낯설고 기묘한 감각 속에서 허우적댔다. 그러다가 우뚝 멈춰선 칸의 등에 코를 박고서야 번뜩 정신이 돌아왔다.

"칸님?"

아멜리는 코를 문지르며 주위를 둘러보았다. 어느샌가 그들은 히스톤 시내의 카페테리아 안에 들어와 있었다. 고급스러운 의복을 입은 남녀들이 음유시인의 우아한 음색을 감상하며 차를 마시는 고급 찻집이었다. 가게 안쪽에서 한 여인이 그들에게로 다가오고 있었다.

"어머나, 이게 누구셔."

푸른 드레스를 입고 있는 원숙한 여인이 놀란 듯 눈썹을 치켜들었다.

"누님."

누님이라고? 아멜리는 화들짝 정신을 차리고 자세를 다소곳이 했다. 그의 누이는 머리색을 제외하면 칸과 전혀 닮은 구석이 없는 여성이었다.

"너도 이런 델 올 줄 아니? 별일이구나. 뒤엔 누구니? 나와는 면식 없는 분 같은데 소개 좀 시켜다오."

"……."

"누나가 묻는데 대답 안 하니?"

칸이 마지못해 입을 뗐다.

"패트리샤 공주님의 지인, 아멜리 양입니다."

"공주님의? 흠. 그런데 네가 왜 여길 데리고 왔을까?"

제삼자인 아멜리가 보아도 칸과 그의 누이 사이의 불편한 기류는 명백했다. 그가 자신 때문에 난처한 상황에 처한 게 아닐까. 아멜리가 속으로 발을 동동 구르고 있던 그때, 구세주 같은 목소리가 튀어나왔다.

"징한 놈. 진짜로 날 데리고 여기까지 오냐."

건장한 청년 둘이 가화(假花)로 꾸며진 오색 빛깔의 카페테리아 입구에 나란히 들어서고 있는 모습은 누가 봐도 부조화의 극치였으나 아멜리의 눈에는 영웅의 등장만큼이나 가슴 벅찬 장면이었다.

"여기 맛있대. 맛있다고, 어? 너 맛있는 거 좋아하잖아."

"이럴 거면 아까 그 여자 꼬셨어야 했다. 여자 하나가 끼어 있으면 시커먼 사내새끼 둘이 마주 앉아 케이크 먹는 것보단 나은 그림이 나올 거 아냐."

"안 돼애. 네가 거리에서 여자한테 껄떡거리면 나까지 오해받는단 말이다. 안 그래도 너랑 어울려 다닌다고 요새 소피의 구박이 말도 못 해."

"고 계집애, 동생 친구라고 이쁘다 이쁘다 해줬더니 감히……."

분통을 터뜨리던 게일이 우뚝 멈춰 섰다. 부조화의 극치는 그의 눈앞에도 펼쳐져 있었기 때문이었다. 히스톤 귀부인들의 단골집이라는 유명 케이크 가게 입구를 가로막고 서 있는 아멜리와 재수 없는 칸과 성격 나쁜 칸의 누이. 게일은 우선 자신의 눈을 한 번 비볐다. 헛것인가?

"게일님!"

헛것이 아닌 아멜리가 반갑게 외쳤다.

"데리러 오셨군요!"

"응? 나? 나한테 하는 말이야?"

아멜리는 게일 옆으로 냉큼 자리를 옮기며 환하게 미소 지었다.

"절 데리러 오신 거죠?"

"내가……? 으헉! 지! 응! 그렇지!"

게일은 시원스러운 미소를 지었지만 입꼬리에선 가벼운 경련이 일어났다. 여인의 고운 손이 소가죽처럼 질긴 등짝을 가차 없이 꼬집어 비트는 장면을 목격한 게일의 친구는 두려운 듯 아멜리로부터 한 발짝 물러났다.

"바쁘신 중에 절 여기까지 데려다 주셔서 감사해요, 칸님. 패트리샤님께서도 고마워하실 거여요."

격식 차린 인사에 칸보다 빠르게 반응한 사람은 칸의 누이였다.

"그런 거였구나. 칸, 얘는 참. 임무 중이었으면 얼른 말을 해야지."

그녀는 다시 부채를 펴 팔랑팔랑 부쳤다. 부채에 가려지지 않은 눈이 가늘게 휘어졌다.

"이런 장소에서 로열나이트가 세 명이나 모인 것도 하나의 인연이겠죠. 마침 무어 경과 눅스 경도 다과를 즐기러 오신 듯한데, 이렇게 된 거 두 분 그리고 제 동생까지 한 자리에 동석할 수 있는 영광을 누릴 수 있을까요?"

"동석, 동석이라."

게일은 마치 단어의 의미를 전혀 모르겠다는 양 연거푸 읊조렸다.

"버, 버킨 부인과요?"

다른 청년은 좀 더 의연한 척 했으나 그만 말을 더듬는 실수를 저질렀다. 버킨 부인의 눈초리가 꼬챙이처럼 날카로워졌다.

"왜들 그러실까요? 혹시 저같이 노쇠한 여인이 젊은 분들의 시간을 빼앗으면 죄가 되나요?"

종결어미를 찍듯이 그녀 손안에 있던 접선이 매서운 소리를 내며 접혔다. 두 청년의 어깨가 천둥소리라도 들은 것처럼 움찔거렸다. 곧 버킨 부인에게서 낮은 웃음소리가 흘러나왔다.

"농담이에요. 설령 기사님들의 진실이 그렇다 하더라도 걱정하실 필요는 전혀 없답니다. 안쪽의 살롱에 꽃처럼 화사한 영애들이 종달새처럼 즐겁게 담소를 나누고 있거든요. 그 안에는 코스토바 부인과 그 따님께서도 계시죠."

「코스토바」라는 단어가 튀어나오기 무섭게 게일이 친구의 복사뼈를 다급하게 발로 찼고 그의 친구 또한 팔꿈치로 게일의 옆구리를 찔렀다.

"굉장한 영광입니다만……."

사인을 주고받은 두 청년은 후방의 퇴로를 향해 슬금슬금 뒷걸음질치기 시작했다. 게일이 잊지 않고 아멜리의 팔을 잡아당기자 날붙이처럼 서슬 퍼런 살기가 날아들었다. 물론 게일은 거기까지 신경 쓸 겨를이 없었다. 신경 쓰이지도 않았다. 지금 닥친 위기에 비하면 칸은 잔챙이에 불과했으니까.

"공교롭게도 이쪽과 선약이 있군요. 그럼 이만 실례!"

게일이 아멜리를 데리고 먼저 내빼자 엉겁결에 혼자 남은 청년이 허둥지둥 목례를 했다.

"버킨 부인, 좋은 하루 보내세요. 칸, 내일 조례 때 보자. 야, 게일! 같이 가!"

두 청년과 한 아가씨는 그야말로 바람처럼 사라졌다.

누가 쫓아올세라 정신없이 시장통을 뒤집으며 도망친 세 사람은 카페테리아와는 상당히 떨어진 시내 외곽에 다다라서야 한숨을 돌렸다. 게일은 손등으로 이마의 식은땀을 훔치며 중얼거렸다.

"하아, 지상 최악의 티 타임에 동석할 뻔했다……."

게일의 친구가 깊게 고개를 끄덕이며 동감했다. 아멜리는 카페테리아 방향을 쳐다보며 꼬장꼬장해 보이는 누이와 남은 칸을 걱정했다.

나름대로 잘 둘러댄 거 같은데, 혹시 추궁당하고 있거나 하진 않겠지?

"아멜리."

"네?"

아멜리가 뒤돌아보자 미리 기다리고 있던 손가락이 그녀의 뺨을 쿡 찔렀다. 스물여섯이나 먹은 청년의 유치한 장난에 걸려든 아멜리가 황당해하며 게일을 올려다보았다.

"너 거기서 왜 그러고 있었어?"

아. 이쪽을 잊고 있었네. 아멜리가 핑계를 찾느라 눈을 굴리고 있는데 게일 옆에 선 청년이 얼른 끼어들어 인사를 건넸다.

"아, 이 아가씨가 아멜리 양이야? 반갑습니다. 전 제롬 눅스 뒤아멜이라고 합니다. 게일과는 불알친구이자 직장 동료죠."

회색빛 도는 갈색머리와 둥글둥글한 얼굴형, 게일보다는 호리호리하지만 무사답게 다부진 체격. 모범생의 이미지를 가진 무사가 있다면 바로 이 청년이 아닐까 싶을 정도로 반듯하고 선해 보이는 청년이었다. 아멜리는 허리를 숙여 공손하게 인사했다.

"안녕하셔요. 게일님 댁에서 신세 지고 있는 아멜리 발번이라고 해요."

"왜 그놈이랑 있었냐니깐."

두 사람이 인사를 나누는 잠깐을 못 참고 게일이 닦달을 했다. 아멜리는 간결하게 둘러댔다.

"저 혼자 시내에 놀러 나왔다가 우연히 만났어요. 게일님이야말로 여기 웬일이세요? 일하러 가신 줄 알았어요."

"기사단의 정기 회의가 갑자기 취소됐어. 곧장 집에 돌아가기도 뭐해서 시내에서 방황하다가 집에 돌아가려는데 이 찐빵이가 뜬금없이 케이크 타령을 하잖아."

제롬이 신사적인 미소를 지으며 게일의 말에 토를 달았다.

"약혼녀가 거기 케이크를 좋아해요."

"어마, 약혼녀를 위해!"

자기 여자에게 살뜰한 듯한 청년을 만나 아멜리는 무척 감동했다. 로열나이트라고 해서 게일처럼 경박하거나, 칸처럼 무뚝뚝하거나, 루크처럼 예민한 성격인 건 아니었구나. 그녀는 보고 배우라는 의미에서 옆 사람에게 눈총을 주었는데 정작 그 장본인은 거리를 두리번거리느라 한창 정신이 없었다.

"젠장. 이대로 집에 못 들어가. 이 더러워진 기분을 술로 풀자."

"저 술은 잘 못하는데."

"나는 소피아 만나러 갈 건데."

게일은 두 친구를 향해 말없이 손짓을 했다. 아멜리와 제롬이 어리둥절해하며 다가가자 게일의 오른손이 아멜리의 팔뚝을, 왼손이 제롬의 멱살을 잡아챘다.

"가자!"

두 남녀는 워낭소리의 환청을 들으며 게일에게 질질 끌려 한 주점에 입장하게 되었다.

맑은 산 공기 속에서 자라온 아멜리에게는 주점의 탁한 공기가 무척 고약하게 느껴졌다. 술냄새와 담배 연기, 기름진 안주 냄새, 그리고 삼류 악단의 흥겨운 가락이 떠돌고 있었다. 대부분은 유쾌하게 떠들며 술을 마시고 있는 손님들이었지만 음침한 실내 구석에서 작부에게 지분대는 남자들도 있었다. 아멜리는 민망해 얼른 고개를 돌렸으나 게일과 제롬은 태연하게 주점 내로 걸어 들어갔다.

적당한 자리를 잡고 앉으려는데 제롬이 아멜리를 위해 의자를 빼주었다. 옆 테이블에서 가볍게 취한 손님들이 휘파람을 불었다. 어디에서 온 샌님이야, 저건. 걸쭉한 조롱 소리가 뒤따랐지만 제롬은 태연자약했다.

"감사합니다, 제롬 님. 그런데 저한텐 그렇게까지 해주지 않으셔도 괜찮아요. 어차피 귀족도 아닌 걸요."

저 때문에 제롬이 괜히 조롱을 당한 것 같아 아멜리는 미안함을 느꼈다. 그러나 제롬은 산뜻하게 대꾸했다.

"습관이라서요. 안 하면 제가 불편합니다."

아멜리는 저도 모르게 게일을 쳐다볼 수밖에 없었다. 똑같이 귀족에 로열나이트인데 이 차이는 뭐지? 그러거나 말거나 게일은 웨이터에게 손짓하느라 바빴다.

"제롬과는 자주 마셨는데 아멜리랑은 처음이네. 너 마실 줄은 알아?"

"아뇨. 무지 약해요."

"그럼 맥주 큰 잔 둘에 주스 한 잔."

게일의 주문에 웨이터가 곤란한 표정을 지었다.

"죄송합니다만 주스는 없습니다. 대신 저희 가게의 특제 과실주는 어떠십니까? 여성 손님들에게 인기가 좋은 메뉴랍니다."

"그럼 그걸로."

술과 안주는 금세 나왔다. 아멜리는 과실주를 시험 삼아 조금 홀짝여

보았다. 알코올 특유의 독한 향이 느껴지지 않으면서 달달해서 주스처럼 마실 수 있는 술이었다.

"어마, 맛있네요!"

"잘됐네."

게일은 이미 맥주 한 잔을 다 비운 상태였다. 육포를 질겅질겅 씹고 있던 제롬이 충고했다.

"적당히 해. 내일 조례 시간에 술 냄새 풍기면 힌다 선배가 널 죽일걸."

"헛소리하지 말게, 친구여. 내가 언제 내일을 걱정하며 사는 거 봤느냐?"

제롬은 진지하게 고개를 주억거렸다.

"하긴 내일 죽을 놈이 내일을 걱정할 필요는 없겠지."

게일이 함박미소를 지으며 두꺼운 팔뚝으로 친구의 목을 졸랐다.

"못 본 새에 힌다 선배 딸랑이가 된 것 같다? 제정신으로 돌려줄까, 친구?"

"난 로열나이트의 엘리트라구. 너처럼 출셋길에서 신 나게 미끄러진 녀석과 행실이 같겠냐. 잘 보여. 퇴직할 때 연금 정산은 나한테 결제받아야 할 테니까."

"의병(依病)제대라고 들어는 봤지?"

"야! 머리에 땜통은 만들지 마! 나 낼모레면 새신랑이다."

술잔을 기울이던 아멜리의 입가에 흐뭇한 미소가 떠올랐다. 제롬과 함께 노는 게일은 그 어느 때보다 편하고 즐거워 보였다. 파샤 여행 때도 불편해 보이진 않았지만 지금에 비하면 그때 게일의 태도는 차라리 사무적이었다. 제롬도 게일을 대하는 태도가 다른 사람들과 사뭇 달랐다. 게일의 거친 언행도 푹신푹신 스펀지같이 부드럽게 잘 받아넘겼다. 게일의 혈육들조차 약간 날이 세워 게일을 대했던 것을 고려하면 과연 대단한 인물이었다.

아멜리는 안심했다. 히스톤에 돌아온 뒤 사회 부적응자처럼 불평불만을 입에 달고 산 게일에게 제롬 같은 친구가 있으니 얼마나 다행인가.

"뭐야. 술 못 마신다더니 잘만 마시네."

게일이 거침없이 자작(自酌)하는 아멜리에게 박수를 쳐주었다.

"별로 술 같지 않고 그냥 달콤한 주스 같아요. 게일님도 좀 드셔 보실래요?"

"난 단 거 싫어."

제롬에게도 권했지만 죽마고우 아니랄까 봐 둘이 입맛이 똑같은 모양이었다.

"도수가 약하더라도 많이 마시지 않는 편이 좋을 겁니다. 뭐, 게일이 있으니 집에 가는 덴 문제가 없겠지만요. 이 녀석은 말술이거든요."

그렇게 말하면서도 제롬은 입맛을 다시고 있는 아멜리를 대신해 과실주 한 병을 더 주문해 주었다. 게일과 달리 참 친절하고 싹싹한 청년이었다. 저런 아들 하나 있으면 밥을 안 먹어도 배부를 것 같았다.

"두 분은 언제부터 친구셨나요?"

"한 다섯 살쯤인가?"

"그렇게 어렸을 때부터요? 집안끼리 교류가 있었나 보네요?"

"그걸 「집안끼리의 교류」라고 해야 하나?"

게일이 맥주를 꿀떡 대다가 떫은 표정을 지었다. 제롬은 어깨를 한 번 으쓱해 보인 뒤 말했다.

"집안 교류라면 집안 교류라 할 수 있지. 다만 어른들은 아무도 모르는 비밀 교류였답니다."

"비밀 교류요?"

"얘네 막내 숙부와 제 큰 누님이 남몰래 연애하던 시절에 우리가 처음 만났거든요."

"완전히 호랑이 담배 태우던 시절 얘기로군."

게일은 아련한 과거를 떠올리며 중얼거렸다.

"그분들은 뭣 땜에 몰래 연애를 하셨나요?"

"뭐, 대놓고 해도 상관없었겠지만 사춘기 소년소녀들이었으니 쑥스러웠나 보죠. 둘이 바깥에서 만나 데이트를 즐기기 위해 게일과 절 돌봐주는 척한 거예요. 어린애들이 끼어 있으면 만남이 좀 더 순수해 보이니까요. 따라서, 게일과의 우정은 반강제적으로 시작됐다고 할 수 있죠."

"난 아직도 기억나. 애들 돌보는 걸 칠색 팔색하던 막내 숙부가 웬일로 나한테 조랑말 타는 법을 가르쳐주겠다더라고. 근데 집안이 아니라 굳이 아자르 강변으로 나가자는 거야. 귀찮아 죽겠을 것 같았지만 그래도 조랑말을 탈 생각에 들떠서 순순히 마차를 탔지. 근데 조랑말이 안 보여. 이상해서 물어보니 강변에 미리 보내놨대. 난 또 순진하게 믿었지. 겨우 다섯 살이었잖냐. 하지만 가보니 조랑말은 무슨. 웬 낯선 누나랑 밤톨만한 코흘리개만 기다리고 있었는데……."

"거기서부턴 나도 알아. 래리 형이 나랑 너더러 딴 데 가서 놀고 있으라

했는데 네가 안 가고 버티면서 「조랑말은!」하고 빽빽 소리를 질렀잖아. 나 진짜 그날 식겁했다. 네 숙부가 정말로 널 강물에 빠뜨리려는 줄 알았거든."

"베스 누나가 없었다면 던지고도 남았을 인간이야."

게일이 이를 갈았다.

"왠지 좋네요, 친한 친구의 어린 시절 모습까지 속속들이 알 수 있다는 거."

"하나 더 알려줄까요? 게일은 유치가 늦게 빠져서 열 살에도 앞니가 없이 돌아다녔어요. 유치가 늦게 빠질수록 성격이 유치해진다죠?"

"어마, 그래서."

아멜리가 안쓰럽다는 듯한 쳐다보자 땅콩을 씹어 먹고 있던 게일이 와락 인상을 구겼다.

"아니거든."

"아, 네……."

그 후로도 제롬은 게일의 어린 시절에 관한 이야기보따리를 풀어놨으며 아멜리도 즐겁게 웃고 떠들었다. 그러던 중 갈증을 느껴 술병에 손을 뻗었는데 어느새 병이 텅 비어 있었다. 그녀는 손을 들어 웨이터를 불렀다. 웃는 낯으로 달려온 웨이터는 아멜리가 쥐고 흔드는 술병을 보고 염소같이 작은 눈을 껌뻑거렸다.

"다섯 병째를 주문하시려고요?"

"네. 이 술 참 맛있네요. 이 가게에서만 파는 술이어요?"

칭찬에도 불구하고 웨이터의 표정은 여전히 묘했다.

"정말 괜찮으세요, 손님?"

"뭐가요?"

"그 술 도수가 40돈데……."

세 남자의 황당한 시선이 아멜리에게 못 박혔다. 술 못한다는 여자가 40도짜리 독주를 오롯이 네 병이나 비웠다고? 당사자도 떨떠름하기는 매한가지였다. 산딸기주만 마셔도 취하던 내가 어떻게 된 일일까? 살다 보면 저절로 주량이 늘어나기도 하는 건가?

"이 가게에선 주스 찾는 여성에게 대신 40도짜리 술을 권합니까?"

제롬이 어처구니없다는 듯 따지자 웨이터가 더듬거리며 변명했다.

"보통은 조금씩 음미하면서 마시니까요. 한 모금이나 두 모금째에 취기가 오르니까 이렇게 쭉쭉 들이키는 손님은 없어요."

쾅! 불끈 쥔 두 주먹이 테이블을 부서져라 세차게 내려쳤다. 화들짝 놀란 세 사람은 물론이거니와 주점 내 모든 손님들의 시선이 일제히 게일에게로 향했다. 어쩐지 숨이 거칠어진 게일이 축축한 눈빛으로 아멜리를 노려보고 있었다. 그가 낮게 으르렁거렸다.

"이렇게 잘 마시는 주제에……."

그리고 한 맺힌 절규가 주점에 쩌렁쩌렁 울려 퍼졌다.

"그동안 왜 나랑 대작 안 해줬어!"

그날 이후 게일은 매일 집에서 술판을 벌일 작정이었으나 갑자기 주체할 수 없을 만큼 야근이 많아지는 바람에 통한의 눈물을 흘려야 했다. 칸의 사정도 마찬가지였다. 그에겐 미안한 소리지만 아멜리는 한시름 놓았다.

이전만 해도 연인으로 발전하기 전 탐색 단계였기 때문에 그와의 만남이 크게 부담스럽지 않았다. 하지만 키스를 한 뒤로는 상황이 달라졌다. 두 사람의 관계는 단숨에 친구를 뛰어넘어 연인 비슷한 것이 되어버렸고 아멜리는 더 이상 가벼운 기분으로 그를 만날 수가 없어졌다. 어떻게 보면 관계의 발전으로 볼 수도 있겠지만, 또 어떻게 보면 인간 대 인간으로서 편하게 교류할 수 있는 기회를 빼앗긴 셈이었다.

그녀는 아직도 칸에 대해 거의 알지 못했다. 그가 입을 다물면 무슨 생각을 하는지 모르겠고, 그가 언짢은 기색을 내비치면 무서워서 몸이 굳었다. 알아가는 시간이 필요했다. 좀 더 천천히 가고 싶었다. 그때 키스, 하지 않았으면 좋았을 텐데…….

아멜리는 착잡한 마음을 떨치기 위해서 가급적 머리를 비우려고 노력했다. 동굴 책의 필사는 좋은 방편이 되어주었다. 차분하고 안정적인 환경, 넘쳐 나는 시간 속에서 아멜리는 필사에 전념했다. 그리고 1권 분량을 거의 마무리할 즈음 도로시로부터 연락이 왔다.

"선더랜드 저택에서 머무는 건 어때? 설마 게일님이 심하게 굴고 있는 건 아니겠지?"

시내의 찻집에서 재회한 도로시는 최신 유행 스타일의 리본 드레스를 입고 있었다. 여행의 꼬질꼬질함을 벗자 한결 더 예뻐 보였다. 낯선 행인들조차 도로시에게 호감 어린 시선을 던지는 모습을 보자 아멜리는 파샤 여행 중에 기사들을 추켜세우며 우쭐대던 도로시의 심정을 비로소 이해했다. 이렇게 세련되고 귀여운 도시 여자가 나랑 아는 사이라니, 우쭐할 수밖에 없다!

"다들 친절하고 좋은 분들이라 몸 둘 바를 모르겠는 걸요. 게일님은 요새 워낙 바빠서 하루에 한 번 볼까 말까 해요. 그래도 며칠 전에 멋진 연극을 보여주셨어요. 제목은 잊어버렸는데, 하늘하늘한 옷을 입은 선남선녀들이 잔뜩 나와서 눈이 호강했어요."

"하늘하늘한 옷이라면 십중팔구 『아스라전(傳)』이겠네. 아아, 나도 연극 좋아하는데."

도로시가 부러운 듯 한숨을 쉬자 아멜리가 얼른 물었다.

"함께 보러 갈래요?"

"마음은 굴뚝같지만 당분간은 무리야. 패트리샤 님이 요새 아주 정신이 없으셔서 나도 덩달아 바쁜 거 있지. 무슨 회의를 하루에서 서너 번씩 하는 건지 에디 도련님과 놀아주는 짬도 식사 시간을 줄여야만 난다니까."

"아기가 이제 두 살이 됐다고 했죠?"

도로시가 고개를 끄덕였다.

"부모가 너무 바쁜 사람들이라 퍽 안 됐지 뭐니. 형제라도 있으면 외로움이 좀 덜할 텐데. 사실, 패트리샤 님은 아이를 하나 더 갖고 싶어 하시는데 내가 보기에 힘들어. 남편과 눈 마주칠 시간 정도는 가지셔야지."

공주는 대체 무슨 일을 하고 있기에 가족과 함께할 시간도 못 낼 정도로 바쁜 걸까? 아멜리는 절레절레 고개를 저었다.

"전 귀족들은 다 태평하게 놀고먹는 사람들인 줄 알았어요. 근데 공주님도 그렇고 기사님들도 그렇고 굉장히 다들 바쁘시네요. 게일님도 하루에 몇 번씩이나 나갔다 들어오시던데."

"아무 생각 없이 지낼 수는 있겠지. 그러다 보면 언제 자기 목이 뎅겅 날아갈지 모르는 게 문제지만."

"목이 날아간다고요? 놀면 죽는단 말이어요?"

"예전 일이지만, 매일매일 귀족과 학자들이 참수를 당해 붉은 성벽에 머리가 걸리던 시절이 있었거든. 젤윈과 3년 전쟁이 끝난 후였는데 파벌 싸움이 있었나 봐. 새로운 머리통이 추가될 때마다 사람들이 구경하러 갔었거든. 나도 친구들이랑 보러 갔었는데, 어휴. 말도 마. 정말 끔찍했어."

도로시는 부르르 몸서리를 치더니 이내 태연하게 쿠키를 와작 깨물었다.

"무식한 평민으로 사는 것이 더 좋은 거 같아. 글자 같은 거 깨쳐봤자 인생에 별로 득도 없잖니. 지금의 공주님만 봐도 알 수 있지."

"도로시는 글을 읽을 줄 알아요?"

"범어(凡語)라면."

"범어?"

"평민 문자 말이야."

"평민 문자? 신분별로 쓰는 문자가 다 달라요?"

아멜리보다 도로시가 더욱 어리둥절해했다.

“몰라? 귀족들이 쓰는 건 권어(權語). 사제님들이 쓰는 문자는 신어(神語)잖아. 평민은 어릴 때 모두 1년간 서당에 다니면서 범어를 배우는데 왜 아멜리는 모르지?”

“그러게요. 이상하네요. 우리 동네엔 서당 같은 건 없었는데….”

아멜리는 둘러대면서 속으로 진땀을 흘렸다.

“아아, 동네에 서당이 없었구나. 너무 산골이라 그랬나 보네. 좋았겠다. 난 매일 아침 일찍 일어나 서당에 가는 게 얼마나 귀찮았는지 몰라.”

어설픈 거짓말이 통했다. 도로시의 성격이 조금 무딘 편이라 다행이었다. 아멜리는 안도하면서 동시에 격세지감을 느꼈다. 라트샤에서 문자는 귀족과 사제의 전유물이나 마찬가지였다. 평민을 포함해 모든 사람이 문자를 배운다는 것은 그녀에게 있어 상식 밖의 일이었다. 그래도 이어지는 질문을 꺼내기 쉽게 되었으니 잘된 일이랄까.

“범어는 배운 적 없지만 저 혼자 책에서 보고 외운 문자가 있거든요. 그런데 뜻을 모르겠어요.”

“어떤 문자? 범어라면 내가 가르쳐줄게.”

아멜리는 카페의 종업원에게 부탁해 종이와 깃 펜을 빌렸다. 그녀는 뭘 쓸까 고민하다가, 1권 맨 첫 장에 있는 짧은 문장 하나를 종이에 「그렸다」. 입에 포크를 문 채로 도로시는 종이를 유심히 들여다 보았다. 커다란 눈이 점차로 가늘어지면서 표정이 심각해지자 아멜리도 덩달아 심각해졌다.

도로시가 아무래도 아는 눈치 같아. 그렇다면 드디어, 드디어 그 동굴의 비밀이 풀리는 걸까. 빛나는 풀에 관해서도, 백골의 정체에 관해서도, 내 체질 변화에 관한 것도 드디어! 아멜리는 두 주먹을 불끈 쥐었다. 도로시의 눈이 사냥감을 노리는 매의 것처럼 번뜩 빛을 발했다.

"모르겠어!"

도로시는 헤헤 웃으며 뒤통수를 긁적거렸다.

"응? 아멜리, 왜 테이블에 고개를 박고 있니?"

"시, 신경 쓰지 마세요. 하아, 갑자기 몸에 힘이 빠져서……."

"이거 낯이 익은 문자 같았는데 잘 보니 처음 보는 문자 같기도 하네. 응, 권어는 확실히 아니고 신어는 내가 본 적이 없어서 몰라. 어쩌면 외국어일 수도 있으니까 왕성의 학자님에게 물어봐 줄게. 찾아보면 언어에 통달한 분이 분명히 있을 거야."

번거로운 일을 마다치 않는 도로시에게 아멜리가 감격했다.

"고마워요. 도로시도 나중에 내 도움이 필요한 일이 생기면 꼭 말해줘요."

"응!"

도로시는 종이를 잘 접어 품에 넣었다.

"근데 있지, 나 곧 있으면 휴가 가. 저번 여행을 떠나기 전에 공주님께서 임무가 끝나면 장기휴가를 주시기로 약속했거든. 어차피 왕성엔 나 말고 다른 수행 시녀들도 많으니까 공주님 시중을 걱정할 필요도 없어."

"어머, 잘됐네요. 언제 떠나요?"

"보름 뒤. 고향집에서 느긋하게 쉬다 올 거야. 아무것도 안 하고 그냥 늘어져서 먹고 쉴래. 파샤 일주하던 피로가 덜 풀렸거든. 이 문자에 관한 건 휴가 다녀와서 알려줄게. 혹시 급한 건 아니지?"

“전혀요. 걱정 말고 푹 쉬다 와요.”

“응. 다음번에 만날 때도 맛있는 디저트를 먹으러 가자. 케이크가 맛있는 데가 있는데 말이야…….”

도로시가 눈을 반짝거리며 히스톤의 맛집 리스트를 줄줄 읊기 시작했다. 저렇게 단 것을 좋아하면서 저 호리호리한 몸매가 가능하다니? 아멜리는 그녀가 신기할 따름이었다.

❧

칸으로부터 만나자는 기별이 온 것은 도로시와의 만남이 있고 얼마 후였다. 로열나이트들의 업무가 소강 상태에 접어든 것인지, 생존 신고만 하는 수준으로 집을 들락거리던 게일도 모처럼 방에서 느긋하게 뒹굴고 있었다. 한 손에는 맥주잔을, 다른 한 손에는 외설적인 그림이 가득한 춘화집을 들고서.

“이래 봬도 노는 게 아니라 비상 대기 중인 거란다.”

믿을 수 없는 소리였지만 아멜리는 굳이 따져 묻지 않았다. 그보다 손수건으로 춘화집을 덮은 다음 검지와 엄지 끝만 사용해 게일의 손에서 뺏어 들었다. 독극물이라도 다루는 듯이 매우 신중한 동작으로 춘화집을 책상으로 옮기는 아멜리를 보고 게일이 으름장을 놓았다.

“이 몸의 독서 시간을 방해하다니 배짱이 좋군. 아주 아주 중요한 용건이 아니라면 그 죄는 몸으로 갚아야 할 거야. 흐흐흐."

잠시간 아멜리는 춘화집을 활짝 열린 창밖으로 내던져 버리고 싶은 충동에 휩싸였다.

"내 책이 아니라 제롬이 빌려준 거야."

눈치 빠른 게일이 선수 쳤다.

"이 빨간 책이 제롬님 소유물이라고요?"

아멜리는 머릿속으로 제롬의 선한 미소를 떠올리며 가벼운 배신감을 느꼈다. 세상에 믿을 남자가 없다더니!

어쨌든 아멜리는 게일과 마주 앉았다. 그간 홀로 이런저런 고민을 해왔지만 아쉽게도 상황이 그녀를 기다려주지 않았다. 어쩌다 보니 칸과 스킨십도 했고, 칸의 누이와도 마주쳤고, 이제 곧 새로운 거처로 옮겨가야 했다. 설령 게일이 화를 내더라도 일이 제멋대로 더 진행되기 전에 솔직히 털어놓는 편이 나을 것 같았다.

"저 할 말이 있어요."

아멜리는 파샤 여행 중 칸이 청혼해왔던 일, 그의 파혼 선언, 히스톤에 돌아와 청혼을 거절했지만 그가 굴하지 않고 데이트를 신청했던 것, 실제로 몇 번 만난 일까지 차분하게 털어놓았다. 그래도 키스한 것만큼은 차마 말할 수 없었지만.

대뜸 발작부터 할 줄 알았건만 게일은 의외로 얌전히 경청했다. 아멜리의 이야기가 막 끝났을 때는 천장의 샹들리에를 응시하며 생각에 잠긴 듯한 기색이었다. 아멜리는 긴장하며 게일의 첫 마디를 기다렸다. 아무리 게일과 그녀가 친구지간이라도 신분의 벽이란 것은 높고 견고하다.

감히 평민이 귀족과 혼인을 한다고 하면 같은 귀족으로서 거북하거나 불쾌해할 수도 있으리라. 게일에게서조차 그러한 반응이 나온다면 향후 만나게 될 낯선 귀족들이야 말할 것도 없을 테고.

그러나 게일이 짚은 부분은 아멜리의 예상과는 조금 달랐다.

"그러니까 넌 칸의 정부(情婦)가 되겠다는 거?"

아멜리는 미간을 찌푸렸다.

"청혼을 받은 건데 제가 어떻게 정부가 될 수 있어요?"

"그건 미래의 이야기지. 현시점에서는 약혼녀가 있는 남자와 만나고 있는 거잖아. 칸이 집도 마련해준다며? 빼도 박도 못 하게 두집살림이네."

"칸님께선 곧 파혼하실 거여요. 저와의 관계가 앞으로 어떻게 될진 몰라도 이미 그리하시겠다 말씀하셨어요."

"뭐, 말로는 뭔들 못해. 어쨌거나 현재는 파혼 전이잖아?"

"왜 칸님 얘기만 나오면 그렇게 부정적이 되시는 거죠?"

"칸이라서 부정적이 되는 게 아냐. 세상 물정 모르는 널 위해 냉정하게 말해주는 거지."

"제가 시골에서 자랐다고 너무 무시하지 마셔요. 확실히 세상에 대해 모르는 건 많지만 사람 보는 눈까지 없진 않아요. 칸님은, 다른 건 몰라도 거짓말로 남을 속이거나 이용해 먹는 파렴치한은 아니라고요."

때리거나 죽이는 거라면 모를까. 아멜리는 딸려 나오려던 말을 꿀꺽 삼켜버렸다. 게일이 어린애 어르듯이 그녀의 이름을 불렀다.

"아멜리. 칸의 인간성에 대해서라면 내가 2박 3일 각 잡고 얘기해도 모자라니 일단 넘어가자. 하지만 칸이든 아니든 귀족의 파혼은 그렇게 간단한 일이 아냐. 평민들이 연애하다가 물 한 바가지 떠놓고 결혼하는 거랑은 전혀 다르다고. 기본적으로, 일대일 결합이 아니라 가문 대 가문의 결합인 거야. 따라서 약혼도 가문 대 가문의 약속이지. 단순히 칸과 솔린느가 서로 좋아해서 약혼했다, 이러면 욕은 좀 먹겠지만 변심을 사유로 깰 수도 있겠지. 하지만 이건 그게 아니거든. 솔직히 나는 그놈이 약혼녀 얼굴이나 알고 약혼했을지도 의문이다."

"칸님이 약혼녀를 사랑하지 않는다는 말씀이셔요?"

"이 사람아. 요점은 그게 아니지. 제깟 놈이 아무리 잘났다고 설쳐대도 메이슨 가문과 코스토바 가문의 공식화된 결정을 멋대로 뒤집기란 절대 쉽지 않다는 거라고."

게일의 박력 터지는 주장에 아멜리는 주춤거렸다. 목소리 큰 놈이 이긴다는 말이 이 상황에는 딱 맞았다.

"칸이 파혼하겠다고 선언해봐. 우선 패트릭를 포함한 코스토바 가문의 남자들이 몽땅 검을 들고 칸에게 쫓아올 거고, 신 앞의 맹세를 깼다고 교단도 난리법석일 거다. 아래에서 논란이 되면 국왕 폐하라고 모르는 체 지나갈 수 없어. 코스토바는 폐하의 외가이고 칸은 가장 총애받는 가신이니 그 영감이 어느 편을 들어줄진 모르겠다. 하지만 어느 쪽 손을 들든 분란은 예고된 거나 마찬가지 아니겠어?"

"……."

"그 밖에도 아주 재미난 후폭풍들도 기대할 수 있지. 그걸 칸 혼자가 아니라 메이슨 가문의 일원 전체가 감당해야 한단 말이야. 참고로 덧붙이면 메이슨가는 아주 고지식한 꽁생원 가문이다. 순종적으로 잘 커오던 모범생 아들이 하루아침에 귀천상혼한다고 나서면 모르긴 몰라도 피 정도는 토할 거다. 그 탓에 가문에 피해가 오면 아예 정신줄 놓을 테고. 여태껏 가문만을 위해 살아오던 칸이 과연 그 사태를 감당해낼 수 있을까?"

말을 마치며 게일은 자신의 현명함에 감탄했다. 내가 이래서 평소에 사고를 쳐주면서 주변의 기대치를 팍팍 낮춰놓는 거지. 이제 다들 나에 대해선 그러려니 하잖아?

"저한텐 본인이 대가를 치른다고 하셨어요."

아멜리가 머뭇거리다 말했으나 처음과 같은 확신은 이미 사라져 있었다.

"물론 바보가 아니니까 그놈도 나름대로의 꿍꿍이가 있겠지만 역시 힘들걸? 웬만한 귀족이라면 몰라도 칸은 나라의 보배라고 불리는 수프림나이트잖냐. 이 나라 왕실은 칸에게 아주 목을 매고 있다고. 평생 도망 다니면서 칡뿌리 캐 먹겠다는 각오가 아니면 파혼 결정을 끝까지 밀어붙일 수 없을 거다."

아멜리는 불안해졌다. 칸에 대해서도, 귀족사회에 대해서도 그녀보다 잘 알고 있을 게일이 저토록 확신이 넘쳐 말을 하니 무턱대고 부정할 수 없었다.

"만약 파혼이 끝내 성사되지 않으면 어떻게 되는 거죠?"

"어떻게 되긴. 네가 칸을 절절히 사랑해서 도저히 못 떨어지겠다면 정부의 자리라도 감수하며 살 거고, 아니면 네 인생 찾아 떠나겠지."

흥분한 아멜리가 자리에서 벌떡 일어났다.

"전 남의 정부 따윈 되고 싶지 않아요."

게일은 차분히 아멜리의 어깨에 두 손을 내려놓았다.

"아멜리야, 내가 인생 선배로서 조언을 해주마. 연애는 반한 놈이 약자고 죄인이며 을이다. 칸 앞에서 쫄지 말고 네가 원하는 바를 명확히 전달해. 한쪽 사정에 일방적으로 질질 끌려가는 건 말도 안 되는 거야. 어쨌든 연애란 건 같이 행복하자고 하는 거잖아? 그 점 하나만 명확하게 가슴에 새겨두면 어떤 연애든 고민 따윈 필요 없어."

아멜리의 귀에 그의 단호한 주장은 매우 일리 있는 말처럼 들렸다.

"게일님 대단하신데요? 연애 도사 같아요."

"그거, 난봉꾼이라는 별명보단 듣기 좋은데?"

마른 목을 맥주로 축이던 게일이 거만한 웃음을 지었다.

"전 이제 어떻게 해야 할까요?"

"내일 만나서 지금 당장 파혼한다는 확실한 약속을 받아놔. 증거가 있으면 더 좋고. 못하겠다고 하면 그때부턴 네가 알아서 판단해라. 네 인생인데 거기까지 내가 결정해줄 순 없잖냐."

아멜리는 결연하게 고개를 끄덕였다.

"참. 근데 내일 어디서 만나?"

"아자르 강 근처요. 그건 왜요?"

"근처에 몰래 숨어서 구경하려고."

"그걸 왜 구경해요?"

"세상에서 제일 재미있는 게 사랑과 전쟁 아니냐. 두 가지가 동시에 일어날지도 모른다는데 이보다 더 흥미진진한 게 어디 있어? 이야, 칸 표정 볼만하겠네."

게일이 흐흐흐 낮은 웃음소리를 흘리며 즐거워했다.

아멜리는 잠깐이나마 느꼈던 그에 대한 존경심을 조용히 철회했다.

7
충돌

마지막 만남이 그리 오래전도 아닌데, 그 사이 칸은 더욱 근사해졌다. 아멜리는 찻집 입구에 들어선 순간 그를 곧바로 발견할 수 있었다. 이유는 다름 아니라 여성 손님들의 시선이 모두 그쪽에 쏠려 있었기 때문이었다. 타이밍 좋게, 독서 중이었던 칸도 아멜리가 들어서자마자 책을 덮고 고개를 들었다. 아멜리를 발견한 그의 입가에 옅은 미소가 떴다.

"왔군."

아멜리는 괜히 두근두근했다. 용모만 놓고 보면 참 잘생긴 남자란 말이지. 왜일까, 어젯밤 게일이 들려줬던 조언들이 멀리서 개 짖는 소리처럼 아득해져 갔다.

"식사는?"

"배고프지 않아요. 칸님은요?"

"난 왕성에서 조찬회의를 하고 오는 길이다. 괜찮아."

칸은 아주 자연스럽게 아멜리의 손을 잡았다. 그녀는 움찔거렸지만 뿌리치지는 않았다.

"강가에서 산책이라도 할까. 오늘 날씨가 무척 좋군."

그들은 수도 히스톤을 가로지르는 거대한 아자르 강을 따라 거닐었다. 강변에 있는 푸른 언덕이 목적지였다. 언덕 위는 시원한 강바람이 불었고 그 아래에서 햇빛에 반짝이는 강물이 근사하게 펼쳐졌다.

"이곳에선 아자르 강 일대를 한눈에 내려다볼 수 있어. 내 어머니께서 좋아하셨던 장소다."

"좋아하셨던……?"

"아아. 내가 어릴 때 돌아가셨으니까."

아멜리는 가슴이 철렁 내려앉았다. 아닌 게 아니라, 아까 아멜리가 칸을 만나러 간다고 보고하자 빈둥거리고 있던 게일이 이런 충고를 했던 것이다.

–참, 칸은 개인사가 썩 행복한 녀석은 아니거든. 그렇다고 동정심을 품진 마. 그거, 바람둥이들이 떠나가려는 여자를 잡는 아주 전형적인 패턴이다.

참 귀신같은 연애 도사였다. 아멜리의 경악과 당황을 아는지 모르는지, 흘러가는 강물을 바라보던 칸의 눈동자에 애수가 서렸다.

"내 어머니께선 외국 출신이셨다. 아버지를 따라 히스톤에 정착하셨지만 적응을 못 하시고 늘 향수병에 시달리시다가, 날 낳은 뒤로는 몸도 마음도 쇠약해져 돌아가시는 그 날까지 거의 병석에 누워 계셨지."

그는 옛일이 스쳐 지나가는지 눈을 잠시 감았다 떴다.

"어머니와는 떨어져 자랐기에 딱히 의미 있는 추억 같은 건 없어. 다만, 요양 중에도 산책을 좋아하셨기 때문에 이따금 강가에 나오셨고 그때 나도 두어 번 동행했던 적이 있다. 그래서인지 아자르 강을 볼 때마다 어머니가 떠올라."

어린 시절 사랑하는 어머니를 잃은 설움, 그것을 자신이 어찌 이해하지 못할까. 게일의 충고를 떠올리면서도 아멜리는 동요를 억제할 수 없었다. 세상에 두려울 것 하나 없을 듯한 기사도 슬픔에는 당해내지 못하는구나.

그녀는 그의 등을 감싸 안고 다독여주려다가, 제 손을 스스로 붙잡아 말렸다. 왠지 그래야 할 것 같았다. 현실적으로 이도 저도 아닌 상태에서 감정만 가까워진다면 그 뒷수습을 과연 어찌하랴. 자신이 없었다. 그녀는 불안하게 제 손을 조몰락거리다가 차라리 이 마성의 장소에서 한시라도 빨리 벗어나자는 결심을 내렸다.

"그곳에 가보고 싶어요. 칸님이 사두셨다고 한 집이요."

"지금?"

"네. 들어가기 전에 한 번 봐두는 게 좋을 거 같아요. 칸님께서 과연 어떤 집을 고르셨을까 굉장히 궁금하기도 하고요."

그들은 시내의 마차대여점에서 마차 한 대를 빌려 탔다. 새집은 히스톤 외곽의 엘즈라는 구역에 있었는데, 지방 귀족이나 대상인들의 별장촌이라고 칸이 설명했다.

"치안이 좋고 조용한 동네다. 구설수 없이 살기도 좋지."

그의 말대로 동네 어귀에서부터 여유롭고 고즈넉한 분위기가 물씬

풍겼다. 넓고 반듯한 대로가 쭉 뻗어있는 가운데 양쪽으로 정원 딸린 고급주택들이 줄지어 서 있었고, 거리는 청결하면서도 인적이 드물었다.

"이런 부유한 동네에 저 같은 평민이 들어오면 다른 분들이 싫어하지 않을까요?"

아멜리는 텃세라든가 신분 차이를 우려했으나 칸은 조용히 고개를 저었다.

"말했듯이 여기 있는 집들은 대부분 부자들의 별장이라 잠시 머물렀다 가는 사람들이 대다수다. 그 와중에 굳이 소란을 피우고 싶어 하는 사람은 없을 테니 안심해라. 어차피 주택 간 간격이 충분히 떨어져 있으니 남의 사생활에 간섭하기도 쉽지 않을 테고. 아, 다 왔군."

칸이 골랐다고 하여 은연중 중후한 고급주택을 연상했던 아멜리는 깜짝 놀랐다. 우려와 달리 귀여운 정원이 딸린 아담한 벽돌집이 나타난 것이다. 주변의 호화스러운 집들에 비해 소박했고, 사람의 손길이 정원과 건물을 잘 관리한 티가 났다. 정말 뜻밖이었지만 그녀는 이 집이 마음에 쏙 들었다.

"더 크고 세련된 곳도 있었지만 당신의 고향을 떠올리니 이런 집이 더 끌리더군. 어떻게 생각하나."

"그야 당연히!"

너무 좋아요, 라고 외치려던 아멜리는 번뜩 제정신을 차렸다. 너무 방방 들뜬 모습을 보여줄 때가 아니었다. 아멜리는 작게 헛기침을 하면서 표정 관리에 힘썼다.

"흠, 나쁘지 않네요."

"그런가."

수고해준 사람에게 너무 매몰찬가? 아멜리는 조그맣게 덧붙였다.

"좀, 좋은 거 같기도……."

"다행이군."

칸은 덤덤한 말투로 응수했다.

밝고 예쁜 외관과 달리 집안은 어둡고 썰렁했다. 현재 사람이 거주하지 않는 집이라 창문마다 나무판이 덧대어져 있었던 것이다. 그리고 아직 가구 한 점 놓이지 않은 상태였다.

"가구와 식기는 당신 취향에 맞춰야 하니까 일부러 사두지 않았다. 나중에 함께 사러 가자. 집안을 채우고 나면 훨씬 나은 모습이 될 거다."

언뜻 평소와 다를 바 없는 사무적인 태도 같았지만 그에게 조금 익숙해진 덕에 아멜리는 그가 무척 기분이 좋은 상태라는 걸 알 수 있었다. 소풍날 아이처럼 들떠 보이기까지 했다. 지금부터 할 이야기가 이 드문 모습을 망칠 수도 있다고 생각하니 적잖이 괴로웠다. 그러나 하염없이 미뤄둘 수만도 없는 문제다. 아멜리는 어린 날 촌장의 가르침을 되새겼다.

무서워도, 껄끄러워도 피하지 마. 부딪쳐야 해, 아멜리.

"칸님."

그녀는 거실 구조를 설명하고 있던 칸을 불렀다.

"단도직입적으로 묻고 싶은 것이 있어요."

"묻고 싶은 것?"

그가 몸을 돌려 그녀와 마주 섰다. 아멜리는 마른 침을 삼켰다.

"파혼요. 정확히 언제 하실 건가요?"

칸은 즉답하지 않았다. 아멜리는 왠지 모를 섭섭함을 느꼈다. "당신이 원한다면 지금이라도 당장이라도!" 같이 열정적인 대사를 바란 건 아니었지만……. 아니, 혹시 바라고 있었을까? 설마라고는 생각하지만, 그것 말곤 달리 실망의 이유를 찾을 수 없었다.

"5개월 뒤."

그날 정원에서 내일 당장이라도 파혼할 사람처럼 굴었던 모습을 떠올리면 좀 놀라운 답변이었다.

"5개월 뒤에 하겠다는 건 칸님의 의지인가요?"

"그렇진 않아. 일반적인 파혼 절차엔 기본 1개월이 소요된다. 신전에서 신관의 주재로 거행된 약혼이라면 절차상 예외란 없다. 다만 내 경우, 증인으로 왕실이 얽혀 있기에 그 절차가 보다 까다롭고 복잡하다. 자연히 기간도 배가 된다."

"아무리 그래도 이혼 아닌 파혼인데 5개월은 좀 심하지 않나요?"

"나도 처음엔 3개월이면 충분하다 여겼지만……."

그가 골치 아픈 듯 눈썹을 찌푸렸다.

"최근 내 상황에 약간의 변화가 생겨 파혼이 예상보다 순탄치 않게 진행될 것 같다. 여기저기에서 간섭이 들어와 파혼의 행정적인 절차가 늦어질 것을 고려해 5개월 뒤라 답한 거다."

무슨 소린지 정확히 이해하기는 힘들지만 대강 그에게 모종의 고충이 있다는 점은 알 것 같았다. 아멜리는 입을 꾹 다물었다가 원망스레 그를 쳐다보았다.

"그런 일이 있었다면 진작 말씀을 해주시지요. 전 당장 내일이나 내일모레라도 칸님이 파혼할지도 모른다고 생각하고 있었는데, 완전히 착각이었던 거로군요."

"그건……."

"구체적인 진행과정을 알려주실 필욘 없어요. 다만, 저는 칸님 때문에 이곳 히스톤에 남아있다는 사실을 잊지 말아 주셔요. 원래 계획대로라면 고향으로 떠났겠지만, 칸님께서 해주신 말씀들을 믿고 있으니까, 거기서 희망을 보고 있으니까 여기 남은 거여요. 그런 절, 부디 관련 없는 사람 취급은 안 해주셨으면 좋겠어요."

칸은 사과도 변명도 하지 않았다. 다 큰 남자가 야단맞는 아이처럼 우두커니 서 있으니 보는 사람 마음이 별로 편치 않았다. 그래도 솔직히 말해준 점을 높이 사줄까. 아멜리는 섭섭했던 감정을 툭툭 털고 밝게 말했다.

"이젠 알았으니 됐어요. 제가 물어보길 잘했네요. 그럼 공식 절차는 그렇다 치고, 가족분들은 모두 칸님의 파혼에 동의하신 건가요?"

아멜리가 저번에 본 칸의 누이를 떠올리며 물었다. 칸과 사이가 불편해 보였던 그 여자는 칸의 파혼에 대해 과연 뭐라고 반응했을까? 그런데 그에게서 당혹스러운 대답이 튀어나왔다.

"아니."

"저런. 다들 반대하고 있나요?"

그쯤은 그녀도 예상하고 있던 반응이었다. 게일이 말한 대로 귀족의 약혼이 가문 대 가문의 약속이라면 그가 멋대로 내린 파혼 결정에 달가워하지 않을 게 뻔했다.

"아직 집에 말하지 않았다."

아멜리가 눈썹을 치켜떴다. 뭐라고? 칸은 곤혹스럽다는 듯이 그녀의 시선을 피했다.

"당신에게 자세하게 말할 순 없지만 현재 파샤국 내부와 주변국의 정세가 극히 민감한 상황이라, 파혼 선언을 하기엔 시기적으로 좋지 않다. 기회를 보다가 국왕 폐하의 허락부터 얻고, 그 뒤 가문에도 통보하려고 한다. 윤허를 받기 전에 말해봤자 당신에게 피해만 갈 테니까."

"자, 잠시만요. 파혼이란 게 그렇게 스케일이 큰 문제였어요?"

귀족의 약혼이 가문과 가문의 약속이라는 것까진 이해를 했지만, 국사까지 고려되어야 한다? 그건 평범한 백성으로 자라온 아멜리에게 있어 상식 밖의 변명이었다.

"약혼이란 건 결혼을 위한 거잖아요. 그리고 결혼은 남자와 여자가 결합해 가정을 꾸리는 일이잖아요. 칸님의 가정은 칸님의 사생활인데, 대체 왜 거기에 파샤의 정세가 고려되어야 하죠?"

"내 파혼선언은 귀족동맹에 일부 영향을 미치게 될 가능성이 크기 때문이다. 이런 시기에 동맹에 조금이라도 균열이 생긴다면 젤윈의……. 아니, 됐다. 당신이 이런 문제까지 알 필요는 없어."

아멜리의 얼굴이 딱딱해졌다.

"이런 문제까지 알 필요 없다고요?"

칸이 한 걸음 그녀에게 다가섰다.

"5개월 안에는 무슨 일이 있어도 약혼에 종지부를 찍겠다. 그동안 당신은 아무것도 신경 쓸 필요 없어."

"신경 쓸 필요가 없다니……."

관련 없는 사람 취급하지 말아 달라고 당부한 지 5분도 안 지났다. 그런데도 저 남자는 알 필요 없다느니, 신경 쓸 필요 없다느니 하는 말을 쏟아내는 것인가. 굳어가는 아멜리의 표정을 눈치챈 칸이 못을 박듯 덧붙였다.

"당신에게 조금도 피해 가지 않도록 해결하겠다는 뜻이다. 나를 믿고 기다려. 어차피 때가 되면 당신도 모든 걸 이해하게 될 거다."

칸의 엄격하고 단호한 말투와 굵고 낮은 목소리는 항상 좋은 평판을 얻어 왔다. 윗사람들은 같은 내용이라도 그가 말하면 보다 신뢰감을 준다고 했고, 부하들은 그의 카리스마에 압도되어 더욱 충성스러워지곤 했다. 다만 유일하게 독이 되는 경우가 있었다. 그것은 바로 화난 여인을 달래줄 때였다.

"제게 명령하시는 거여요?"

그녀가 싸늘한 목소리로 반문했다.

"아멜리."

"믿을 수 없는 말을 믿으라고 하시니 참 곤란해요. 제게 파혼하겠다고 선언하신 때로부터 얼마나 지났죠? 적어도 3주는 지난 걸로 아는데요. 현재 칸님께서 파혼을 하려고 한다는 것을 저 말고 달리 아는 사람이 있기나 한가요?"

"말했지 않나. 내 상황에 약간의 변화가 생겼다고."

"그렇다면 저한테 한 마디쯤 언질을 주셨어야 했다고 봐요. 엎드려 절 받기도 아니고 이게 무슨……."

아멜리는 아랫입술을 질끈 깨물었다. 곱씹으면 곱씹을수록 칸의 행동 하나하나가 실망스러웠다. 칸이 다급히 말했다.

"섣불리 언급했다간 한 마디로 끝내기 어려울 테니까. 만약 당신이 의문을 가진다면 나는 답해주기 어려울 것이고, 설령 답을 해주더라도 당신을 혼란스럽게 만들리라 판단했다. 나는 당신이 감당할 수 없는 걱정과 혼란을 안겨주고 싶지 않았다."

이미 실망감으로 가득 찬 아멜리는 그의 모든 단어를 냉소적으로 받아들였다. 교묘하게 제 책임을 회피하면서, 마치 모든 게 널 걱정해서 한 행동이었다는 식으로 합리화를 하고 있구나. 저 남자는 내가 그냥 바보인 줄 아는 거야. 스스로 생각하고 판단할 능력이 없고, 남이 말하면 말하는 대로 덥석 믿는 어리석은 여자인 줄 알고 있어. 하긴, 그의 파혼 하겠다는 말을 철석같이 믿고 감동했으니 딱히 그른 것도 아니었다.

"쓸데없이 불안하게 만들고 싶지 않았다."

말뿐이야. 정작 이 남자는 아무것도, 정말로 아무것도 하고 있지 않아.

"불안하게 만들고 싶지 않았다뇨. 전 이미 불안해하고 있었는데요. 당연하지요. 어느 날 갑자기, 만난 지 두 달도 안 된 귀족이 절 좋아한다며 아내로 삼겠다고 말씀하시는데 덥석 믿을 수가 있겠어요?"

"내 말을 의심하는 건가."

"이런 상황에서 의심하지 않을 수가 없잖아요. 지금까지 파혼에 관해선 집안에 말도 꺼내지 않았다 하시면서, 이런 집을 사서 절 데려오려 하시고, 지금 당장 파혼을 하겠다 해도 절차가 완료되는 건 5개월 후? 5개월 후에 다시 7개월이라고 말씀하실 건가요? 7개월 후에는 10개월, 10개월 후에는 1년이라고 하시겠죠."

단숨에 그를 몰아붙인 뒤 아멜리가 작게 헐떡였다. 칸은 거칠어진 숨소리가 고르게 되기를 기다렸다가 차분히 부정했다.

"그런 일은 벌어지지 않을 거다. 그래도 당신이 왜 화났는지는 이해해. 나로선 믿고 기다려달라는 말밖에 할 수 없지만."

"죄송하지만 이젠 무작정 믿고 기다려줄 만큼 칸님을 신뢰하지 않아요. 설령 칸님은 그럴 의도가 아니더라도 이대로 있으면 전 귀족 나리의 정부에 불과해져요."

"정부라니 당치도 않다. 내가 당신에게 그런 불명예를 안겨줄 리가 없지 않나."

"이미 그러셨잖아요."

"뭐……."

"약혼녀를 두고서 제게 키스를 하셨으니까 전 이미 반쯤 정부가 된 거죠."

칸이 멍한 눈빛으로 그녀를 쳐다보았다. 아멜리는 깊은 한숨을 내쉬었다.

"일이 이렇게 된 건 애초에 제가 그릇된 판단을 내린 탓이어요. 히스톤에 남겠다고 하면 안 되는 거였는데. 혼란을 드린 것에 대해, 사과드리고 싶어요."

"아멜리."

"다시는 만나지 않는 편이 좋겠어요."

"그런 말 마라."

"진심이어요. 찾아오지 말고, 연락도 하지 마세요."

단호하게 말했지만 한편으로는 서글펐다. 결국 이렇게 끝나는구나. 아멜리는 칸을 뿌리치고서 문가로 다가갔다. 문고리를 잡지는 못했다. 등 뒤에서 그가 와락 끌어안은 탓이었다.

"칸님!"

아멜리가 노엽게 소리쳤으나 억센 팔에 깃든 힘은 요지부동이었다.

"정말 미안하다. 내가 용서를 빌겠다."

"놔주셔요."

"나로서는 이 방식만이 최선이라는 걸 믿어줘."

"진짜로, 제발 놔주셔요. 이런 거 싫어요."

"믿어준다면 놓겠다."

그의 애끓는 심정은 그녀에게 닿지 못했다. 아멜리는 크게 수치심을 느꼈다. 믿어준다면 놓겠다니, 이 상황에 어린애 장난질인가! 수치심에 이어 분노도 치솟았다. 그는 또 힘으로 그녀를 강제하고 있었다. 아멜리는 후회했다. 역시 온실 정원에서 그 무도함을 받아주는 게 아니었다.

"이건 절 농락하고 무시하는 처사여요. 제가 아무리 가진 것 없는 평민이라지만 그게 귀족의 장난감이라는 뜻은 아니라고요."

아멜리가 바르작거리며 소리 질렀다.

"왜 이렇게 내 진심을 몰라주나!"

칸의 언성도 높아졌다.

"그래, 당신은 평민이고 나는 귀족이다. 신분이 다르고 살아온 환경도 달라. 내가 그걸 모르리라고 생각하나."

성난 남자의 목소리가 노도처럼 그녀의 귓가로 떨어졌다.

"우연히 마주치기 전까지 우리는 완벽한 타인이었다. 한 하늘 아래, 한 땅 위에 살고 있다 하더라도 평생 서로의 존재조차 모르는 채로 살아갈 수 있는 그런 관계. 지금이라고 다를까? 내가 당장 사라진다 하더라도 당신은 아무런 아쉬움 없이 살아가겠지. 나는 당신이 눈에 보이지 않는 매분 매초가 답답해 미칠 지경인데도!"

거의 제 심장을 씹어 삼키는 듯한 목소리였다.

"눈에 보이지 않으면 내 존재를 잊어버리진 않을까, 손 놓고 있으면 훌쩍 떠나버리지 않을까, 떠나버리면 다시는 못 만나지 않을까. 불안하고 초조해서 미칠 것 같아……. 제발 이해해줘. 파혼 절차가 끝날 때까지 청혼을 미뤄둘 순 없었다. 그러기엔 내 인내심이 짧았다. 그리고, 당신은 너무…… 자유롭지."

그는 그녀의 여린 어깨에 제 이마를 기대었다.

"나의 성급함을 인정한다. 하루라도 빨리 어떤 형태로든 당신을 내 곁에 잡아두고 싶었다. 그러나 신에게 맹세코 당신을 기만하려는 의도는 없었다. 앞으로도 없을 것이다."

아멜리는 눈을 질끈 감았다. 더 이상 그의 목소리를 듣고 싶지 않았다. 이 남자의 진실과 거짓을 판별할 정신력이 남아있지 않았으므로, 그녀는 마냥 이 자리를 피하고 싶었다.

"놔주셔요. 선더랜드가로 돌아가겠어요. 좀 더 숙고해보고 연락드리겠어요."

"선더랜드가."

새삼스러울 것 없는 이름이나 칸은 낯선 단어처럼 곱씹었다.

"칸님."

아멜리가 채근하자 그가 느릿하게 팔을 풀었다.

"그래, 그 문제도 있었지. 당신이 게일과 그렇게 가까이 지냈기 때문에 나는……."

그가 제 앞머리를 쓸어 올리며 혼잣말에 가깝게 중얼거렸다.

"왜인가. 왜 하필 선더랜드 저택으로 갔나."

"전 여기에 집이 없으니까……."

"게일 말고 다른 사람들도 있었다. 그런데 당신은 하필이면 게일을 선택했어. 무슨 의도였나."

아멜리는 아연해졌다. 이 남자가 무슨 소릴 하는 건가. 여기서 게일이 뜬금없이 왜 튀어나온단 말인가?

"패트리샤님과 도로시가 선더랜드가 신세를 지는 게 어떠냐 했고 그걸 게일님이 허락해준 것뿐이어요."

"여행 중에도 게일과 시종일관 함께하더니 여기 와서는 그 녀석 집에 머무르기까지. 그걸 지켜보는 내 심정은 어땠을 거 같아."

"무슨 소릴 하셔요. 게일님은 제 친구…… 아얏!"

그의 손이 가녀린 어깨를 힘껏 움켜쥐었다. 칸이 입을 맞추려는 듯이 고개를 기울이자 아멜리가 황급히 고개를 돌렸다. 명백한 거부의 몸짓에 칸이 멈칫했다. 소름 끼치도록 무거운 정적이 흘렀다. 칸은 자세를 바꾸지 않은 채 그녀의 귓가에 속삭였다.

"내가 당신을 농락하고 무시했다? 게일과 보란 듯이 붙어 다닌 당신도 만만치 않다. 그런 짓만 하지 않았더라면 나도 이렇게 조급해지진 않았을 텐데 말이지."

아멜리는 이젠 기가 차서 말도 나오지 않았다. 이제는 하다 하다 그녀의 탓을 하고 있지 않나. 마지막으로 남아있던 한 가닥의 정마저 뚝 하고 끊어졌다. 그간 그녀가 고마워해 왔던 그의 친절, 도움, 고백. 한때는 설렜던 추억들이 이제는 소름 끼치는 악몽으로 탈바꿈했다. 모든 건 거짓이고 허상이었다. 팔뚝의 살갗이 찢어지도록 저를 강제하고 있는 무뢰배만이 진실이었다.

아멜리는 문득 레올에서 온몸으로 받아내야 했던 칸의 살기를 떠올렸다. 그렇다. 잔인하리만치 강한 그의 힘은 누구보다도 잘 알고 있었다. 그런데 지금 이 동네엔 자신을 도와줄 수 있는 이가 아무도 없지 않나! 눈앞이 까마득해진 그녀가 칸을 더욱 거세게 뿌리치려 애썼다.

"이것 좀 놔요!"

"왜? 게일에게 가려는 건가."

칸은 웃었다. 히스톤에 온 이래 때때로 그녀가 접했던 다정하고 수줍은 미소가 아니었다. 이유 모를 위협감에 아멜리가 몸을 살짝 움츠린 그때, 칸이 손을 놓았다. 아멜리는 후다닥 그에게서 비켜나 욱신거리는 어깨를 어루만졌다. 목깃을 살짝 들추어 보니 남자의 커다란 손자국이 시커먼 멍이 되어 고스란히 남은 듯했다. 그녀가 새삼스레 치를 떨고 있던 그때, 별안간 눈앞이 새까매졌다. 이상한 소리가 들렸다.

끼익, 쿵. 현관문 닫히는 소리. 철컥. 문이 잠기는 소리.

어둠 속에서 또 다른 이의 기척이 느껴지지 않았다. 아멜리는 더듬더듬 벽을 짚어 문고리를 찾아냈다. 그러나 문이 열리지 않았다.

문고리를 돌리고 당기고 밀어도 요지부동이었다. 두터운 문 너머로 희미한 말소리가 들렸다.

"안에선 문을 열 수 없다. 얼마 전까지 매물로 나와 있던 주택이라 아직 가설(假設)의 문이 달려있지. 부랑자가 안에서 문을 잠그고 집을 점거할 수 없게끔 외부에서만 문을 걸고 열 수 있다."

아멜리는 칸의 의도를 알 수 없어 혼란스러웠다.

"칸님, 지금 제정신이셔요? 장난하지 말고 열어주셔요."

"당신은 지금 흥분 상태다. 진정해."

누가 누굴 더러! 발끈하려던 아멜리는 필사적으로 참았다. 이 상황에서 저 남자를 자극하는 건 현명하지 못한 판단이었으니까. 아멜리는 애써 목소리를 가다듬고 애원했다.

"진정했어요. 그러니까 이 문 좀 열어주세요."

"난 내일 출장이다."

"그게 지금 무슨 상관이여요. 어서 문을……."

"이대로 놓아주면 내가 출장 간 사이 당신은 떠나버리고, 두 번 다시 내 곁에 돌아오려 하지 않겠지. 그렇게 되면 곤란하다. 내일 밤에 돌아올 테니 그때까지 거기서 머리를 식히고 있어."

어둠 속에서 아멜리의 낯빛이 하얗게 질렸다.

"내일 밤이요? 말도 안 돼요. 제가 돌아가지 않으면 당장 선더랜드가에서 이상하게 여길 거여요."

"게일이 오해라도 할까 봐 걱정되나?"

"그게 아니라……."

"천 년 만 년 기다려 보라고 해."

군홧발이 조약돌 밟는 소리가 점점 멀어진다.

"그게 무슨 뜻이어요? 잠깐, 칸님?"

말 울음소리와 함께 마차가 출발하는 소리가 문 너머로 희미하게 들렸다. 잠깐 겁주려는 것이겠지. 울면서 잘못했다고 빌기를 바라는 거겠지. 아멜리는 불안하게 뛰는 심장을 진정시키며 떠나간 마차가 돌아오길 기다렸다.

게일은 궁금했다. 저쪽 일은 어떻게 되어가고 있을까?

밤이 꽤 깊었는데도 도통 돌아올 기미가 없었다. 역시 제 조언은 평지풍파는커녕 사랑의 불꽃을 활활 타오르게 만들었나 보다. 어쩐지 입맛이 소태처럼 썼다. 그는 읽고 있던 춘화집을 던져 버렸다. 젠장, 그놈 좋은 일만 시킨 건가? 몹시 억울했다. 배가 아팠다. 내가 왜 칸을 위해 사랑의 아기천사가 되지 않으면 안 되는 거야?

"이상하네. 메이슨가와 코스토바가가 약혼을 깰 리 없는데."

그는 방을 정신 사납게 맴돌며 중얼거렸다. 하늘이 두 쪽 나도 그런 일은 벌어지지 않을 것 같아 아멜리에게 건설적인 조언을 해주었건만, 칸이 그보다 강한 확신을 주었단 말인가? 하긴 짜증 나는 놈이긴 해도 여자한테 삥치고 다닐 성정은 아닌데, 설마 진짜로 약혼을 깨려고? 다른 데도 아닌, 코스토바 가문과의 약혼을? 흐익. 게일은 부르르 몸을 떨었다. 코스토바 가문의 권세는 두렵지 않았지만 그 집 안주인의 성질머리는 가히 공포였다. 칸, 그놈은 배짱도 좋지.

하지만 만일 그게 아니라면? 칸이 단지 교활하게 아멜리를 구워삶은 거라면?

아니, 교활까지도 필요 없었다. 유순해 보이는가 하면 의외로 야무지고, 그러다가도 은근히 허술한 애가 바로 아멜리였다. 애당초 감언이설에 넘어가 약혼녀가 있는 남자와 만나고 다닌 시점에서 그녀의 판단력은 의심받아 마땅했다.

"것 참, 다섯 살 어린 여동생이 시집간다며 집안을 뒤집어 놓았을 때도 이렇게 불안해 본 적은 없었거늘……."

게일은 실내 공기가 답답하게 느껴져 창문을 활짝 열었다. 정원 너머에서 혹시 누구라도 모습을 보이지 않을까 하고 어둠 속을 노려보았지만 밤벌레 우는 소리에 정신만 더 사나워졌다. 붉은 눈썹이 짜증스레 휘었다. 딸을 남자친구에게 보낸 팔불출처럼 안절부절못하는 제 모습이 꼴사나웠다. 알게 뭐야, 커플의 시시콜콜한 연애놀음 따위. 게일은 램프를 끄고 억지로 잠을 청했다.

그리고 이튿날. 상쾌한 숙면 덕분에 짜증은 말끔히 증발해 게일의 심중에는 부푼 호기심만 남았다. 그는 씻자마자 아멜리의 방으로 달려가 문을 쾅쾅 두드렸다.

"일어났어?"

방은 조용했다. 그는 재차 노크했다.

"이봐, 잠꾸러기. 해가 중천이라고."

여전히 묵묵부답이었다. 맨날 새벽같이 일어나던 애가 하필 이럴 때 늦잠을 자! 게일은 문을 박차고 들어가고 싶은 마음이 굴뚝같았지만 아무리 난봉꾼인 그로서도 숙면 중인 여자의 방에 무단 침입하는 만행을 저지를 순 없었다. 그가 초조하게 아멜리의 방문 앞을 서성이고 있을 때, 지나가던 하녀가 뜻밖의 정보를 주었다.

"막내 도련님. 손님께선 귀가하지 않으셨어요."

"뭐?"

"아까 손님방 담당 하녀가 그랬거든요. 그분이 원래 새벽같이 일어나시는 분이라 담당 하녀가 잠자리 정리도 일찍 하러 들어가는데, 오늘 아침에 보니 사람은 없고 시트는 어제와 다름없이 깨끗하게 접혀 있었대요."

게일은 맥이 탁 풀렸다. 아직도 칸과 있다는 뜻이 아닌가. 설마 수프림나이트와 함께 있는데 사고나 봉변을 당할 리는 없으니까.

"조식은 어디로 올릴까요?"

"내 몫만 내 방으로."

짜증스레 명하곤 뒤돌아섰던 게일이 황급히 하녀를 다시 불러 세웠다.

"아멜리 몫까지 2인분으로 올려보내."

그는 뭐든지 닥치는 대로 입에 쑤셔 넣고 질겅질겅 씹고 싶은 기분이었다. 안타깝게도, 그렇게 시작된 불쾌함은 퍽 오래도록 지속되었다.

정오 무렵에는 로열나이트 집무동으로 갑작스레 호출되었는데 거기서는 그와 상극의 성격을 자랑하는 선배 기사에게서 장장 한 시간 동안 설교를 받았다. 심지어 그 설교 내용이 하등 쓸데없고 자질구레했으므로 게일의 불쾌지수는 높아만 갔다. 마지막 화룡점정은 얼마 전 그가 제출한 보고서의 글씨체에 관한 타박이었다.

"네 글씨 꼬락서니는 해를 거듭할수록 가관이 되어가는구나. 지렁이를 그린 건지 애벌레를 그린 건지 모르겠다만 하여간 인간의 눈으로 알아볼 수 있게 다시 써와라. 이제 나가 봐."

힌다가 신경질적으로 내민 서류를 게일은 불퉁하게 받아들었다.

"제 글씨 한두 해 본 것도 아니시면서 뭘 또."

귀찮게시리, 작게 덧붙이는 꿍얼거림에 힌다의 짙은 눈썹이 꿈틀거렸다.

"개기냐?"

"써오기야 다시 써오겠지만요. 다른 기사들한텐 그런 지적 안 하시면서 매번 저만 물고 늘어지니까 슬슬 께름칙한 의심이 듭니다만?"

계속 해보란 듯이 힌다가 깍지 낀 손으로 턱을 괴었다.

"제가 성별 안 가리는 마성의 매력을 갖고 있긴 하죠. 심지어 전 박애주의자라 저 좋다는 인간 굳이 말리지도 않아요. 애 딸린 유부남은 좀 그렇지만, 후배이자 부하이자 전우로서 쌓아온 정이 있으니 매몰차게 내치기도 좀 그렇고. 그냥 조언을 하나 드릴까요? 뻔대는 거, 제 취향 아닙니다. 고백을 하려면 돌직구로 하세요, 돌직구로. 막스 단장님 말씀대로 사내는 패기가 8할입니다잉?"

게일이 부채를 든 귀부인처럼 서류로 입을 가리며 윙크를 했다. 깊은 한숨 소리가 집무실을 메웠다. 그 직후 힌다의 책상에 놓여 있던 청동

문진이 게일의 면상을 향해 전광석화처럼 날아갔다. 흐갸! 게일이 괴상한 비명을 지르며 간발의 차이로 급습을 피했다. 문진은 격한 소리를 내며 벽에 충돌했고, 움푹하게 패인 흔적은 문진이 목표물에 명중했을 시 벌어졌을 사건의 다채로운 가능성을 보여주었다.

"왜 너만 물고 늘어지냐고? 폐하께서도 보시는 국정보고서를 괴발개발 휘갈겨 쓰는 놈이 로열나이트 중에 너 말고 또 있을 거 같냐!"

힌다의 불호령이 집무실을 쩌렁쩌렁 울렸다. 흡사 곰의 포효와도 같은 그 모습을 보며 게일은 인상을 찌푸렸다. 조만간 또 힌다 선배의 제복이 터져 나가겠군. 새삼스러운 의문도 들었다. 성격 까칠한 사람들은 대체로 말랐던데 저 선배는 왜 저렇게 우락부락해?

"아카데미 시절도 모자라 아직까지 네가 내 직속이라니! 내가 조상님 묏자리를 잘못 쓴 게지. 저주가 아니고서는 이럴 수 없다! 너 때문에 나 위궤양 생겼다고 알렉스가 집에서 말 안 하디?"

"둘째 형은 본가에 잘 안 오는데요. 그보다 둘이서 제 험담까지 했어요? 그렇게 안 봤는데 무서운 분이시네, 힌다 선배. 애정이 깊으면 애증이 된다더니 이게 그건가?"

분노에 찬 힌다의 주먹이 책상을 부술 듯 거칠게 내리쳤다.

"닥치고 보고서나 다시 써왓! 예전에 샘플로 보여준 칸의 보고서 참고해서 제대로 써와라. 이번에도 수준 미달이면 징계다."

"눼눼."

"오후 5시까지 써와. 우리 딸 생일이라서 정시 퇴근해야 하니까."

문가로 걸음을 옮기고 있던 게일이 대답 대신 서류를 팔랑팔랑 흔들어

보였다. 힌다의 손이 책상 위를 빠르게 배회했지만 이번에는 적당한 투척 도구를 찾는 데 실패했다. 대신 그는 관자놀이를 꾹꾹 누르며 중얼거렸다.

"동갑내기인 두 놈의 수준이 왜 하늘과 땅 차이인지."

집무실 문턱에서 게일의 발걸음이 정지했다. 잊고 있던 기억이 떠오르며 새삼스레 부아가 치밀었다.

"동갑내기라. 어젯밤 건전하게 자택에서 숙면한 저와 달리 밤새 외간 여자와 난잡한 짓을 벌인 그 수준 높은 기사님을 가리키는 말씀인가 봅니다?"

"뭔 헛소리냐."

"지금이라도 메이슨가 별채에 가보시죠. 혹시 압니까, 밤일을 너무 열심히 나머지 아직도 뻗어있을지."

"지랄한다."

"하! 공주님과 도로시에 이어 힌다 선배까지? 내가 칸에 대해 뭔 말만 하면 다들 왜 못 믿어서 난립니까? 그 자식이 정기적으로 비자금이라도 풀어요? 예?"

"너 그만 안 가냐?"

게일은 주먹을 불끈 쥐고 연극조로 독백했다.

"아아, 가엾은 여자 솔린느여. 세상이 입을 모아 일등신랑감이라며 칭송하는 약혼자가 제 평판을 방패 삼아 문란하게 놀아나는 지금 이 순간에도 검은 머리 파뿌리 되기 전까지 혼례를 치를 수 있기만을 바라고 있겠지. 갓 태어난 오리 새끼처럼 순진무구한 아가씨들은 제 경험을 거치지 않은 세간의 고정관념과 선입견을 경계할지어다. 여자는 많이 만나도 적어도 양다리는 안 걸치는 나야말로 겉과 속이 한결같은 진실한 남자, 난봉꾼이란 오명을 뒤집어쓴 이 시대의 진정한 일등신랑감! 다들 보는 눈이라곤 약에 쓸래도 없도다!"

선더랜드가도 묏자리를 잘못 쓴 게지. 힌다가 고개를 절레절레 흔들었다. 게일은 고개를 위아래로 끄덕거렸다.

"선배의 아이돌이 그런 위선자란 사실은 유감 천만입니다만 어쩌겠습니까? 그게 칸의 본색인데. 진실은 원래 입에 쓴 법이니 겸허하게 받아들이세요! 아니면 풍기문란죄와 기사단 품위손상죄로 징계라도 먹여주렵니까?"

"새벽 댓바람부터 출장을 나간 기사를 지금 당장 불러올 순 없으니 우선 가까이 있는 너부터 시작하는 건 어떨까? 동료에 대한 근거 없는 비방은 정직 및 감봉 10개월. 해 떨어지기 전까지 보고서 재작성 못 하면 2개월 추가. 어떠냐?"

게일의 눈썹이 치켜 올라갔다.

"출장 나갔다고요? 칸이?"

"그래. 베이워드 산으로 단기 출장이다."

"베이워드라면 별로 멀진 않…… 어, 잠깐만요. 오늘 새벽에 떠났다고요?"

"오늘 밤에 바로 돌아올 거야. 알겠냐? 네가 천하태평으로 집에서 쿨쿨 자고 있을 때 누군가는 아침이슬을 맞으며 국가에 헌신을, 야! 너 내 말 끝까지 안 듣냐!"

게일은 등 뒤에서 들려오는 소리를 죄다 무시한 채 마구간으로 돌진했다. 자신의 애마를 끌어내 폭풍처럼 선더랜드가에 돌아왔지만 아멜리는 여전히 부재중이었다. 하녀장도 기별이 없단 말만 되풀이했다. 혹시나 하는 예감에 게일은 메이슨가로 말을 몰았다.

"정말 없어? 없다고?"

갑작스럽게 들이닥친 불청객이 문전에서 왁왁 따져대도 한 치의 당황을 보이지 않는 메이슨가의 집사는 실로 프로였다.

"그렇습니다, 무어 경. 작은 도련님께서는 간밤에 손님을 대동하지 않으셨습니다."

"몰래 데리고 왔을 수도 있잖아."

나이 지긋한 집사의 이마 주름이 깊어졌다. 우리 도련님이 너냐?

"아아, 뭐 됐어. 별채에도 확실히 없다 이거지?"

"예. 작은 도련님께서 떠나시고 집안 하녀들이 청소를 하면서 확인한 바입니다."

짜고 치는 거짓말일 가능성도 있었지만 게일의 직감은 집사의 말이 진실이라고 말하고 있었다. 게일은 턱을 쓰다듬으며 메이슨 저택의 현관 앞을 빙글빙글 돌았다. 혼자만의 생각에 빠진 움직임이었다.

칸과 함께 있는 것도 아니고, 집에 돌아오지도 않았다. 게일은 자연스럽게 사고의 가능성을 떠올렸다. 그러나 칸에게 상식이란 것이 있다면 야심한 밤 여자를 혼자 귀가하게 내버려뒀을 리 없었다.

더구나 그가 멀쩡히 출장을 떠난 걸 보면 사고 따윈 일어나지 않았다는 뜻이었다. 둘이 말다툼을 했다손 치더라도 마차 정도는 태워서 돌려 보냈을 터. 도중에 무슨 사건이 벌어졌다면 선더랜드 쪽이든 메이슨 쪽이든 연락이 닿았으리라.

"제기랄, 그 자식이 벌써 떠나버려서 어떻게 된 건지 물어볼 수도 없잖아."

메이슨가 문전에서 메이슨가의 차남을 욕하며 분통을 터뜨리던 불청객이 갑자기 딱 하고 손가락을 튕겼다.

"맞아. 집을 사줬다고 했지?"

그가 노집사를 휙 돌아보았다.

"어이, 자네. 혹시 최근에 칸이 매입한 집이 어디 있는지 아나?"

"집이라고 하셨습니까? 제가 아는 한 그런 일은 없습니다만."

"천하에 도움이 안 되는군."

게일은 투덜거리며 말에 다시 올라탔다.

히스톤의 시내로 나가면 부동산 중개인들의 사무실이 몰려 있는 구역이 있다. 게일이 그중 한 곳에 무작정 들이닥치자, 로열 나이트의 단복을 알아본 중개인이 굽실거리며 환대했다.

"아이고, 귀한 분께서 발걸음 해주셨군요. 별장을 구매하시려고 한다면 마침 아주 좋은 매물이 나왔습니다."

게일은 다짜고짜로 명령했다.

"최근 보름간 매매된 수도권 주택의 총명단 내놔. 한 채도 빠뜨리지 말고 전부."

"예? 저한테 그런 게 어디 있겠습니까요. 제 구역의 매매 현황 정도라면 모를까."

"어디 가야 그 명단이 있나."

"토지과에 가야 하지 않을깝쇼?"

왕의 기사 로열 나이트라는 입장 상 다른 행정부서랑 얽히면 골치가 아파진다. 게일은 중개인을 다그쳤다.

"자네가 맡고 있는 구역에서 보름 내에 팔린 주택 중에 3인 이하가 살만한 규모이고, 음, 특히 여성이 좋아할 만한 분위기. 있었나?"

"없었을 걸요, 아마……."

"아마?"

기사의 허리춤에서 검날이 슬쩍 퍼렇게 드러나자 중개인이 다급하게 외쳤다.

"없었습니다, 없었고말고요!"

게일이 혀를 찼다. 한 방에 딱 나타나 주면 얼마나 편해.

"그럼 수도에 부동산 중개소가 총 몇 군데 있나."

"공식 인가받은 곳은 한 55곳이던가……? 흐익! 검 뽑지 마십쇼! 55개 업소 맞습니다!"

망할. 게일이 나지막이 욕설을 내씹었다.

8
탈출

위가 요동쳤다. 이 허기로 보아 적어도 반나절 이상 시간이 흐른 것 같았다. 아니, 그보다 훨씬 더 됐을까? 내일 밤 돌아온다며 떠난 칸은 아직 돌아오지 않았지만 그래도 알 수 없는 일이었다. 「내일 밤」은 이미 지나간 상태일 수도 있었다. 단지 그의 화가 식지 않아서 그녀를 더 오래 방치하고 있을 수도 있었고, 혹은 그냥 깜빡 잊어버렸을 수도 있었다. 좀 더 끔찍한 상상을 해보자면 이미 그가 돌아와 몰래 감시하고 있을 수도 있었다. 두려움에 떠는 자신을 어디선가 관음하면서 음험한 욕구를 채우고 있지는 않을까.

그녀는 어둠 속에서 손날을 쓸었다. 화끈거림은 멎었지만 손가락 끝을 통해 까진 피부와 말라붙은 핏자국이 느껴졌다. 주먹이 부서지라 문을 두드린 탓이었다.

아멜리는 단단하게 대못질 된 창문의 덧판까지 맨손으로 뜯어보려 시도했었다. 다 실패하고 손톱만 엉망진창이 됐지만.

칸의 말대로였다. 사생활이 보호되는 주택 간 간격. 그 말을 뒤집으면 그녀가 아무리 소리를 질러도 이웃에선 듣지 못한다는 뜻이었다. 그가 집을 구할 때 이런 점까지 계산에 넣었을까? 설마.

아멜리는 더욱 바싹 문짝에 붙어 앉았다. 누구라도 좋으니 행인이 지나가는 소리가 들리길 소원했다. 아니, 이제는 사람까진 바라지도 않았다. 문틈으로 빛 한 줄기만이라도 들어와 준다면 좋을 것 같았다. 이 집의 어둠은 동굴의 어둠보다도 훨씬 견디기 힘들었다. 그때는 적이 없었기에 어둠이 자신을 해칠 것이라는 상상을 한 적이 없었지만 지금은 칸이라는 적이 있다. 적은 어둠을 틈타 자신에게 위해를 가할 수도 있다. 아멜리는 동굴에서 나온 이래 처음으로 빛나는 풀이 그리워졌다.

"선더랜드가에선 지금쯤이면 어떻게 하고 있을까? 적어도 게일님은 내가 돌아오지 않는 걸 걱정하실 거야. 그렇지만 여기 내가 있다는 걸 어떻게 알겠어."

아멜리가 조그맣게 한숨을 쉬며 문짝에 기댄 순간이었다.

투그닥, 투그닥!

규칙적인 간격으로 들려오는 그것은 틀림없이 땅을 박차는 말발굽 소리였다. 소리가 가까워짐에 따라 긴가민가하던 추측은 확신이 되었고 곧바로 공포로 변했다. 가장 먼저 떠오른 얼굴이 이곳에 그녀를 감금한 장본인이었기 때문이다. 그 사이 낯선 인물은 말에서 내려 문 앞까지 다가왔다.

아멜리는 숨죽인 채 바닥을 더듬더듬 기어 뒤로 물러났다. 문이 덜컹거렸다. 이윽고 뭐라고 꿍얼꿍얼하는 남자 목소리가 들렸다.

쿵쿵쿵! 그가 문을 두드렸다.

"어이! 안에 누구 있습니까?"

굵직하고 젊은 목소리.

"이 빌어먹을 스물세 번째 집아, 대답해라! 안에 누구 있냐고!"

아멜리의 뇌리에서 불꽃이 튀었다. 칸이 아니다. 칸이라면 노크를 할 리 없으니까!

"이, 있어요!"

"……멜리?"

두터운 문 너머의 목소리가 아무래도 낯이 익었다.

"혹시 게일님?"

바깥이 조용해졌다. 아멜리는 다급하게 외쳤다.

"게일님? 게일님 아니어요? 저 아멜리여요! 이 안에 갇혔어요! 살려주세요!"

"……러나."

"네?"

"문에서 떨어지라고!"

아멜리는 후다닥 문 옆으로 피했다. 쿵쿵하는 거친 소리와 함께 문짝이 흔들흔들하기 시작했다. 청동으로 만든 임시걸쇠는 과한 충격을 오래 버티지 못했다. 쾅! 걸쇠와 경첩이 우그러지며 문짝은 불청객에게 길을 내주었다.

외부의 빛이 일거에 쏟아지자 아멜리는 손등으로 눈가를 가렸다. 역광 속에서 키 큰 남자의 실루엣이 보였다.

"게일님……."

게일은 바닥에 주저앉아 있는 아멜리를 발견하고서 얼이 빠졌다. 빛에 드러난 그녀의 몰골은 가련하기 짝이 없었다. 얼굴은 하룻밤 새 몰라보게 수척해졌고 손은 까지고 멍들고 핏자국까지 말라붙어 있었다.

"너 뭐야. 왜 여기 있어? 어떻게 된 거야?"

그녀는 그리웠던 인물과 재회하자마자 꾹꾹 눌러놓았던 서러움이 터져 나왔다. 게일에게 기대 눈물을 왈칵 쏟자 그는 울지 말란 소리도 안 하고 그저 어깨만 토닥토닥 두드려주었다. 잠시 후 한결 차분해진 아멜리가 사건의 전말을 전했다.

"요약하면, 칸을 거절해 여기에 감금당했다는 거냐?"

"네……."

"좋아하는 여자를 감금했다고? 그 칸이?"

믿기 힘든 얘기였지만 게일은 이상하게도 믿겨졌다. 사람이라면 누구나 일그러진 면을 갖고 있으니 정도(正道)만을 걷는 듯이 보이는 수프림나이트라고 예외가 될 수는 없지 않겠는가. 칸에겐 주위의 무지막지한 기대를 받으며 소년가장처럼 자라온 기형적 성장배경이 있는데다, 가문과 왕실이 작당을 하고 직업과 배우자를 정해줘도 불평 한마디 안 했을 정도로 제 인생의 줏대가 없는 놈이었다. 남몰래 변태가 될 법도 했다.

물론 범죄행위까지 용인해줄 순 없지만 말이다.

“세상에는 더러 있단다. 구애가 통하지 않으면 제 매력의 부족을 탓하며 수련을 거듭하기보다는 자격지심을 느끼며 야만스러워지는 수컷들이. 일종의 미친개지. 이번 일은 그냥 미친개에게 물린 거라고 여겨라, 아멜리.”

아멜리가 훌쩍거리며 고개를 끄덕였다.

“그보다 칸이 내 예상보다 훨씬 더 얼간이라 놀랍구나. 수도에는 널 아는 공주님께서도 계시고 나나 루크, 패트릭도 있다. 그런데도 물불 안 가리고 이런 짓을 벌여? 뒷수습을 어찌하려고. 심지어 넌 손님으로서 우리 집에 머물고 있잖아. 선더랜드가가 하루아침에 손님을 잃어버리고도 손가락만 빨고 있을 줄 알았나? 가만. 그러고 보니 이 새끼가 우리 가문을 물로 봤네!”

게일이 갑작스럽게 열이 받아 목에 핏대를 세우고 있을 때 아멜리가 자리에서 일어났다. 게일이 얼른 뒤따라 일어나 그녀를 부축했다.

“그래. 돌아가자. 돌아가서 상처부터 살피고 뒷일은 나중에 생각해.”

“싫어요.”

“응?”

“전 더 이상 여기 남아있기 싫어요. 고향으로 돌아갈래요. 발번으로 돌아갈 거여요.”

“칸 때문에? 그놈 지금 히스톤에 없어. 걱정 마.”

“당장은 없어도 곧 돌아오겠죠. 미적미적 수도에 남아 있다가 또 마주치면 어떡해요? 이번에야말로 저한테 무슨 짓을 할지 어떻게 알아요?”

"미치지 않고서야 선더랜드가에 못 쳐들어온다니까"

"미쳤어요, 그 남자."

아멜리는 단언했다.

"미친 사람이 쳐들어오면, 게일님이 막을 수 있어요?"

게일은 입을 다물었다. 선더랜드 본가에는 그의 부친과 첫째 형, 그까지 현역 무관이 셋이나 있고 명문 무가인 만큼 가솔들도 무기를 쓸 줄 알았다.

그러나 칸이 꼭지가 돌아 선더랜드 본가에 전심전력으로 쳐들어온다고 가정을 한다면? ……설마 전멸까지야 안 하겠지만 다들 팔이나 눈알 하나씩은 잃어버리지 않을까. 워낙 괴물 같은 놈이니까.

"선더랜드가 못 미더우면 파샤 왕실을 믿어. 넌 패트리샤 공주의 지인인 우리 가문의 공식적인 방문객이다. 그런 널 칸이 다치게 했다간 왕실모독죄에다 반역죄라고."

"제가 죽고 나서 그 남자에게 씌워질 죄명 같은 건 알고 싶지 않아요. 전 살고 싶으니까요."

이성을 잃은 줄 알았던 아멜리가 조목조목 맞는 말을 하자 게일은 말문이 막혔다. 솔직히 말해서 그런 죄명이 씌워지지 않을 가능성도 컸다. 국왕은 보배 같은 기사를 잃느니, 무고한 평민 여자에게 모든 죄를 뒤집어씌운 채 사건을 종결하게 만들고도 남을 위인이니까.

"지금 당장 떠날 거여요."

아멜리는 휘청거리며 집 밖으로 나가자 뒤쫓아 온 게일이 그녀를 가로막았다.

"잠깐만. 정말 발번으로 가려고? 난 거기가 어딘지 모르겠다만 칸은 알고 있지 않아? 틀림없이 쫓아갈걸. 그럼 도착하기도 전에 잡히고 말 거다."

"고향 말고 그분이 찾을 수 없는 곳에 숨으면 돼요."

"그런 데가 어디 있냐. 넌 고향 밖으로 나와본 게 이번이 겨우 두 번째라며? 칸은 로열나이트로서 전국 방방곡곡을 누빈 놈이야. 파샤 내라면 모르는 곳이 없다고."

"상관없어요. 수도만 아니면 어디든 좋다고요."

아멜리가 게일을 비켜 가려는 것을, 게일이 잡아 세웠다.

"진정해봐. 널 말리려는 게 아냐."

아멜리는 게일을 올려다보았다. 노을빛으로 인해 그의 적발은 여느 때보다 더욱더 붉었다.

늘 장난기 가득했던 녹갈색 눈동자가 웬일로 차분하게 가라앉아 아멜리를 흔들림 없이 응시했다. 게일을 뿌리치려던 아멜리는 그의 심상치 않은 기색을 읽고 얌전해졌다. 게일은 무언가 중요한 것을 말하려는 참이었다.

"나랑 같이 이 나라를 뜨자."

아멜리의 눈이 커다래졌다.

"바다를 건너자. 몬쥬로 가는 거야. 사람 많고 광활한 대륙이니 제아무리 칸이라도 널 찾아내기 쉽지 않을 거다. 젤윈은 파샤랑 관계가 나빠서 칸이 공권력을 남용하기도 쉽지 않고 말이야. 어때?"

"그런데 왜 게일님과요?"

"너 혼자 가게 내버려뒀다가 봉변이라도 당하면 어떡해? 꿈자리가 사나워질 텐데 불면은 피부 미남의 적이라고."

게일이 능글능글하게 웃었다. 이 사람은 이런 상황에도 농담이 나오나? 아멜리가 정색했다.

"말도 안 돼요. 게일님은 가족도 직업도 생활도 이곳에 있잖아요. 저 때문에 그런 짓을 하실 이유가 없어요."

"없긴 왜 없어? 나도 떠나고 싶었다. 너도 알잖아, 내가 히스톤에 돌아와서 얼마나 못 견뎌 했는지."

"아무리 그렇다고 해서……."

"솔직히 이번만이 아니야. 반쯤 떠밀리듯 로열나이트가 된 이래 나는 쭉 그만둘 구실을 찾고 있었어. 파샤의 귀족으로 살아가는 일도 더 이상은 못 해먹겠다. 가족들이야 나 같은 망나니가 사라지면 두 손 들고 만세삼창을 하지 않겠어?"

"가족 말고 친구들도 여기 있잖아요."

"내가 있든 없든 다들 알아서 잘 살걸. 제롬도 곧 가정을 꾸릴 녀석이니 나 없다고 외로워 죽진 않겠지."

"진심이어요?"

"그래."

"……."

"뭘 멍하니 서 있어? 칸이 오늘 밤에 복귀한다며? 벌써 저녁 6시가 넘었다."

그는 아멜리를 잡아끌어 말에 태웠다.

"히스톤에서 울란 항구까지 전속력으로 달리면 세 시간이다. 야간에 젤윈으로 떠나는 함선은 내가 알기로 딱 한 대밖에 없어. 매일 밤 11시 출발. 안성맞춤이군. 이랴!"

아멜리는 바람에 흩날리는 붉은 머리칼을 불안하게 쳐다보았다. 급작스러운 야반도주가 게일에게 바라는 대가는 크고 많을 것이다. 본인은 구실을 찾고 있었다고 말을 했어도, 이번 사건이 아니었다면 로열나이트로서 꾸역꾸역 잘 살아갈 사람이었다. 굳이 이런 희생을 감수할 까닭이 있을까.

믿기가 어려웠다. 혹시 난감한 상황을 모면하고자 거짓말로 자신을 달랜 건 아닐까 하는 의심이 들었다.

하지만 석양에 물들었던 그의 모습, 눈빛, 목소리. 어떻게 그걸 의심할 수 있을까. 눈만 감으면 선연하게 되풀이되는 기억에 그녀의 심장이 고동쳤다. 희망을 부추기는 북소리였다.

믿어, 믿어, 그를 믿으렴.

아멜리는 아랫입술을 꾹 깨물었다. 눈물이 나올 것 같았다. 게일의 등에 기대어 선더랜드 저택으로 달려가고 있는 이 순간 그녀의 가슴은 어떤 감정으로 벅차오르고 있었다. 그 감정이 무엇인지 정의내릴 순 없었다. 다만, 그 미지의 감정이 시키는 대로 그냥 그를 믿기로 했다.

선더랜드 저택의 제 침실로 돌아온 아멜리는 입고 있던 드레스부터 벗어 던졌다. 필요한 건 움직이기 편한 경장 그리고 은행 관련 서류, 동굴 책의 필사본, 보석 세 알, 기타 잡다한 소지품. 그녀는 그것들을 모두 가방에 욱여넣었다.

저택 현관 앞에 벌써 게일이 나와 있었다. 그는 단출한 경장으로 갈아입은 채 별로 든 것 없어 보이는 홀쭉한 가방과 늘 차고 다니는 검 한 자루만을 지니고 있었다.

"가족들에게 인사는 하고 가야지요."

"됐어. 편지 남겼으니까."

게일은 집사가 볼 새라 훌쩍 건물 밖으로 나가버렸다. 아멜리는 나가기 전 그동안 친절히 대해준 선더랜드가의 사람들에게 마음속으로나마 사과와 감사인사를 남겼다.

서쪽 하늘 끝자락에 간신히 걸려 있던 노을이 자취를 감추었다. 푸른 어둠이 들녘에 내려앉고 있었다. 아멜리는 게일과 함께 항구로 향하면서도 연신 뒤를 돌아보았다. 아무도 없는 텅 빈 여행대로만 끝없이 멀어지고 있었다. 길 끝의 어둠은 어쩐지 자신이 갇혀 있던 집안의 어둠과 닮았다. 가만히 응시하면 속으로 빨려 들어가 두 번 다시 빠져나올 수 없을 괴물의 아가리.

"왜 그래?"

등 뒤의 떨림을 느낀 게일이 물었다.

"혹시 쫓아오는 중이 아닐까요?"

"걱정 마. 그쪽은 이제 한창 복귀 중일 거다. 예상보다 일찍 수도에 도착했다 쳐도 우리가 울란 항으로 가고 있다는 걸 어떻게 알겠어? 우리 집 식구들조차 우리가 떠났다는 걸 아직 모를 텐데."

게일이 까딱하고 턱짓으로 하늘을 가리켰다.

"걱정 말고 하늘 구경이나 해. 별이 예쁘네."

아멜리는 고개를 들었다. 게일의 말대로 하늘에는 반짝이는 별 무리가 쏟아질 듯했다. 어떻게 지금까지 눈치채지 못할 수 있었을까? 칸에 대한 공포와 불안이 세상의 아름다운 것들을 보지 못하도록 눈을 멀게 했던 것만 같았다.

두 사람은 순조롭게 울란 항에 도착했다. 게일은 말을 항구의 공용마구간에 맡기고, 선박관리사무소에서 젤윈행 티켓을 샀다. 그는 배를 타본 경험이 여러 번이었기에 노련하게 탑승 수속을 했다. 그 사이 아멜리는 비린내 나는 밤바다의 모습에 사로잡혔다.

바다는 처음이었다. 끝없이 물결이 이는 한없이 거대한 호수 같다는 묘사를 촌장에게 들은 적은 있지만, 실제의 바다는 훨씬 압도적이었다. 밤하늘처럼 거뭇한 물이 하얗게 파도치는 모습이 신기했다. 그렇게 바다를 계속 바라보고 있는데, 게일이 곁으로 돌아왔다.

"10분 뒤 출발이래. 아슬아슬하게 시간 맞췄네."

순조롭게 풀리는 상황에 기분이 좋아진 게일이 콧노래를 부르기 시작했다. 아멜리는 그의 등에 바싹 붙어 따라갔다. 그는 선실 두 개를 잡아놓았는데 사치스럽게 둘 다 1등실이었다. 실내를 신기한 듯 두리번거리는 아멜리에게 게일이 갑판으로 나가자고 제안했다.

"젤윈까지는 최소 5일이 걸려. 어차피 방에 신물 나게 처박혀 있게 될 거, 출항이나 구경하러 가자."

고향을 등지기 직전임에도 게일은 관광이라도 온 듯 여유만만이었다. 그 덕분에 계속 긴장한 채였던 아멜리도 한결 평상심을 되찾았다.

갑판에는 야간 출항을 구경하러 나온 승객들이 많았다. 귀족과 평민, 남녀노소가 골고루 섞여 있었다. 가족 단위도 적지 않게 보였고 젊은 남녀 커플도 종종 눈에 뜨였다. 사람들은 기대에 들떠 곧 떠날 뭍을 바라보고 있었고, 선원들은 출항 준비를 위한 마지막 마무리를 하고 있었다.

"으으, 바닷바람 끝내준다. 밤이라 춥네."

게일은 외투 위에 얇지 않은 로브까지 걸치고 있으면서도 팔뚝을 비볐다. 아멜리는 로브의 후드를 깊게 눌러썼다. 춥다기보다 누가 제 얼굴을 보지 못했으면 하는 바람이었다.

갑자기 의구심이 들었다. 정말 이렇게 거대한 배가 과연 물 위에 뜰 수 있을까? 그녀가 게일의 소맷자락을 붙잡았다.

"왜? 무서워? 하여간 촌스럽긴."

게일이 키들키들 웃자 아멜리가 얼굴을 붉히며 항변했다.

"처음 타보는 거니까 어쩔 수 없잖아요."

두 사람이 투닥거리고 있을 때 갑자기 갑판의 사람들이 술렁거렸다. 뱃머리가 물살을 가르기 시작한 것이었다. 천천히 멀어져 가는 육지의 빛을 응시하는 아멜리의 심장은 거칠게 뛰었다. 불과 수 시간 전만 해도 아득한 어둠 속에서 죽을 것 같은 기분을 느꼈는데, 지금은 난생처음 배를 타고 말만 듣던 이웃 나라 젤윈으로 가고 있었다.

정말이지 한 치 앞을 알 수 없는 게 그녀의 인생이었다.

고향이 멀어져 간다. 라트샤가, 파샤가 멀어져 간다.

기분이 뭐라 말할 수 없을 만큼 묘했다. 설렘과 기대, 불안과 공포, 슬픔과 그리움. 배가 바다를 향해 나아가면 나아갈수록 아멜리의 마음속은 뒤죽박죽이 되었다. 그녀는 간절히 기원했다.

부디 머지않은 미래에 다시 돌아올 수 있기를, 무사히 귀향할 수 있기를.

그때 게일은 실눈을 뜨고 육지를 바라보고 있었다. 멀리서 말을 타고 급하게 달려오는 인영이 왠지 신경 쓰였다. 그는 부둣가에 이르러 멈추어서더니 석상처럼 굳었다. 아무래도 멀어져 가는 함선, 즉 게일이 탄 배를 바라보는 것 같았다. 한밤중인데다 거리가 멀어서 생김새를 파악하기 어려웠지만, 부둣가의 횃불에 붉게 물든 흰 제복이 눈에 띄었다.

모를 수가 없다. 그건 그가 지난 7년간 물리도록 입어온 단복이었으니까. 그리고 가슴팍에서 반짝이는 세 개의 빛. 다시 말해 세 개의 휘장. 파샤 내에 단 한 사람에게만 허락되는 것이었다.

"헐."

게일만큼 시력이 뛰어나지 않은 아멜리가 의아하게 물었다.

"왜 그러셔요?"

"아, 아니야. 집에 놓고 온 게 떠올라서……."

"저런. 뭔데요? 많이 중요한 거여요?"

"응, 중요하지. 내 춘화집."

"……."

게일은 육지를 향한 시선을 거두지 않으면서 허리춤의 검을 만지작거렸다. 설마 아무리 인간 같지 않은 놈이라도 물 위를 걷는 기술은 없겠지?

다행히 칸에게 그렇게 신묘한 능력까진 없는 모양이었다. 칸은 부둣가에 붙박인 채 꼼짝도 하지 않았다. 배는 그대로 바다 한가운데로 나아가, 어느새 육지의 빛은 하늘의 별처럼 어렴풋해졌다.

게일은 겨우 긴장을 풀었다. 하여간 귀신같은 놈이었다. 무슨 수로 우리가 울란 항에 온 지 알고 쫓아왔을까.

그나마 타이밍이 어긋났다는 점에 게일은 깊이 안도했다. 그 먼 거리에서도 제 등 근육이 팽팽해지도록 쏘아대던 살기란 가히 인간의 것이 아니었다. 과거 시합에서 마주했던 투기와는 전혀 달랐다.

비로소 게일은 아멜리의 공황을 이해했다. 당장 도망치겠다는 그녀의 결심은 과민반응이 아니었다. 적절한 판단이었고, 거의 생존 본능에 가까웠다. 만약 배를 탄 뒤가 아니라 항구로 오는 길에 따라 잡혔다면, 혹은 배가 출발하기 전에 저놈이 항구에 다다랐다면 자신은 꼼짝없이 명을 달리했으리라. 아멜리라고 무사했을까. 게일은 마른 침을 꿀꺽 삼켰다.

"흐흐……."

나지막한 웃음이 잇새를 비집고 흘러나왔다. 그는 확실히 느꼈다. 배신감, 분노, 무력감, 비애, 그리고 격렬한 증오. 그 횃불 아래에서 칸의 표정은 얼마나 무참하게 일그러져 있었을까. 상상만으로도 너무나 유쾌했다. 게일은 배를 쥐고 킬킬댔다. 네 꼴 좀 봐라, 칸.

웃음소리는 점점 더 커졌다. 아멜리를 비롯해 갑판의 사람들이 미친 사람 보듯 게일을 쳐다보았지만 그는 전혀 개의치 않았다. 기적이 일어났다!

칸이 아멜리에게 관심을 보이는 건 알고 있었어도 「집착」을 하고 있는지는 몰랐다. 하지만 외딴 집에 갇혀 있던 아멜리를 보았을 때 게일은 칸의 일그러진 욕망을 직감했고, 칸에게서 벗어나고자 하는 아멜리를 보고서는 승기(勝機)를 예감했다.

그의 육감이 가르쳐주었다. 만약 아멜리를 데리고 칸의 손길이 닿지 않는 먼 곳으로 떠난다면, 그 사내는 마침내 깨달을 것이다. 좌절과 굴욕의 의미를.

모두가 불가능하다고 여긴 일이다. 범인에 있어 천재는 하나의 천재지변이었다. 따라서 일개 인간인 그들은 너무나도 쉽사리 굴복하고 천재의 존재를 받아들였다. 백일하에 드러난 자신들의 무능력과 한계를 존경과 경애라는 이름으로 포장하고 미화하느라 바빴다. 그의 부친과 형도 마찬가지였다.

집착을 버리고 앞으로 나아가라. 말은 번드르르했지.

게일은 키득거렸다. 결국엔 가장 우월한 수컷에게 굴복하고 패배한 개의 무리에 들어오라는 말이나 다름없었다.

절대 용납할 수 없었다.

그는 강요된 굴욕을 거부했다. 단 한 번만이라도 천재를 이기고자 했다. 어느 틈엔가 검술은 수단에 불과해졌다.

요는 정신적인 것이었다.

설령 우연히 칸을 검으로 쓰러뜨리는 사건이 벌어지더라도, 칸이 지금껏 게일 자신이 느꼈던 것과 같은 감정을 느끼지 않으면 소용이 없었다.

15년간 노력했어도 요원해 보이기만한 소망이었다. 그런데 놀랍게도 어느 날 갑자기 나타난 한 여자 덕분에 거짓말처럼 이루어졌다.

칸은 원하는 것을 얻지 못했다.

그가 원하는 것은 게일과 함께 있다.

칸은 고통스럽다.

게일은 환희에 차있다.

칸은 게일을 죽이고 싶다.

그러나 죽일 수 없다.

여기서 승리자가 누구인가. 패배자는 또 누구인가.

가문? 명예? 재산? 기사직? 다 개나 줘! 단지 먼 대륙에서 소식으로나마 접할 수 있다면 족했을 칸의 모습을, 무려 직접 목도했다. 칸이 주는 어마어마한 깜짝 선물 격이었다. 이로써 모든 것을 등지고 떠나는 일에 한 점 미련도 남지 않게 되었다.

게일은 환호성을 지르며 아멜리를 끌어안았다. 주책없게 덩실덩실 춤도 추었다.

뼛속까지 시린 밤바람은 여신의 축복 어린 입김 같았고, 철썩철썩 배에 부딪치는 파도 소리는 천사들의 박수갈채와 같았다. 그는 어리고 순수했던 소년을 엉망진창으로 헤집어 놓았던 열등감과 분노로부터 자유로워짐을 느꼈다.

오욕의 15년, 인고의 세월이었다.

게일은 해방되었다. 승리는 비로소 그의 것이었다.

9
막간극 : 꼭두각시

“다녀오겠습니다!”

탐스러운 갈색 머리의 아가씨가 창밖으로 고개를 내밀어 배웅하러 나온 직장 동료들에게 손을 흔들었다. 그녀의 이름은 도로시. 오늘은 고대하던 휴가를 떠나는 날이었다.

이랴! 마부의 채찍질에 이두 마차가 굴러가기 시작한다. 왕성의 후문에서 출발한 마차는 도심 골목골목을 누비다가 남문을 통과했다. 새파란 하늘에 넘실거리는 푸른 평원이 어우러져 한 폭의 그림 같은 풍경이 흘렀으나 소란한 도심의 일상에 익숙해져 있는 젊은 아가씨에게는 아무래도 따분한 것이었다.

도로시는 창밖에서 시선을 거두고 동료들이 준 선물상자의 리본을 끌렀다. 뚜껑을 열자마자 단내가 올라왔다.

왕성의 시녀가 휴가를 받아 고향에 돌아갈 때면 동료들이 돈을 모아 휴가 가는 시녀의 가족들을 위해 고급스러운 간식을 마련해주는 관례가 있었다.

이번에 도로시의 가족을 위해 준비된 선물은 히스톤의 유명 제과점에서 파는 알록달록한 사탕과 초콜릿과 쿠키였다. 도로시가 키득키득 웃음을 지었다.

“잘 먹겠습니다아.”

상자가 동이 나기까지는 오래 걸리지 않았다. 주전부리를 모조리 해치운 그녀가 입가를 핥으며 다시 창밖을 바라보았다. 아직도 푸른 풍경이었다. 도로시는 따분하다는 듯한 표정으로 다리를 흔들어 구두를 벗어 던졌다. 왕성의 고참 시녀들이 봤다면 기함했을 장면이지만, 도로시는 한술 더 떠 마차 좌석에 길게 드러눕기까지 했다.

거친 길에 접어들며 마차가 간헐적으로 요동쳤지만 눈을 꼭 감고 있는 아가씨로부터는 아무런 반응이 없었다. 혹자가 봤다면 시체처럼 잔다는 표현을 썼을 법한 모습이었다.

덜컹! 마차가 정지하며 제법 크게 흔들렸다. 허술하게 적재된 짐짝처럼 도로시의 몸이 좌석에서 바닥으로 굴러떨어졌다. 그녀가 눈을 번쩍 떴다. 고향에 도착했다.

“수고하셨어요. 5일 뒤 아침에 여기로 데리러 와주세요.”

“네, 아가씨.”

두둑한 품삯을 받은 마부가 싱글벙글하며 떠나갔다.

혼자 남은 도로시는 고개를 휘휘 돌려 주위를 둘러보았다.

큰길 주변에 띄엄띄엄 가옥들이 자리 잡은 전형적인 교외의 소도시였지만 이상하게도 길 위에는 떠돌이 개 한 마리 보이지 않았고 스쳐 지나가는 바람은 을씨년스럽기만 했다. 집집마다 정원의 잡초가 무성하게 우거져 있었다. 꽤 오랫동안 사람의 손길이 닿지 않았다는 증거였다. 소풍이라도 나서야 할 것 같이 화창한 날씨가 무색해지는 황폐함 안에서 도로시는 웃었다.

"언제 봐도 근사해."

경첩에 기름칠을 오랫동안 하지 않은 탓에 현관문이 열리면서 고막을 후벼 파는 소리가 났다. 뽀얀 먼지가 내려앉은 바닥에 도로시의 발자국이 남았다. 그녀는 2층으로 통하는 계단에 오르기 전, 거실의 소파에 앉아 있는 갈색 머리의 남자에게 인사했다.

"안녕하셨어요, 프리먼 씨?"

백골은 묵묵부답이었다. 도로시는 개의치 않고 계단을 올랐다. 끼익 끼익. 한 걸음 한 걸음마다 나무계단이 힘겨운 소리를 질렀다. 위층에 도달하자마자 도로시는 바로 정면에 있는 방문이 활짝 열려있는 것을 보았다. 그녀는 침대 위에 누워 있는 분홍 잠옷의 백골에게도 인사했다.

"프리먼 부인도 좋아 보이시네요."

도로시는 복도 끝방으로 들어갔다. 마지막으로 떠났을 때와 다름이 없는 평범한 침실이었다. 도로시는 침대 옆에 여행 가방을 내려놓고 구두는 벗어 가지런히 모았다. 침대에 풀썩 눕자 오래된 먼지가 허공을 뒤덮었다.

"자, 좀 쉬어 볼까?"

말이 끝나기 무섭게 그녀의 갸름한 턱이 베갯잇 위로 툭 떨어졌다.

❧

같은 시각 파샤 어느 외딴 성.

천장이 높은 홀 중앙에 놓인 뚜껑 없는 관 안에서 붉은 눈동자의 소녀가 눈을 떴다. 연둣빛 액체 밑바닥에 가라앉아 있던 소녀가 하얀 두 팔을 뻗어 관 가장자리를 움켜쥐었다. 서서히 상체가 수면 위로 빠져나오면서 입고 있는 검은 옷자락에서 구슬 같은 녹색 액체가 굴러떨어졌다. 섬유에 완전히 스며들지 않는 물질인지 공기에 닿는 즉시 의복은 버석하게 말라갔다. 소녀는 완전히 관 밖으로 빠져나와 가볍게 스트레칭을 했다.

"아아, 찌뿌둥해."

소녀가 바닥에 널려 있는 고무관들을 피해 걸음을 옮겼다. 홀을 에워싼 여러 개의 문 중 하나로 빠져나간 그녀는 어느 널찍한 연구실로 들어섰다.

"휴가받았나 보구나, 샤샤."

"그래. 겨우 말이야."

샤샤는 몸을 날려 소파에 털썩 자리 잡았다.

맞은편에는 이 연구실의 주인이자 그녀의 쌍둥이 자매가 거만한 포즈로 앉아 있었다. 책으로 이루어진 탑들이 그녀 주위를 철옹성처럼 둘러싸고 있지만 200kg에 육박하는 비대한 몸집을 가리기에는 역부족이었다.

"비샤 넌 다이어트가 어쩌고 하더니 어째 더 쪘다?"

"스트레스 받아서 그래. 스트레스."

"왜 스트레스를 받는데?"

비샤는 소시지 같은 손가락으로 비스킷을 집으며 투덜거렸다.

"왜긴 왜야. 「그 남자」를 감시하는 임무 때문이지."

"시작한 지 얼마 되지도 않았잖아?"

질문을 던지면서 샤샤는 눈동자를 굴려 허공에 날아다니는 비샤의 심부름꾼을 주시했다.

반인반어의 몸통에 잠자리 날개를 가진 인공요정은 비샤의 식사와 독서 수발을 들기 위해 만들어진 마법도구로, 현재 열댓 마리가 연구실 내를 분주히 날아다니며 비샤에게 각종 주전부리를 전해주는 중이었다.

"예민하기가 거의 정신병 수준인 자식이야. 감시마법 하나 시전하는데 마법식 몇 개를 써먹었는지 알아? 자그마치 201개야, 201개!"

비샤가 벌컥 성질을 내자 그녀의 배 위에 있던 양철 비스킷 통이 버르르 떨리다가 바닥에 떨어졌다. 캉! 불운한 요정 하나가 샤샤의 손에게 잡혀 감자칩을 빼앗겼다.

"그렇게 싫으면 딴 사람한테 떠넘기지그래?"

"진심이야? 마법 하나에 201개나 되는 마법식을 사용하면서 정신 붕괴를 일으키지 않을 수 있는 마법사가 우리 조직에 나 말고 또 있을 거라고?"

요정이 감자칩을 되찾기 위해 버둥거리자 샤샤는 아예 요정의 날개를 잡아뗀 뒤 바닥에 내동댕이쳤다. 날지 못하게 된 요정이 애벌레처럼 꾸물꾸물 바닥을 기었다. 샤샤가 그 요정을 감흥 없는 눈으로 지켜보며 감자칩을 와작와작 씹어먹었다.

"불평하는 건지 빼기는 건진 모르겠다만 어쨌든 나보단 나은 형편일 거 아냐. 내가 패트리샤년 시중을 벌써 몇 년째 들고 있더라. 제대로 된 마법을 써 본 기억이 가물가물한 걸 보니 적어도 10년은 됐겠군."

"조작마법 쓰고 있잖아?"

뭔 소릴 하냐는 듯이 반문하는 비샤에게 샤샤가 감자칩 한 움큼을 던졌다.

"그만 시시한 마법 말고! 쿠쿵! 하고 콰쾅! 하는 그런 마법을 쓰고 싶다 이거야!"

"넌 네 마법 형질이 뭔지 좀 고려하며 살아볼 필요가 있어."

아, 몰라 몰라. 샤샤는 귀찮다는 듯이 고개를 홱 돌렸다. 어느새 소파 밑까지 날개를 잃은 요정이 다가와 있었다. 감자칩을 주인에게 전달해야 한다는 한 가지 명령만이 충실하게 입력되어 있는 그것은 어떻게든 필사적으로 샤샤에게 닿으려 하고 있었다. 샤샤의 구두 뒤축이 요정을 무참하게 짓이겼다. 끼이이! 단말마는 고막을 찢는 고양이 울음소리 같았다. 비샤가 못마땅하게 미간을 찌푸렸다.

"내 마구 함부로 다루지 마. 난 네 꼭두각시들에게 손가락 하나 대지 않잖아."

샤샤는 그 말을 무시한 채로 살점과 분홍색 체액이 달라붙은 제 구두만을 짜증스레 노려보았다.

"이러다 실력이 녹슬면 산재 처리되려나?"

"내 소파에 구두 닦지도 말고."

"하아, 영감탱이와 수장님 둘이 대판 싸워버리고 공주 암살 지령이나 내려왔으면 좋겠네."

"그렇게 될 가능성이 아주 없는 건 아니지만, 야. 바닥은 네가 치워."

잔소리를 귓등으로 흘려들으려던 샤샤가 눈을 부릅떴다.

"가능성이 아주 없지 않다니? 무슨 소리야?"

자매의 애를 태우기 위해 비샤는 일부러 아주 느긋하게 입을 움직였다.

"수장님과 할배들이 거의 완성시켰거든, 진을."

"정말이야? 정확히 언제 완성인데?"

"마력공급이 지금처럼 순조롭게 이어진다는 가정하에 1년쯤?"

"맙소사. 진짜 얼마 안 남았잖아? 뭐야, 그럼 나 당장 이 일 때려쳐도 되는 거야?"

"그건 허락 안 해주시겠지. 파샤의 눈을 가려줄 역할은 계속 필요하니까. 그리고 개인적인 의견으로는 이 페이스를 유지하는 건 힘들다고 봐. 마력 공급원이 너무 불안정하거든. 한 10년 정도 느긋하게 기간을 잡는 편이 나을 텐데."

"10년? 웃기지 마. 1년 남았대도 이미 좀이 쑤셔 죽을 것 같은데!"

샤샤가 바로 앞에 쌓인 책더미를 거칠게 걷어찼다. 요란한 소리를 내며 책들이 무너져 내리는 가운데 종이 두어 장이 나풀나풀 허공으로 날아올랐다. 그 장면이 씩씩거리고 있던 샤샤의 뇌리에서 어떤 기억 하나를 끄집어냈다. 아 참. 아멜리 부탁.

바닥에 떨어진 책 하나를 집어 그 표지에 낙서를 하는 동생을 보고 비샤의 눈썹이 가볍게 일그러졌다.

"이 문자가 뭔지 아냐?"

"너, 진짜 몰라서 물어?"

"응."

"너 마녀 맞아? 아니면 머리에 이상이라도 생겼나?"

"잘난 척 그만하고 시원하게 말해 봐."

샤샤가 손을 까닥거리며 대답을 재촉했다. 비샤는 다소 신경질적으로 말했다.

"역마어(逆魔語)잖아."

"역마어……. 그게 뭔데?"

비샤는 짜증 내는 중이라는 것도 잊고 경악했다. 재가 제정신인가? 동생의 안색을 아무리 살펴봐도 농담이 아닌 듯하자 경악은 공포로 변했다.

"마어(魔語)를 거울 문자화한 거잖아. 설마, 진짜 몰라……?"

샤샤가 밝은 표정으로 제 손바닥을 내리쳤다.

"아하! 어쩐지 모르는 글잔데 이상하게 낯이 익더라."

"동생아. 간만에 돌아온 김에 뇌 검사 좀 해보지 않으련?"

“하도 오랜만에 봐서 외국어랑 좀 헷갈렸을 뿐이야.”

“검사시간 별로 오래 안 걸리는데.”

“좀 닥쳐봐. 이걸 고대로 뒤집으면 원래 마어가 된다 이거지? 야, 거울 어디 있어?”

“역마어를 읽는데 거울이 필요해?”

비샤는 충격을 받은 나머지 들고 있던 패스추리를 떨어뜨렸다.

“바보 바보 했더니 이건 완전히 까막눈 수준…….”

알고 보면 비샤의 충격은 상당한 곡해가 밑바탕이 된 것이었다. 어느 정도 경지에 이른 마법사가 아닌 이상 역마어란 한없이 난해한 문자이며, 특히 연구보다 응용에 익숙한 대다수의 마법사들에게 역마어 읽기란 거의 암호 해독에 가까운 고난이도 작업이었다. 다만 비샤는 바로 그 「경지에 이른 마법사」 중 한 명이었고 오랜 세월 외부와 직접적인 교류를 하고 있지 않았기에 마법사란 누구나 역마어를 술술 읽을 줄 안다는, 자신의 그릇된 기준을 시정할 기회가 없었다. 그리하여 잡동사니 상자를 뒤지는 샤샤를 바라보는 그녀의 눈빛에는 애잔함에 듬뿍 담기게 되었다.

“「나는 위대한 실험을 시작한다.」”

뜬금없이 묘한 울림을 가진 목소리가 들려오자 샤샤가 뒤를 돌아보았다.

“그 역마어의 뜻이 그거야.”

“헤, 네가 웬일이야? 공부 좀 하라는 구박도 없이 순순히 알려주고.”

“그냥 네가……. 아니다.”

네가 치매가 오기 전까진 좀 다정히 대해주려고. 비샤는 혈육을 위한 일말의 배려 차원에서 뒷말을 꿀꺽 삼켰다.

"아무튼 좋아. 그래서 그 위대한 실험이라는 게 뭔데?"

고작 역마어 한 문장을 덜렁 알려줘 놓고 당당히 그 구체적인 뜻을 물어보는 동생을 보며 비샤는 가슴이 더욱 미어졌다. 저런 게 내 쌍둥이라면 나도 언젠가 저렇게 될 가능성이 있다는 소릴까? 비샤는 모골이 송연해졌다.

"혹시 숨겨져 있던 전설의 마법이라거나? 금단의 연구라거나? 이거 궁금해지네. 내가 원문 구해올 테니 네가 해석해볼래?"

"아서라. 삼류 마법사들이 허세 떠는 게 하루 이틀 일도 아니고, 본인 연구에 휘황찬란한 수식어 붙이는 놈치고 변변한 결과물 내놓는 거 못 봤다."

"흠."

"최근 발표되는 연구 논문들 못 봤어? 8할이 쓰레기야. 귀족 여편네들 낯짝을 창백하게 해주거나 금발로 만들어주는 마법 따위들. 마법사란 것들이 귀족과 자본가의 개가 되어 기간(基幹) 마법은 도외시하고 천박한 연구만 하고 있으니 마법계의 발전이 더딜 수밖에. 선인이 피를 토하고 뼈를 깎아 쌓아올린 업적에 달라붙은 거머리 같은 것들. 내 눈에 뜨이기만 해봐. 가만두지 않겠어!"

비샤의 노성과 동시에 요정 하나가 펑 소리를 내며 공중에서 폭발했다.

"말은 잘해. 100년 동안 이 연구실 밖으로 한 발자국도 나가지 않은 주제에."

샤샤는 한껏 비아냥거린 뒤 주의를 역마어로 되돌렸다.

"뭔가 찜찜해."

뭐가 찜찜할까? 샤샤는 이마를 긁적거리며 생각에 잠겼다.

그날 아멜리는 도로시 앞에서 아무 참고자료도 보지 않은 채 아주 능숙하게 역마어를 써냈었다.

당시엔 외국어인 줄 알았기에 그러려니 싶었지만 역마어인 것을 알고 나니 대단히 놀라웠다. 역마어 한 글자를 적어내는데도 애를 먹는 마법사들이 도처에 깔려 있었다. 솔직히 말해서 샤샤 자신도 역마어엔 무척 서툴러, 써야 할 일이 생긴다면 온갖 자료서를 옆에 쌓아두고 장시간을 투자해야만 했다.

물론 아멜리는 쓰기만 할 줄 알지 문자의 뜻과 역마어의 응용식, 마법 발동을 위한 획순 등 복잡한 요소는 전혀 모르는 듯했지만, 마법사가 아닌 일반인이란 점을 감안하면 역시 놀랄 노자였다.

"그러고 보니 왜 외운 거람?"

아멜리는 연구상 기밀사항을 취급하기 위해 사용하는 언어를 책에서 봤다고 했다. 그런데 단지 훑어보기만 한 게 아니라 외우기까지 했다. 보통 그런 짓까지 하나? 샤샤가 고개를 갸웃거릴 때 비샤가 낯선 이름에 귀를 쫑긋 세웠다.

"아멜리가 누구야?"

"나한테 이 역마어 뜻이 뭐냐고 물어본 애 이름."

"마녀?"

"아니, 그냥 평범한 시골뜨긴데 어느 책에서 역마어를 보고 외웠다네."

"책에서 역마어를 봤다고? 무슨 소리야? 남들 읽지 못하게 역마어로 써놓고서 왜 굳이 출판을 해?"

"나도 몰라. 하지만 아멜리가 분명히 그렇게 말했다니까."

"책을 출판한 게 아니라 누군가 실수로 자기 연구 기록물을 외부에 노출시킨 걸 수도 있지. 어느 쪽이 진실이든 너한텐 다행이네."

"웬 다행?"

"세상 유일의 바보 마법사가 아닌 셈이잖아."

비샤는 과자를 우물우물 씹으면서 키득댔다.

거듭되는 조롱이 비위에 거슬리기 시작한 샤샤가 손에 집히는 대로 책 한 권을 집어 던졌다. 비샤 곁에 있던 요정이 제 몸을 방패 삼아 그 책을 장렬히 막아냈다.

"잘난 척 되게 하네. 나처럼 강한 마법사가 어딜 봐서 바보야."

"역마어도 못 알아본 주제에."

"자주 안 봐서 잠깐 까먹은 거라고 했잖아! 어차피 역마어 따위 전투할 땐 아무짝에도 쓸모없어. 마어만 알면 됐지, 뭐하러 역마어까지 외우고 다녀야 해!"

"그런 정신머리니까 네 두뇌가 자꾸 녹스는 거 아냐. 사람을 쥐어팰 궁리만 하지 말고 책 좀 들여다보고 공부해. 언젠간 큰코다친다."

"하이고, 제발 다쳤으면 좋겠네. 매일 꼭두각시나 조종하다가 정신이 나가기 전에!"

삐! 삐! 삐! 요란한 알람 소리가 옥신각신하는 자매를 멈춰 세웠다. 소음 발원지는 샤샤가 차고 있는 팔찌였다.

"네가 그렇지 뭐. 또 꼭두각시를 대충 덤불에 숨겨놨구만? 이번엔 늑대가 뜯어 먹었으려나, 개가 뜯어먹었으려나."

"어, 아니야……. 이번엔 도로시네 집에 잘 눕혀뒀는데……."

샤샤는 황급히 관이 있는 홀로 뛰어갔다. 관 안에 눕자 녹색 액체가 부드럽게 그녀의 신체를 감싸 제 안에 품었다. 샤샤의 두 눈이 허옇게 뒤집혔다.

프리먼가.

도로시가 눈을 번쩍 떴다. 눈에 들어온 풍경은 예상대로 도로시의 침실이었다. 다만 침대에 눕기 전과 비교하자면 지금은 철같이 비릿한 냄새가 코를 찔렀다. 웬 피 냄새? 도로시는 상체를 일으켰다. 그러나 그것은 시도로 그쳤다. 툭. 선혈 한 방울이 하얀 목에 긴 핏자국을 내며 베갯잇으로 떨어졌다.

도로시는 얼어붙은 채로 시선을 내리깔아 목 위에 드리워진 것을 확인했다. 마치 작두처럼 그녀를 향해 날을 세운 검이었다.

도로시의 눈동자가 천천히 옆으로 굴렀다. 침대 옆 스툴에 앉아있던 남자는 그녀가 익히 알고 있는 사람이었다. 위압적인 분위기를 가진 흑발의 미남자.

"……칸님?"

도로시가 믿을 수 없다는 듯이 눈을 크게 떴다.

"예상보다 오래 걸렸군."

이 장소에서 보게 되리라고는 단 한 번도 상상해본 적 없었다. 이 남자도, 이 남자가 제 목에 들이대고 있는 검도. 도로시가 더듬거렸다.

"여기엔 무슨……. 아니 그보다 이 검 좀……."

"네 힘이 필요하다."

"힘이라뇨, 무슨 말씀이세요? 칸님께서 저희 집엔 어쩐 일로 오신 건가요? 혹시 패트리샤님이 보내셨나요?"

칸의 무미건조한 눈빛과 마주치자 도로시는 어색한 웃음을 지었다. 웃을 수밖에 없었다. 머릿속이 백지장인데 달리 무슨 반응을 보이겠는가?

"이 상황에 시치미라니 머리가 나쁘군. 마녀는 두뇌가 우수해야만 될 수 있다고 들었는데."

가뜩이나 자매에게 바보 소리를 듣고 온 터라 샤샤는 울컥 화가 치밀었다. 이놈이고 저놈이고. 내가 무슨 동네북이야?

"내가 왜 당신한테 그런 얘길…… 잠깐. 어, 방금, 나보고 마녀라고 하셨어요, 칸……님?"

샤샤로서 화를 내다가 뒤늦게 도로시로 돌아왔지만 이미 때는 늦었다. 도로시는 낭패감을 느꼈다. 비록 찰나의 위화감이라 할지라도 머리가 비상한 이 기사는 모든 것을 알아차렸으리라. 그럼에도 상대방은 담담해 보이기만 했다.

“이런 시기에 내가 공주를 수행하기 위해 히스톤에서의 장기 부재를 감수했다. 충분한 힌트이지 않았나.”

도로시, 아니 샤샤는 꿀 먹은 벙어리가 되었다. 애지중지하는 공주의 신변을 걱정한 나머지 국왕이 로열나이트들을 우르르 붙인 게 아니었단 말인가?

물론 파샤 최강자인 수프림나이트까지 끼어있다는 사실에 샤샤도 조금은 놀랐지만 별로 깊은 의미는 두지 않았다. 그저 딸바보도 저 정도면 병이라며 비웃고 말았던 것이다.

“국왕이 알고 있었나? 어떻게 눈치챈 거지? 언제부터?”

샤샤는 자포자기했다.

“지금 내게서 대답을 바라는 건가.”

칸의 말투는 무심했지만 자격지심인지 샤샤의 귀에는 자신을 한심하게 여기는 듯한 말투로 느껴졌다. 샤샤는 뜨끔하는 동시에 발끈했다.

“알면서 죽이지 않은 주제에 여기까지 뭣 하러 쫓아온 거야?”

“말했을 텐데. 네 힘이 필요하다고”

“아, 그러셔? 위대하신 수프림나이트께서 멍청한 마녀의 힘은 왜 필요하실까? 불로불사의 육체라도 얻고 싶어?”

샤샤는 한껏 이죽거렸다. 물론 상대는 유치한 도발 따위엔 동요하지 않았다.

“게일이 아멜리를 데리고 도망쳤다.”

“게일이! 아멜리를! 그래서 뭐! ……응?”

칸의 말을 빈정거리며 받던 샤샤가 멈칫했다.

게일과 아멜리? 둘이 잘 붙어 다니길래 혹시나 했는데 역시나 게일이 아멜리를 잡아먹었나? 근데 도망치다니, 왜? 게일이 그러고 다니는 게 어제오늘 일도 아닌데. 잠깐. 그보다 지금 이 소식을 내게 전해준 사람이 칸이야?

샤샤는 혼란스러운 눈빛으로 칸을 쳐다보았다. 처녀의 침실에 난입해 목에 검을 들이대고 협박하고 있는 불한당 주제에 저 혼자 다른 차원에 있는 것처럼 눈빛이 고요했다. 일이 꼬여 손에 쥔 검을 아래로 내리치는 순간이 오더라도 그러하리라.

"둘은 젤윈으로 간 모양이다. 쫓아가고 싶어도 내가 요새 「덕분에」 일이 좀 많아서. 네 마법의 힘을 좀 빌려야겠다."

"힘은 얼어 죽을. 나한테 맡겨놨냐? ……가 아니라, 저기, 스톱. 더 깊게 들어오면 동맥인데."

살점을 느릿느릿 파고들던 검날이 다시 위로 올라왔다. 샤샤는 오도가도 못하는 이 상황이 짜증 나 죽을 것 같았다.

"하, 진짜 뭐하자는 건지 모르겠네. 방금 스스로 한 말대로 당신 아주 공사다망한 몸이시잖아? 그런데 왜 그들을 쫓는 거야? 게일이 튀기 전에 파샤의 국보라도 훔쳤어?"

칸은 대답 대신 가져온 짐을 도로시의 배 위에 툭 던졌다. 부피에 비해 매우 가벼운 가방이었다.

"이거 뭐야."

"아멜리와 게일의 옷."

"나더러 추적마법을 쓰라는 거?"

"재료가 불충분하다면 더 갖다 주도록 하지."

"진심이야?"

칸은 대답하지 않았지만 그것으로 이미 충분한 대답이었다. 샤샤는 어처구니가 없었다. 게일과 아멜리가 젤윈으로 도망쳤다는 것, 그리고 이유는 모르겠지만 칸이 그들을 쫓는다는 것. 이해는 안 가지만 그러려니 하고 넘길 순 있다. 다만 자신에 대해 안하무인으로 행동하는 칸만큼은 절대로 이해가 안 됐다. 뜬금없이 나타나서 휴식을 취하고 있는 자신을 불러다 감 놔라 대추 놔라 할 자격이 있는 사람인가, 그가?

"내가 싫다면?"

"넌 거절할 수 없다."

"왜?"

"동맹이란 원래 대등한 조건의 두 단체가 맺는 것. 너희들이 국왕의 고명딸을 인질로 잡고 있기로 결심했다면 이쪽에서도 예의상 대등한 액션을 취해줘야지 않겠나."

칸의 화법은 샤샤에게 거센 짜증을 불러왔다. 할 말이 있으면 정확한 단어를 써서 전달할 것이지 왜 굳이 알쏭달쏭한 소리를 늘어놓는단 말인가.

"여기서 도로시의 목을 베든 배를 쑤시든 내 본체는 터럭 하나 다치지 않아. 그러니까 내가 알아먹을 수 있게 얘길 하라고. 안 그럼 꼭두각시고 뭐고 그냥 사라져버리는 수가 있어."

허세였지만 약간은 먹힌 듯했다. 정물처럼 정지해 있던 칸이 비어 있는 손의 엄지로 그의 왼쪽 가슴을 쿡쿡 찔렀다.

저게 대체 뭐야? 어리벙벙하게 쳐다보던 샤샤가 한 박자 늦게 그 의미를 깨달았다. 파리한 얼굴에 그나마 남아 있던 핏기조차 가셨다.

"너 어떻게……. 설마 벌써……?"

"그럴 생각 없다. 아직까지는."

"이런 미친."

샤샤는 무심코 욕을 내뱉었다.

"건드렸단 봐라. 바로 패트리샤의 머리통이 날아가. 설마 국왕이 그걸 허락하진 않았을 텐데."

남자는 침묵했다. 샤샤의 미심쩍음은 확신으로 변했다.

"오호라. 독단이라 이거지? 웃기는군. 기사 주제에 제 주군과 척질 심산이냐?"

칸이 무슨 까닭인지 갑자기 검을 거둬들였다. 협박에서 해방된 샤샤는 쾌재를 불렀다. 동맹이고 나발이고 이런 수모를 겪었으니 일단 한 방은 갚아줘야 도리가 아니겠는가. 그녀는 마법을 일으키기 위한 손동작을 취했으나 묘하게도 허공에 헛발질을 하는 느낌이었다. 어라?

도로시가 벌떡 상체를 일으켰다. 곧바로 눈앞이 핑 돌아 고꾸라졌다. 어라? 도로시가 왜 이러지? 매트리스 위에 엎드린 채 샤샤는 도로시의 눈을 억지로 깜박였다. 흐려졌던 초점이 돌아왔다. 눈앞이 붉었다. 새빨갛게 물든 시트였다. 도로시의 침대 시트가 붉은색이었던가?

샤샤는 가물가물한 기억을 더듬었다. 하지만 사실 그럴 필요는 없었다. 보다 선명해진 초점 덕분에 소름 끼치도록 깔끔하게 잘린 두 손목을 발견한 것이다.

그곳으로부터 흐른 피가 침대를 온통 적시고 있었다.

"도로시 손이!"

샤샤가 당황스레 외친 순간, 기다렸다는 듯이 납작한 검 끝이 벌어진 잇새를 비집고 들어왔다. 당연히 그녀는 입을 벌린 채로 꼼짝도 할 수가 없었다. 혀 위에서 선뜩한 쇠 맛이 느껴졌다.

"네 목소리는 시끄럽군."

"억……."

"대답은 고갯짓으로도 충분하다."

평온했기에 더욱 소름 끼치는 목소리였다. 샤샤는 머리를 쥐어뜯고 싶은 심정이었다.

물론 꼭두각시의 신체가 손상되어 봤자 샤샤의 본체에는 아무런 영향을 끼치지 못한다. 그러나 절대로 그렇게 되도록 놔둘 수 없었다. 그녀의 꼭두각시는 시체가 아니라 살아 있는 인간이다. 개조를 거쳤기에 손목이 절단되거나 피를 흥건히 쏟는 정도로는 죽지 않지만, 뇌가 파괴된다면 얘기가 달랐다. 그때는 살아 숨 쉬는 꼭두각시가 아니라 썩는 내 나는 좀비에 불과해지는 것이다.

칸이 이 사실을 알고 머리통을 꿰뚫으려 한지는 알 수 없지만 어쨌거나 샤샤에게는 가장 유효한 협박이었다.

도로시가 죽는다. 죽어버린다.

샤샤는 눈을 질끈 감았다. 오랜 세월 공들여 이제 온전히 자신의 것이 된 사랑스러운 도로시와의 영원한 작별이라니. 상상만으로도 머릿속이 하얘지고 탈진감이 몰려왔다.

그러든지 말든지, 칸은 아주 느릿하게, 차근차근 검날을 밀어 넣고 있었다.

깊이, 더 깊이. 날붙이에 가로막히지만 않았어도 샤샤는 도로시의 입술이 너덜너덜해지도록 깨물어댔으리라. 이 개자식, 언젠가 내 손으로 죽여버리겠어. 반드시!

날 끝이 목구멍에 미세하게 닿은 순간, 그가 물었다.

“추적마법, 걸겠나.”

도로시의 턱이 희미하게 위아래로 흔들렸다. 칸의 입가에 옅은 미소가 떠올랐다. 언젠가 아멜리도 본 적 있던 그 미소가.

다음 권에서 이어집니다.

지은이 후기

안녕하세요, 온푸나무입니다.

『아멜리가 연애를 하지 않는 이유』 대망의 1권이 나왔습니다. 2013년 7월 중순부터 온라인 연재를 시작했으니 한 해 조금 넘게 걸린 셈이군요. 저 자신은 지난 6월에 출간된 나비노블 1주년 기념 단편집 『하늘, 담길 바람』에도 참여해 한 발 먼저 인사를 드렸습니다만(여담이지만 동양풍 로맨스소설을 좋아하시는 분이시라면 이쪽에도 관심을!) 아멜리에게 있어선 꽤 오랜만의 세상 나들이입니다. 난생처음 고향을 떠나던 날처럼 두근대고 있겠죠, 아마?

멋진 표지와 삽화로 소설에 날개를 달아준 팀 그레이존 작가님(들)과 출판 기회를 주시고 함께 열심히 작업해주신 나비노블 여러분, 큰절 감사 인사를 드립니다.

그리고 연재 때부터 부족함 많은 소설을 읽어주시며 응원해주신 독자님들과 이번에 아멜리를 새로 접하게 되신 독자님들, 사랑합니다.

더불어, 향후 전개될 스토리를 통틀어 가장 로맨스 판타지적이면서 평화로운 1권을 마음껏 즐겨주시길 바랍니다. 이제부턴 피와 눈물과 땀과 (뇌수와 내장과…….) 함께 역경을 헤쳐나가는 아멜리의 모험이 쭉쭉 펼쳐집니다. 많은 관심과 성원 부탁드립니다.

그럼 2권에서 만나요!

2014년 여름 온푸나무

그린이 후기

안녕하세요. 팀 그레이존입니다.

그리고 싶은 장면은 많았는데 전부 다 그릴 수 없어서 아쉬웠습니다.

개인적으로 칸이 말 타는 장면을 참 재미있게 그렸습니다. 원작이 재미있어서 즐겁게 그릴 수 있었습니다.

독서에 즐거움을 더해드릴 수 있다면 좋겠네요.

감사합니다.

2014년 7월 팀 그레이존

아멜리가 연애를 하지 않는 이유 1

초판 1쇄 발행 | 2014년 8월 1일

교정교열 | 김혜랑
디자인 | 팀 그레이존
편집 | 나비노블
표지편집 | 서유미

펴낸이 | 김혜랑
펴낸곳 | 메르헨 미디어
등록일자 | 2012년 6월 27일
등록번호 | 제 2012-000141 호
ISBN 978-89-98328-67-2 04810
ISBN 978-89-98328-62-7 (세트)

※이 도서의 국립중앙도서관 출판시도서목록(CIP)은 서지정보유통지원시스템 홈페이지(http://seoji.nl.go.kr)와 국가자료공동목록시스템(http://www.nl.go.kr/kolisnet)에서 이용하실 수 있습니다.(CIP제어번호: CIP2014021475)

nabinovel@nabinovel.net
http://nabinovel.net

민아의 이세계 방황기 『푸른 사막의 달』 두 번째 이야기

초판 한정 캐릭터 카드 증정

Cover Illust by 니시
하늘, 담길 바람